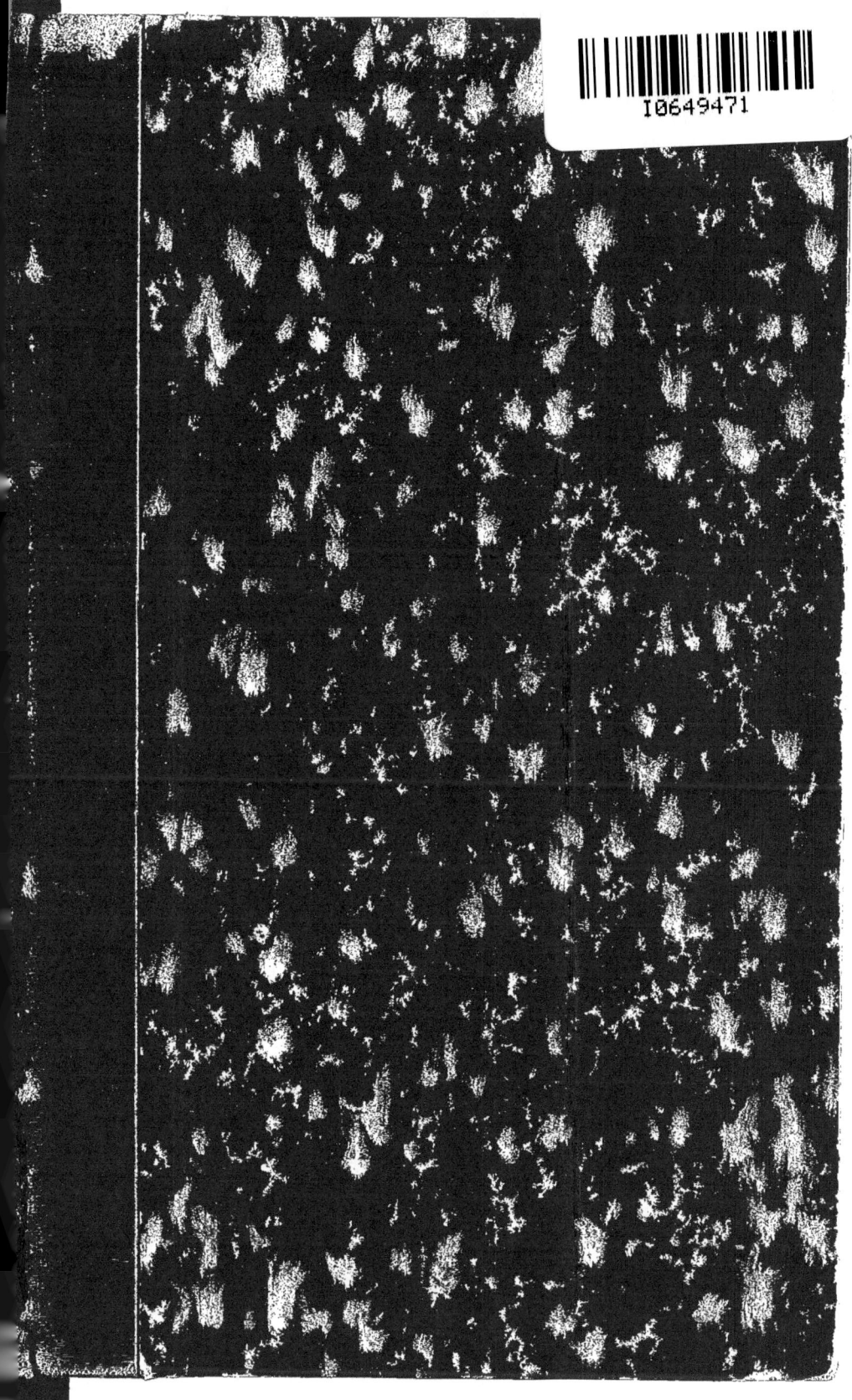

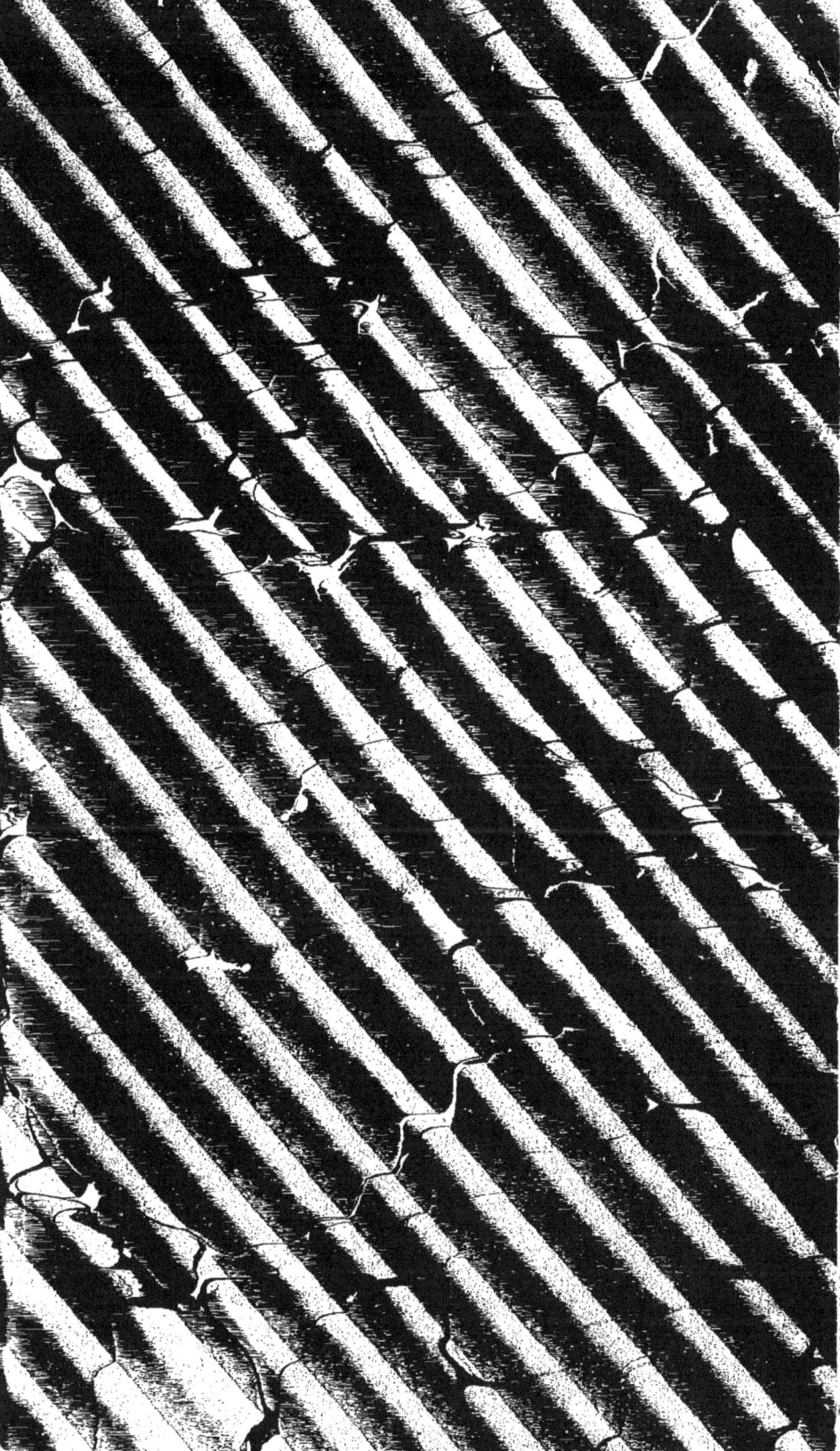

DEVAUCHELLE 1954

JOURNAL ET MÉMOIRES

DU MARQUIS

D'ARGENSON

PARIS. — IMPRIMERIE DE CH. LAHURE ET Cie
Rues de Fleurus, 9, et de l'Ouest, 21

JOURNAL ET MÉMOIRES

DU MARQUIS

D'ARGENSON

PUBLIÉS POUR LA PREMIÈRE FOIS D'APRÈS LES MANUSCRITS AUTOGRAPHES

DE LA BIBLIOTHÈQUE DU LOUVRE

POUR LA SOCIÉTÉ DE L'HISTOIRE DE FRANCE

PAR E. J. B. RATHERY

TOME TROISIÈME

A PARIS

CHEZ Mᵐᵉ Vᵉ JULES RENOUARD

LIBRAIRE DE LA SOCIÉTÉ DE L'HISTOIRE DE FRANCE

RUE DE TOURNON, Nᵒ 6

M DCCC. LXI

JOURNAL ET MÉMOIRES

DU MARQUIS

D'ARGENSON.

1740. (Suite.)

1er *mars.* — Le bruit court et augmente que M. le cardinal de Fleury pourra être élu pape ; l'Espagne peut y concourir avec la France pour s'en délivrer, et Louis XV, avec son conseil secret, peut , en tout état de cause , considérer la gloire qu'il y a à faire son précepteur pape. Et quel bon déblai ! D'ailleurs, il est doux , et ceux qui lui rendent justice lui pardonnent comme Jésus-Christ aux juifs , parce qu'il ne sait plus ce qu'il fait. Il a plutôt des malices que des méchancetés, il est très-vieux, il est très-papable ; quant à la transplantation, on se fait toujours des idées effrayantes des grands voyages, qu'est-ce que cela ? quelle fatigue ? Se rendre en Italie dans la belle saison, c'est aller, pour lui, d'abord dans sa patrie, le Languedoc, puis s'embarquer sur une galère et gagner Rome ;

ce n'est rien dans le beau temps; l'air d'Italie est
doux et excellent pour les vieillards.

M. de Lautrec se vante d'avoir refusé l'ambassade
d'Angleterre, mais il n'en est rien, on ne voulait pas
de lui.

2 *mars*. — Une remarque que j'ai faite, il y a plus
de quatre ans, sur M. le cardinal de Fleury, et dans le
temps que j'étais le mieux avec lui, c'est qu'il est
grand admirateur du cardinal Mazarin et de son ministère, et grand contempteur du cardinal de Richelieu. Ces admirations supposent toujours l'envie
d'imiter, et l'imitation se proportionne aux forces du
copiste, si bien que le singe étant de peu d'esprit et
de médiocres ressources, il n'est que copiste dans le
bas et dans le petit; voilà ce qui est donc arrivé, et
qu'on en juge en tout.

7 *mars*. — M. de Maurepas plaît beaucoup au roi,
et, s'il n'est pas destiné à gouverner l'État en chef, du
moins aura-t-il pour grand moyen de faveur la complaisance et l'utilité aux desseins honnêtes, la finesse
d'intelligence avec laquelle il entendra les véritables
desseins de Sa Majesté; et, dans ce plan, entrera le
projet du retour de M. Chauvelin, quand il en sera
temps. Ce sera à lui et à Breteuil que le roi se confiera de cette envie, et déjà ces messieurs pénètrent
ces mystères, tant par conjectures que par diverses
révélations à demi-mot qui viennent par Bachelier et
par quelques amis subalternes, comme le sieur Sallé,
nouveau commis de M. de Maurepas, fils d'un médecin
et d'une comédienne, Mlle Desmares, le tout tenant

à Bachelier par sa maîtresse, Mme de La Traverse, qui
a été comédienne. Ainsi M. de Maurepas, s'il n'est
véritablement ministre, sera du moins grand embau-
cheur de ministres.

Cependant on ne remarque pas combien le pouvoir
du cardinal s'énerve petit à petit et s'échappe par
dessous terre. Voilà déjà trois ministres qui ne sont
plus à lui, savoir : MM. de Breteuil, de Maurepas et
Saint-Florentin, sans compter que lui ayant enlevé
M. Hérault, qui était son vrai bras droit, pour lui
laisser prendre M. de Marville qui n'est qu'un polisson,
cela lui ôte, pour ainsi dire, son véritable homme de
confiance, qui est le lieutenant de police. Le Marville
n'est qu'un petit garçon qui ne tient à rien et qui a
besoin d'étai, de sorte qu'il joue le cardinal et s'est
totalement soumis à M. de Maurepas, par qui seul il
peut se soutenir.

Pour M. Amelot, il s'est totalement fait scribe sous
le cardinal pour les affaires étrangères, et ne répon-
dant ni presque se mêlant des affaires politiques, il est
la créature de M. de Maurepas plus qu'aucun autre ;
il est tout résigné à quitter sa place dès que M. Chauvelin reparaîtra, mais il attend quelque événement
heureux qui lui en ferait retrouver une autre, comme
par la mort ou l'élévation de quelque ministre à autre
chose, comme serait un brevet de duc à M. de
Maurepas.

Le chancelier est tranquille depuis que le roi a déclaré au cardinal qu'il ne voulait plus entendre parler
qu'on tourmentât les jansénistes, ce qui réussit si bien.
Ainsi ledit chancelier croit rester tranquille dans sa
place, et il y a apparence que, M. Chauvelin revenant,

il ne reprendrait que la place de secrétaire d'État des affaires étrangères, avec des lettres de garde des sceaux honoraires et survivance du chancelier.

Pour M. Orry, il reste isolé, attaché à son cardinal et avec toute la haine et la désolation publique contre lui. Sa ligue avec M. Hérault étant tombée, on ne se concerte plus pour porter avec le cardinal les amis qu'on veut ; il est seul, et tout lui manque. On travaille à le perdre dans l'esprit même du cardinal, par la vue des friponneries, des mensonges et de la calamité qui va éclater dans les provinces. Il va paraître un mémoire imprimé contre son administration et contre toutes les malversations de son frère Fulvy. C'est ainsi qu'on sape absolument et qu'on ruine l'autorité du cardinal en détruisant les seconds, après quoi Son Éminence n'aura plus qu'à demander sa retraite, et il faut convenir que cela est conduit avec adresse ; on y voit la main de M. Chauvelin, et il y a longtemps que je sais qu'on voulait frapper le Orry.

M. de Campo Florido ne reviendra point succéder à M. de La Mina, comme on a dit.

— La promotion de brigadiers et de maréchaux de camp paraîtra demain; elle contentera peu de monde, et on verra de grands cris de mécontents, quantité d'abdications, etc. C'est un essai pour l'entrée de M. de Breteuil par où il pourra déplaire en arrivant, au lieu de toutes les satisfactions que ses amis se promettaient de lui dans son ministère.

Je lui ai présenté mon neveu[1], pour avoir un régi-

---

1. Ce neveu, qui avait fait la campagne de 1735 à vingt ans.

ment, il m'a dit que l'herbe serait plus courte qu'on
ne croit, c'est-à-dire qu'il y avait moins de maréchaux
de camp et moins de régiments à donner qu'on ne
s'imaginait. Je lui ai dit de ne se souvenir que d'une
chose, c'est que son père était mort de chagrin de ce
que le précédent ministère ne l'avait pas voulu faire
lieutenant général, ce qui ne lui serait pas arrivé sous
sa direction, ajoutant ce mot de l'Écriture-Sainte :
*Domine, si fuisses hic, frater meus non esset mor-
tuus;* et que représentant mes griefs tant à M. le cardinal qu'à feu M. d'Angervilliers lui-même, ils m'a-
vaient dit que les services du père devaient appliquer
leurs mérites à son fils que je lui présentais; que de
plus il avait fait la campagne de 1735, quoiqu'il n'eût
que vingt ans. A quoi il m'a promis d'avoir grand
égard.

Mme de Mailly et Mademoiselle se brouillent ensemble à vue d'œil, et cela rattache Mme de Mailly à
Bachelier. La diminution apparente du crédit de Mademoiselle fait encore un décroissement au parti du
cardinal qu'on assiége ainsi de tous côtés, tandis
que celui de M. Chauvelin se fortifie de tout. Il ne
manque plus qu'un exil à Mademoiselle, dont effectivement l'indécence peut le lui attirer. Le parti de
Mademoiselle n'était que celui des Noailles et des
princes légitimés, déguisé sous ce m....age, à quoi
le cardinal avait accédé sous main pour dresser une

---

est évidemment le jeune Collande, dont il est question ci-après,
p. 9. La sœur de notre auteur, Marguerite-Catherine-Madeleine
Voyer d'Argenson, avait épousé en 1715 Thomas Legendre de
Collande, qui devint maréchal de camp. Voy. t. 1er, p. 115, note.

batterie contre celui de M. le Duc et de M. Chauvelin.
La maréchale d'Estrées y était entrée comme m....
en second, et par une opposition naturelle à une
femme aux desseins de feu son mari.

On assure que la descente des Espagnols dans l'île
de Minorque est déjà faite, et avec succès, et que
l'amiral Haddock ne pourra secourir à propos le port
Mahon qui sera bientôt foudroyé. Les capitaines de
vaisseaux, pour dix-huit vaisseaux de ligne des nôtres
à Brest, et huit à Toulon, sont nommés et ont ordre
d'y envoyer leurs équipages. Le reste de l'équipement
est dans les arsenaux de ces ports, et sera, dit-on,
prêt dans huit jours, dès qu'on voudra. On s'imagine
que nous allons combiner nos escadres avec celles de
la Hollande, pour faciliter le commerce de la navigation des Espagnols aux Indes; c'est un soupçon qui
paraît bien douteux et quasi impossible, vu la façon
dont la Hollande prend ordinairement ses délibérations.

Cependant, jusqu'à présent, l'Angleterre paraît
maltraitée de toutes les verges à la fois : dépense
épouvantable, épuisement, matelots ôtés au commerce, mauvais succès en Amérique et enfin la famine actuellement à Londres, où tout est hors de
prix, par les glaces continuelles de la Tamise.

La misère de nos provinces s'accroît aussi de tous
côtés et est sur le point d'éclater, quoiqu'on envoie
quelques sommes pour les pauvres, sous le nom cha-
ritable de M. le cardinal qui s'en fait un inutile
honneur; mais, d'ailleurs, nulle provision de blés ni
de riz, ce qui nous expose à une calamité certaine.
Et les recouvrements comment seront-ils possibles?

On s'attend à tous moments à de nouveaux orages qui crèveront à la fois contre les Orry.

9 *mars*. — L'abbé Franchini[1], envoyé de Toscane, ci-devant attaché aux Médicis, puis à don Carlos et enfin à la maison d'Autriche depuis que le duc de Lorraine, gendre de l'empereur, a le grand-duché de Toscane, fort ami du cardinal de Fleury, l'abbé Franchini, dis-je, vient de partir pour Vienne et de là à Rome, depuis qu'il a su la mort du Pape. On assure qu'il a avec lui pour quatre millions de lettres de change, et que l'objet de ce voyage et de ces grosses remises qui sont de l'argent de France, ont leur destination à faire pape M. le cardinal de Fleury, de sorte que l'empereur et le grand-duc y concourant avec la France, l'Espagne le désirant pour être défait de ce premier ministre français, en voilà beaucoup plus qu'il n'en faut pour le faire élire.

Ainsi, ce qu'on avait traité de folie va se réaliser. Cela explique les mystérieuses démarches du roi; voilà quel était son but en gardant son vieux pédagogue; voilà quel était le motif du cardinal en supportant tant de nazardes depuis un an. On ne disconviendra pas qu'il n'y ait de la gloire à la France quand Louis XV fera pape son précepteur, comme le seul Charles-Quint y est parvenu pour le sien, Adrien VI, qui était fils d'un ambassadeur de Gand. L'espèce d'habileté scélérate du cardinal de Tencin est excellente en cette occasion; celle du cardinal de Rohan, l'exclusion qu'on a donnée volontiers au cardinal de Polignac

1. Voy. t, I, p. 96, note 3.

pour le voyage de Rome; que de choses concourent à ce but qui a paru d'abord si ridicule!

Le cardinal d'Auvergne en passant à Lyon, a appris des premiers la mort de l'archevêque de cette ville; il a sur-le-champ dépêché un courrier à Paris pour demander cette église, au lieu de celle de Vienne qu'il a. Certes son zèle, quoique peu éclairé, contribuera encore à la papauté du cardinal de Fleury. On verra par là cette Éminence faire une belle sortie triomphale en quittant sa patrie; il emportera peu de regrets, mais il sera au-dessus de ses ennemis.

On assure que les Espagnols ont débarqué douze mille hommes et vingt pièces de canons de vingt-quatre livres de balles dans l'île de Majorque. Le Port-Mahon est, dit-on, prenable en peu de temps du côté de terre; et, quoique les Anglais y aient depuis peu élevé quelques fortifications de terre, ils n'y ont que deux bataillons. Si les Espagnols réussissent, voilà Robert Walpole plus accusable que jamais de trahir sa patrie, ayant si mal pourvu à une place que sa nation a si fort à cœur, au moins autant que Gibraltar.

On dit que c'est M. de San Salphorino qui va venir ici ambassadeur d'Espagne à la place de M. de La Mina.

11 *mars.* — Mon frère est un des principaux députés du parti de Mademoiselle auprès du cardinal; il tient pied à boule, il y est grandement ménagé : il voit Mademoiselle et la maréchale d'Estrées dans le secret, il y faufile le pauvre chancelier, ainsi que M. de Fresnes, et tracasse auprès de tous les deux. On

a cru avoir gagné Mme de Mailly; elle joue cette
liaison; au fond, elle se tient à M. Chauvelin et à Bachelier, mais elle ne sait qu'à demi les secrets du roi
sur ce point; cependant sa liaison extérieure avec
Mademoiselle ne peut pas durer; au milieu des plaisirs et des amusements, le fond de la pensée est trop
opposé aux pratiques extérieures.

Le cardinal avait à Fontainebleau des entretiens
continuels avec Mademoiselle, qui parvenait chez lui
par un escalier dérobé. Cette commodité manquant à
Versailles, ce sont des tiers qui leur rendent les propos
et les faits, et certes mon frère y a encore sa partie. Il
lui a décoché depuis peu notre neveu Collande, jeune
homme d'une jolie figure, qui aura part à sa couche, et
qui sera capable de quelque portion d'affaire selon sa
partie : mauvais moyen, selon moi, pour obtenir un
régiment.

Le plan de ce parti a été de mettre M. le cardinal
de Tencin aux affaires étrangères, et, de là, premier
ministre. Par là, cet homme, passant pour habile, bou-
chait la porte à M. Chauvelin, tandis que M. Amelot
n'a été mis que pour prête-nom. Le plan est encore
de donner à mon frère le ministère des finances avec
la survivance de chancelier, sous le titre de garde des
Sceaux, sans fonctions.

M. de Maurepas, à la tête des secrétaires d'État,
écoute les volontés du roi et cherche à les exécuter pour
lui plaire, n'étant destiné qu'à la confiance en second.

J'ai entretenu aujourd'hui une amie de M. le Duc et
qui avait toute sa confiance. Elle m'a dit que ce prince
avait été trahi cent fois par Mme la Duchesse douairière, sa mère, et jusques dans les choses les plus capita-

les ; que cependant il ne lui avait jamais manqué, et
l'avait respectée comme devait faire un fils honnête
homme. Mme la Duchesse douairière a dit à sa
mort : Hélas ! c'était le seul de mes enfants qui ne
m'avait jamais *insultée !* bel éloge pour la race de
Condé et de bâtardise dont il s'agit ! Par jalousie contre Mme de Prie, Mme la Duchesse avait poussé
la fureur jusqu'à tremper dans la disgrâce et dans
l'exil de son fils en 1726. Autrement, dit-on, le cardinal n'aurait jamais osé tenter une telle entreprise,
s'il ne s'était senti appuyé par les princes. Ensuite, elle
l'avait si mal conseillé sur son retour à Versailles et
sur son rapatriage avec le cardinal ! Il voulait exiger
des satisfactions, comme le rétablissement de MM. Do-
dun et Breteuil dans leurs places, mais on l'avait
trompé sur cela.

Ces conseils, cette conduite de Mme la duchesse
douairière venaient de Lassay, son amant, homme de
peu d'esprit, quoique de quelque éloquence extérieure,
et qu'on a appelé homme de bonne compagnie, par
usurpation, mais au fond l'homme le plus bas et le
plus intéressé pour son tripotage d'actions qu'on
puisse voir.

A l'instant de la mort de M. le Duc, Mademoiselle
s'est emparée de l'esprit de la jeune duchesse et de
M. le comte de Charolais, qui est un fol avec quelques
bons intervalles d'une raison furibonde, mais qui s'en
lasse promptement. Elle a éloigné ce jeune oison de
tout concert avec sa mère, et on a placé à la tête de
cette maison le vieux Fortia, homme très-décrié pour
ses friponneries et odieux à feu M. le Duc. On met tout
sens dessus dessous dans cette tutelle, sous prétexte de

bon ordre ; on a ameuté les mécontents de la maison,
et ce sont les anciens favoris du prince qui essuient
les dégoûts les plus vifs, pour favoriser ceux qui
avaient son aversion. Le petit d'Argens vient d'essuyer l'affront cruel de se voir ôter le régiment de
dragons de Condé, quoique le roi l'eût breveté. Il a
la fistule et le chirurgien n'osant le tailler, Mme
d'Argens la mère a été au cardinal pour représenter,
et son Éminence lui a tourné le dos. On a gagné
le roi par sa maîtresse, en donnant ce régiment au
petit de Mailly. Mme la Duchesse mère sait qu'on
l'éloigne à plaisir de la direction des affaires de son
petit-fils, quoiqu'elle lui appartînt ; elle assure qu'elle
ne troublera pas cette résolution, quoiqu'elle en sente
toute l'indignité.

Mme la princesse de Conti douairière est dé-
routée, et, ayant trop d'affaires, elle n'en a aucune.
Elle a perdu patience sur le parti de M. Chauvelin.
Son amant, M. d'Aiguillon, vient de s'allier avec M. de
Maurepas, et il paraît qu'il lui inspire ce parti d'esca-
dron volant. Si elle est bien quelque part, c'est avec
sa mère, mais du moins elle est en fureur contre le
parti de Mademoiselle et contre la personne de cette
princesse mégère, la décriant perpétuellement.

Au fond, le cardinal connaît ces différents partis et
les méprise, ayant l'esprit de critique et de satire, s'il
n'a pas d'autre partie de l'esprit : mais la fureur où il
se trouve engagé contre M. Chauvelin le rend adonné
et ami du nombreux parti de Mademoiselle, et il en retirera ce qu'il pourra jusqu'à la fin.

On regarde tous les jours comme chose sérieuse
qu'il sera pape à ce conclave. M. le prince de Conti

est brouillé avec Son Éminence et ne le voit plus. Il
parlait l'autre jour, à Choisy, devant le roi, de la papauté du cardinal de Fleury; le roi répondit : *Ah !
monsieur, il ne l'accepterait pas pour me quitter.*
M. le prince de Conti répliqua : *Tant pis, sire.* Ce
discours politique du roi, aux yeux de ceux qui connaissent la dissimulation continuelle de Sa Majesté, prouve
combien il est question de cette papauté sérieusement.

12 mars. — Les affaires dont mon frère est chargé
sont bien vives, quant au parti de Mademoiselle et du
cardinal. Il a dîné avant-hier, en Sorbonne, avec Son
Éminence , chez l'abbé de Vaubrun , devant la thèse,
et voici qu'il fut mandé encore hier à Issy pour dîner
et travailler avec Son Éminence, et, de cette affaire-là,
il rompit son conseil d'Orléans et son grand dîner des
vendredis. Qu'on juge quel objet a la vivacité de ce
travail !

Plus ce parti est pressé de crainte, plus il s'unit
fraternellement. Ainsi, sentant, par l'élévation de Breteuil et par quantité de démarches du roi, quel Dieu
triomphe à la cour, ils redoublent leurs efforts, et
leurs querelles particulières cessent, comme il arrive
en Angleterre entre les whigs et les torys, quand l'État
ou la religion sont en danger. Alors tous partis n'en
font qu'un.

— M. de Breteuil n'a pas encore vu Bachelier en
particulier; il lui a seulement glissé un mot de grand
remercîment chez le roi. Le mystère profond est gardé
sur ces choses-là. Il a eu une conversation de deux
grandes heures avec Hogguer, ami de Bachelier, et lui

a fait cent mille amitiés. Il a été beaucoup question
de moi. M. de Breteuil en a parlé comme d'un frère à
qui il souhaite ardemment et promptement une certaine place, et il a conjuré cet ami commun d'y exciter
M. Bachelier. Hogguer a été surpris de la vivacité de
Breteuil pour ce qui me regarde.

[*Janvier* 1737.] — Un homme bien instruit de ce
qui s'est passé lors de la disgrâce du garde des sceaux
Chauvelin m'a assuré que le cardinal avait eu en main
une pièce authentique pour lui faire couper le col.
Cette pièce est une lettre de ce ministre à M. de Cha-
bannes, colonel du régiment de la reine, par où il le
chargeait d'assurer le roi de Sardaigne qu'il n'avait
aucune part à la paix séparée que la France faisait
avec l'empereur, sans l'Espagne et sans ledit roi de
Sardaigne. Cette lettre a passé ensuite entre les mains
de M. de Pezé, et les papiers dudit sieur de Pezé ayant
passé après sa mort à M. le marquis de Beringhen,
son beau-frère, celui-ci a eu la lâcheté de les remettre
au cardinal. Je m'étais toujours bien douté qu'un
homme aussi sot et aussi dépensier que ledit premier
écuyer devait être lâche et perfide; car c'était de tous
temps un des meilleurs amis de M. Chauvelin, de qui
d'ailleurs il est proche parent. On m'assure aussi
par là que M. de Pezé était un des meilleurs amis
de M. Chauvelin, et le tout avec grand mystère,
car Mme de Gontaut, sa maîtresse, était persuadée
qu'ils se haïssaient. Pezé était d'une ambition déme-
surée, il prétendait aller à tout et surtout au gouvernement de l'État. On a trouvé dans ses papiers un
projet de sa main pour accommoder l'affaire de la

constitution : qu'on juge, par cette besogne si étrangère à sa profession, des vues d'ambition dont il était
possédé.

A l'égard de la prétendue pièce de conviction et si
capitale contre M. Chauvelin, je dirais d'abord qu'on
pourrait révoquer en doute son existence, et ensuite il
est bon de renier toute cette vilaine besogne. La défection à nos alliés était bien laide. Nous disions que nous
ne gagnerions rien à la guerre, et cependant nous y
gagnions la Lorraine, en laissant nos alliés dans le
lacs, ôtant le Milanais conquis et destiné aux Savoyards
pour le rendre à l'empereur, ôtant aux Espagnols
Parme et la Toscane, ce que la reine d'Espagne appelait son cotillon, puisque c'était son patrimoine. Or,
M. Chauvelin, destiné à gouverner après la mort du
cardinal, faisait bien pour l'État de conserver son
crédit et d'échapper à une telle accusation auprès
d'un voisin aussi important pour nous que le roi de
Sardaigne, qui a la clef de l'Italie.

13 *mars* 1740. — Il ne restait plus guère aux ennemis de M. de Chauvelin que le parti de Mademoiselle, et voilà qu'on le sape à tous moments. On a
donné ordre à l'évêque de Rennes de rester dans son
diocèse, sous prétexte des affaires de la Bretagne.
Mme de Mailly se déclare de plus en plus brouillée
avec cette princesse : par là, on ôte toute force res-
tante à ce vilain parti, et, moyennant cela, tous les
autres n'ont point d'accès auprès du roi, ni le cardinal, hors pour le travail de quelques demi-heures par
semaine, ni la comtesse de Toulouse, ni Noailles, etc.
M. Hérault est moribond, quoiqu'il aille un peu mieux

par le remède du médecin arabe; il n'en peut certainement pas revenir, et M. Orry n'ose plus tant éclater
qu'il faisait. Par là, on diminue toute l'aigreur qu'on
inspirait au cardinal de plus en plus contre M. Chauvelin, et son retour du vivant même du cardinal se
rapproche, en cas de mort subite du chancelier; mais
s'il vit, cela sera heureux, et les choses resteront
comme elles sont.

On regarde la promotion qui va paraître de maréchaux de camp et de brigadiers comme ridicule,
comme une grande irrévérence à l'autorité royale
qu'on a forcée à cette promotion par les plaintes et les
cris de nos jeunes seigneurs qui veulent avoir des régiments et des grades, absolument et sans autre raison,
sinon que l'on a donné trois brevets pour ceux qui
ont servi en Corse.

Le parti de Mademoiselle est absolument sapé. Mlle de
Clermont disait l'autre jour à Mademoiselle : Ma sœur,
retirons-nous d'ici, parlant des soupers du roi, nous en
serons bientôt chassées, si nous ne nous en retirons.

En effet, on a ordonné à Mme de Mailly une
brouillerie avec elle sur des chiffonnages de femme, et
cette brouillerie a éclaté au point qu'elles sont bientôt
à couteaux tirés. Le roi ne parle plus à cette princesse,
et tout le monde y applaudit. Voilà pourtant tout ce
qui restait près du roi aux cardinalistes. L'autre jour
le roi partit pour la chasse, dans son berlingot, avec
Mme de Mailly et Mme de Vintimille dans le fond, le
roi et le Duc sur le devant, et laissa là Mademoiselle
sans lui faire rien dire.

Cependant il faut une m.... royale, il faut une
compagnie à Mme de Mailly ; tout se tourne du côté

de Mme la comtesse de Toulouse[1] : son appartement rend à celui du roi par un escalier dérobé; Sa Majesté y descend à toute heure et à tout moment; tout cela finira par donner ce logement à Mme de Mailly. C'était autrefois celui de Mme de Montespan, qui passa à M. le comte de Toulouse. Mme sa veuve est dévote comme le sont toutes les m.... à carrosse; elle soutiendra son rôle assez bien, pourvu qu'elle ne soit pas des soupers particuliers. Ce sera peut-être pour le roi qui est jeune un nouveau ragoût que de faire un tel usage d'une dévote. Mais, dit-on, le roi donnant la place de faveur dont il s'agit à Mme la comtesse, elle a derrière elle les Noailles, et, en effet, on voit lesdits Noailles tout regaillardis depuis qu'il est question de bâtir cette haute faveur de Mme la comtesse sur les débris de celle de Mademoiselle.

M. de Puysieux, qui est arrivé cet été de son ambassade de Naples, m'a dit que don Carlos avait environ dix-sept millions de revenus, tant de Naples que de Sicile, mais qu'il était bourreau d'argent; qu'il ne pourrait se soutenir s'il ne devenait plus ménager; qu'il y avait longtemps qu'il ne recevait plus d'argent de l'Espagne; qu'il avait trente-deux mille hommes de troupes, trois vaisseaux de guerre et six galères, qu'il avait vingt et un mille hommes d'infanterie espagnole; que ses deux régiments volants ne valaient rien; les Suisses bons, cavalerie bien montée, mais très-mauvaises troupes nationales italiennes.

---

1. Marie-Victoire-Sophie de Noailles, née le 6 mai 1688, veuve, en 1737, de Louis-Alexandre de Bourbon, fille naturelle de Louis XIV.

La neutralité de cette monarchie offerte aux Anglais a été acceptée, mais ils s'en soucient moins que de celle du Portugal, ou, pour mieux dire, si le roi de Naples manquait à cette neutralité, cela importait bien moins aux Anglais qu'il n'importerait à l'Espagne de faire déclarer le Portugal pour ou contre, afin de l'attaquer ou de s'en servir contre l'Angleterre.

15 *mars*. — M. le cardinal a été pris absolument pour dupe dans sa haine contre M. de La Mina ; il croyait avoir après lui un ministre à sa fantaisie; il a commencé par donner l'exclusion au comte de Montijo, sur ce que cet Espagnol, revenant de son ambassade d'Angleterre, passa par Paris, et que Son Éminence le trouva léger et hardi. On a proposé ensuite M. de Campo-Florido, aujourd'hui ambassadeur d'Espagne à Venise, et le cardinal, l'apprenant encore trop tôt, lui a donné pareillement l'exclusion; mais la reine d'Espagne a tenu bon, et a dit qu'il ne tiendrait pas ainsi à ce vieux prêtre de donner l'exclusion à tout son royaume, comme il voudrait. Elle a prononcé qu'il optât entre Montijo et Campo-Florido, et il a opté pour ce dernier qu'il connaissait moins que l'autre, parce que son espèce d'imagination donne toujours chez lui de l'avantage aux inconnus sur les connus.

Or, ce Campo-Florido-là est ce que voici : Peu homme de guerre, il a cependant commandé à Valence où il pillait tant qu'il pouvait, mais le dépensait; magnifique à la folie, ici il imaginera des fêtes inconnues et incroyables. Grand fripon, digne d'être

Italien, ne perdant pas son objet de vue un instant,
homme à grandes courbettes, à lâche cérémonial,
mais à instants rudes : voilà quel homme s'est donné
le cardinal pour en perdre un peu dangereux.

En attendant, M. de La Mina se conduit et projette
de se conduire en habile escroc; il envoie sa femme
en Espagne, il restera seul avec peu de domestiques
afin qu'un beau matin il n'ait plus que sa personne à
éclipser, et bonsoir aux créanciers qui sont en grand
nombre! Il doit à tous les ouvriers de ses beaux
équipages, et, à bon compte, il les a revendus tout
faits, argent comptant.

Pour ce Campo-Florido, on assure que c'est un des
beaux escrocs qu'on ait encore vus ici, le tout de
bonne foi et pour dépenses, et il faut que chaque
marchand se tienne bien sur ses gardes. Quand il fut
commandant à Valence, il mit tout à contribution;
mais, par son talent d'intrigue et de courtisan, allant
mieux à ses fins qu'aucun autre, il se préserva de disgrâce, et même étonna le ministère qui, l'appréhen-
dant, l'envoya seul dans cet honnête exil de l'ambassade de Venise. Je m'imagine que c'est un M. d'Antin :
il ne démord pas de son objet, il va par souplesse,
par bassesse, par hauteur, par fourberie; nulle foi,
nulle parole; tous les mensonges, toutes les fourberies
sont ses moyens. Il se prépare à jouer un grand rôle ici.

Notre ambassadeur de Pétersbourg, M. de La Chetardie, a débuté par une nouveauté en arrivant. Dès le
lendemain, il a demandé avec empressement son audience publique : on a été étonné; il a dit qu'il en
avait ordre; on lui a donc accordé cette audience le
surlendemain de son arrivée. Escorte, garde de la

reine, carrosses de la reine, les siens et la livrée qui étaient assez beaux ont formé une manière d'entrée publique, mais comme par impromptu et par boutade, à l'imitation de M. de Mirepoix qui avait obtenu son audience, mais particulière, le soir même de son arrivée à Vienne, pour jouer l'empressement; mais sommes-nous dans le cas d'affecter une si grande vivacité pour la czarine? L'effet de ce coup d'État est que cela épargne toutes les dépenses d'une entrée préméditée à M. l'ambassadeur : chacun se tire d'affaire comme il peut. Je savais de Paris que tel était son projet de débuter par un coup d'éclat, de magnificence, pour donner dans la vue, puis de se retirer dans sa coquille, et d'épargner tant qu'il pourra.

Cependant ce projet singulier n'a pas absolument tout le succès désiré; l'affectation se remarque, et celle qui a l'épargne en vue, dans les places de représentation, tient à la turpitude. Voici donc que la cour de Pétersbourg, étonnée de ceci, a donné ordre au prince Cantimir de demander à M. le cardinal s'il lui avait donné cet ordre bizarre, et Son Éminence a répondu qu'il ne lui en avait donné aucun. Voilà un mécontentement contre La Chetardie, un tour de maître Gonin, qu'on commence par lui reprocher.

M. de L'Hôpital est parti ce matin pour son ambassade de Naples. Il a refusé de prendre le secrétaire de M. de Puysieux, homme, dit-on, des plus sensés et des mieux instruits, et il a préféré M. du Tillois, frère de Mme de La Jonchère, que je connais beaucoup, homme de peu d'esprit et de petites connaissances, sachant la délicatesse de la langue italienne, connaisseur en concetti, jouant lui-même de la musette, etc., assez joli pour un souper, mais de peu de sens et de jugement. Cependant il faut qu'un secrétaire supplée à ce qui manque à son maître. L'ambassadeur étant lui-même léger, gentil, ignorant et peu accoutumé à raisonner de suite, le peu de poids dans la tête du secrétaire aurait dû contrebalancer toute la machine, et faute de cela, je crains sa médiocrité.

Un étranger a demandé l'autre jour à voir cette Mme de Mailly qui fait tant de bruit; il l'a guettée en sortant de la messe, et l'ayant vue, il a dit : « Quoi! c'est-là le choix du roi? Vraiment, s'il avait eu un royaume à choisir, il n'aurait pas pris la France, il eût pris la Corse. »

17 *mars.* — Voici un autre beau bruit que le roi prend la peine lui-même de faire courir, tant il est envieux de tous les délices de la dissimulation! On publie donc que le sieur Bachelier n'est plus bien avec le roi; que les autres valets y sont aussi bien que lui et davantage, comme Bontemps et Champcenay. Mais pourquoi, dit-on, Bachelier est-il diminué de faveur? — Parce qu'il s'est remis en grâce avec le cardinal. — Mais, objecte-t-on, si le cardinal est si cher au roi, c'est faire sa cour à Sa Majesté que de s'être concilié de nouveau la faveur du cardinal et d'avoir éteint ses mécontentements. On réplique à cette objection que cependant le roi est devenu fort jaloux de ses actions d'humanité et de l'intérieur de ses occupations, et que le sieur Bachelier s'est lié avec Son Éminence aux dépens de l'indépendance royale, et, en lui rendant un mauvais compte de tout cela, a pu altérer sa faveur.

Le vrai est que le roi n'est pas changeant et qu'il
aime grandement à donner le change. Ainsi il se sera
passé de nouveau quelques discours entre lui et Son
Éminence, où l'empire de Bachelier aura été reproché, et, sur cela, Sa Majesté prend soin de semer de
telles choses.

Les nouveaux maîtres des requêtes placés au scandale de tout le conseil sont : Briçonnet, imbécile et
à qui la cour a donné d'abord un secrétaire, et,
comme ledit Briçonnet avait deux bureaux de finances
rapportant du revenu, ce qui est la récompense du
travail au conseil, M. le cardinal les a donnés tous
deux à la fois à Saunier, autre maître des requêtes,
imbécile et qui n'a jamais rapporté que quelques affaires en balbutiant de langue et d'esprit, mais qui est
le neveu de son chirurgien, La Peyronie.

La promotion de maréchaux de camp et de brigadiers paraît : tout ce que j'en ai appris jusqu'à cette
heure, c'est que ce sont des choix à la diable. Un in
connu[1], capitaine au régiment du roi, a le régiment de
Piémont ; le frère du président D'Ameuil a Dauphin
étranger ; le cadet du président de Maupeou a Bigorre.
La promotion des maréchaux de camp est restée à
Rosnyvinen[2], le plus méritant des candidats, et ainsi
du reste.

Cependant un reste de l'étoile du cardinal veut encore que nous aurons, dit-on, une très-belle année et

1. Michel-Gabriel Amproux, comte de La Massais. Fait maréchal de camp en 1746, il mourut à Paris le 7 octobre 1764.

2. Le marquis de Rosnyvinen n'obtint ce grade qu'en février 1743.

que les biens de la terre ont été conservés et augmentés au lieu d'avoir souffert du long hiver, et les Anglais, aveuglés par leurs haines réciproques entre la nation et le ministère, ne vont point à leur but et se consomment en dépenses.

18 *mars*. — A la thèse de l'abbé de Fleury, il y a huit jours, il arriva qu'un abbé licencié de Sorbonne, à qui M. le cardinal avait refusé un bénéfice, se mit à argumenter contre le neveu et le poussa si bien qu'il le mit au sac, sur quoi le président le fit taire.

Hier, autre thèse du neveu, le cadet, abbé de Royaumont ; mais M. le cardinal se trouva fort enrhumé et on lui conseilla de ne point s'exposer, ce qui fit une grande nouvelle, car toute la France était en Sorbonne, et on y avait préparé à dîner. Son Éminence dut sentir par là tout ce que l'on disait de sa santé. Il est retourné le soir d'Issy à Versailles, et il a dû y avoir ce matin un grand conseil, dit-on, extraordinaire, ce qui aboutira à ce misérable conseil des dépêches, avancé du samedi au vendredi, à cause de quelque partie de chasse ou de souper.

On dit que le cardinal a manqué à ladite thèse à cause de tous les cris et remontrances qu'il prévoyait devoir essuyer sur la promotion nombreuse qui vient de paraître, et surtout pour celle des régiments, où on ne voit que des gens inconnus, comme le régiment de Piémont donné à un capitaine du régiment du roi, qui n'est, dit-on, pas gentilhomme, et ainsi de plusieurs.

Le père Neufville, grand prédicateur jésuite, qui prêche le carême à Versailles, prêcha, dit-on, diman-

che contre cette promotion sur les choix de recommandation, sans égard aux mérites.

A ce sermon il faut voir, dit-on, Mme de Mailly,
maîtresse du roi, qui est assise avec d'autres dames au
bas de la chaire du prédicateur, de sorte que le roi a
cette dame devant lui ainsi que le sermonneur. On
dit que d'un coup d'œil, Sa Majesté voit le pour
et le contre, la partie, la contre-partie, le poison et
l'antidote.

On ne parle que du congé donné aux deux princesses sœurs, Mlle de Charolais et Mlle de Clermont, quant aux soupers particuliers. Mademoiselle
voulut, dit-on, faire l'autre jour quelque arrangement
de soupers avec le roi, pour la Muette, Choisy, etc.,
en quoi elle était maîtresse passée par son expérience
pour des plaisirs ridicules et extraordinaires; mais on
en sait à présent autant qu'elle; on l'a congédiée dans
ce saint temps de carême. On n'a plus besoin de m....,
on se contente de la p.... On envoie seulement lundi
chercher la maréchale d'Estrées avec les deux sœurs
Mme de Mailly et Mme de Vintimille, ce qui, avec un
ou deux courtisans, fut suffisant au petit souper du
roi, et voilà qu'on prend goût à ce particulier. Cela a
commencé par des brouilleries enragées entre Mme de
Mailly et Mademoiselle (on n'appelle plus Mme de
Mailly que *Madame la comtesse* tout court). Il a fallu
lui sacrifier cette méchante m.... de Mademoiselle,
de quoi les honnêtes gens font des feux de joie à la
cour.

Et, à tout cela, on voit que le parti de M. Chauvelin
prospère et que celui du cardinal dépérit et est à rien
à présent. Bachelier est plus maître que jamais, et

c'est une belle comédie où le roi se plaît que les bruits qui ont couru du partage de sa faveur avec Bontemps et Champcenay.

19 *mars.* — J'ai vu hier des gens alarmés de la nouvelle faveur de Mme la comtesse de Toulouse qui est devenue l'amie et l'asile de Mme de Mailly, et qui concourt, dit-on, avec le bruit de la diminution de faveur de Bachelier; mais c'est faute de principes fixes qu'on se met de telles nouveautés en tête. Le roi est timide, mais ses inclinations ni déterminations ne sont point flottantes comme on se l'imagine; il n'est que trop résolu, gare même que cela n'allât à l'obstination, s'il résolvait mal. Il aime les âmes fermes et les cœurs droits. Il a une maîtresse d'habitude plutôt que d'amour, aimée parce qu'il s'en croit aimé, plutôt que par l'attrait de sa beauté. Pourquoi veut-on que cela le détourne de tout ce qu'il a au monde de plus capital et de plus résolu, comme est son plan pour gouverner après la mort du cardinal, et même de son vivant, comme je l'ai tant expliqué ci-dessus?

Le rhume du cardinal qui l'empêcha d'aller à la thèse n'était rien. On l'a vu hier à Issy avec plus de santé que jamais, nouvelle et miracle continué qui n'est jamais annoncé que comme un fléau public.

Son étoile veut toujours qu'il résulte des avantages pour son ministère de ses fautes et de sa malhabileté continuelle; il devient avéré toujours : 1° que l'empereur se montre de nos amis et est lâche dans la cause présente; 2° que don Carlos se trouve garni de quelque défense et est conduit par des conseils assez sages; 3° plus que tout cela, que les Anglais ne sui-

vent qu'une rage ténébreuse, Walpole étant tout à
fait d'accord avec notre ministère, et le parti opposé
à la cour en Angleterre n'ayant pour visée que de déplacer ledit Walpole et de diminuer l'autorité du roi
même, et de détrôner le père pour intrôner le fils, de
sorte que la division dans ce royaume lui ôte toutes
ses forces, n'employant la rage de la nation qu'à l'é-
puiser, et en voulant plus à leur ministère qu'à toute
la maison de France entière, ce qui opère l'affaiblissement de l'Angleterre et de l'Espagne tout à la fois.
D'un autre côté nous procurons par là aux Hollandais
le commerce de l'Espagne, et leur bonne situation
présente les attache à nos conseils pour faire durer
longtemps la détresse des Anglais. Nous gagnons aussi
quelque chose du côté du commerce de l'Espagne.
Reste à avoir une belle année de récolte, ce qui nous
paraît promis; mais pour de l'argent dans les provinces, voilà ce qui nous fuit de plus en plus, et la
malhabileté du ministère ne permet pas d'espérer aucun redressement sur la misère des provinces, ce qui
ira au contraire en augmentant.

20 *mars*. — Mme de Mailly a paru avec un habit
jaune tout chamarré de martre zibeline, avec un petit
chaperon de fleurs jaunes et une aigrette; elle a l'air
d'un masque du bal. Le Roi la voyant entrer au sermon, a dit à la maréchale de Villars : « Je crois que
la czarine doit être mise comme cela actuellement. »
Mademoiselle a envoyé à Mme de Mailly une ta-
batière avec son portrait, pour démentir le bruit
général qu'elle est expulsée du m....age Cependant
ce n'est que bassesse, car, au fond, le Roi, à la prière

de Mme de Mailly, ne peut plus souffrir cette princesse et on ne la verra plus guère de ses parties de
souper.

On travaille à une promotion de supplément pour
réparer tous les griefs qu'ont ceux à qui on a fait des
passe-droits très-injustes. Ces promotions ne finiront
plus et sont fort nuisibles au service.

Mme de Mailly a, devant le monde, avec le roi,
tous les dehors de la hauteur et de l'empire, et, dans
le particulier, elle a toute la complaisance et le jeu de
la soumission. Au dîner public aujourd'hui, le monarque la lorgnait tant qu'il pouvait, et elle allait
toujours en se reculant afin que Sa Majesté se tordît
le col. Elle lui a fait accroire qu'elle avait une grande
passion pour lui; le tempérament et l'habitude font
le reste, car son peu de beauté, même sa laideur, font
un grand scandale aux yeux des étrangers, qui demandent tous, en arrivant, où est la maîtresse du
roi. Le cardinal a même dit à quelques amis qu'il
était fâché de cette faiblesse par la raison de cette laideur. Certainement elle est bien conseillée dans sa
conduite en gros et en détail; reste à savoir qui y préside; pour moi, je ne doutai jamais que ce ne fût
Bachelier, quoiqu'on affecte des brouilleries pour
donner le change.

Le grand grief contre Mademoiselle est qu'elle voulait absolument donner au roi Mme la Duchesse, la
seconde douairière.

Le Roi augmente de haine contre Mme de Mazarin
et contre son amant Du Mesnil. Il y a quinze ans que
Sa Majesté a cette prévention, lui ayant attribué tout
ce en quoi la reine ait jamais pu lui déplaire, et en-

suite Mme de Mailly lui a fait aisément passer son
aversion naturelle pour cette belle-sœur. Quelques
petits conseils tenus pendant la maladie de langueur
de Sa Majesté, il y a deux ans, touchant le gouvernement d'une régence, ont achevé cette mortelle
aversion.

21 *mars*. — M. le Dauphin est d'une violence
épouvantable, et, loin de s'en corriger, cela augmente,
quoiqu'il ait dix ans et demi. Il frappe ceux qui l'entourent; il a l'autre jour donné un grand soufflet à
l'évêque de Mirepoix, son précepteur, pour l'avoir
contredit. Il a eu ci-devant quelques emportements
de cette espèce avec le chevalier de Créqui, qui l'a
obligé à lui faire satisfaction, s'en étant plaint à M. de
Châtillon, avec menace de s'en plaindre au roi.
M. le Dauphin a un air de vivacité et de déraison
qui menace le monde de quelque chose de dangereux.

M. le prince de Conti a un fonds d'esprit; mais il a
la grande sottise de quantité d'affectations; il outre
ce qu'il est, il joue le libertin, l'étant, le méchant
et le satyrique, l'étant aussi, et, à tout ce métier là, il
se fera crever et haïr.

22 *mars*. — On reçoit un courrier de Berlin par
où on apprend que le roi de Prusse est à l'extrémité
et doit être mort à présent. Sa goutte est devenue
hydropisie, et son hydropisie gangrène. Et toujours
voilà cette étoile singulière du cardinal, qui, restant
au monde, a beau jeu à la vérité, pour voir mourir
du monde. Mais pourquoi le roi de Prusse va-t-il prédé-

céder l'électeur Palatin ? C'est, dira-t-on, pour écarter tout le danger de cette guerre de Juliers que S. M. prussienne avait si fort dans la tête, pour ôter un allié puissant à l'Angleterre. Cependant, qu'on ne s'y trompe pas, le prince royal, son successeur, homme fort raisonnable et de beaucoup d'esprit, prendra le parti qui conviendra à la gloire et à la raison : il aimera les lettres et les beaux-arts, il est vrai, mais sa philosophie le conduira à la raison, et ainsi il ne négligera ni ses forces ni ses droits. Le roi de Prusse laisse, dit-on, un trésor magnifique, une épargne de cent soixante millions dans un caveau toujours bien gardé, où il avait un trou comme à un tronc, par où on jetait les sacs d'or et d'argent, et, dans ce caveau, des tablettes où les sacs étaient rangés comme dans une bibliothèque. Mais le beau trésor doit être celui de Hanovre, où S. M. britannique envoie tant d'argent d'Angleterre. Cependant on assure que, par avarice, il le fait travailler en Angleterre même, et qu'il a à lui, sous différents noms, les trois quarts des fonds publics.

Mademoiselle s'est raccommodée authentiquement avec Mme de Mailly par des présents, comme je l'ai dit ; car ce bruit de brouillerie faisait trop de tort, non à sa réputation, mais à son crédit, ce qui est bien autre chose ; elle est donc revenue à Versailles depuis hier, mais elle la garde bonne à Mme de Mailly : elle donnera Mme la Duchesse à Sa Majesté, ou ne pourra.

M. de La Trémouille a fait ses plaintes à la propre personne du roi, sur ce qu'il n'était pas maréchal de camp, et il a fait entendre que toute cette nouvelle

promotion n'avait eu lieu que pour faire le duc de
Fleury brigadier. Le roi lui a répondu avec des termes
de dignité et de justice.

Le cardinal a rompu carême par ordre, dit-on, de
M. le Dauphin, c'est-à-dire par une lettre obligeante
que lui a écrite ce prince, à la suggestion de M. de
Châtillon. L'Éminence tousse, son rhume augmente,
ce qui ne vaut rien au renouveau pour les vieillards.
Il a de très-mauvaises nuits, à ce que je sais bien.

24 mars.— M. Vanhoey, ambassadeur de Hollande,
s'est avisé de proposer qu'on m'envoyât en Angleterre, pour faire passer quelques propositions qui
eussent pu réussir entre mes mains. L. A. avait projeté
tout cela à merveille; je devais n'y aller que comme
simple voyageur avec des ordres secrets pour traiter
avec Walpole et Pulteney. Plus on me croyait ici en
froid avec Son Éminence, plus j'étais propre à traiter
utilement à Londres, ma marche n'étant pas aperçue.
J'arrivais là-bas avec une curiosité ordinaire à quantité de gens qui vont voir l'Angleterre. Vers la fin du
parlement, je pouvais y être propre et même plus
propre qu'un autre. Les Anglais me connaissaient par
tout ce qui a été annoncé sur mon compte à Lisbonne
pendant deux ans, et j'oserai dire qu'ils me crai-
gnaient, sur le fait de leur commerce. La bonne foi,
jointe à quelque intelligence, avance bien les affaires
et produit toujours des effets inattendus. Il y avait eu,
pendant deux ans, de gros et continuels paris à la
bourse à Londres, que j'arriverais ou n'arriverais pas
à Lisbonne. Annoncé et connu ainsi, jouissant de la
même réputation dans ma patrie, je pouvais être très–

utile dans la négociation d'Angleterre. Je pouvais, au
bout de quelques jours, me faire écouter des deux
partis, et par leurs propres intérêts leur inspirer d'entendre la voix de la raison. D'ailleurs, je me vanterai
d'être au fait du courant des affaires et des discussions actuelles entre l'Espagne et l'Angleterre, peut-être
tout aussi bien que M. Du Theil, qu'on avait parlé d'y
envoyer; car celui-ci est tombé dans la négligence à
force d'être inoccupé, et j'ai lu et extrait constamment toutes les pièces, actes et faits du procès, à mé-
sure qu'il a avancé.

Mais le cardinal est incapable de mettre sous ses
pieds aucun ressentiment personnel, tant sa petitesse
d'esprit est grande et son goût pour le bien des affaires
est petit! L. A. vient de me mander que Vanhoey,
ayant fait son ouverture sur mon compte avec la vivacité d'un homme qui m'estime et qui croit la proposition très-utile au bien des affaires, on lui a répondu
sèchement que l'on avait pris d'autres arrangements,
et qu'il ne fallait plus qu'il pensât à ce projet.

Je suis persuadé encore que j'ai chagriné le cardinal
en allant, comme j'ai fait, à la thèse de son neveu, et
m'y rendant tranquillement des premiers, j'ai été placé
tout devant lui, d'où il m'a fait la révérence en enra-
geant. Je vis le chagrin le prendre quand il m'aperçut,
et peut-être ne vint-il pas à la thèse de la huitaine de
son second neveu parce que j'y devais également arriver des premiers. Il est assez petit pour donner dans
de telles petitesses. Quoi ! moi qui me suis tourné à
suivre des conseils de fermeté, à le rendre impuissant
à me nuire, moi qui ne vas point chez lui à Versailles,
moi qui, au lieu de l'éviter, me trouve souvent sur

son chemin chez le roi, moi qui ai la protection royale, moi qui me trouve tranquille et qui me tiens en règle !

25 *mars.* — Voici comme a été la conversation entre M. le cardinal et M. Vanhoey sur ma commission projetée en Angleterre, et c'est tout ce que je voulais savoir. L'ambassadeur de Hollande a trouvé le cardinal fort embarrassé sur ces affaires qui ne paraissent pas s'acheminer à la paix, mais, au contraire, à des troubles par accroissement. Et certes, le cardinal ne sait qui y envoyer, j'entends qui de raisonnable et de convenable. M. Vanhoey lui a dit : « Monseigneur, il y en a un tout trouvé et qui paraît plus propre qu'aucun autre ; il inspirerait confiance aux deux parties contestantes, et la mériterait ; il vous inspirerait tous les expédients imaginables ; il est au fait du courant autant que tout homme même du bureau des affaires étrangères. » Et sur cela, il m'a nommé. Le cardinal a répondu : « Il est ami aussi bien que vous, Monsieur, de L. A., » voulant dire par là que cette inspiration lui venait de là. L'ambassadeur a dit : « Oui, Monseigneur, et il faut convenir que c'est un galant homme, un honnête homme. — J'en conviens, a dit le cardinal, en répétant ces deux qualifications, mais *M. Chauvelin lui a fait tourner la tête.* » Et sur cela, il a précipité le choix du petit Bussy du bureau des affaires étrangères, pour l'envoyer secrètement en Angleterre.

Mars. — On parle de décider le chancelier à abandonner sa place, en lui faisant un grand parti. Mon frère se flatte d'y être poussé par le cardinal, pour ménager les affaires de la constitution.

On parle encore du président de Maupeou, qui a, dit-on, ses prôneurs pour la même place. Il a épousé la petite-fille de M. de Bàville, et tient par là au cœur du cardinal de Fleury. Son fils est un excellent sujet; et M. de Courson, son beau-père, fait bassement sa cour au cardinal. Il est grand ami de l'hôtel de La Rochefoucauld; il s'est assez bien ménagé auprès de M. Chauvelin, qui était et est encore son confrère au parlement; mais il a peu d'esprit, peu de sens, une belle figure, de l'usage du monde, mais nul savoir pour une si grande place que celle de chancelier de France.

M. de Breteuil a eu un saignement de nez de trois heures chez Mme d'Egmont, et a été saigné deux fois; il est fort changé, le sang lui porte à la tête; on craint qu'il ne vive pas. On demande qui est-ce qui lui succédera : ce sera sûrement quelqu'un qui ne sera pas brouillé avec le parti de M. Chauvelin, si ce n'est pas un chauveliniste déclaré, comme a été Breteuil.

Il est à savoir sur cela que Puyguion [1], un des gentilshommes de la manche de M. le Dauphin, ayant été sur le point d'épouser Mlle de La Grandville, il voulait en avoir l'agrément de M. Bachelier, qui débattit la question. Il convint que La Grandville, intendant de Lille, était un bon sujet et un honnête homme, mais qu'il tenait trop à Mme la comtesse de Toulouse et à Mademoiselle, ennemies déclarées de M. Chauvelin, et, sur cela, le mariage fut rompu.

---

1. D'Argenson écrit Pudion. Charles-François de Granges de Surgères, marquis de Puyguion, mort à l'armée d'Italie, le 5 août 1746, âgé d'environ 39 ans. Il était alors maréchal de camp.

Mlle Quinault[1], ci-devant comédienne et aujour-
d'hui maîtresse de M. de Nevers, et gouvernant, par
sa sœur la comédienne, l'esprit du prince Charles,
s'appelle la *Mignonne*, en son nom de guerre, et
elle est grande amie, partisane et intrigante pour
M. Chauvelin. Elle dépêcha la semaine dernière deux
fois à Versailles M. le prince Charles; il s'agissait,
m'a-t-on assuré, de quelque nouvelle disgrâce contre
lui, que tramait le cardinal, ou de lui procurer, au
contraire, par Sa Majesté, quelque adoucissement si
juste et si mérité. On saura cela dans quelques jours.

Je me suis informé, dès ce matin, de la mauvaise
nouvelle qu'on m'avait donnée sur la santé de
M. Chauvelin, à Bourges. Le chevalier de Pl.... m'a
montré une lettre du 15 de ce mois, de Bourges, par
où il paraît qu'on ne s'y est jamais mieux porté, et que
même Mme Chauvelin a repris toute la santé et l'em-
bonpoint dont elle ait jamais été pourvue; elle mange
de tout; le lait l'a sauvée. Pl.... y va incessamment
leur tenir compagnie.

On ne voit que des ingrats de la façon du cardinal.
On disait l'autre jour que le cardinal de Richelieu a
apporté l'humiliation à la noblesse, le cardinal Mazarin la fourberie italienne, et le cardinal de Fleury
l'ingratitude dans nos mœurs.

Mademoiselle a reparu à Versailles, mais sa taba-
tière, avec son portrait en cordelier, envoyés avec
affectation à Mme de Mailly, marquent de plus en plus

---

1. Marie-Anne, l'aînée des trois sœurs Quinault. D'Argenson
était fort lié avec la cadette, Jeanne-Françoise, et faisait partie de
sa *Société du bout du banc*.

sa disgrâce, et le froid a succédé à la faveur chez le roi. Mme la maréchale d'Estrées, conservée dans son état de maq..., insulte à la disgrâce de cette princesse.

On croit qu'il y a actuellement un agent secret de la reine d'Espagne à Londres, qui accommode les discussions des belligérants. Ou croit que la reine y pourra gagner quelque chose de nouveau pour les enfants du second lit en Italie, le tout aux dépens du commerce de l'Espagne, et, par conséquent, de nos intérêts. C'est une grande honte pour nous que de telles opérations politiques se passent ainsi à notre barbe, sans que nous nous en mêlions.

La Le Maure a reparu aujourd'hui à l'Opéra [1] avec une plus belle voix que jamais; on ne finissait point d'applaudir : tout Paris va en devenir fol.

L'appartement du marquis de Tessé, au Louvre, a été aujourd'hui brûlé de fond en comble, et tous ses meubles brûlés ou volés.

27 *mars.* — Il y a eu hier une addition de promotion, savoir : huit maréchaux de camp et soixante-sept brigadiers, ce qui fait une quantité prodigieuse. Tout est contraire au service dans cette opération, et surtout par l'autorité du roi contrainte à céder aux clameurs de la cour. Plus on fait de ces officiers généraux pour éviter quelques reproches, plus on s'en attire de nouveaux et à foison, et avec plus de justice.

Cependant on parlait encore ce matin d'une nou-

---

1. Elle l'avait quitté en mars 1735, à la suite d'un emprisonnement au For-l'Évêque.

velle addition; mais tout le ministère s'est réuni pour
représenter au roi et au cardinal que, si on y ajoutait
encore, l'autorité du roi était perdue, et que les affaires iraient de mal en pire. M. de Breteuil s'attire
de plus en plus l'estime de tout le monde par la confiance, la politesse, l'attention et le désir de rendre
justice. Il a parlé à chacun sa langue et leur a plaidé
leur propre raison, il s'est rejeté sur le cardinal et a
donné des espérances de rendre justice par la suite.

Le cardinal, pour se disculper sur ces reproches,
disait à tout le monde : « Je n'y ai eu aucune part; c'é-
tait l'ouvrage de feu M. d'Angervilliers. » On demande
quelle est la religion ou la constitution d'État qui
oblige à tenir les arrangements d'un ministre mort, et
comment celui-ci, qui ne pouvait rien de son vivant,
a eu plus de crédit que personne après sa mort. On
assure que cette promotion-ci s'est embarquée à la
recommandation toute puissante de la maréchale de
Villars, pour faire de Contades brigadier, et que, prévoyant une nombreuse promotion par les reproches
qui n'ont pas manqué, le défunt ministère voulait
passer de là à des lieutenants généraux et à des maréchaux de France pour favoriser son grand ami Bellisle.

M. le duc de La Trémouille, omis dans la promotion,
n'a pas été mieux reçu à ses plaintes la seconde fois
que la première; il parle de quitter le service. D'autres,
qui le valent bien et qui sont dans le même cas, attendent l'effet de la plainte.

M. de Maurepas est parti aujourd'hui de Versailles
avec la fièvre. Ses maladies ne sont jamais médiocres.

Deux personnes, qui approchent assidûment M. le

Dauphin, m'ont dit sous confidence que c'était le plus
mauvais cœur d'enfant qu'ils eussent encore vu : nul
attachement pour ses serviteurs passés et présents, et
jouissant malicieusement du malheur des autres; fier,
hardi, mutin, et tout l'esprit que promettent le feu et
la vivacité de l'imagination. Voilà des menaces pour
le royaume. On n'a cependant encore rien vu en lui
qui vînt de mauvaise inclination, il fait peu de cas de
père et de mère, et le roi, timide comme il est naturellement, craint jusqu'à son fils, et ne veut point
qu'on le menace d'aller à lui.

28 *mars*. — Le comte de La Mark sollicite son retour; il exagère le mauvais état de sa santé; il a fait
son affaire, il est grand d'Espagne. Le cardinal médite
d'y envoyer M. de Fénelon, qui, comme neveu de
M. l'archevêque de Cambray, Fénelon, sera, dit-on,
bien reçu de Philippe V, élevé par ce grand prélat, et
il sera promptement grand d'Espagne, tant les dévots
mènent bien leur barque! Pour M. de Lautrec, on assure qu'il sera ambassadeur à Londres, pour avoir le
cordon bleu; il y réussira mal, surtout auprès du ministère. L'ambassade de la Haye restera à donner.

M. de Breteuil a commencé à s'évaltonner : il a parlé
au roi devant le cardinal pour rétablir l'ordre du tableau dans la promotion, il a présenté les ordonnances
touchant les colonels réformés ayant eu ci-devant des
régiments et qui ont été rejetés avec tant de hauteur
et d'inhumanité par feu M. d'Angervilliers; et le cardinal, ayant vu la force des raisons, de l'équité et de
vues du bien public de M. de Breteuil, a été obligé de
se taire, et le roi a dit que M. de Breteuil avait raison.

Qu'arrive-t-il de cela? M. de Breteuil prend de la hardiesse. On sera bientôt obligé de s'en rapporter à lui pour les choix, et cette confiance pourra aller jusqu'à soustraire son ministère à l'incommode pédanterie du cardinal. Peu à peu de Breteuil communique avec Sa Majesté par le canal de Bachelier, que je sais avoir eu déjà deux conversations avec lui. Je sais aussi que, dans quelques mois, M. de Breteuil doit faire quatre ou cinq colonels réformés brigadiers, et les attacher aux milices, établissement très-utile et dont il est le fondateur.

29 *mars*. — On parle plus que jamais de la papauté pour le cardinal. On me parla hier du plus beau projet politique et même assez raisonnable.

Les cours de Vienne et de Versailles seraient bien d'accord pour faire le cardinal pape. Sa mission serait de faire un échange considérable. On ferait le grand-duc roi de Lombardie, ce qui comprendrait le Milanais, le Mantouan et Parme; on y joindrait, par échange sur l'État de l'Église, le Ferrarais, Bolonnais, Romagnèse, le duché d'Urbin et marche d'Ancône. On donnerait à l'Église, en échange, tout le grand duché de Toscane et Siennois. L'Église acquerrait à cela un grand arrondissement.

Le grand-duc déplaît à l'empereur et à l'impératrice, ainsi qu'à toute l Allemagne; on voit que ni lui ni son frère ne sont assez grands et assez soutenus; on voit surtout que le grand-duc n'a pas le mérite qu'il faut à un aventurier pour parvenir à la dignité impériale.

Le prince Charles aurait le gouvernement des Pays-Bas, et peut-être en deviendrait souverain.

La seconde archiduchesse épouserait le prince électoral de Bavière qui serait promptement élu roi des Romains.

On satisferait le prince de Saxe en rendant, de concert avec la Russie, la Pologne héréditaire en faveur de cette maison.

Tout le monde gagnerait à cet arrangement.

1° La France, en divisant les domaines et prétentions impériales, et voyant éloigner pour toujours les guerres de l'Italie;

2° L'Espagne, en mettant bien en sûreté don Carlos;

3° L'Italie, voyant les guerres bannies de chez elle et se voyant possédée par quatre puissances à peu près égales, mais bannissant les prétentions sans bornes des deux grandes maisons. Ces quatre puissances égales seraient la Sardaigne, la Lombardie, le pape et don Carlos.

4° L'empereur, car si ce chef du corps germanique perdait par là ses vues sur l'Italie, il gagnerait d'être bien fortifié par l'accroissement de la Bavière.

5° Le grand-duc trouverait son sort très-assuré.

On commence, à la cour et dans le ministère, à voir clair avec les Bellisle, gens dangereux, gens de mérite, bons sous un gouvernement ferme, entendant bien le militaire, mais encore mieux l'intrigue de cour, mauvais citoyens, séduisant les ministres, bons à éloigner de la cour et à ne prendre que pour leur métier.

La prise de Portobello par les Anglais est une grande nouvelle, et qui, selon le cri universel de tout le

monde ici, a d'abord fait dire : « Nous allons donc
avoir la guerre ! » car comment soutenir l'oppression
de Philippe V et de toute notre maison, sans prendre
parti ? Et quel crédit nous sommes-nous acquis, tant
auprès de ses ennemis que de l'Espagne même, pour
apporter quelque ralentissement à ses faveurs ? Au
contraire, on nous évite partout, tout va à l'abandon,
et nous sommes sans gloire ni considération.

30 *mars*. — On attendait la mort d'un second conseiller d'État pour remplir la première place vacante
depuis trois mois par la mort de M. de Harlay. M. le
Guerchois étant mort dimanche, on a nommé, hier au
soir, M. Gilbert à la première place, M. de Villeneuve,
notre ambassadeur à Constantinople, à la seconde de
ces places, et M. Baudry, intendant des finances, qu'on
assurait tant devoir avoir la première, n'en a aucune
et a seulement une lettre de M. le chancelier, par où
on lui fait espérer que le roi aura égard à ses services.
On remarque dans tout cela, plus que jamais, qu'il y
a deux volontés à gouverner le royaume, et bientôt
qu'une seule, savoir celle de Sa Majesté, qui fait taire
les dispositions du cardinal. Son Éminence ne voulait
pas absolument que M. Gilbert eût aucune de ces deux
places ; au moins voulait-il qu'il eût seulement la seconde, à cause qu'il avait quitté malgré lui la place
d'avocat-général, et voilà cependant qu'il obtient la
première. Et de deux qui parviennent aux places malgré le cardinal, savoir : M. de Breteuil et M. Gilbert !
On vient de donner un ordre prompt à ceux qui
demeurent à la Bibliothèque du roi, de loger ailleurs,
et cela dans huit jours. L'incendie du vieux Louvre où,

l'appartement du marquis de Tessé ayant été brûlé, on a eu grand peur pour les papiers des affaires étrangères qui sont tout auprès, de façon qu'il a fallu couper les toits voisins; cette peur, dis-je, a donné lieu à cet ordre pour la Bibliothèque du roi, où plusieurs cheminées traversaient les manuscrits les plus précieux. Le roi, entrant au conseil dimanche, dit à ses ministres : « Vous ne m'avertissez pas, messieurs, du danger qu'il y a pour ma bibliothèque de pareille aventure; qu'on ordonne à ces messieurs qui y logent de loger ailleurs, et que dans huit jours les cheminées soient abattues. » Le roi ordonnera plus sec qu'un autre quand il s'en mêlera lui-même.

1er *avril*. — M. Bachelier va ouvertement et sans mystère, présentement, chez M. de Breteuil, et a avec lui des conversations d'une heure et deux heures, comme nous l'avions bien prévu. C'est lui qui va devenir le dépositaire des secrets du roi touchant sa conduite future pour le ministère, tous conseils émanés de M. Chauvelin, de Bourges, et qui cheminent près du roi par ledit sieur Bachelier. M. de Maurepas avait fait ce qu'il avait pu pour être admis dans ces secrets, et, comme il sert utilement aujourd'hui, on le regarde comme ami. Mais il devrait songer qu'il s'était déclaré des premiers pour la disgrâce de M. Chauvelin, et cela, par l'envie de placer M. Amelot, créature à lui; M. de Maurepas a donc toujours eu sa tache dans le parti de Bachelier, d'avoir servi vivement contre ce parti, et même contre Bachelier, pour le faire déclarer.

Pour en revenir à M. de Breteuil, j'ai dit ci-dessus

comme quoi il a fait le supplément de promotion tout seul, pour ramener les choses à l'équité et pour suivre l'ordre du tableau. Il a tenu tête au cardinal et a parlé vivement au roi en présence de Son Éminence, parlant aussi souverainement raison, de sorte que le roi répondit : « M. de Breteuil a raison. »

Un petit trait particulier et qui a son application ici, est que M. Amelot, ayant travaillé mercredi matin avec le cardinal, apprit de Son Éminence que M. de Villeneuve était conseiller d'État, et *ne verbum quidem* de M. Gilbert, de sorte que M. Amelot l'apprit le soir, à Paris, d'une dame que je sais, ce qui marque combien le cardinal avait de l'horreur de cette nomination faite malgré lui, et que M. Amelot n'avait pas osé lui en demander des nouvelles.

Les bruits augmentent dans Paris qu'on songe sérieusement à arranger une retraite avantageuse à M. le chancelier qui dépérit de jour en jour, et que le cardinal bute à faire mon frère chancelier de France. On ajoute que l'on fait M. de Plimont conseiller d'État et M. de Fresnes chancelier de M. le duc d'Orléans. Mais des amis de M. Bachelier ont dit sur cela que ce serait le second tome de la retraite de M. d'Angervilliers qu'on tramait quelques mois avant sa mort, par où on lui faisait un pont d'or aussi bien qu'à sa famille, le tout en faveur de M. Orry, lorsqu'une main invisible (qui était les ordres secrets du roi) a arrêté toute cette belle opération. Né se désabusera-t-on donc pas de pareilles tentatives? Et à quoi leur sert à la cour tant d'entrées et d'intrigues pour ne rien voir ni pénétrer? Leur aveuglement vient de leurs préjugés avantageux pour eux-mêmes et pour leurs passions.

Des amis de M. Bachelier, qui ont parlé avec lui de ces bruits pour mon frère, ont dit que Bachelier avait répondu : « Pour celui-là, je ne vois pas de chances qui le portent à être placé avec l'ardeur qu'il le désire; c'est plutôt son frère aîné qu'il est question *de mettre en place avant lui;* » ce qui marque qu'il peut cependant y venir un jour, quand sa diable de plate intrigue aura fait place à reconnaître l'utilité de son mérite pour les affaires.

— La nouvelle étant confirmée que Portobello a été pris par les Anglais en Amérique, ils ont tout pillé, rasé les deux forts, pris les meilleurs canons et encloué le reste, montant à plus de cent pièces. Ils ont pris huit vaisseaux qui étaient dans le port et emporté ce qu'il y avait de richesses; mais, comme il n'y a que deux cents lieues de là à la Jamaïque, l'amiral Vernon peut venir en force à tout moment, et aller jusqu'à Panama, et prendre également Carthagène, Vera-Crux et toutes les autres places fortes; et d'autant plus encore que voilà l'embarquement de huit mille hommes qui se fait à force en Angleterre, avec quoi ces Anglais conquerront en vérité, s'ils veulent, toute l'Amérique espagnole. Voilà une sotte nation que cette nation espagnole! Tandis qu'elle s'occupe en Europe de conquêtes étrangères, de faire bâtir des palais au roi de Naples, de menacer l'Irlande du prétendant, d'entreprendre le siége de Port-Mahon à travers les forces de l'amiral Haddock, et de contraindre le Portugal à se déclarer, pendant ce temps-là, au milieu de ces vantises de tous les avantages qu'elle trouve dans la guerre, des grandes précautions des gouverneurs

espagnols, et même des profits d'argent comptant qu'ils
avaient trouvés en enlevant les factoreries, voilà que
Portobello, leur principale place, où l'on charge et dé-
charge les galions, est conquise par cinq cents Anglais!

A quel état est réduite une nation, quand elle n'a
pas une douzaine d'hommes assez fidèles pour avoir
des gouverneurs aux Indes occidentales qui ne favori-
sent pas la fraude anglaise! car voilà tout le fondement
de cette guerre.

Au moyen de cette conquête abandonnée, si vous
voulez, après l'avoir rasée, voilà que les Anglais sont
en pleine liberté de commerce dans l'Amérique; tout
à leur aise et partout ils inondent ce pays de marchandises d'Europe et les y rendront à très-bon marché.
Voilà ce qu'on regarde comme le plus grand des malheurs dans la politique moderne, où toute l'habileté
salutaire n'est fondée que sur le malheur d'autrui. Je
demande qui empêche que le roi d'Espagne ne se contente de son indult sur les marchandises qui entrent et
sortent, et du produit de ses mines, en laissant les autres nations apporter à ses sujets américains tous leurs
besoins et à bon marché. L'habileté fondée sur la tyrannie n'est pas, comme on le voit, bénie de Dieu.

Il est à remarquer que, dans une telle défense de la
fraude dans l'Amérique espagnole, tout est contre Sa
Majesté Catholique : 1° l'avarice des officiers espagnols,
nation intéressée, avide d'argent, pour briller platement
dans leur pays; 2° la commodité des habitants de
l'Amérique, soit Indiens, soit Espagnols, habitués en
ce pays-là, non qu'ils veuillent avoir les Anglais pour
maîtres, mais ils ont grand intérêt à se voir délivrés
de la tyrannie espagnole sur le commerce. Ainsi ils

sont charmés de voir la fraude anglaise aller si bon
train, puisque cela leur procure les marchandises à si
bon marché.

Sur cela, qu'espère-t-on ? Quelle sera désormais la
défense des Espagnols en ces contrées ? Avons-nous
une marine prête à riposter ? Non. Notre marine naissante n'a pas besoin d'un choc qui la déshonore en
débutant. Et quelle dépense ce serait pour nous que
cette guerre de mer !

Les partisans du cardinal prétendent donc que la
Hollande va prendre parti contre l'Angleterre et se
réunira à nous pour défendre l'Espagne.

J'en parlais hier avec l'ambassadeur de Hollande ;
tout ce qu'il me disait est que les Anglais avaient assez
crié contre la puissance de la maison de France, et
qu'il était temps qu'on ne criât plus. J'en tirai cette
conséquence, sur laquelle il ne forma mot, qui est qu'il
fallait donc aussi crier contre la puissance maritime
et commerçante des Anglais, et qu'il était temps de
l'abaisser puisqu'elle allait inonder le monde plus effectivement que la grandeur de Louis XIV ne l'avait
fait et pu faire.

Mais que d'objections contre cette espérance de nous
faire secourir par la Hollande, pour réprimer les Anglais et pour défendre les Espagnols !

Quelles conditions, en Hollande, mettrait à cette
assistance, contre nous et pour eux, une république
aussi divisée en partis anglais, autrichiens, oran-
gistes, etc.! Avec quelle lenteur marcherait-elle ! Quelle
honte de nous faire ainsi assister par ces gens-là ! Où
en serait notre gloire et celle de toute notre maison ?
Enfin quel ministère que celui du vieux cardinal qui,

par sa lenteur, sa mollesse et sa malhabileté, nous jette dans une telle détresse !

On a vu soutenir les cardinaux Richelieu et Mazarin contre des brigues de cour, et même contre des haines publiques ; mais alors ils vainquaient nos ennemis, ils couvraient le royaume de gloire, ils avaient leurs succès réels qui parlaient pour eux. Mais que peut invoquer de semblable notre ministère, surtout en présence du succès récent des Anglais en Amérique ? Qui est-ce qui a souffert jamais qu'une seule nation mette cent cinquante navires de guerre en mer ?

3 avril. — Depuis quelque temps, le roi ne parle que de l'histoire des rois fainéants et qui n'ont pas gouverné par eux-mêmes : qu'est-ce que cela veut dire ? Ne sentirait-il pas son état, ou voudrait-il s'en tirer bientôt ? On en parle ainsi à la cour.

Au dernier voyage de Choisy, Sa Majesté a passé ses journées dans un pavillon qui donne sur le bac à voir passer les bateliers de vin et de poisson, à les interroger et à causer avec eux familièrement, comme faisait Henri IV. Il a envoyé ses officiers goûter au vin, il a acheté deux belles carpes, il y a pris tant de plaisir et y est resté si longtemps qu'il n'en pouvait plus de lassitude, le soir. Mademoiselle était du voyage et se mêlait de ces conversations, mais maussadement. Tout ce pays-là a été charmé quand le roi a fait l'acquisition de Choisy ; il s'agit seulement qu'il ait assez de pouvoir pour leur faire du bien.

5 avril. — On ne s'occupe que de l'espoir de la papauté du cardinal. L'abbé Franchini a écrit de Rome

qu'il y travaillait sérieusement; l'empereur et le grand-
duc y coopèrent, dit-on, comme à une chose qu'on
ne peut empêcher, et que devant souffrir on doit s'y
faire le mérite d'y contribuer. Il obtiendra par lui l'arrangement dont j'ai parlé pour l'Italie, il l'aura pour
ami, il espère de continuer dans l'amitié de la France
pour la pragmatique. L'Espagne y fera travailler avec
l'ardeur qui la porte à se défaire d'un ministre défa-
vorable à ses desseins et à son union avec la France,
et la France y travaille tout de son mieux. Pour cet
effet, il a fallu continuer le cardinal dans l'autorité du
ministère jusqu'à ce jour pour le rendre plus recom-
mandable à Rome, et ce dessein explique tout, et surtout les discours actuels du roi, qui parle avec tant de
mépris des rois fainéants. Il faut remarquer que rien
n'est secret aujourd'hui et que, quand de certains bruits
s'exhalent avec universalité et constance, cela y dénote un fond réel.

Il y eut hier grande assemblée de ministres pour
presser les ordres pour notre guerre par mer; on va
doubler la marine et avoir quarante vaisseaux de ligne
au lieu de dix-huit. M. de Maurepas était fort affairé
après cette assemblée. Mon avis serait qu'on fit promptement une levée de boucliers hardie et nette, pour
intimider soudainement l'Angleterre et encourager les
Hollandais.

Il y a de nouvelles intrigues à la cour. M. Orry a
gagné Mme de Mailly, il lui promet des monts d'or,
si elle se lie avec lui pour le soutenir et l'accroître.
C'est son frère Fulvy qui mène cette intrigue, que lui
suit sourdement, mais constamment. Cette intrigue,
ou est une feinte de Mme de Mailly, que je ne crois pas

habile pour feindre si bien, ou achèvera de la perdre,
étant jointe à sa laideur qui devient excessive; et il y a
apparence que le roi n'attend que le retour de M. Chauvelin pour en prendre une autre de sa main, qui soit
jolie, simple et naïve, comme il convient. Dans cette
nouvelle intrigue, on travaille pour faire le cardinal
de Tencin ministre des affaires étrangères, c'est-à-dire
premier ministre. Mme de Tencin et de Vilaines[1] en second et les Bellisle sont les grands ouvriers; ils poussent vigoureusement ce travail. On tâte M. de Maurepas, qui se prête à tout pour profiter de tout et être
toujours bien auprès du maître. On a fait l'impossible
pour y engager Bachelier, mais on a eu ordre principalement de se garer en tout ceci de mon frère, dont
on craint les variations et les finesses, et c'est sans
doute ce qui a donné lieu à un discours qu'il me tint
hier au soir en parlant ensemble du cardinal. Il convenait qu'il était méchant et double, mais, disait-il, il
n'est pas le seul homme tel qui soit ici. Il regardait
alors M. de Maurepas, qui était au conseil, et certainement M. Orry était dans ce *memento* disgracieux.

8 *avril.* — M. de Breteuil prend tout le rôle que
j'ai prédit de favori et d'homme juste. On voit bien
qu'il est appuyé, et voilà deux grandes conversations
qu'il a eues ces soirs avec M. Bachelier ; ci-devant il
ne lui avait rien fait dire que par Hogguer, et il avait
chargé celui-ci de lui bien parler de M. D. L.[2] comme
de son meilleur ami.

1. Sur ce Vilaines, voyez plus loin, à la date du 28 mai.
2. D'Argenson l'aîné.

Le roi est charmé de donner de temps en temps aux intrigants quelques lièvres à courre, par de faux bruits : tantôt c'est une intrigue pour élever le Tencin au ministère, de quoi j'ai parlé, et dans cette intrigue il y a les Bellisle, le Fagon, le Orry ; on en a exclu mon frère, comme j'ai dit, et on a cru y impliquer Mme de Mailly. Bellisle l'aîné est resté ici huit jours de plus et jusqu'à ce matin, sous prétexte d'un procès dont je suis des juges ; mais, comme M. Fagon soufflait le bouillon hier au soir pour prolonger ce procès, je donnai l'expédient de nous assembler dès neuf heures ce matin pour le juger.

Tantôt c'est une grande irruption des molinistes pour empêcher, dit-on, M. Gilbert, nouveau conseiller d'É-tat, d'être chancelier, à cause de son prétendu jansé-nisme. Puis on change ce prétendu dessein et on en parle pour le président de Maupeou, qui est attaché aux jésuites. Et, sur tout cela, les factions se demènent, ce qui divertit notre monarque et ses desseins secrets.

Quand j'ai conté à M. d. B [1] la dernière réponse du cardinal sur mon sujet : *C'est un honnête homme, c'est un galant homme et instruit, mais M. Chauvelin lui a tourné la tête*, il a dit : Voilà qui est bien : vous voilà bien, tenez-vous en là, vous cheminerez, vous irez loin.

M. le duc de Chartres prend couleur ou caractère d'avoir de la franchise, de la simplicité, de la fermeté et l'âme très-sensible pour ses amis. Il vient de le mon-trer dans son domestique, en obtenant de M. le duc d'Orléans qu'il ne fût plus servi par Garnier, son con-

1. De Breteuil.

trôleur. Celui-ci était l'espion de m[on] f[rère]
contre M. de Balleroy, gouverneur du jeune prince ;
il avait offert de déclarer à M. le duc d'Orléans
toutes les irrégularités qu'il avait vues dans le régime de M. le duc de Chartres. Enfin, il avait
obtenu, par M. de Court, un règlement pour modérer la dépense de la table, où il était dit entr'autres
choses qu'il ne donnerait plus rien sur les ordres de
Mme de Balleroy. Sur cela, M. de Balleroy voulait
quitter la maison, ce règlement le déshonorant. M. de
Chartres a excité lui-même son gouverneur à parler
comme il fallait à M. le duc d'Orléans, et on a obtenu
que la cuisine de ce prince serait conduite par lui et
par son gouverneur, comme son écurie qui est détachée
du premier écuyer. M. de Balleroy fait travailler ce
jeune prince à vérifier les feuilles de dépense, ce qui le
forme à l'économie et pour la conduite de ses affaires.

11 *avril*. — On remarque beaucoup les hésitations,
au moins, et quelques refus d'admettre aux charges
qui demandent l'agrément du roi ceux qui, par eux ou
par leurs parents, sont taxés de jansénisme. Un neveu
de M. Titon, conseiller au parlement, célèbre par sa
dévotion à M. Pâris, vient de l'éprouver. Le fils de
M. et de Mme de Cotte, celle-ci étant fameuse janséniste, vient d'éprouver la même chose ; mais enfin on
lui a accordé l'agrément pour être conseiller au parle
ment. Il faut observer qu'il est neveu de M. Bachelier ;
mais celui-ci pense d'une façon, qu'il est fort aise que
ces exemples, qui vont au bien du royaume, soient
pris dans sa famille.

Je puis regarder cela certainement comme la suite

et l'exécution d'un mémoire que l'on m'a demandé
pour S. M., et que je sais qu'il a lu, relu et extrait,
touchant la conduite à tenir dans les affaires de la
religion[1]. J'y recommande de ne plus persécuter personne, de laisser assoupir ces partis, de punir ceux
qui s'élèvent avec imprudence et faux zèle, tant dans
un parti que dans l'autre, surtout chez les jansénistes;
mais de barrer le chemin aux emplois à l'égard des
factieux jansénistes célèbres. Par là, dit le président
Jeannin, Henri III eût éteint le calvinisme en France.
Par là, les pères savent qu'ils peuvent bien se ranger
parmi les novateurs, mais ils voient le col cassé à leur
famille, et les jeunes gens de cette famille, ayant toujours de l'ambition, sont les premiers convertisseurs
de leurs pères, ou, du moins, ils leur persuadent la
tranquillité silencieuse, et ces divisions s'éteignent petit
à petit. C'est ce que j'admire, depuis un an, qu'on suit
de point à point.

Dans l'observation de ceci, M. le chancelier souffre
détriment. Le cardinal ne veut plus qu'il donne l'agrément pour aucune charge sans être venu à lui auparavant, et souvent il dit aux postulants d'aller au cardinal.

12 *avril.*—On crie beaucoup contre le cardinal, sur
l'inaction honteuse et pernicieuse où il nous laisse, depuis la prise de Portobello par les Anglais. Ces insulaires s'emparent de tout le commerce de l'Amérique
et bientôt du monde entier; ils ont des colonies pleines
et formidables dans l'Amérique septentrionale; leur
Jamaïque les porte en forces entre les principales places

1. Voy. t. II, p. 146.

espagnoles; ils ne demandent point de s'emparer de ces possessions, mais d'y faire tout le commerce qu'ils voudront, en fraude des défenses. Peu à peu, ils accoutumeront l'Europe à leur usurpation universelle du commerce; ayant ruiné toutes les défenses des Espagnols, intimidant les garnisons, rasant les forts, enlevant l'artillerie, ils vont percer l'isthme de Panama, y enlever des richesses prodigieuses, et construire des vaisseaux sur la mer du Sud.

Le cardinal n'oppose à tout cela que des incertitudes, une mollesse honteuse; pas le moindre ordre nouveau n'est donné pour protéger l'Espagne *totis viribus*, comme notre honneur, notre devoir et notre sûreté le voudraient tant. On voit toute la malhabileté d'une administration qui, pouvant *obstare principiis*, a laissé croître le mal à un tel période, et a paru même y tendre les mains et en favoriser le progrès par ses liaisons affectées avec l'Espagne. Puis est venue l'horreur de proposer un traité avantageux de commerce pour nous avec l'Espagne, quand il s'agissait de la secourir par honneur. Terrible condition! de demander à son frère son bien et ses faveurs contractuelles, quand on le voit sous les griffes de son ennemi et même d'un ennemi commun.

Nos provinces souffrent considérablement dans leurs manufactures du dommage de l'Amérique espagnole; on le sent, et on s'en plaint de toutes parts.

On renouvelle les remarques et les découvertes sur toutes les friponneries de M. de Fulvy, frère de M. Orry. Il a été contraint depuis peu de laisser révoquer quatre ou cinq des principaux employés de la Compagnie des Indes, et qui lui donnaient des pensions. Toutes les

marchandises étaient détériorées, au point que rien ne
se vendait, si non à perte. On a appris d'autres grosses
pensions qu'il tirait de chaque sous-ferme.

On assure que le roi et la reine d'Espagne se plai-
gnent hautement et violemment de nous et de notre
vieux cardinal, surtout la reine ; elle dit que nous
lui avons envoyé une galeuse (notre pauvre Madame aînée) ; elle commence à la maltraiter. Avec les
dispositions qu'elle avait à la gale dès sa première jeunesse, l'air chaud et les nourritures salées d'Espagne
ont augmenté cette maladie chez elle. L'Espagne se
plaint avec raison de notre défection en tout.

13 *avril.* — On poursuit toujours à Rome les manœuvres pour faire élire pape le cardinal de Fleury.
C'est M. Chauvelin qui, de Bourges, a dirigé ce projet
que le roi a fort à cœur. On pourra en avoir des nouvelles vers la Quasimodo. Dès que le cardinal sera
pape, le roi lui cédera son appartement, puis il le
conduira jusqu'à Marseille, où il l'embarquera sur ses
belles galères, et adieu ! Partout le roi lui donnera la
droite. Dès qu'on le saura à Civita-Vecchia et que le
roi sera à Versailles, il mandera M. Chauvelin.

Le vieux cardinal de Gesvres mène une vie singulière,
magnifique en domestiques et en hôtel, vivant inté-
rieurement avec le cérémonial romain, ne voyant de
visites que sollicitées, et aussi répandu avec les présents qu'en commerce épistolaire avec les absents. Il
a séjourné longtemps à Rome comme auditeur de
rote. Il reçoit grand nombre de lettres de Rome et à
chaque ordinaire.

Un de mes amis, qui a passé hier la soirée avec lui,

m'a dit avoir vu ses lettres, par où on annonce, avec
certitude et démonstration, que le cardinal de Fleury
va être élu pape ; que tout y concourt et prend cette
tournure. Les cardinaux romains divisés et subjugués,
on voit ce qu'on n'avait jamais vu, savoir deux créatures de Clément XII se détacher déjà du cardinal-ne-
veu Corsini ; que celui-ci est bientôt réduit à déférer
aux couronnes ; que le cardinal de Tencin a à Rome
un ton audacieux que n'a encore arboré aucun Français ; que le cardinal de Rohan y a cependant le vrai
secret particulier du roi, et que le cardinal de Tencin,
avant de partir pour Rome, avait déjà dit à quelques
amis que certainement le cardinal de Fleury serait
pape, et qu'il y contribuerait. Et le cardinal de Tencin y travaille d'autant meilleur cœur qu'il se flatte de
remplacer ici le cardinal de Fleury, ayant contribué à
cet honorable débouché.

16 *avril.*— C'est une merveille que la santé du cardinal : il a été hier à l'adoration de la Croix ; il se re-
leva trois fois, comme aurait fait un homme de vingt-
cinq ans. On parle plus que jamais de sa papauté : les
Zelanti dans le conclave le demandent, car il a fait le
bigot à merveille. La faction du camerlingue, qui est
le parti allemand, travaille toute pour lui, et on croit
l'affaire faite à présent. Mais le seul Acquaviva résiste,
car la haine de la reine d'Espagne est si aveugle, que,
ses intérêts demandant qu'on la délivre de ce ministre
en France, elle ne veut pas que ce soit au prix d'une
élévation choquante pour elle en Italie, sa patrie.

Il paraît une brochure appelée *la Tête de veau*,
contre l'évêque de Rennes, qui a permis de manger

gras quatre jours de la semaine dans son diocèse, et
on prétend qu'il a accompagné ce bon exemple d'autres menus divertissements *secundum carnem* dans sa
ville diocésaine.

MM. de Flavacourt et de La Tournelle, beaux-frères
de Mme de Mailly, ont soupé dans les petits cabinets
du roi avec Sa Majesté, ce qui marque le grand crédit
de cette favorite. C'était, dit-on, pour faire taire les
bruits qui courent d'un oracle. Le roi a des *écoutes*,
des fausses portes partout, des trous avec des glaces
par où il voit et entend tout, comme l'œil de Jupiter
et l'oreille de Denys; il a donc entendu ces deux messieurs qui raisonnaient ensemble dans leurs chambres
et disaient que le roi ne garderait pas longtemps la
Mailly, vilaine b..., disaient-ils, et qui lui avait donné
la c....-p...; qu'il la quitterait partout. Et sur cela ils
ont entendu une voix qui criait par la cheminée :
« Non, il ne la quittera jamais! » C'était le roi qui répondait.

L'embarquement des huit mille hommes en Angleterre tire du long et ne se fait pas; au lieu de cela,
on forme trois camps, dont l'un dans l'île de Wight.
C'est, dit-on, que les Anglais craignent une descente
chez eux.

20 *avril.* — Le chancelier baisse sensiblement; sa
famille a soin que Langlois, son secrétaire, soit toujours dans son cabinet, quand il donne audience, pour
répondre oui ou non.

On apprend que les Anglais envoient promptement
huit vaisseaux, sur lesquels il y a cinq cents hommes
de débarquement; on y embarque des vivres pour

vingt-deux mois et de grandes munitions d'armes
comme pour un siége considérable. Toute apparence
conjecturale est que cela va à Buenos-Ayres; en ce
cas, on commencera par faire déclarer le Portugal
pour l'Angleterre aux premiers succès de ce côté-là ;
car, par la prise de Buenos-Ayres, l'Angleterre serait
maîtresse d'assurer au Portugal la colonie litigieuse du
Sacramento, et même de lui donner Montevideo, qui
écorne la rive de la rivière de la Plata, laquelle devrait être tout entière aux Portugais jusqu'au Paraguay,
pour ôter tout sujet de dispute.

Si les Portugais manquent cette occasion oppor-
tune, peut-être ne la retrouveront-ils jamais de toute
l'éternité. Les Anglais ruineront les défenses de Buenos-Ayres comme ils ont fait celles de Portobello, et
voilà les Portugais tranquilles pour toujours.

Par là, dans quelle obligation éternelle l'Angleterre
ne met-elle pas le Portugal à son égard? Que leur ri-
posterons-nous quand nous parlerons d'éteindre l'es-
clavage britannique en Portugal? Par quel autre service réparer et équipoller celui-ci pour édifier notre
commerce sur le leur? Alors de quelle inutilité sera
l'ambassade de Chavigny ! et quels cris contre le cardinal qui répare si mal les griefs de l'Espagne, qui élève
si fort le pouvoir anglais, et qui ne produit par son
administration que honte au dehors et misère au
dedans!

25 *avril.* — Le maréchal d'Asfeldt est un des meilleurs amis du cardinal, et bien digne de l'être par sa
haute pédanterie. Il a rendu ces jours-ci une conversation qu'il a eue avec Son Éminence, à un de ses neveux

dont la fortune l'intéresse vivement. Le cardinal lui a
dit : « Hélas! monsieur, je me meurs, je sens que la
nature n'a plus chez moi aucune force; elle a moins de
ressource aujourd'hui que pendant ma dernière maladie; je ne dors plus les nuits, je fais mal tout le reste
de mes fonctions. Je ne sais pas ce qui arrivera après
moi, mais je sais bien que je resterai chargé des fonctions du ministère jusqu'à ma mort. J'ai senti la nécessité de faire plusieurs changements dans le ministère; j'ai voulu les tenter et les proposer au roi; Sa
Majesté m'a tourné le dos; il s'en fera à ma mort. Tout
ce qui me console, c'est que je vois que le roi a accordé sa confiance au plus honnête homme du monde
(entendant parler du sieur Bachelier), homme sauvage,
philosophe et caustique, et que je suis assuré qu'il ne
lui proposera que d'honnêtes gens. » Sur cela, ledit
maréchal a conseillé à sondit neveu de faire connaissance avec Bachelier, et cette connaissance est déjà
faite secrètement par ledit ambitieux neveu.

Le cardinal a tenu une partie de ce discours à
M. Hérault, qui est devenu plus cher au cardinal depuis sa petite résurrection, quoique sa cure de l'hydropisie ne soit pas encore bien confirmée et qu'il y ait
des retours momentanés au même mal.

30 *avril.* — Le mardi de Pâques, le cardinal est
tombé de son haut dans la chapelle de Versailles, en
voulant enjamber par-dessus un banc : rien de plus
mauvais pour un vieillard. Il prend des eaux de Vals
actuellement à Issy, où il a prolongé son séjour, en
refusant de voir pendant ce temps-là Mme la duchesse
la jeune, qui est à Vanvres.

2 *mai*. — Les ordres viennent de se donner pour le départ de notre escadre de Toulon et avec secret, mais pour Brest il n'en est pas question. On croit qu'elle ira d'abord à Cadix; qu'en même temps Bussy déclarera à Londres que nous avons des fonds au Mexique pour la vente de nos marchandises, qu'il est naturel que nous allions les chercher nous-mêmes, et qu'on verra sur cela si les Anglais sont si verts qu'ils le prétendent, et s'ils se déclareront contre nous; s'ils remueront le gros canon, qui serait d'ameuter l'empereur contre la maison de France, en renouvelant la grande alliance de 1700. Il est vrai que si nous passons à la fin à quelque acte contre l'Angleterre, il sera faible, il ne sera pas soutenu. On aura laissé à nos ennemis le temps de se prémunir contre nos accès de vigueur. On reconnaît bien à tout cela le plat génie d'administration du cardinal.

Ledit cardinal a une grosseur au bras, qui augmente, marque de la dissolution du sang. Il est vrai que s'il meurt de cela, cela lui donne quelque ressemblance avec le grand cardinal de Richelieu, qui est mort de gangrène au bras. Il vient d'être purgé à Issy; il est fort changé, crochu, cornu, courbé, rabougri. Je viens de le voir entrer chez le roi, comme M. le Dauphin en sortait. Il a pris la coutume de baiser M. le Dauphin au front, et cela devant Sa Majesté, qui trouve cela impertinent.

L'abbé de Pomponne, son ancien ami, dit qu'il ne le va plus voir. Enfin M. le duc d'Orléans lui-même, ce prince dévot et distrait, si occupé des affaires de l'éternité, si détaché de celles du monde, a dit hier à M. de B...., son confident, s'il y en a un dans le monde, lequel me l'a redit, que la santé du cardinal était à présent un grand mal pour l'État, autant qu'elle était un bien il y a quelques années, et qu'il *en savait assez* pour assurer que si le cardinal n'était pas si vieux et si près de sa fin, le roi le renverrait et prendrait lui-même le soin de ses affaires.

Ce plat ministre d'État n'est occupé que de sottises et de haines : tout lui paraît janséniste, chauveliniste ou franc-maçon.

M. le prince de Tingry, fils du maréchal de Montmorency, se tourne aux choses sérieuses et à l'application. Personne n'est plus que lui éloigné de toute folie et de tout libertinage; cependant de Marville, lieutenant de police, a donné au cardinal la fausse impression que M. de Tingry était franc-maçon et avait chez lui tenu une loge. Comme il allait à l'Opéra, il reçut un billet du cardinal portant ordre de se rendre à Issy sur-le-champ. Il n'y fit pas faute; le cardinal l'interrogea, avec un soin où il ne comprenait rien, s'il avait une maison à Paris. L'interrogé répondit qu'il n'en avait point, qu'il en chercherait une pour la Saint-Remy et qu'il logeait toujours chez son beau-père Senozan. Cela surprit le cardinal, il gronda M. de Tingry d'une chose qu'il n'avait faite ni voulu ni pu faire, il lui demanda quels étaient ses amis et son confesseur, enfin radotage plein et honteux pour le gouvernement.

M. de Mailly, mari de la maîtresse du roi, a eu or·dre de sortir de Paris pour avoir tenu chez lui loge et souper de francs-maçons, malgré les ordres réitérés du roi. L'auguste qualité de c.... du roi ne l'a pas exempté

de cette proscription. Ainsi cette dame voit en ce moment son père et son mari exilés.

Conticuere omnes sur le départ de l'escadre espagnole de Cadix, qui a été prendre huit vaisseaux au
Ferrol et autant à Santander, ce qui fera une flotte de
vingt-huit vaisseaux. Les Espagnols ont donné le
change à merveille en feignant d'attaquer Port-Mahon;
cela a attiré l'amiral Haddock en Minorque et a laissé
les mers libres aux Espagnols pour sortir de Cadix et
pour aller où ils voudront. On croit qu'ils en veulent
à l'Irlande et que le fils cadet du prétendant est sur
leur flotte; que ce jeune prince se déclarera d'abord
de la religion du pays, et qu'il se fera une prompte révolution en Angleterre pour les Stuarts.

Resterons-nous les bras croisés? le cardinal en est
bien capable. Cependant on assure que les ordres
viennent d'être donnés à notre escadre de Toulon de
sortir de son port, et que les officiers y marchent fort
secrètement; mais qui est-ce qui peut croire notre
ministère capable d'aucun coup de courage? Jusques
à quand le roi permettra-t-il une chose aussi déplo-
rable que de laisser tout gouverner par ce vieil imbécile qui déshonore le roi et le royaume?

M. de Breteuil m'a dit qu'il avait forcé le cardinal
à le louer avec affectation; qu'il disait surtout de lui
qu'il était concis; qu'en effet il avait changé toute la
manière de travailler dans son ministère; qu'il voyait
que sous M. d'Angervilliers rien ne finissait et que tout
le travail se passait en conversations; qu'aujourd'hui,
quelque propos que lui tînt le cardinal, il allait droit
à sa besogne et ne lui parlait pas d'autre chose. J'ai
remarqué de plus que dans la conversation il tirait

assez bien sur les deux ministres à déplacer, tels que
MM. Amelot et Orry, et, en tout cela, je vois que les
leçons de Bachelier, dictées par M. Chauvelin, sont
suivies de point en point, et comme si M. Chauvelin
était lui-même en sa place.

De plus, dans les occasions du travail, il met le roi
dans la conversation autant qu'il peut : ainsi, peu à
peu, elle se dégage du cardinal.

Le duc d'Ayen, méchant comme un monstre qu'il
est, s'est fourré davantage qu'il n'était dans la familiarité avec le roi, depuis qu'il vise à la conquête de
la grande Vintimille, sœur de Mme de Mailly, non que
le roi prenne aucune estime pour M. d'Ayen, mais il
s'impatronise et débite ses noirceurs. On le juge inspiré par le parti des Noailles dont je connais le principal ressort, et j'y vois quantité de choses venir de la
boutique de Mme de Gontaut. Tant tous ces pauvres
gens-là cherchent ce qu'ils peuvent en se noyant! au
moins aiment-ils mieux nuire inutilement à quelqu'un
que de chercher un salut inutile à leur propre fortune.

On a inspiré au duc d'Ayen de chercher à perdre
M. de Maurepas, et il y travaille. Le malheureux parti
dont je parle a cru découvrir aujourd'hui chez M. de
Maurepas un retour serviable au chauvelinisme, et
voilà la cause de leur rage. Ils s'imaginent que M. de
Maurepas prend le dessus, et ils travaillent contre lui,
tant chez M. Orry que chez ce misérable moribond de
M. Hérault, plus écouté que jamais du cardinal. Le
roi le sait et les laisse faire. Il est fort aise de leur donner ainsi parfois quelques os à ronger, et se rit de la
vanité de leur malice.

Le roi se tourne de lui-même vers M. le duc de

Chartres, qu'il regarde comme un second fils qu'il aurait ; il lui destine sa fille Madame seconde, et tout ce plan se forme en dépit du cardinal. Depuis deux ans M. le duc de Chartres ni son gouverneur, M. de Balleroy, n'ont point fréquenté le cardinal ; c'est le roi qui prend soin lui-même d'avancer les choses qui regardent ce prince. Celui-ci ne cherche qu'à complaire à Sa Majesté. Le roi vient de le nommer du voyage de Marly bien plutôt que son âge ne le demanderait ; Sa Majesté est descendue jusqu'aux soins du logement de son gouverneur ; à la chasse, Sa Majesté veille à ce que de jeunes gens libertins, comme le duc d'Ayen, ne causent point librement avec ce jeune prince.

Madame seconde, que le roi destine à épouser le duc de Chartres, aura, dit-on, beaucoup d'esprit et assez bon cœur. Elle s'aperçoit que Mme de Tallard a un caractère mêlé de fausseté et de simagrée ; elle revient toujours à maman Doudour, Mme de Ventadour, et l'aime autant qu'elle est indifférente pour Mme de Tallard.

M. le duc de Châtillon, gouverneur du Dauphin, se montre de plus en plus plat et bas ; il tourne le dos à ses meilleurs amis, dès qu'ils ont déplu au cardinal.

5 *mai*. — Il y a eu une sédition à Lille sur ce que l'intendant faisait sortir des blés de la châtellenie de Lille pour les porter ailleurs. On a entouré la maison, on faisait des cris horribles, on voulait l'assommer. Cet intendant, homme d'assez de mérite d'ailleurs, est grandement fat, plein de lui et vide des autres : il se nomme Bidé de La Grandville. On vient de le faire conseiller d'État à la place de M. de Vaubourg. Ces

soulèvements contre un homme en place n'arrivent que quand il est détesté d'ailleurs.

Le cardinal a dîné hier fort tristement, à ce que vient de me dire un de mes amis, qui était du dîner; il n'a parlé que de sa fin, qu'il était bien vieux pour voir telle chose. Il change à vue d'œil, il mange peu et sans appétit; ses gens disent que les eaux de Vals qu'il a prises l'ont tué, l'ayant fort affaibli.

Dimanche, M. Hérault eut une grande faiblesse chez M. le cardinal, ce qui fit peur au vieux bonhomme. Il y a quelques jours qu'il y eut une grande conversation politique entre l'archevêque de Narbonne[1], M. de Vilaines, grand ami du cardinal de Tencin, et quelques évêques et partisans de notre haute église moliniste. On y fit le procès à mon frère, qui, étant devenu trop habile dans toute intrigue de cour, a banni tous principes, quoiqu'il les eût naturellement gravés dans son âme, qui ne manque ni de douceur ni d'élévation. Il est vrai cependant qu'il est naturellement porté à la haine et à la satire, ce qui peut provenir de cette même force qui produisait jadis la barbarie en France, de sorte qu'admirant ce qui le perd, qui est son grand travail, sa grande activité et adresse en intrigues, il ne se garde aucun ami, passant rapidement de l'un à l'autre, et, dans ces brusques passages, montrant pour les amis de la veille une indifférence, un oubli et même certaines dispositions hostiles qu'ils prennent pour noirceur. Ainsi, depuis la disgrâce de M. Chauvelin, depuis qu'il s'est attaché si visiblement au cardinal, voilà plus de douze mutations successives

---

1. Jean-Louis de Bertons de Crillon.

de partis et d'intrigues contraires : les jésuites, puis les
sulpiciens, les évêques, les Noailles, le parti de Mademoiselle et de la maréchale d'Estrées, et enfin le duc
d'Ayen par qui il fait pousser M. de Maurepas, son
meilleur ami, sur ce que M. de Maurepas paraît devenu chauveliniste et a placé M. de Breteuil.

De tout cela il résulte donc un décri universel
contre mon pauvre frère, comme on voit contre une
fille à marier riche, jeune, belle et bien faite, mais
qu'on saurait prodigue de ses faveurs, et dont on fui-
rait les approches : *Fenum habet in cornu*. A tout
cela il me réplique qu'il n'a aucune intrigue quelcon-
que, et, sur ce que je lui ai représenté que personne
n'en avait plus que lui au monde, il a voulu me répliquer, en récriminant, que j'avais, moi, beaucoup
d'intrigues et qu'il savait bien des choses, etc. Je lui
ai répondu que j'avais une femme et qu'il avait un
sérail.

D'ailleurs, il est guidé par une femme de cour,
Mme la duchesse de Gontaut, qui lui inspire toutes
les passions déraisonnables, sous les apparences d'un
bon air et d'un bon goût supérieur. Et, en effet, on
voit, dans toutes ses démarches, les influences d'une
femme, d'une beauté passée et oubliée, ancienne co-
quette malsaine, éloquente, dédaigneuse et vindicative, d'une haute extraction, et qui n'a jamais été pliée
par la raison ni rectifiée par les principes, car quelle
éducation que celle d'une jolie femme ! Or, voilà celle
que mon frère s'est donnée.

Cette compagnie dont je parle, après avoir traité le
décri de mon frère, conclut qu'il n'arriverait jamais
en place qu'en un seul cas, qui serait si je l'y attirais,

moi dont on avait si peu parlé, au prix de lui, jusqu'à
cette heure, et à qui ces messieurs croyaient qu'il avait
joué tous les plus mauvais tours.

7 mai. — Des gens de bon sens croient que ces discours, que le cardinal commence à tenir avec quelque
affectation, de sa vieillesse, de sa faiblesse et de sa
mort, annoncent quelque chose, et qu'il médite enfin
sa retraite avant le voyage de Compiègne.

B.... me disait l'autre jour que la politique de
M. Chauvelin et de Bachelier voulait que tous les
changements se fissent à la fois, et que ce n'était ni
par vertu évangélique, ni comme moyen de la persuader au roi que M. Chauvelin avait toujours fait dire à
Sa Majesté : « Gardez votre cardinal jusqu'à la fin ; »
mais par finesse et bon sens, craignant que, par la retraite du cardinal, le roi ne mît un long intervalle entre son rappel, de peur de tuer le cardinal retiré, et
que, dans ce cas, les ministres ne s'ancrassent auprès
de Sa Majesté.

Si cependant le sort amenait naturellement cette
retraite, rien n'empêcherait qu'on ne commençât par
déplacer M. Orry pour lui substituer M. d'A[rgenson],
qui n'est point si hors de mesure, ni si fort l'ennemi
déclaré du cardinal que ce soit tuer celui-ci que de
placer celui-là, d'autant plus que depuis peu le cardinal a tenu de lui le discours que j'ai dit sur sa probité
et prud'hommie, et que, dans ce discours libre, il ne
lui donnait de défaut que d'être attaché à M. Chauvelin. Par là, M. Chauvelin se trouverait avoir à lui deux
amis dans le ministère, MM. de Br[eteuil] et d'A[rgen-
son], précurseurs par où il aimerait à se voir amené

peu à peu, et, dans l'intervalle, on se servirait bien du
petit Amelot, dirigé par M. de Maurepas.

Je fus bien content de voir l'autre jour M. de Breteuil tirer comme il fait sur M. Amelot. Il était autrefois plus circonspect avec ses confrères.

Et tout cela *pergit ad eventum.*

13 *mai.* — Il y a du mouvement à Marly, de la tracasserie, on ne sait laquelle au juste. Bachelier a eu
ordre de n'en bouger ; il y couche tous les soirs, ne
va à sa maison de la ville qu'après que le roi est parti
pour la chasse, et en revient quand le roi arrive à
Marly ; ainsi conférences, conversations perpétuelles
avec ce valet de chambre de confiance. Les gens bien
pensants commencent à deviner qu'il est l'organe des
conseils de M. Chauvelin, qui gouverne ainsi de Bourges, non l'État, mais le roi.

M. de Breteuil est dans le grand secret de tout, et
Bachelier a avec lui des conférences secrètes. M. de
Maurepas voit que ce secret (qui est le retour de
M. Chauvelin), est la grande affaire et celle que le roi
a le plus à cœur ; et sur cela, il s'y jette à corps perdu,
mais avec toute la discrétion possible. Ainsi ce ministre s'attache à M. de Breteuil et à M. Bachelier autant qu'il peut.

Bachelier a des conversations avec le cardinal dont
on a de la peine à comprendre la matière, surtout
avec un homme aussi droit et aussi peu comédien que
ledit sieur Bachelier. Cependant, il faut bien comprendre que c'est le cardinal qui met le plus du sien
dans ces conversations, ayant reconnu combien Bachelier tient au roi comme ami et d'une façon inatta-

quable. Le cardinal lui fait la cour et en dit mille
biens.

Mais ce qui est à remarquer, c'est que Bachelier
n'en dit pas moins de mal du cardinal, ni avec moins
de mépris. Je sais une conversation qu'il eut dernièrement avec un de ses meilleurs et plus confidents amis,
où, à chaque mot qu'il lui disait des mauvais traitements qu'essuie le sieur D..., Bachelier répondait toujours : *Radotage, fureur d'un vieillard qui finira
bientôt !*

14 *mai*. — Le cardinal va passer deux jours à Issy
pour se reposer des fatigues de Marly : il s'est remis à
manger comme un diable.

Il travaille à faire accepter à l'Angleterre et à l'Espagne la médiation du Portugal et de la Hollande. Il
est vrai que, par là, il écarte un peu, chez ces deux
nations, l'idée de se joindre aux Anglais, les tentant
d'un vain honneur de médiation, honneur dont le
monarque portugais seul sera flatté; mais les Anglais,
ainsi que les Espagnols, se défieront de tout ce qui
porte le caractère du cardinal de Fleury : *timent Da-
naos et dona ferentes*. Ils craignent les amusettes qui
couvrent la malignité de son cœur, et, comme ces
deux nations sont attachées d'intérêt à l'Angleterre,
elles seront juges et parties, suspectes à l'Espagne; et
le Portugal est trop méprisé par l'Espagne pour être
accepté de cette couronne.

On croit cependant que l'escadre espagnole ne va
plus en Irlande, et on s'assure qu'elle a tourné le dos
vers l'Amérique.

On parle d'une déclaration publique de guerre en-

tre la Suède et la Moscovie. M. de La Chétardie, notre
ambassadeur à Pétersbourg, y est traité avec des honneurs affectés; mais ni la czarine, ni ses ministres
n'ont encore voulu lui prêter aucune audience sur affaires politiques.

En Suède, le parti du roi est tout à fait à bas et
celui de la nation victorieux, ce que l'arrivée de
M. de Saint-Séverin, notre ambassadeur, va achever
de perfectionner. Que l'on considère donc cet État
comme une république, où la démocratie, mêlée avec
l'aristocratie pour consentir aux choses de liberté et
d'honneur, va cependant être dirigée par le noble sé-
nat et par les anciens généraux de Charles XII, nation
toute guerrière et que nos subsides en argent vont aider merveilleusement; nation qui combat pour sa liberté, pour empêcher leur roi de devenir tyran, et
surtout pour prévenir qu'il ne dispose arbitrairement
de sa succession pour quelque prince soutenu de
leurs ennemis qui tous entourent la Suède, tels que la
Russie, le Danemark, l'empereur et l'Angleterre.
Car le plus grand et capital de ces ennemis de
Suède, c'est la Russie, qui est soutenue par l'empereur, et le roi d'Angleterre est allemand, vassal de
l'empereur, et allié avec le Danemark, son tributaire;
de sorte que la nation suédoise ne peut avoir au
monde de confiance qu'en nous. M. de Castéja m'a
démontré que les armes suédoises devaient avoir
un grand avantage contre les Moscovites. Est-ce de
la part de la Suède une guerre de liberté et de défensive contre l'ambition d'un voisin tyrannique?
cette guerre réussira, et il vaut mieux prévenir l'attaque que de l'attendre. Le dessein ultérieur peut-il

être d'établir cette nation guerrière en république,
avec un chef guerrier, *bonum opus*, bon allié pour
nous? nous riverons par là la puissance de l'empereur,
nous vengerons la Pologne, nous la rétablirons dans
son droit d'élection, la Suède et la Pologne se donnant
la main, quand la Suède aura montré sa force, non
sous des rois effrénés, tyranniques, ambitieux pour
eux-mêmes, tenant à d'autres tyrans voisins pour
captiver leur nation et rappeler le pouvoir arbitraire.
Par là, nous riverons encore le pouvoir et le commerce tyrannique des Anglais, qui l'ont étendu si
puissamment dans le Nord : on les en exclura; ils
sont amis secrets et intimes de la Russie.

Mais la belle besogne du cardinal de Fleury a été
d'envoyer M. de La Chétardie en ambassade éclatante
à Pétersbourg : vaine et plate comédie où l'on remarque ses allures ordinaires : *amuser et tromper*, telle
est sa devise.

L'empereur ne réforme plus ses troupes, il les re-
crute et complète de toutes parts; il prétexte la crainte
d'être attaqué en Italie. Il va grossir insensiblement
ses forces, et surtout aux Pays-Bas, à la réquisition de
la Hollande et de l'Angleterre. Pourquoi à ces Pays-
Bas? c'est pour menacer la France, c'est pour dominer sur l'affaire de Juliers, c'est pour secourir les
Hanovriens en cas de besoin. L'empereur échappât-il
au cardinal, je crois qu'il amuse et qu'il trompe pour
lui rendre la pareille.

Depuis le commencement de cette année, il y a
une mortalité singulière sur le conseil du roi; quatre
conseillers d'État morts en trois mois, trois intendants, et un quatrième qui se meurt. Le jeune M. Bris-

sonnet venait d'être nommé pour l'intendance de
Montauban, et ses équipages partis depuis quelques
jours; il a été frappé d'apoplexie et est mort en qua-
rante-huit heures. M. Bouché, intendant de Bordeaux,
revenant à Paris, est tombé bien malade à Blois et
se meurt. M. Renaud, maître des requêtes, se meurt
d'une fluxion de poitrine. M. Chauvelin, conseiller
d'État, a été à la dernière extrémité, etc.

[*Mars* 1737.] — Quiconque saura bien, comme
je le sais, le véritable sujet de la disgrâce de M. Chauvelin, y trouvera la ressemblance entière de celle de
M. Fouquet, avec la différence que M. Chauvelin a
été un ministre plus habile, plus laborieux et plus
fidèle encore que M. Fouquet, et que les agents de
sa disgrâce ont été moins capables et moins heureux
que M. Colbert, qui fut l'auteur de celle de Fouquet.

Dans ces deux disgrâces, Louis XIV et Louis XV,
le cardinal Mazarin et le cardinal de Fleury ont été
trompés par leurs créatures. M. Hérault et M. Orry ont
été les Colbert, les Hervart[1] et les Berryer de cette
aventure. Colbert enviait la place de Fouquet, Hérault
était né l'ennemi de M. Chauvelin, et avait toutes les entrées d'un valet. Colbert fut heureux et se trouva habile
par la suite d'un ministère de vingt-quatre ans. M. Orry,
né insensible, d'un cœur dur, et d'un esprit stupide,
conduit par un frère ambitieux et avide, a donné un

---

1. Barthélemy Hervart ou Herward, Allemand d'origine et protestant de religion, banquier de Mazarin, contrôleur général
en 1657, prêta deux millions à Louis XIV, lors de l'arrestation de
Fouquet. Il fut ami de La Fontaine.

trait d'ingratitude abominable en accusant M. Chauvelin; il a été et sera la victime de cette scène scélérate. Colbert, au contraire, partit de son indigne
accusation pour faire les œuvres d'un grand et heureux ministre, Louis XIV ne fut point puni de cette
injustice : il commença alors un règne brillant et
magnifique, et, dans ces deux iniques disgrâces, on
vit l'innocent victime de la surprise et de l'ambition.

Fouquet avait toutes les qualités nobles d'un grand
seigneur, s'il n'en avait pas tout à fait la naissance,
quoiqu'il eût des prétentions de noblesse d'extraction
en Bretagne : il pensait très-hautement, il avait l'âme
élevée, beaucoup d'esprit, du courage et toutes les
inclinations qui naissent de ce caractère. Il avait fait
merveille dans la charge de procureur général du
parlement; il était monté au ministère et s'y était
montré homme de ressource et de grands expédients.
Un ministre tel que le cardinal Mazarin ne devait
avoir que de petites gens auprès de lui, comme le
cardinal de Fleury. Cependant, ayant plus d'esprit
que le second, il y admettait aussi des gens plus
étoffés, mais peu à peu il en prenait pleine défiance.
Mazarin avait épuisé l'État au milieu des craintes,
des témérités et des révoltes; pilote timide, il ne
cherchait, comme on dit, qu'à plumer la poule sans
la faire crier, et dans ces dispositions, pour avoir un
écu, on en fait coûter cent aux peuples. Avec cela, il
était prodigieusement avide et avare; il mêlait ses
affaires avec celles du roi; il pêchait en eau trouble.
Il s'éloignait de l'ordre au lieu de le chercher dans
l'administration et les règles du trésor royal. On

rendit le pauvre M. Fouquet comptable de tout ce désordre, quoiqu'il prêchât continuellement contre, qu'il proposât de l'ordre et des règles, qu'il y insistât, et qu'il se fît pour cela des affaires continuelles avec Mazarin. Il est même à croire que c'est par là qu'il lui déplut premièrement. Ainsi il devint, après Mazarin, la victime du même désordre dont il avait été le martyr sous Mazarin. Voilà ce qui rend détestable pour les honnêtes gens d'être employé sous les tyrans et avec les fripons. Au lieu de cela, les bas valets, les commis qui servaient sous Mazarin pour les finances se livraïent totalement à cet avare cardinal, et, fripons comme lui, ils pillaient l'État, profitaient pour eux, faisaient profiter le trésor du cardinal, et sapaient le pauvre Fouquet sous œuvre.

J'ai dit que Fouquet avait l'âme élevée, et étant né pour la cour, il y était parvenu, de la robinerie, par la fréquentation des grands dont il avait sans doute pris les défauts. Il était ami de l'ostentation et avait dû parvenir par l'intrigue de cour, à quoi il n'avait pas assez opposé la philosophie dont les principes fermes s'accommodent au temps, se rétractent ou se reprennent selon qu'on est libre de les pratiquer. Chacun aime ce qu'il croit avoir pratiqué heureusement, et où il se voit de l'habileté acquise : il suivit toujours les pratiques de la cour.

A tous les orages du cardinal Mazarin qu'il essuya, il se rejeta sur l'intrigue de cour. Il dut ses vices et ses fautes à ses ennemis et à ses habitudes. Il chercha à se gagner les grands, et les moyens ne purent être innocents. Ainsi, nous voyons qu'à cet effet il profita de ce désordre des finances et du manque de

règles dans l'administration du trésor royal, pour
donner des gratifications aux gens de crédit et pour
leur faire faire des affaires. C'est beaucoup qu'il n'en
augmenta pas ses biens, et rien ne marque plus sa
vertu.

On l'obligeait à emprunter pour l'État, à avancer
et à répondre; il était né avec de grands biens. Sa
charge de procureur général du parlement fut vendue
seize cent mille livres. C'était l'usage alors que les
surintendants avançassent ainsi à l'État. On voulait
donc qu'ils fussent accrédités. Ainsi sa magnificence
extérieure, ses dépenses en bâtiments étaient utiles à
son crédit, pour qu'on le crût bien riche et qu'on
aimât à lui prêter.

Dans d'autres temps, se voyant pressé et menacé
de la même persécution qu'il essuya après la mort
de Mazarin, sa patience fut poussée à bout, il jeta sur
le papier le plan de résistance qu'on trouva et dont
on lui fit un si grand crime. Ces mesures militaires
prises pour la forteresse de Belle-Isle, Concarneau,
des vaisseaux, des canons, des prises en mer, tout
cela nous étonne beaucoup, mais il faut se reporter
aux mœurs d'alors, où les gouverneurs de places
tranchaient du souverain, et avaient ainsi des dents
pour mordre. L'autorité royale n'était pas perfec-
tionnée comme elle l'a été depuis.

Après la mort de Mazarin, Colbert suivit sa pointe:
il se trouva installé dans l'esprit du roi, par la recommandation de Mazarin, et, effectivement, il avait
tous les matériaux prêts et bien médités pour une
meilleure régie, à quoi il joignait de grands talents
pour cette place. Il est aisé de briller par des con-

trastes dont la liberté d'agir, au lieu de la gêne et de la défiance, fait le grand mérite.

Fouquet prétend qu'il aurait réparé également le désordre, et substitué à cela un grand ordre et une grande amélioration du royaume, si on lui en avait laissé le temps, et qu'il eût eu la confiance d'un grand roi, au lieu de la défiance d'un vilain ministre, et je crois bien qu'il l'eût fait et mieux fait, car il avait l'âme plus grande que Colbert, par conséquent plus de justice et plus d'idonéité à gouverner des Français.

Peut-être eût-il cependant failli, en voulant masquer ses propres fautes précédentes. Tout le monde l'accuse d'avoir douté que Louis XIV pût continuer de s'appliquer ; il regarda cela comme un feu de paille, dit-on, et en fut la dupe ; il ne voulait pas montrer au roi le fond du sac, il avait pris le goût de gouverner, et voulait gouverner encore davantage ; en un mot, quand le premier médecin a mal gouverné le malade, il faut changer de médecin, de peur que l'ancien ne pâllie le mal au lieu de le bien guérir ; l'ancien n'est pas propre à couper dans le vif, mais le nouveau contredit hardiment tout le passé et prend une méthode complétement nouvelle. Fouquet se soutint sous Mazarin, ne lui plut qu'à demi, fut détruit par des fripons qui lui plaisaient pleinement ; il prit des mesures auprès des grands, *il n'en prit aucunes auprès de la personne du roi*.

C'est sur cette dernière faute particulièrement que M. Chauvelin a cherché à se corriger, ou plutôt à corriger les exemples de Mazarin : il a conçu de bonne heure la pensée de s'impatroniser auprès de Louis XV.

L'indication lui en a été d'abord le grand âge du cardinal de Fleury ; et, ensuite, cette vue de convenance
lui est devenue de nécessité, de peur' d'être enfermé
dans un cachot ou même supplicié comme il l'aurait
été sans cela.

Il n'a pas eu à combattre l'avarice du cardinal de
Fleury, qui est même désintéressé au lieu d'avide ;
mais sa faiblesse, son esprit borné, susceptible de défiance et rempli de petites passions personnelles, l'ont
entouré de bas valets, de délateurs et de gens encore
plus sots que lui ; le mérite et les actions élevées sont
toujours, chez lui, des causes de colère et de noirceur.
Cependant toute la réputation de l'État périssait par
la pusillanimité dudit cardinal ; il nous a fallu la
guerre, et le grand succès de cette guerre a coûté sa
place au garde des sceaux. Les soupçons et les scènes
se sont multipliés. M. Chauvelin a vu sensiblement
que le cardinal le perdait dans l'esprit du roi. Il a
cru devoir prendre des mesures, il a gagné M. le Duc
et son parti, le valet de chambre Bachelier et la maîtresse que le roi a prise. S'étant vu poussé davantage,
il a obtenu des entretiens secrets avec le roi où il lui a
montré le vrai de ses affaires et lui a donné les plus
excellents conseils ; mais en quoi il l'a convaincu de
sa vertu, c'est en lui conseillant de garder le cardinal
jusqu'à la fin de la vie de ce vieillard, lui montrant
même quelques moyens pour remédier à ses fautes
dans un besoin.

Toutes les mesures qu'il a prises sont immanqua-
bles pour le moment de la mort du cardinal. La poudre est bonne et bien préparée, mais le temps du décès du cardinal est bien incertain, et, à l'heure où

j'écris, il va avoir le mois prochain (juin 1740)
quatre-vingt-neuf ans, étant né en 1651, sans
que sa santé menace ruine sensiblement, sinon
qu'il est assez voûté, et que la mauvaise humeur
accompagne continuellement les opérations de son
esprit.

17 *mai* 1740. — Il paraît un livre, le livre des livres, composé par feu l'abbé Duguet, sur l'institution
des princes. Ce livre, composé par ordre du roi de
Sardaigne pour l'éducation de son fils, aujourd'hui
roi, traite de toutes les matières morales, politiques
et religieuses, avec une dignité, une noblesse, une éloquence et une pureté de cœur qui enlève à sa lecture.
Le cardinal de Fleury a le front de défendre ce livre et
d'en rechercher les exemplaires avec un soin qu'on
ne prendrait pas pour Spinosa. Il en reçoit l'affront
que tout le monde dit que c'est à cause d'un certain
principe qui traite de la honte qu'il y a pour un
prince de se donner un premier ministre. Ce chapitre
est fort excellent; le cardinal y trouve partout son
portrait tyrannique, à l'exception qu'on ne peut lui
attribuer le goût de la guerre, que son naturel mal né
ne lui a pas donné, mais dont nous a exempté davantage la constante patience du roi à soutenir ce premier
ministre; ainsi l'Éminence n'a pas ici besoin de ce
ressort. A cela près, son opprobre est écrit partout.
J'ai devant moi ce livre dont la lecture m'enlève. Les
fauteurs de la tyrannie y trouvent des maximes de
jansénisme, parce qu'elles sont saines et que l'on
veut confondre l'abus avec l'usage dans les bonnes
choses plutôt que dans les mauvaises. L'esprit de l'au-

teur est que l'on obéisse au roi, mais que le roi
n'exige que la justice. Il se tait sur le cas où le roi
voudrait le mal, mais l'auteur prêche toujours l'obéissance; on doit observer qu'il ne prêche pas ici les
peuples, mais le souverain.

19 *mai*. — Le roi a eu un gros rhume où la bile se
mêle dans le sang, maladies à la mode qui peuvent devenir dangereuses. On l'a saigné, on le purge; il est
de mauvaise humeur; il brusque le cardinal; il n'a pu
aller à Choisy et la Muette. Pour le cardinal, *fruitur
diis iratis*, il se porte à miracle; c'est un miracle à
l'envers, c'est un vrai porte-malheur pour la France.
Nous avons la famine, le vent du nord avec grêle et
pluie froide continue partout; il a gelé cette nuit; on
apprend qu'il est tombé en Provence une neige plus
forte qu'en hiver. Il n'y a que l'avoine qui avance,
les blés et autres fruits sont perdus; on les retourne
partout pour y mettre de l'orge. Le pain va enchérir.
Il y a eu tapage aux derniers marchés à Paris, et le
malheur est qu'il y a partout disette d'argent, autant
que de denrées. Encore, en 1709, dit-on, chacun avait
de l'argent. Mais un autre malheur qui effraye, c'est
que les pays étrangers sont traités de même, l'Angleterre, l'Allemagne, le Nord, la Pologne par Dantzig,
partout là, nuls blés pour nous secourir; tout y a
manqué, et la traite y est défendue. On croit cependant
qu'il y en a en Barbarie; mais il faudrait donc se
diligenter pour en avoir du riz, songer à cela, si on
n'a pas d'argent à emprunter, et jamais on n'y a moins
songé. On va descendre la châsse de Sainte-Geneviève.

20 *mai*. — M. Pecquet ne se cache pas trop de dire
à tout le monde à quel point tout est perdu et dérangé
dans l'administration des affaires étrangères ; il l'a dit
avant-hier au chevalier de Plaisance devant plusieurs
autres amis. Laissez aller les affaires avec la malice offensante qu'il y a de la part des principales
puissances d'Europe, tout se perd et s'abîme, insensiblement d'abord, puis à grands pas, pour la
Maison de France. Le rôle de la république de
Lucques ou de Raguse ne nous est pas possible, parce
qu'on nous craint et qu'on nous attaque, quand nous
cessons de prendre des mesures de défensive, comme
nous faisons sous le cardinal. Il ne se soutient ni par
la bonne foi pour ses amis ni par la vigueur des armes ;
c'est un soliveau aigri, rebutant et infidèle. Il change
de système au jour le jour. Voilà donc l'Espagne rui-
née et attaquée de tous côtés en Amérique. La flotte
séjourne au Ferrol ; elle peut de là passer en Angleterre, et on croit que, si elle a un dessein, c'est celui-
là, d'attaquer les Romains dans Rome. Elle est forte
d'environ vingt-huit gros vaisseaux. Il y a quinze ou
vingt mille hommes en Galice tout prêts à être embarqués. Si, sous des temps meilleurs, nous voulions nous
en mêler, nous avons quantité de troupes en Flandre ;
il ne nous faut que des navires marchands pour les
envoyer subitement en Angleterre, à quoi joindre nos
escadres de Toulon et de Marseille pour anéantir les
gardes-côtes anglaises, leurs flottes maritimes étant dis-
persées. Cette opération serait bien prompte, nous
donnerions un Stuart à l'Angleterre, mais un Stuart
fort tolérant, et jamais l'Angleterre n'y aurait tant gagné ; les Anglais se trouveraient déchus de tous les

avantages si grands stipulés pour eux par la paix
d'Utrecht; nous rétablirions Dunkerque; on leur ôte-
rait l'Assiento d'Espagne[1], nous leur ferions la guerre
à outrance. Et quelles autres puissances voisines,
si dénuées qu'elles le sont, si misérables et si occu-
pées, comme l'empereur épuisé, la Savoie en bras-
sières et la czarine occupée par la Suède, quelle autre
puissance, dis-je, n'étant plus assistée par l'argent de
l'Angleterre, pourrait contrecarrer notre attaque?

Au fond, nous voudrions le bien des Anglais : au
lieu de priviléges exorbitants du droit commun,
nous leur laisserions le droit commun du commerce,
et, pour les conduire, nous leur donnerions leur roi
légitime, n'ayant point d'États ailleurs, ne les pillant
pas pour porter leur graisse au dehors, et ne les en-
gageant point dans des intérêts étrangers et germa-
niques.

Et la misère épuise le royaume, la disette des
grains de cette année sera bien pire que celle de
l'année dernière, les provinces de Picardie et de Soissons qui étaient nos greniers l'an passé, manquent
celui-ci. La mortalité décime nos habitants, tout
n'est qu'hôpital, et il y a moins d'argent que l'an
passé, c'est-à dire nul.

Le roi ressent un chagrin pire que jamais de ces
terribles effets de sa coupable complaisance à laisser
toujours gouverner le cardinal. Il faut que, chez ce
vieillard, la haine soit bien puissante; tout roule chez
lui sur l'horreur de voir revenir en place M. Chau-

---

1. On sait que c'était une compagnie anglaise, chargée de l'approvisionnement des nègres pour les colonies espagnoles.

velin : c'est pour cela qu'il reste toujours au ministère pour y perdre le royaume et y déshonorer son
roi.

Cependant je sais qu'il y a deux hommes qui régu-
lièrement, chaque matin, redisent au roi qu'il n'y a
que deux hommes pour rétablir les affaires, MM. Chauvelin et d'A[rgenson]; à la fin, cela produira un
effet subit.

20 mai. — Cependant le roi d'Angleterre part pour
Hanovre; voilà un homme bien hardi, ou il est ter-
riblement sûr de la France. Quelle honte pour nous
que cette confiance, si contraire à nos intérêts et à
ceux de notre maison et de notre commerce! Elle ne
prouvera jamais notre bonne foi, elle insulte à notre
faiblesse et à notre lâcheté.

22 mai. — Le roi a fait trembler de son rhume,
mais tous les rhumes ont un air de danger cette
année; les pauvres en meurent faute de secours,
les riches traînent et guérissent à force de soins :
transpirations arrêtées par ce vilain vent de nord-
ouest et pluies froides, dans une saison où le soleil
est au plus haut de sa carrière. Le roi chassa samedi
et prit son cerf tout près de Rosny, il revint las et
ayant pris le chaud et le froid; il soupa beaucoup.
Le lendemain, toux et un peu de fièvre; on n'osa
pas le saigner, ni même l'interroger sur le cas de la
saignée, car ces jeunes gens qui ont des maîtresses
peuvent s'être mal préparés à la saignée. Le surlendemain, augmentation de rhume et crachats teints
en apparence d'un peu de sang. Cependant on se rap-

pela qu'il avait sucé du cachou, ce qui donne cette
apparence aux crachats. On l'a saigné, on l'a médi-
camenté, diète, apozèmes, il va mieux, Dieu merci,
il se tranquillise à Marly, il a prolongé son séjour
jusqu'au samedi d'après l'Ascension, et peut-être
jusqu'à la veille de la Pentecôte, pour se guérir entièrement.

Je sais d'original comment se fit la nomination de
Breteuil. Le lendemain de la mort de M. d'Angervilliers, au travail, le cardinal présenta à Sa Majesté
une liste des sujets propres au ministère de la guerre;
le roi la parcourut et dit : « Mais je n'y trouve pas le
nom de Breteuil. » Sur cela, Sa Majesté jeta la liste
au feu et dit : « J'ai nommé M. de Breteuil; » et cela
d'un ton ferme où il n'y eut rien à répliquer. Et le
cardinal a pris cela sur son compte, comme il a pu.
La reine avait sollicité le matin le roi pour M. de
Breteuil, et Sa Majesté n'avait rien répondu.

24 mai. — Le roi a eu peu de chose, mais il est
cependant fort changé. Ces rhumes de printemps
sont bien pires que ceux d'hiver, surtout quand on
en a été quitte jusque-là.

On ne parle donc que de l'air de dépérissement du
roi et de l'air de santé du cardinal. J'ai vu hier des
femmes se réjouir de menaces si funestes et si crimi-
nelles. Le roi a été saigné deux fois, les crachats ont
été sanguinolents, il a fait diète, il a été purgé, il a
eu un mouvement de fièvre. Sa Majesté désire d'être à
Choisy, il tousse encore parfois.

Que sait-on de quels crimes sont capables l'ambition et la vengeance? Si la reine devenait régente,

quoique pour peu d'années, je la vois entourée de femmes pécheresses et hypocrites, telles que la duchesse de Villars, la Mazarin, la Gontaut; par là, tous les évêques constitutionnaires, intrigants et perfides, le cardinal de Tencin, les Noailles, le fol et ambitieux maréchal de Noailles, l'abbé de Broglie, Du Mesnil, voilà ce qui gouvernerait l'État sous une reine étrangère et imbécile. Adieu l'espérance de candeur et de probité, adieu ce règne de Titus que nous espérions sous le gouvernement de Louis XV !

26 *mai.* — M. Bachelier prend de plus en plus à la cour l'air de favori du roi; chacun le recherche et le suit, mais il est renfermé pour tout le monde. Il élève autel contre autel vis-à-vis de Son Éminence qui est réduite depuis longtemps à lui faire sa cour, à se l'attirer inutilement; et on remarque qu'après avoir voulu le chasser si honteusement, il y a trois ans, il est trop heureux aujourd'hui de le rechercher. Il plaisante avec lui, lui fait de ses vieux contes, ce qui est la grande faveur, et le prône partout comme le plus honnête homme du monde, et le roi trop heureux de s'être choisi un tel homme de confiance. Il affecte sans doute d'ignorer, ou sa stupidité est bien grande, que Bachelier n'est, comme je l'ai tant dit, que l'ambassadeur de M. Chauvelin auprès de Sa Majesté, et que c'est ce qui lui donne son grand pourparler avec le roi. Bachelier dissimulant bien cet article s'est conservé le droit ouvert de travailler pour M. Chauvelin.

Le roi s'est fort ménagé dans son rhume, et cependant il paraît assez changé, ce qui est plutôt l'effet

des remèdes que de la maladie. Il garde encore la
chambre, il s'est purgé et fait diète, il a envie de
vivre; le vieux tyran, de son côté, va de mieux en
mieux : il rajeunit au lieu de vieillir, à l'âge de quatre-vingt-neuf ans; il vient d'avoir une fluxion sur
l'œil, pour tout tribut du printemps.

Son élection à la papauté est plus sérieuse qu'on
ne le croit dans le monde; le cardinal de Tencin et
le cardinal de Rohan y travaillent à l'envi, pour se
raccommoder auprès du futur nouveau ministère de
Versailles, et réparer leurs menées contre M. Chauvelin, surtout le cardinal de Tencin qui s'acquerra
grand crédit par cette obligation qu'on lui aura,
puisqu'il aura grandement plu au roi qui désire vivement d'être délivré de son vieux pédagogue, et par
cette porte. J'apprends ceci par M. de Vilaines, le
meilleur ami et confident ici du Tencin; il dit que
nos cardinaux français ont déjà réussi à deux grands
travaux dans le conclave, c'est de bien unir les trois
factions de France, d'Espagne et Autrichienne pour
le même objet, l'autre de désunir et abattre entièrement la faction des Zelanti, et d'avoir donné l'exclusion aux trois cardinaux qui étaient sur les rangs :
Pic de La Mirandole, Ruffo et ...., de sorte que le
champ de bataille étant bien libre aujourd'hui, on
écoutera volontiers la proposition *sérieuse* d'un nouveau, qui sera le cardinal de Fleury. On peut d'un
instant à l'autre recevoir le courrier de son élection.

27 *mai.* — L'Espagne se défend comme le diable,
et augmente sa réputation. La nouvelle se confirme
que sept vaisseaux de guerre anglais ont donné tout

à travers l'escadre du Ferrol; les Espagnols en ont
coulé trois à fond, pris deux, et les autres ont pris
la fuite. Voilà une belle victoire dans cette détresse,
et, d'un autre côté, un vaisseau de guerre espagnol
de soixante-dix pièces de canon a donné dans l'escadre anglaise de l'amiral Norris; il s'est défendu
avec une telle bravoure que les Anglais honorent
comme des héros ceux dudit vaisseau qui sont restés
et qui ont été menés prisonniers en Angleterre.

Tout cela fait dire : Quel dommage que la France
ne s'en mêle pas! Notre noblesse marine ne demande qu'à faire merveille et le ferait, et, pendant
que notre lâche cardinal délibère, nos alliés se for-
tifient et se concertent, au lieu que l'année dernière
nous aurions eu si bon marché de l'empereur, au
sortir de la guerre des Turcs, à nous et à l'Espagne,
jointe à la Suède, puissance toute neuve et reposée,
et qui nous est si cordialement attachée par les intérêts nationaux.

28 *mai.* — Et cette belle et désirable nouvelle de
la victoire maritime des Espagnols sur les Anglais
est une fausseté, et personne ne vient la confirmer!
Ce sont de ces bruits qu'enfante le désir, que répand
et que croit l'espérance multipliée dans tout un
peuple.

Milord Waldegrave dit lui-même qu'il se regarde
comme l'oiseau sur la branche, qu'il lui paraît un
rêve qu'il soit resté si longtemps ici, et que, selon
toute apparence, il n'a guère à y rester; qu'il
est impossible que nous durions longtemps encore,
sans prendre parti pour l'Espagne.

Cependant le roi d'Angleterre, sur ces entrefaites, va à Hanovre, ce qui étonne toute l'Europe et fait dire au bas peuple que c'est qu'il abdique, et que qui quitte la partie la perd. C'est bien tout le contraire, c'est qu'il voit à qui il a affaire, c'est qu'il va lier de nouvelles intrigues, et assurer mieux sa partie avec l'empereur, la czarine, la Prusse et le Dane-mark.

Au dedans, la misère des provinces augmente; dans chaque ville, on oblige chaque bourgeois à nourrir un ou deux pauvres, et à lui donner quatorze livres de pain par semaine. Dans la seule petite ville de Châtelleraut, il y avait dix-huit cents pauvres cet hiver sur ce pied-là, ce qui accoutume encore les habitants à la fainéantise.

Et que l'on ne dise pas que tout cela vienne de la stérilité de la terre, car la récolte de 1739 n'a point été si mauvaise, et celle future de cette année vient de nous promettre des magnificences depuis quatre jours, et pourtant la misère n'en est que plus grande.

Cependant tout cet hiver les receveurs des tailles ont exigé ce tribut avec une rigueur horrible.

Mais voici bien pire : on a vu passer des blés par nos frontières pour aller assister les provinces autri-chiennes, et cela avec des permissions de la cour : plus ces sorties ont été pernicieuses pour notre cour, plus ces passe-ports ont valu d'argent aux Orry.

Aussi, pendant ce dernier marché, disait-on publi-quement, dans les domestiques du roi, que les deux Orry seraient pendus, et Bachelier, quoique devenu plus boutonné que jamais, en parlait sur ce pied-là, ou du moins répondait aux propos.

M. le cardinal de Polignac m'a assuré qu'il y avait de l'impossibilité à cette papauté du cardinal ; que la faction italienne l'emportait toujours, et que, quand même les trois factions de France, d'Espagne, de Naples et d'Autriche, se réuniraient bien à ce même objet, on n'irait pas à trente voix, et que la fraction italienne tiendrait bon. Il y a actuellement cinquante-trois cardinaux au conclave, ce qui est comme cinquante-quatre ; il en faut les deux tiers pour l'élection qui est trente-six, et il faut le tiers, dix-huit suffrages, pour l'exclusion ; c'est ce qui fait que les concours parviennent à ces exclusions, mais jamais à l'élection [1].

29 *mai.* — M. Hérault a eu la fièvre deux nuits, et son état s'aggrave de jour en jour. Le roi se porte à merveille, et n'a payé, par son rhume, que le tribut à la saison. Il mène un régime merveilleux par son con-

1. Dans un *Mémoire sur le prochain conclave*, inséré au t. III, des *Mémoires d'État*, p. 98, d'Argenson, examinant les chances des divers prétendants à la papauté et prévoyant l'insuccès du cardinal de Fleury, en prend assez lestement son parti, comme on le voit dans ce passage curieux sur le pouvoir temporel de la cour de Rome :

« Cependant, il ne faut pas faire à tout cela plus d'honneur qu'il ne mérite. Car, si l'on considérait sans les anciens préjugés l'affaire dont il s'agit, on verrait que toute cette négociation vaut moins qu'elle ne sonne. Les humeurs et les inclinations d'un pape influent moins que jamais sur les affaires générales. Le pape n'est qu'un petit souverain d'Italie sans troupes, et par conséquent sans poids, dont l'État livre ses passages aux armées qui veulent aller delà ou deçà. On y peut même subsister et piller comme on veut,

tinuel exercice. Le voilà à Versailles; il va courir continuellement de Choisy à la Muette et à Rambouillet.
Heureux serait-il si cette vie était enchaînée de travaux qui roulassent sur lui! Qu'on soit assuré que de
bons ministres, qui auraient autant de zèle pour le
bien public et autant d'habitude du travail qu'on en
voit peu à ceux d'aujourd'hui, n'en travailleraient
pas moins à l'expédition des affaires, pourvu que Sa
Majesté leur permît une résidence aussi assidue à Versailles que Sa Majesté y résiderait peu, sauf une journée à Paris, non pour s'y reposer et s'y divertir, mais
au contraire pour s'y livrer au travail et aux audiences,
en faveur de ceux que les voyages de Versailles ont
droit d'incommoder.

— Le devoir et l'honnêteté m'ont contraint, ce matin, à aller à une lieue de chez moi rendre une visite
à M. le marquis de Vilaines, quelques maisons après
la barrière de Vaugirard. J'y ai été voir autrefois

si l'on affecte quelque mécontentement de Sa Sainteté : les Allemands et, en dernier lieu, l'Espagne en ont donné souvent le
scandaleux exemple. Rome n'est plus le centre des contestations
ou des accords politiques entre les princes chrétiens. Qui ameu-
terait-il, en Italie, contre les maisons de France, d'Autriche?
Modène, Gênes, ou Venise, qui ont pris leur parti sans lui? On
lui a ôté, par le traité de Londres, sa suzeraineté sur Parme et Toscane, et surtout sur le duché de Parme, qui lui appartenait autant
que sa souveraineté sur la ville d'Ostie, et il n'en a rien été, sinon
une protestation qu'on n'a pas même voulu recevoir au congrès
de Cambrai, mais qu'on a permis seulement de registrer à l'hôtel
de ville. Un pape plus ferme que ses prédécesseurs, tel que serait
le cardinal Alberoni, pourrait être ce qu'on nomme un boute-feu,
mais jamais un chef de parti en Italie. »

feu M. et Mme de Plélo, ambassadeur en Danemark
et tué au siége de Dantzig. C'est dans cette maison
que furent élevés secrètement les enfants légitimés de
Louis XIV, M. le duc du Maine, M. le comte de Toulouse, S. A. R. Mme la duchesse d'Orléans. Ils y
étaient sous la gouvernance de Mme de Maintenon,
et ce fut là aussi où commencèrent les amours du roi
avec cette dame. Aujourd'hui cette maison tombe en
ruines[1].

Vilaines m'était venu voir le premier, conduit par
le sieur G., et il était question des affaires de Bachelier et de Hogguer. Il me fit un compliment léger,
cavalier et éloquent, où ma réputation entrait hono-
rablement pour texte.

Ce personnage est par sa nature porté à l'intrigue,
utile à ses amis, et le fond de cette vue est un goût
naturel de se mêler d'intrigues de cour. Il est célèbre
dans l'ordre de la Manchette. Ce désordre de jeunesse
porte à l'amitié et conduit au cœur tendre pour ses
amis, quoique le désordre y cesse avec les violentes
arsées (*sic*) qui font le b...... Celui-ci se trouve grand
ami du cardinal de Tencin, que les jésuites lui ont donné
pour ami, et il le sert avec jugement, selon le temps.
Ledit Tencin, après avoir tiré si grand parti qu'il a
fait du cardinal de Fleury, a considéré d'où venait le

---

1. Voy. la lettre de Mme de Sévigné, du 5 décembre 1673.
« Nous trouvâmes plaisant d'aller remener Madame Scarron à
minuit au fin fond du faubourg Saint-Germain, fort au-delà de
Madame de La Fayette, quasi auprès de Vaugirard, dans la campagne; une grande et belle maison où on n'entre point; il y a
un grand jardin, de grands et beaux appartements, etc. »

vent et où il allait; il a trouvé qu'il allait précisément
au sieur Bachelier, et a pénétré que le fond de ce crédit venait des conseils de M. Chauvelin, et qu'il ne
pouvait conduire autre part.

En cas de mort ou de nouvelles disgrâces, le cardinal de Tencin n'a cru pouvoir mieux faire que de
se ménager des intrigues à la cour, comme de femmes
recherchées et sans rouge pour pénitence, lesquelles
ont leur crédit par la constitution. Les évêques molinistes de cour sont leurs grands valets, et tout cela
tient à la reine. Voilà la base personnelle dudit cardinal; il est leur apôtre. Mais, au défaut de cette corde
si fragile, il suit tous moyens imaginables pour se rap-
procher du chauvelinisme, sans se commettre aucunement avec la vieille et haineuse Éminence.

Pour cet effet, il se sert de gens tous désavouables,
et tel est de Vilaines jouant un grand rôle dans le
parti de la Manchette, ayant vu Courcillon, Deschauffours et même Chausson[1]. Il est le maître de
quelques jeunes gens, secrets sectateurs de cette non-
conformité, il est bien reçu aux Jésuites, et commande
à quantité d'évêques; il va dicter et recevoir des dictées
de politique chez la de Tencin, sœur du cardinal, il
a de l'esprit, ce qui paraît par une grande facilité à
parler de toutes sortes de choses, depuis la politique

---

1. Deschauffours avait été brûlé pour crime de sodomie, le
24 mai 1726. Chausson, que d'Argenson appelle Sauchon, avait
eu le même sort vers 1674. Si l'on veut juger des progrès que cette
hideuse démoralisation avait faits jusque dans les rangs de la jeune
noblesse, il faut lire les révélations que renferme à ce sujet le
procès-verbal d'un interrogatoire écrit de la main du lieutenant
de police d'Argenson : *Mss de la Bibliothèque du Louvre.*

jusqu'aux marionnettes. Il est homme du monde, il y
a toujours été reçu sur cette universalité, et comme
homme de bonne compagnie. Ainsi il joint à ses amis
de parti quantité de vieux amis, de tous partis indif-
férents. Il a servi, il a des procès, il est garçon commode, enfin il est dévôt, car tous ces pauvres b....
meurent le c.. dans un bénitier.

M. de Vilaines prétend que M. Chauvelin revenant
au pouvoir prendra la place du chancelier qui sera
congédié; il se flatte que M. de Tencin aura celle de
secrétaire d'État des affaires étrangères, mais ce qu'il
assure, c'est que mon frère n'aura aucune part à cela,
et qu'il est mal de tous les côtés.

— On apprend que la czarine ramasse toutes ses
forces pour s'établir la marine la plus formidable
qu'on ait encore vue dans cet empire, et en effet, ses
forces iront loin.

Par là, la Russie n'étant plus occupée par le Turc,
elle va se rendre maîtresse de la mer Baltique. Voilà
la politique de l'empereur, il n'a pas de marine, mais
sa servante, la czarine, en a une; il se vante d'être
de nos amis, mais il est lié fortement avec nos ennemis ouverts, tels que la Russie, l'Angleterre et le
Danemark, et bientôt la sournoise république de
Hollande sera de la partie.

Nous donnons beau jeu à nos ennemis à respirer
et à s'ameuter contre nous; jamais on ne les a si
bien servis, même pendant la ligue contre Henri III.

La pauvre Suède a voulu s'appuyer sur une planche
pourrie : la France, sous le cardinal, lui a présenté
un appui dangereux, incertitudes et lâcheté. On a

manque le moment d'attaquer la Russie pendant l'acharnement du Turc, et voilà que la Russie va désespérer la Suède. Comment la secourrons-nous, bloquée par les flottes formidables de la Russie, à quoi se joindront celles du Danemark et de l'Angleterre?

Tout s'ameute, tout se fortifie contre la Maison de Bourbon[1]; je vois l'orage croître pendant le repos qu'on laisse à nos ennemis; ce sont des bruits d'un futur ministère entreprenant, mais qui n'arrive point.

Cependant, voilà tout fraîchement un traité d'alliance défensive signé entre le Turc et la Suède; je vois que ce traité n'est véritablement que défensif, car la fraîcheur de la pacification des trois empires ne permet pas de renouveler la guerre; mais, si la Russie attaquait la Suède, si ses armements la rendaient aucunement plus insolente, le bon Turc avec sa bonne foi recommencerait assurément la guerre.

31 *mai.* — Le roi ne tousse presque plus; un bouillon de navets l'a guéri; ce bouillon était apprêté par les mains de l'amour; Mme de Mailly l'avait préparé elle-même.

Sa Majesté avait une robe de chambre qui l'ennuyait. Mme de Mailly part sur-le-champ, en choisit une charmante, la fait faire toute la nuit, et le lendemain le roi la trouva sur sa toilette.

---

1. On trouve au t. III, des *Mémoires d'État*, p. 78, un *Parallèle de la Ligue appelée la grande alliance contre la Maison de France, entreprise en* 1701, *avec celle qui se prépare contre la même Maison, en* 1740.

M. de Nesle revient d'exil de Caen ; voilà les pros-
criptions qui cessent autour de Mme de Mailly. Le
roi vient de donner le péage du pont de Neuilly à
cette dame ; ce qui vaut 20 000 livres de rentes ; il est
vrai qu'il appartenait de tout temps à la maison d'Hautefort. Mais le terme de la cession allait finir, peut-
être l'eût-on continué au marquis d'Hautefort, s'il
n'y avait pas eu une favorite. J'aimerais qu'on favo-
risât sa maîtresse, étant le roi, sans faire tort à
d'autres. Le régiment ci-devant Condé donné au chevalier de Mailly, en l'ôtant au petit d'Argens, est encore dans ce cas. Le lui aurait-on ôté sans le désir de
favoriser la favorite ? Cependant ces faveurs-là mal-
traitent beaucoup ceux aux dépens de qui elles se
font. Il semble que, pour cette faveur, on arrache les
grâces détournées et qui ne se présentent pas naturellement. Peut-être, et n'en doutons pas, quand le roi
sera plus le maître, alors sa faveur conférera-t-elle des
grâces plus naturelles. Je n'aime pas ces choses-là ; je
m'en chagrine pour l'amour de mon maître, et bientôt la maîtresse va être haïe.

On croit qu'après elle, et même devant elle,
Mme la comtesse de Toulouse aura la plus grande
part à la faveur du roi ; son caractère lui plaît ; elle
est bonne femme et accorte, dit-on. Si le roi veut
avoir une maîtresse, elle lui sera commode ; si Sa Majesté veut donner dans la dévotion, elle est dévote ;
voilà donc une commode à toutes mains. Elle a, dit-
on, résolu de pousser la Grandville au ministère ; elle
l'a fait conseiller d'État ; elle l'aime fort. Voilà de
quoi faire un ministre fat ; celui-ci est tel : il a de la
facilité à travailler ; mais il est indifférent pour son

prochain; il est haï en Flandre; il est avare, il est injuste; ce sera un M. d'Angervilliers. Mais si le roi a
bien résolu de ne se laisser jamais gouverner par les
femmes, la Grandville reculera dans cette carrière au
lieu d'y avancer.

Le cardinal est fort changé et change chaque jour.
La décrépitude de son âme ne paraît encore que par
sa mauvaise humeur. Tout va sans plan et par de
mauvais seconds. Il est gouverné despotiquement par le
Portugais Mendez, qu'il consulte sur toutes choses. Jamais il n'y a eu d'homme d'un esprit si obscur et de
vues si courtes; fol et stupide, mais poussé d'une
grande haine contre M. Chauvelin, voilà ce qu'il faut
au cardinal; mauvais compatriote d'ailleurs, et ne nous
portant qu'à de mauvais procédés contre le roi de
Portugal.

M. Orry, dit-on, a fait peu d'opérations dans sa
charge des finances et des bâtiments. Elles se réduisent
à trois.

1° Nourrir les peuples, pourvoir aux grains; la misère augmente. Il est plus mort de Français de misère
depuis deux ans, qu'il n'en a été tué par toutes les
guerres de Louis XIV.

2° Réformer les pièces de 2 sols : on ne sait comment s'y prendre; cela n'avance point.

3° Les bâtiments du roi; tout ce qui a été fait à
Compiègne tombe.

La misère augmente chaque jour dans les provinces,
et les recouvrements s'y font avec une rigueur sans
exemple. On enlève les habits des pauvres, leurs derniers boisseaux de froment, les loquets des portes, etc.
Les receveurs des tailles se signalent; ils multiplient

les frais. Chacun sait que, s'il paye bien, il sera augmenté à la taille l'année suivante, et chacun veut n'a-
voir rien à se reprocher sur ces affaires. La quantité
des pauvres surpasse celle des gens qui peuvent vivre
sans mendier. Pendant tout cet hiver, on a obligé,
dans la ville de Châtelleraut, chaque bourgeois de
nourrir un pauvre. Il y a 4000 habitants; et il y avait
ainsi 1800 pauvres enrôlés à la charge des bourgeois.

1er *juin*. — Les quatre secrétaires d'État paraissent
aujourd'hui d'une grande union : ils font bande à
part, mais M. Orry est la brebis galeuse, qui n'est
pas d'avec eux, et qui est tout entier au cardinal,
ne figurant qu'avec MM. Hérault et Mendez. Toute
l'iniquité des affaires, le délabrement de l'État et
l'horreur du siècle paraissent rouler sur lui, et on voit
qu'il n'y fait pas bon.

Il semble que les secrétaires d'État aient pour chef
extérieur M. de Maurepas, mais je suis sûr qu'ils
pensent davantage avoir pour leur chef M. de Breteuil, qui est le plus franc de crédit auprès du roi,
par la direction de Bachelier. Cependant, sur cette
apparence, les petits favoris du roi travaillent contre le Maurepas, le croyant près du premier ministre et de la souveraine faveur. Il faut toujours
que le roi donne quelques os à ronger à ces intrigants.

Le roi n'a presque rien eu. On lui a fait accroire
son rhume dangereux, pour le faire rester dans sa
chambre.

L'empereur a eu deux espèces d'attaques d'apoplexie, s'étant trouvé mal avec perte de connaissance. Il n'est pas revenu encore du chagrin mortel de la dernière campagne de Hongrie.

Le conclave est plus brouillé que jamais, et on ne sait quand il y aura un pape.

Ce n'est point sept vaisseaux de guerre anglais qu'ont pris les Espagnols, mais sept navires marchands qu'ont pris leurs armateurs; voilà le fondement de la nouvelle.

Il transpire une fâcheuse nouvelle que nos quatre mille hommes au Mississipi, sous M. Bienville, ont été défaits par les Chicachas, que les Anglais assistent sous main.

— On sait au vrai que la véritable raison du voyage en Hanovre de S. M. britannique est parce que Mme la comtesse de Walmoden, sa maîtresse, est grosse et prête d'accoucher, et qu'il faut que son enfant naisse en Allemagne, pour en faire un grand seigneur. D'ailleurs ce roi, voyant des troubles chez lui, est bien aise que cela roule sur le compte de Walpole et qu'il en souffre, s'il arrive malheur, et encore par là il nous donne tout le ridicule de la grande confiance qu'il marque avoir dans notre neutralité.

Le duc d'Argyle qui a eu la querelle que j'ai dite avec le roi, s'est retiré chez lui en Écosse où il a fait le diable pour soulever ce royaume et y favoriser le Prétendant.

On a fait frapper à la Monnaie des écus d'or, de la grosseur d'un écu de six livres, et, outre cela, de nouveaux louis d'or et de nouveaux écus au même titre et poids que les anciens, mais avec une gravure

plus belle que celle de Varin[1], et sur l'âge que le
roi a actuellement. Mais ces écus d'or, quelle jac-
tance, quelle vanité pour donner l'air de magnificence asiatique, dans un temps d'une misère
sans exemple! Seront-ce des monuments de la présente calamité, de l'avarice et de l'orgueil financier?

2 juin.— Il y a, entre les quatre secrétaires d'État,
une union dont M. Orry est exclus, et cette union ne
fait qu'augmenter depuis que M. de Breteuil est en
place. Il a apporté là un degré de faveur décidé, tenant aux intentions secrètes du roi, de sorte que,
étant regardé comme du futur ministère et du plan
anticipé du roi, tout s'est attaché à lui, et M. de
Maurepas s'y étant livré corps et âme, sans réserve,
cet attachement ayant fixé toutes les intrigues volages
et indéterminées, il a apporté dans le parti son an-
cienneté dans le ministère, sa préséance, sa facilité et
ses entours, et il y paraît le premier, quoique le second
en faveur, car il a des taches près de Bachelier, qu'il
a voulu perdre, et Breteuil n'en a point, mais au contraire est fidèle et comblé de bons offices de ce côté-là.

La misère augmente à chaque instant, les provinces
septentrionales du royaume sont perdues, la famine
y règne et les fautes d'Orry, qui y ont tant contribué,
sont démontrées de toutes parts. Un ami de Bachelier
me dit bien l'autre jour que tout Marly disait qu'il
serait pendu, et qu'il ne suffisait pas qu'il sortît de sa
place.

1. Il y a eu deux célèbres graveurs en médailles de ce nom :
Jacques (1604-1672), et Joseph (1740-1800).

M. Bignon, cousin de M. de Maurepas, arrivant du
Soissonnais, son intendance, où il a été recevoir la
reine de Pologne, avait écrit de là des lettres de remontrance sur l'état misérable de la province et sur
les abus qui s'y sont passés sur le fait de la misère.
Je sais de lui, que M. de Maurepas lui a prescrit toute
sa conduite. Il n'est point un travailleur, mais c'est
un homme bien voulu de tout le monde, qui a bon
sens, aimant les détails de la vie humaine, et ayant
les mains fort nettes.

Comme M. de Maurepas le lui a prescrit, il a toujours écrit en droiture au cardinal sur les faits de
misère, en envoyant les doubles à M. Orry. Il a fallu
parler de ces lettres à l'assemblée des secrétaires d'État,
les lundis, devant le cardinal. A cet article, M. Orry
a fulminé contre M. Bignon, il a dit que c'est qu'il
avait peur, que tout allait bien et très-bien dans la
province, et que tous ceux qui disaient que cela allait
mal étaient des frondeurs, des jansénistes, ou des gens
du parti de M. Chauvelin, intéressés à décrier le présent gouvernement.

Rien cependant de plus réel et de plus universel
que cette misère qui dépeuple le royaume, et qui fait
succomber à la faim et aux maladies tout ce qui reste
dans les campagnes, et le progrès de ce fléau est
comme celui d'un incendie. Comment les Orry re-
gorgeant de fortune et d'abondance, eux et leurs
créatures, osent-ils nier de telles réalités? Peuvent-ils
être un moment de bonne foi sur cela, en supposant
même qu'ils n'auraient écouté que leurs financiers? Je
sais que les receveurs généraux sollicitent eux-mêmes
la diminution des impositions. M. Orry s'est donc

emporté contre M. Bignon, et M. de Maurepas n'a
rien dit.

' Mais, en arrivant ici, il lui a dit d'aller promptement
au cardinal, bien préparé sur ce qu'il avait à lui dire.
Il y a été ce matin, et lui a parlé nettement, et voici
ses chefs :

Les recouvrements ne peuvent avancer par l'extrême misère. M. Orry a fait continuer les corvées
pour les chemins, ce qui fait mourir les misérables
qui y travaillent. Les seigles perdus, les blés douteux, nuls pâturages, les bestiaux avortent, la maladie
se met partout, le Soissonnais a fourni Paris de tant
de grains par semaine, depuis un an. Mais le pire est
tout ce qui en est sorti pour la Flandre et le Hainaut,
et, de là, dans les Pays-Bas autrichiens où il se vendait
trop bien, malgré les défenses d'en sortir.

Mais la fraude du côté de la Thiérache étant toujours supérieure à la surveillance des commis, M. Bignon avait proposé à M. de Séchelles, intendant de
Maubeuge, d'y mettre une chaîne de troupes, et Séchelles a toujours refusé.

M. Bignon a avancé hardiment au cardinal une
forte accusation contre Séchelles; il a dit que, la terre
de Vervins appartenant à sa nièce[1], il savait qu'on y
conservait de gros magasins de blés, et que ces blés
filaient en Hainaut et aux Pays-Bas tout cet hiver, et
que c'est pour cela que Séchelles ne voulait pas qu'on
fît une chaîne de troupes.

1. Probablement Marie-Jeanne-Olympe Bonnevié, dame de
Vervins, petite-fille de Moreau de Nassigny, qui était frère de
Moreau de Séchelles.

III

En effet, cet intendant dépense à sa terre, en bâtiments, pour marier sa famille, et en représentation
ou en intendance, bien par delà ses moyens; et ces
gens-là, dont on ne comprend pas la source, avec leurs
dépenses, finissent toujours par être convaincus de
friponneries, quand ce n'est pas par la banqueroute.
Séchelles, avec cela, est grand ami des avides Orry, il
vise à succéder à son gendre Hérault dans l'intendance
de Paris ; mais voici pour le perdre.

A cette accusation, le bon cardinal a répondu en
propres termes : « Mais il est naturel que chacun
cherche son profit. » Belle réponse assurément !

M. de Fulvy a la commission des blés, et tout ce
qui est sorti indûment cet hiver est de sa faute. C'est
une horreur, dans une misère si publique, qu'on ait
cherché de tels profits, et certainement il doit y avoir
des potences dressées à la suite de ceci.

Le contrôleur général avait dit que c'est que M. Bignon avait peur. Celui-ci a assuré, comme il est vrai,
qu'il n'en était rien. Il a détaillé pendant une heure
tous les griefs de sa province. Le cardinal y a apporté
une grande attention, et lui a dit d'en parler donc à
M. Orry. Il a été de nouveau au conseil à M. de Maurepas qui lui a dit de n'aller qu'à Paris en dire deux
mots à M. Orry, mais de ne point aller à Bercy ni sitôt
à Versailles.

— Le Languedoc est la seule province du royaume
où les évêques soient restés maîtres des affaires tem-
porelles et politiques, et surtout de celles de finance.
Chaque évêque, dans son diocèse, est comme le subdélégué des états généraux de la province, par une

raison de suite, qui est qu'aux états le clergé va le
premier, qu'il préside, qu'il dirige, qu'en l'absence
des états le même ordre se suivant, le haut clergé dirige chacun dans son district. Il est assisté de la noblesse et du tiers état, qui sont les consuls et magistrats populaires.

Cependant ils n'en abusent pas, car ils ne sont pas
là comme prêtres; ils n'y sont que comme de bons et
principaux magistrats. Ces usages ne s'altèrent point,
quand ils sont maintenus sous une puissance absolue.
Le roi a eu soin d'envoyer toujours en Languedoc ce
qu'il y a de meilleur en intendants, pour y être des
espèces de ministres. Par là, la prêtraille, comme prêtraille, n'a point attiré à l'église.

Cependant cet exemple est délicat et n'est pas bon
à suivre : dans d'autres provinces, il se pourrait qu'on
ne fût pas aussi heureux, et que le clergé voulût
appeler les armes spirituelles au secours de ses usur-
pations. Dans les temps d'ignorance, où était bien savant celui qui savait lire, écrire et chiffrer, alors on
recourut aux prêtres pour faire les affaires des particuliers et pour juger, et, de là, ils firent ce qu'ils vou-
lurent.

Mais, en Languedoc, le concours et l'existence des
deux autres ordres, celui de la province entière a mis à
la mode de rendre les évêques citoyens, et ils le sont
par mode, y joignant la sainteté de leurs mœurs, leur
naissance, leur éducation et leurs revenus déjà considérables. Ainsi ils aiment le public et cherchent
l'éloge.

De toutes nos provinces d'états, aucune ne se ressemble en esprit et caractère.

Les états de Languedoc sont épiscopaux, et les meilleurs pour le bien public.

Ceux de Bretagne sont noblesse mutine et jalouse.

Ceux de Bourgogne sont obéissants à un gouvernement despotique.

Ceux d'Arras à une noblesse fière et bornée.

Ceux de Provence sont tout peuple, par l'assemblée des communautés, sans émulation, ni richesse.

— M. Orry vantait l'autre jour au conseil assemblé, pour la réponse aux cahiers des états de Bretagne, la fermeté avec laquelle il faisait imposer sur ces pays d'états plus qu'il ne fallait, afin de leur faire payer tant par an sur leurs dettes constituées sur la province. D'un autre côté, les états disaient qu'il fallait laisser respirer les peuples. Il dit encore qu'en Languedoc, en Bourgogne, et dans le clergé, il soutenait la même opération.

Je lui appris que c'était cela ce qu'on appelait fonds d'amortissement en Angleterre, que cela était très-bon dans des pays abondants et où l'on pouvait employer quelques fonds à rembourser ses dettes au capital, mais que, quand on était pressé, comme aujourd'hui, c'était beaucoup faire que de payer ses arrérages; qu'en effet ce fut là la grande sottise que conseilla Duverney, et qui fit disgracier M. le Duc, quand, en 1725, les peuples accablés et mourant de faim, on tint un lit de justice, où le roi alla faire enregistrer quantité d'édits bursaux, et principalement le cinquantième, et cela par ce beau raisonnement que tout ne manquait en France que par le crédit du roi, et que, pour obtenir ce crédit, il fallait faire un fonds d'amortisse-

ment avec le cinquantième, lequel serait fidèlement
destiné à rembourser les dettes du roi, comme si,
quand on ne peut pas payer 5, l'expédient à cela était
d'en faire payer 15 !

Nos administrateurs montrent chaque jour l'abus de
ces vieilles maximes de crédit public qu'ils prennent
de travers, et la preuve est qu'en s'en servant tout dépérit. C'est une bonne chose de rembourser ses dettes,
mais il faudrait attendre l'abondance. Un peu de bon
sens et des égards aux circonstances dicteraient cette
maxime, mais quand viendront ces temps d'abondance? c'est assurément ce qui n'est pas réservé au
ministère de MM. de Fleury et Orry[1].

— Le pain vaut sept sous à Calais et cinq en Flandre. M. le duc d'Antin, qui est en garnison de ces
côtés, a écrit des choses pitoyables de l'état de
cette province. Tous ces pays-là ont été affamés tout
cet hiver, et les Pays-Bas autrichiens en ont tiré continuellement, ce qui les rend à présent aussi abondants
que nous sommes affamés. A Paris, on commence à
mourir de faim, la moitié de Paris manque de pain et
d'argent[2]. Il y a eu grand tumulte au dernier marché,
les commissaires ont été battus. Les boulangers veulent absolument augmenter le pain. Nuls remèdes n'y
sont apportés, M. de Fulvy et son frère encourent
tout le blâme, puisqu'ils étaient chargés de la direction
des remèdes. Ces insolents richards *fruuntur diis
iratis*.

1. *Pensées sur la réformation de l'État*, nᵒˢ 611 et 616.
2. Un passage des *Remarques en lisant*, écrit à cette épo-

3 juin. — On fait venir vingt-cinq mille bœufs de
l'Irlande, ce qui coûtera beaucoup. M. Le Nain, intendant du Poitou, et M. de Tourny[1], intendant de
Limoges, ont représenté, en partant pour leur département, que ces deux provinces, déjà si misérables,
étaient définitivement perdues, si cet achat de bœufs
étrangers avait lieu; qu'on ne pourrait plus payer la
taille, et que le découragement sur la nourriture des
bestiaux achèverait de rendre ces provinces des dé-
serts affreux. Ils ont exposé chacun par leurs mémoires, et sans se les être montrés, que leurs provinces
étaient toujours en état de fournir Paris de la viande
qu'il y fallait et aux prix ordinaires; que la misère
avait ralenti de quelque chose les envois; c'était aide
que cela demandait pour les peuples, les secourant par
diminution de taille ou par quelques prêts d'argent,
et non en les anéantissant comme on allait faire.

Le contrôleur général a tenu bon, ou plutôt n'a pas
écouté : son parti est pris. Mais pourquoi cette stupide
dureté? Avant que de sortir tant d'argent du royaume

que, donne les détails suivants sur l'approvisionnement de
Paris :

« M. de Marville m'a dit qu'il y avait présentement (1740)
900,000 bouches à Paris.

Le muid de bled contient. . .	144 boisseaux.
Le muid produit.	2161 liv. de pain.
Il faut, par jour, pour nourrir Paris,	450 muids.
Par semaine.	3160　—
Par an	405 000　—
Pour six mois, comme je propose	
de l'avoir, ce serait. . .	202,500 muids. »

1. Louis Aubert de Tourny, maître des requêtes en 1719, intendant de Limoges en 1730, et de Bordeaux en 1743.

et de porter aux étrangers tout le profit qu'ils vont
faire sur nous, ne devrait-on pas épuiser d'autres expédients comme les encouragements, le soulagement,
le prêt? Tout le monde ne doit être qu'une foire à la
vérité, mais l'exercice de cette maxime de liberté totale
dans le commerce ne devrait venir que peu à peu, autrement elle éteint tout par sa soudaineté. On ne devrait
ouvrir le métier que quand ceux de ce métier font
mal et méchamment. Tels sont les examens préalables
qu'il fallait faire avant de porter cette ruine subite à
deux provinces qui ne valent que par les bestiaux et
qui sont réduites à une grande misère. Nous allons
donc devenir tributaires des étrangers pour notre vivre
comme le sont les Espagnols et les Portugais; encore
ces peuples sont-ils sobres et ont de l'argent étranger
de l'Amérique, qui, entrant chez eux, les dédommage
de ce qui en sort par leur manque d'industrie.

On cherche pourquoi cette détermination de
M. Orry si inaccessible à la raison; trois causes :
1° son inhumanité naturelle, son indifférence sur les
maux d'autrui ; 2° son application à ce que rien ne
manque à Paris, et cela aux dépens du reste du
royaume (il sacrifiera cent jours de famine dans les
provinces à une après-midi douteuse à Paris, et qui
pourrait le déplacer); 3° et voici le grand point, c'est
que M. de Fulvy reçoit de l'argent pour tout, et ne
doutez pas qu'il n'en ait reçu pour cette opération, et
une grosse somme qu'il faudrait rendre si ce marché
n'avait pas lieu.

4 *juin*. — J'apprends que M. de Maurepas a donné
le même conseil à d'autres intendants, de dépeindre

l'état affreux de leurs provinces et de crier au cardinal
contre les infidèles rapports des Orrys et contre leur
négligence à y pourvoir. De cette affaire-là, M. Orry
devient doux et plus poli, il reçoit bien les intendants qu'il avait si mal traités jusqu'ici ; cela sent sa
chute.

J'ai appris d'un homme qui s'en est curieusement
informé par la frontière, des détails de la monarchie
d'Espagne que je n'eusse jamais crus.

Le roi d'Espagne ne perd à l'interception des revenus d'Amérique que seize millions de revenus; il a ordinairement quatre-vingt-seize millions de rentes dont
seize par les galions, flottille et Assogues. Ainsi il lui
reste quatre-vingts millions annuels de l'intérieur de
l'Espagne; ces revenus sont sur le tabac, cadastre,
droits de consommation, douanes en certaines provinces, etc.

Mais, la communication de l'Amérique lui manquant, il est vrai que les consommations en droits
dans le pays vont en décadence par défaut de consommation, d'entrée d'argent et de facultés chez les
peuples, et voilà ce qui y produit misère aujourd'hui.

S. M. Espagnole entretient cent dix mille hommes de
troupes réglées et vingt mille hommes de milices. Ces
milices sont aujourd'hui dans le royaume de Naples,
et l'Espagne les y entretient à son fils. D'ailleurs elle
ne donne point d'autres subsides, et son fils, dans sa
cour splendide, vit aux propres dépens de ces deux
royaumes.

Le roi d'Espagne n'a point de dettes et arrérages
annuels, ni de grosses pensions, ni une grosse maison
comme la cour de France, d'où je conclurais qu'il est

plus riche que la France qui, ses charges prélevées, n'a pas quatre-vingts millions à mettre à des guerres.

11 *juin.* — On vient d'apprendre à Paris la mort du roi de Prusse, arrivée le 2 juin. M. de Valory, notre ministre à Berlin, m'en écrit le détail par le courrier qu'il a dépêché, ainsi que de grands éloges du premier début de son fils et successeur.

Le cardinal croit beaucoup gagner à cette mort, et se trompe, suivant les saines apparences.

Ce prince a beaucoup d'esprit, de mérite en tous sens et beaucoup d'application et de philosophie. *Il fera ce qu'il faudra faire.* Voilà le grand point. Il aura des soldats pour combattre, au lieu que le feu roi de Prusse, avec ses grands hommes, n'avait pas su encore donner un coup de collier, grâce à son extrême irrésolution et lâcheté. Il laisse de grands trésors à son fils. Celui-ci aimera les savants et les arts, mais à quoi va cette dépense? Il aimera à faire régner la paix, mais avec gloire. Il est vif, agissant, plein d'honneur.

Gare qu'un tel prince ne nous donne bien du fil à retordre, si nous nous opposons à ses desseins! Sans aimer la guerre par caractère, il peut être amené à la faire par point d'honneur. Ses droits sont d'une nature à avoir besoin de guerre pour soutenir et fortifier sa grandeur naissante, au milieu d'envieux, d'ennemis, de voisins qui l'enclavent, et devant un empereur oppresseur. Il sera indigné de la vexation qu'essuient de toutes parts ceux de la communion protestante.

Il trouvera dans les arrangements de son père de grandes avances pour devenir d'un grand poids en Europe. En changeant ses géants en guerriers, il aura une

épargne considérable et de quoi mettre ses troupes en
activité. Son goût naturel et ses principes le porteront
à rendre ses peuples heureux et à faire fleurir les arts
chez lui, et surtout les belles-lettres qu'il aime. Mais il
lui serait honteux, ayant seulement de la justice et de
l'honneur, d'abandonner l'affaire de Juliers commen-
cée et si avancée en préparatifs par son père. L'uni-
vers prendrait pour lâcheté dans un jeune prince ce
qu'il voudrait faire pour être les délices du genre
humain. Il se doit à une grande émulation pour réprimer la grandeur de la Russie et les desseins de sa
ligue tyrannique avec l'empereur; cela le menace
autant que tout autre du Nord, et, en ce sens, il doit
entrer dans notre liaison avec la Suède et être de nos
amis.

Il aura, dans l'empire, des jalousies d'État à État,
et à forces à peu près égales, contre les maisons de
Bavière et de Saxe, querelles d'égalité, de voisinage,
et même d'enclave réciproque, qui doivent aiguiser
plus journellement cette jalousie.

Il sera d'abord tout lié, tout ami du roi d'Angleterre, son oncle : c'est une liaison aiguisée de jeunesse,
fomentée par l'amour pour épouser une de ses filles,
et contrecarrée par son père, ce qui l'a rendue plus
ardente.

Par là, il sera d'abord ami du Danemark, comme
ami commun de l'oncle et du neveu. Mais cette liaison pourra diminuer après sa première chaleur, et la
chaleur même causera d'autant plus de refroidissement, comme il arrive souvent entre les cœurs humains. A quoi le mènera le roi de Danemark? d'abord
à le soutenir sur son trône, ce qui intéresse peu le roi

de Prusse, puisque l'Angleterre sera toujours protestante, quelque maître qu'elle ait, c'est ce qui l'intéresse; mais S. M. Britannique et l'Angleterre se liant
intimement avec la czarine, voilà ce qui rendra l'Angleterre suspecte à la Prusse.

Les grandes vues, le sujet des méditations politiques du roi de Prusse rouleront sur ces trois partis
opposés :

1° Le maintien, la propagation, le triomphe de la
religion protestante en Allemagne, vue saine pour lui
procurer calme et maintien de privilége, vue fausse,
s'il veut s'élever, car ce parti est trop inégal à la catholicité, et de grands politiques devraient mettre à
part ces points d'opinion, et réduire tout à la tolérance et à un culte libre. Il est vrai que, pour se main-
tenir à la tête de ce parti de religion, et, par là, passer
à plus de grandeur, il faut faire quelque chose en faveur de ce parti.

2° La succession de l'empereur. Pour qui sera-t-il?
y favorisera-t-il son parti? en profitera-t-il pour diminuer la puissance du chef germanique, et pour s'accroître, lui roi de Prusse? Mais quel prétexte de droit
successif pour s'en accroître sans que la Bavière et la
Saxe s'accroissent beaucoup plus de la dépouille, eux
qui ont des droits puissants à cette hérédité? Cependant c'est son intérêt que ces deux émules s'agrandis-
sent aux dépens de l'empereur.

3° La grandeur et puissance de la maison de France
que l'Angleterre, la Hollande, la Hesse, le roi de
Suède (mais non la nation et non encore l'électeur de
Saxe) lui exagéreront, comme on le prêche si fort en
Allemagne depuis quatre-vingt-dix ans, ce qui a porté

ses prédécesseurs, l'électeur de Brandebourg et autres,
toujours dans des ligues contre nous, et, par là, ils se
sont forgé des fers à eux-mêmes, ayant travaillé à fortifier l'empereur, sans nous nuire beaucoup. Qu'il
considère que si les trois branches couronnées de
France peuvent nourrir aujourd'hui quelque dessein
ambitieux ce ne peut être que du côté de l'Italie aux
dépens de l'empereur, et qu'est-ce que cela importe à
la Prusse ? On inspire aux Hollandais de la peur de
nous du côté de la Flandre, à la mort de l'empereur ;
mais ce serait folie à nous, et nous ne tenterons pas
cette grossièreté puisque nous aurions affaire à trop
forte partie, car pour une seule place que nous y voudrions occuper de plus, nous ferions déclarer à la fois
l'Angleterre et l'Allemagne *totis viribus*, et nous per-
drions subitement tout crédit dans le jugement de ce
grand procès de la succession autrichienne qui doit
nous attirer honneur, profit et repos par d'autres côtés
que la Flandre, où notre barrière est bien composée,
même sans songer à Luxembourg.

Si le roi de Prusse était dévot dans sa communion,
il serait occupé des subdivisions entre les protestants
et les réformés, ce qui diminuerait son zèle pour les
deux partis à la fois contre la catholicité. Tels sont tous
les dévots de cette communion arbitraire. Il se contentera donc *du calme* pour sa religion.

Sa morale, sa philosophie, sa bienfaisance l'éloi-
gneront des vues de s'agrandir, à moins que ses égaux
ne s'agrandissant sous ses yeux, cela ne l'engageât à
en faire autant.

Mais toutes ses vues, toutes ses forces politiques
iront lors de la mort de l'empereur (qui vient d'avoir

quelques attaques d'apoplexie) à diminuer la puissance
vicieuse du chef du corps germanique et à faire profiter le corps des débris de la tête, ce qui opérera à la
fois plus de puissance, plus de résistance et de soli-
dité, et nulle connivence, en aucun temps, contre la
puissance et la grandeur de la Maison de France, toute
résistance contre le Turc, exemption de tyrannie dans
le Nord et en Allemagne de la part de la Russie, la
Suède et le Danemark exempts de la crainte des Russes
oppresseurs.

Et, comme la plus grande partie de ces vues sont
les nôtres, comme la force du corps germanique ne
nous peut blesser ni attaquer, et que les vues de notre
gouvernement présent ne vont point à l'offensif, mais
au maintien de la paix, j'en conclus que le fond de
liaison du roi de Prusse doit être avec nous et qu'il
doit rester, ou redevenir plus de nos amis que de nos
ennemis pendant tout son règne.

13 *juin.* — Mes amis de l'intrigue de cour m'ap-
prennent que Mademoiselle est absolument perdue de
tout crédit auprès du roi. Au dernier voyage de
Choisy, on la laissa souper toute seule. Le roi ne va
plus à la Muette, pour éviter de se servir de sa maison
de Madrid où Mme de Mailly allait coucher.

Le cardinal se discrédite tous les jours ; il n'est
plus le maître des grandes places. C'est le roi et non
le cardinal qui a nommé M. de La Grandville conseiller d'État ; c'est la seule grâce que Sa Majesté veuille
jamais accorder à Mme la comtesse de Toulouse.

Son Éminence a une peur horrible de M. Chauvelin, cela va à la rage ; il n'entend parler de son nom

ou on ne lui présente pas son idée qu'il ne rugisse de fureur.

On a parlé à M. Bachelier de la démarche de quelques intendants contre M. Orry, de quoi j'ai parlé; il a voulu en savoir davantage, et rend compte de tout au roi. On recherche avec assiduité toutes ces matières de blés et de passe-ports, pour faire le procès audit sieur Orry et à son frère, et on croit aussi M. de Marville impliqué dans ces horreurs.

14 *juin.* — Le cardinal de Tencin fait très-mal à Rome; on en est fort mécontent; on n'adresse plus rien de secret et de confiance qu'au cardinal de Rohan. Le Tencin a d'abord fait tout blanc de son épée, n'a douté de rien et a promis merveille, comme le petit Schaub pour la Suisse. C'est là un grand défaut où tombent les ambitieux d'étage subalterne, et par là, avoir monté de quelques degrés, ils tombent tout à coup. Cela vient aussi de médiocrité d'esprit et d'une industrie incomplète.

20 *juin.* — Le sieur Bachelier a parlé cette semaine plus ouvertement à son ami *** qu'il n'avait fait depuis six mois; il lui a dit l'augmentation de son crédit auprès du roi, et que tout autre était rejeté quant aux affaires, à l'estime et au cœur; Mademoiselle entièrement expulsée par des dégoûts même grossiers; que Mme la comtesse de Toulouse n'avait qu'un crédit de commerce; mais que, pour lui, il était admis à tout, et que son appui augmenterait encore à la mort du cardinal.

D'autres témoignages que le sien confirment encore

ces faits, et rien n'est plus habile à M. Chauvelin que
de fonder si bien de plus en plus un tel appui qui est
tout pour lui, et qui contre-pèse à lui seul ce qu'on
peut faire de destructif contre lui, à quoi il aide encore
par le grand silence qu'il inspire sur son compte.

Le roi augmente d'une impatience incroyable de la
fin du cardinal. Il le porte sur les épaules, il voit les
maux du royaume s'accroître au dedans et au dehors,
avec douleur; il va même se sentir piqué d'émulation,
apprenant les succès et merveilles que va opérer chez
lui le nouveau roi de Prusse qui a deux ans moins que
lui, et qui débute déjà comme un prince du premier
ordre pour le mérite, et qui promet de se montrer les
délices du genre humain. Quelle honte! quelle douleur pour notre Louis XV qui a bien un mérite aussi
solide, de se voir à trente ans sous la tutelle d'un vieux
précepteur qui a quatre-vingt-dix ans, et qui gâte tout
ce qui concerne son royaume de misère au dedans et
de honte au dehors! Il en coûterait d'autant plus au
bon cœur du roi de ne pas le laisser finir, qu'il s'agit
de lui substituer ses ennemis déclarés. M. Chauvelin
sait bien que, s'il donne un moment ouverture à la succession sans qu'il succède, il est perdu, et qu'on dira
cent arguments pour ne le pas prendre. Un candidat
pour les places ayant de la réputation est difficile à
détruire, mais quand un homme a été dix ans en
place, comme lui, il répond de tous les procès perdus.
Il a autant d'ennemis qu'il y a eu de gens qui ont
demandé de mauvaises choses, et on sait que tout ce
qu'il a fait de bien, tous ses travaux ont roulé sur le
compte et sur la gloire du cardinal qui a fini par le
vouloir déshonorer et supplicier.

23 *juin*. — Voilà la flotte espagnole enfin sortie du
Ferrol en pleine navigation : savoir où elle va ; est-ce
en Angleterre ? On le verra bientôt.

Le roi de Prusse a fait tant de choses, depuis le peu
qu'il y a de son avénement à la couronne, que cela
est incompréhensible. Il a écrit la plus belle lettre du
monde à Voltaire pour qu'il lui écrivît à l'ordinaire et
comme à un homme qui ne serait pas roi[1]. Il a rendu
la liberté au commerce. Il a écrit à M. Chambrier,
son ministre à Paris, de lui envoyer Vaucanson, celui
qui a fait notre admirable flûteur automate, et qu'on
a si négligé ici de récompenser et d'encourager. Chambrier est occupé à faire marché avec lui, et nous le
laisserons aller.

24 *juin*. — M. le duc de La Rochefoucauld a dit au
roi que Sa Majesté ignorait peut-être dans quel état
étaient les provinces ; que cela passait tout ce qu'on
pouvait dire ; que l'on oubliait cela dans l'abondance
de la capitale ; que tout est fardé ici ; que le ministère
ne travaille qu'à cacher le mal du royaume et à faire
paraître de l'abondance à Paris ; mais que les provinces, où étaient tant de misères l'année dernière, sont

---

1. Cette lettre se trouve dans la *Correspondance de Voltaire*, à
la date du 6 juin 1740. Quelques jours après, Voltaire écrivait à
d'Argenson : « Vous vous doutez bien que je ne sais point quitter
mes amis pour des rois ; et je l'ai mandé tout net à ce charmant
jeune prince que j'appelle *Votre humanité*, au lieu de l'appeler
Votre Majesté. A peine est-il monté sur le trône, qu'il s'est sou-
venu de moi pour m'écrire la lettre la plus tendre, et pour m'or-
donner, ce sont ses termes, de lui écrire toujours comme à un
homme, et jamais comme à un roi. » (18 juin.)

devenues au double misérables cette année, et que celles qui étaient le mieux, l'an passé, sont à l'égal des autres. Le roi lui a répondu qu'il savait tout cela, et qu'il savait même que son royaume était diminué d'un sixième depuis un an.

Et on dit sur cela : Mais qu'attend donc Sa Majesté pour sauver son honneur et son royaume ?

Le cardinal a fait une sortie épouvantable à M. Orry, sur ce qu'il fardait les maux dont certains intendants l'avaient si bien averti, et principalement sur des passeports de blés et des sorties continuelles du royaume vers la Flandre, en quoi M. de Fulvy et M. de Séchelles sont impliqués, comme je l'ai dit. Ce dernier article a été touché avec toutes les menaces que demande telle cruauté, et c'est sur cette sortie que M. Orry a mandé à M. Hérault de revenir absolument. Depuis ce retour, le cardinal va à Vaucresson chez M. Hérault, au lieu d'aller à Issy, et il s'y abouche avec ledit Hérault, qui est comme le conciliateur de M. Orry ; et, en effet, il l'a raccommodé, car à un vieillard imbécile il ne faut qu'un orateur imbécile et moribond. Ce pauvre M. Hérault est revenu à son hydropisie, et, qui pis est, apoplexie ; c'est un apoplectique ambulant, où il n'y a plus de tête, et qui ne dit rien de suite. La jaunisse lui est venue, avec le ventre en pointe et les jambes enflées par en bas.

Le moindre voyage fatigue le cardinal ; à présent, il trouve mieux à son compte d'aller à Vaucresson qu'à Issy. On ne conçoit pas comment il pourra aller à Compiègne ; il ne peut plus guère se lever de son fauteuil qu'on ne le soutienne. Gens qui lui ont parlé, il y a deux jours, disent qu'il a l'air tout hébété. Tout

le remède qu'il voit aux maux de l'État est de prendre
des pots de vin à l'enchère par chaque grâce qui se
présente, et il manque de parole net quand on lui offre davantage. Il vient d'en user ainsi pour la charge
de feu Miret, qui est de receveur des consignations
des requêtes du palais; il a trompé le gendre de la
nourrice du roi; la reine a écrit en vain au procureur
général du parlement; cent mille francs de plus donnés
au cardinal l'ont emporté. Et, avec ces pots de vin,
l'Éminence dit qu'il envoie de grandes charités dans
les provinces : il en envoie à la vérité quelques-unes,
mais c'est l'abbé Brissart qui est chargé de tout cela,
grand fripon, comme on sait, et, pendant ce temps-là,
les neveux du cardinal se trouvent fort riches. Mais
supposant que toutes ces vilenies allassent en charité,
sont-ce là les remèdes à de si grands maux?

Son Éminence a proposé l'autre jour au roi M. du
Terrail, fils de M. de Sauroy, financier, pour acheter
la charge de premier écuyer de la grande écurie, que
vend M. de Sainte-Maure pour payer ses dettes; Sauroy
en offre un plus gros prix que tout autre, et un pot de
vin. Le roi a écouté son ministre et lui a dit enfin :
« Oh! pour cela, c'est trop. Ne faut-il pas, pour posséder cette charge, quelqu'un qui puisse monter dans
mes carrosses, et que celui qui l'aura soit suivi de deux
pages de ma grande écurie? Le fils de Sauroy le
peut-il? »

— J'ai eu alors un grand sujet de chagrin : j'ai appris de tous côtés que mon frère enviait ma sorte de
réputation, quelque estime assez générale de constance à mes amis, de bon esprit et de désir du bien

public, mais surtout les liaisons bien suivies et solides
qui lui semblaient me devoir mettre en place sitôt
après la mort du cardinal. Sans doute il se cache bien
de parler mal de son propre frère, mais il a des sup-
pôts si adroits que de mauvais discours se répandent
contre moi, qu'on les reconnaît à des signes certains,
à des marques reconnaissables de leurs sources, et
surtout aux personnages qui les débitent et qui sont de
bas valets de la maison d'Orléans.

Et pour que rien ne manque à ce sujet de douleur,
j'apprends avec certitude que ces mêmes manœuvres
sont découvertes, ont été jusqu'au premier maître et
sont retombées grièvement sur leur auteur, de sorte
qu'on est fort en garde contre lui, ainsi que contre ce
qui vient de sa part. Il y a quelque temps, M. le duc
d'Orléans parut être contre moi dans de mauvaises
impressions quand M. de Bal[leroy] et M. le duc de
Chartres lui dirent que ce jeune prince m'admettait à
des conversations politiques, pour s'accoutumer à parler d'affaires. M. le duc d'Orléans parut me croire
homme de trop peu de chose, et dit qu'il croyait seulement de moi que j'avais un bon estomac, sur quoi il
me fait grand honneur. M. le duc de Chartres parut
pénétré de ce que son père me connaissait si mal, et
d'abord il en rejeta le blâme sur mon frère. Je le dé-
fendis de mon mieux, mais il résultait toujours un
blâme de ceci, de ce qu'il ne m'avait pas mieux fait
connaître à M. le duc d'Orléans, en méritant bien la
peine, disait-il.

25 *juin*. — Les deux compagnies de mousquetaires
ont fait des représentations lamentables au cardinal,

sur ce qu'il avait permis à M. de Castellane de vendre
sa cornette des mousquetaires pour cinquante mille
écus à qui il voudrait, cette charge n'ayant été achetée
par lui que dix mille écus. Il a épousé une nièce à la
mode de Bretagne du cardinal, et n'en a rien tiré encore que l'agrément de cette cornette où il a mis la
dot de sa femme, avec sa légitime. C'est pour se sauver de cela qu'il a demandé et obtenu l'ambassade de
Constantinople dont on rapporte communément cent
mille écus au bout de dix années qu'elle dure, et même
davantage, étant entre les mains d'un Provençal avide
comme celui-ci.

Jamais il n'a été si visible qu'en cette occasion,
qu'on ne va à cette ambassade que pour le profit; et,
certainement, si ledit de Castellane trouvait aujour-
d'hui un sous-fermier à qui il la ferait passer, et qui
lui en rendrait la moitié de ce qu'il compte retirer, il
ne manquerait pas de lui céder cet honneur.

Il ne sait, dit-on, ni lire ni écrire, c'est un claquedent
qui parle sans savoir ce qu'il dit. Cependant il faut,
dans cette place-là, un homme capable de négociations
et qui s'entende à faire valoir notre commerce; surtout il lui faut du désintéressement, puisqu'il est le
grand juge du commerce. Comment peut-il gagner si
gros à être juste?

Le cardinal paraît en cela mépriser totalement les
intérêts du royaume, et il ne saurait donner le moindre prétexte honnête de ce choix ; aussi le cri est-il
universel. Mais ce qui donne lieu aux représentations
que j'ai dites, c'est que son économie s'est signalée à
l'ordinaire en ne voulant accorder audit Castellane aucune gratification pour ameublement, disant que cette

ambassade est assez bonne, et le misérable Castellane
ne sait pas où s'y prendre pour se nipper de tout. C'est
sur cela que le cardinal lui a permis de vendre sa
charge ce qu'il pourrait.

Par là, il fait la plus grande sottise que puisse faire
un homme de qualité, puisqu'il perd son service, et
un aussi joli service que celui d'être officier des mousquetaires, où étant jeune on devient à la tête. Ainsi la
nouvelle carrière où il entre n'a et n'aura pour but
que l'argent, ce qui y doit faire envisager toute infamie
et nul bien.

27 *juin*. — M. Fagon m'a dit qu'il ne connaissait
seulement pas M. de Castellane qui vient d'être
nommé à l'ambassade de Constantinople, quoique la
principale relation en dût être avec lui pour les affaires du commerce du Levant; qu'il avait seulement ouï
dire qu'il ne savait ni lire ni écrire. « Il a pis que cela,
lui ai-je dit, c'est qu'il parle toujours sans rien savoir,
Provençal plus que superficiel, hardi, ennuyeux et
jeune. » Cependant M. Fagon pense que c'est aujour-
d'hui l'ambassade la plus capitale du royaume, vu que
l'accroissement de la puissance russienne et de sa ligue tyrannique avec l'empereur n'a aujourd'hui que
ce frein du côté de la Turquie qu'il faut savoir mettre
en mouvement dans l'occasion, d'autant plus qu'on
n'y a pas grande peine avec quelques soins, puisque
tout le peuple de Constantinople, mené par le grand
corps des janissaires, ne demande que la guerre, ne
se plaint jamais de sa durée, et murmure toujours
contre la paix.

Et, à l'égard de notre commerce, il a pris grande

faveur au Levant, depuis quelques années, par les
soins du conseil du commerce; mais il est à craindre
qu'il ne dégénère en de mauvaises mains. Il y faut un
juge et un habile pourvoyeur. Voilà que le roi des
Deux-Siciles vient de conclure promptement un traité
de commerce très-avantageux avec le Turc, et sa
proximité lui donnera là de grands avantages. Ce misérable Castellane conduira cela tout de travers.

1er *juillet.* — On prétend que l'écliptique a penché
davantage vers l'équateur, et, continuant de se tourner
ainsi, dans quelques années, nous aurons en France le
même climat qu'en Suède. On apprend qu'à Rome et
à Naples surtout, il a fait cet hiver un froid inconnu,
et que cela a continué le printemps.

Nous voici en plein été, on fait du feu partout; le
haut du jour, on a un soleil chaud; le matin et le soir,
on meurt de froid. Le vent est pleine bise; de là vient
une sécheresse de poitrine et des transpirations arrêtées qui causent partout des maladies dangereuses.

Tout notre ministère est malade à la fois. M. Amelot a une fièvre enracinée qui ne saurait le quitter, il
retombe à tous moments. M. de Maurepas est le plus
en danger, on n'a pu encore lui couper la fièvre, il l'a
continue et forte avec des redoublements : jamais ses
maladies ne sont médiocres; on l'a saigné du bras et
ce matin du pied. Ce serait pour le ministère la perte
du seul homme qu'il y ait aujourd'hui.

M. le duc d'Orléans a sa goutte qui lui remonte à
tous moments dans la poitrine et qui lui donne la fièvre. Il a été saigné cette nuit à trois heures; il ne se
sent plus la goutte dans la poitrine, mais elle n'est

pas encore redescendue au pied. Il mange de la viande
de boucherie comme un Anglais, et, dès qu'il a mangé,
il se remet sur sa stérile étude des Pères de l'Église.
Avant-hier il alla à l'église avec un lavement dans le
corps. Il est fol à force d'être sage.

La surdité du cardinal augmente, les médecins disent que ce sont des lettres de santé pour un vieillard,
toutes les humeurs se portent là ; mais ce ne sont point
des lettres de la même valeur pour un administrateur
de l'État, car, si cela augmente, il ne pourra plus vaquer aux affaires secrètes.

La flotte espagnole est sortie et rentrée au Ferrol ;
elle s'est fortifiée de l'escadre de Cadix. L'Espagne
paraît toujours méditer de grands desseins contre
l'Angleterre, pendant l'absence de Sa Majesté Britannique ; mais tout le dessein est de perpétuer l'état des
choses comme il est, jusqu'à la mort du cardinal de
Fleury. Cependant on croit que les parties belligérantes se rapprochent de la paix, ce qui n'est pas vrai ;
elles n'y travaillent ni publiquement ni secrètement,
quoique les courriers aillent coup sur coup entre notre
cour et celle de Madrid.

Une preuve de cela, c'est que les Espagnols viennent
de se gagner absolument la Hollande par des faveurs
singulières de commerce, ce qui ne marque pas qu'ils
veuillent épargner les Anglais.

On croit que le cardinal Gotti, Bolonais, sera enfin
élu pape ; c'est le plus honnête homme du monde, et
si on écoutait la voix du peuple romain, il le serait
promptement.

3 *juillet.* — J'ai appris, par un homme bien sûr et

qui est dans tous les secrets de ***, que le cardinal avait conçu les plus mauvaises intentions contre moi, dès qu'il a eu appris que j'honorais et estimais M. Chauvelin; qu'il n'était sensible à rien tant au monde qu'à la vengeance contre ledit sieur Chauvelin, et que toutes les forces et les ressorts de son esprit allaient là, ce qui prouvait bien que c'était un méchant homme. Son M. Hérault, par bêtise, et lui, par méchanceté de cœur et d'esprit, avaient fait des pratiques contre quantité d'honnêtes gens, qui seront quelques jours découvertes au grand jour, et qu'on ne pourra assez détester. On m'en a conté une, de M. l'abbé de Montgon, qui est affreuse. Le cardinal avait à cœur qu'un si honnête homme que lui n'allât pas en Espagne pour éclairer au juste Philippe V, principalement sur le caractère et les démarches du cardinal de Fleury qu'il connaissait bien. L'abbé de Montgon était prêt à partir; Son Éminence, par les vilaines intrigues de M. Hérault, chercha à décrier l'abbé Montgon; on supposa un homme déguisé en abbé qui passa la nuit au b...., qui y fit tapage, qui y laissa son manteau : rapport de police, etc., et tout cela fut montré à M. le Duc, lors en place. Le cardinal surprit le prince et l'empêcha de faire partir l'abbé Montgon. Ses amis éclaircirent cette trahison, le comte de La Marck et Vilaines allèrent à M. le Duc, on persuada ce prince de la noirceur du cardinal et de M. Hérault, mais les coups étaient portés.

Quant à moi, dès que M. Hérault et Mendez se furent bien assurés que j'étais ce qu'on appelle chauveliniste, c'est-à-dire incapable de vouloir du mal ou d'en dire d'un homme qui ne m'a marqué que des bontés et de

l'amitié ; dès que mes propres discours ont concouru
aisément à cette opinion de moi ; dès qu'il a été vu
principalement que j'avais des amis à la cour, qui
avaient inspiré au roi bonne opinion de moi, pour
des temps à venir et pour le présent, alors le cardinal n'a songé qu'à me perdre de la façon la plus no-
toire ; ce n'est que pour cela qu'il insistait en dernier
lieu pour me faire partir aux conditions dures et mal-
honnêtes qu'il m'avait préparées. Le cardinal, avec son
scélérat de Mendez, avait ourdi en Portugal des manœuvres pour me faire revenir avec honte, désavantage et ruine, et pour me faire passer auprès de
Sa Majesté pour un homme incapable d'affaires. On
devait également me décrier à la cour de Madrid, et
cela, par des panneaux où l'on m'aurait ordonné de
me jeter, le tout à peu près semblable à ce qui a été
fait pour faire revenir Vaulgrenant, ce que j'ai écrit
ailleurs. J'avais déjà un ordre assez bizarre, qui était
de traiter le secrétaire d'État de *vous*, à la première
visite, et, à la seconde, de ne l'appeler que Votre Sei-
gneurie, s'il n'était pas fait conseiller d'État, ce qui
n'aurait jamais été fait.

On prétend que don Louis d'Acunha trempait dans
ces manœuvres, à cause de sa haine, dit-on, contre
M. Chauvelin ; mais je n'en crois rien.

J'ai donc bien fait d'éviter de telles trahisons et de
si grands traîtres.

Cet homme dont je parle m'a conté des m.....ages
du cardinal qui n'a point de honte de telles manœuvres indignes d'un prêtre. Il voulait donner une nouvelle maîtresse à M. le Duc ; il avait chargé La Chevalleraye, gouverneur de M. le prince de Conti, de rendre

une certaine lettre qui devait brouiller M. le Duc avec
Mme de Prie. La Chevalleraye s'y refusa, et depuis cela
le cardinal ne perd aucune occasion de décrier devant
le roi La Chevalleraye qui est le plus honnête homme
du monde. Son Éminence s'en prend à lui de tout le
libertinage de M. le prince de Conti, et dit qu'il n'est
pas étonnant, ayant été élevé par un si méchant
homme que La Chevalleraye, qui est un athée, un
esprit fort, etc. Et surtout le cardinal empêche ledit
La Chevalleraye d'être de l'Académie Française.

On prétend que le cardinal a beaucoup d'argent à
part, que cela se verra, et que son neveu se trouvera
fort riche; mais c'est de quoi je doute, quoique les
pots-de-vin que Son Éminence prend sur toutes les
charges puissent avoir été du côté de l'épée [1], car on
n'en voit pas le débouché dans le peu de petites charités qu'il fait, et il a pour intendant l'abbé Brissart,
homme de sac et de corde, connu pour tel. Je pense
qu'un homme peut avoir en partage la vengeance, la
noirceur d'âme, l'ambition et l'ingratitude, sans avoir
pour cela l'avarice.

4 juillet. — Un homme qui vient d'être assidu à la
cour pendant plusieurs semaines m'a dit que le cri public augmentait dans tout Versailles, pour le retour de
M. Chauvelin. Pourquoi, dit-on, garder un si méchant
ministre que le cardinal de Fleury, et tenir en disgrâce
un aussi bon que M. Chauvelin, et qui réparerait les
maux de l'État? Cette augmentation de cri est ce que

---

1. C'est-à-dire dans la poche. D'Argenson s'est déjà servi de
cette expression, t. I, p. 34.

demandent les principaux artisans du futur ministère, et les apparences sont que cela ne va pas loin.
Le cardinal est souple cependant, il fléchit sur toutes
les choses où Bachelier tient bon. M. Orry est dépositaire de quantité de rapines en argent comptant, dont
le cardinal enrichit sa succession; voilà ce qui fait
les liens indissolubles entre eux. Ledit sieur Orry s'a-
doucit à présent pour ceux dont les justes plaintes
ont percé au Trône : j'en sais deux exemples récents.

Le cardinal songe toujours véritablement à être
pape, de là vient l'embrouillement horrible du conclave et sa durée extraordinaire. Toute la cour de
Vienne est contre ce projet; l'empereur seul aime
notre cardinal. On croit que l'admission des troupes
impériales en Corse sera le pot-de-vin du marché.
Qu'appelle-t-on trahir sa patrie?

Le pauvre M. de Maurepas est honni de tout le
monde à la cour, tant il a mis son pied dans quantité de souliers. Il n'a rien vu de correct et s'est laissé
aller à tous les partis ridicules et choquants pour
Sa Majesté. Le roi le mésestime et ne le gardera pas
longtemps quand il sera devenu le maître. Les maîtres paresseux aiment plus que d'autres les gens de
bonne foi; qui les a trompés une fois les perd pour
toujours.

6 *juillet.* — Deux courtisans parlaient hier à Versailles avec confiance; ils disaient ce qui suit :

« Quand on demande quelle nouvelle de la cour, on
répond : il n'y a rien du tout; et on a raison au pied
de la lettre, tout est en léthargie, rien ne va, rien ne
se fait. On ne comprend plus rien au roi, il laisse tout

aller au cardinal, et le cardinal ne fait absolument
rien, ce qui peut arriver par défaut de pouvoir, quoiqu'il paraisse l'avoir seul. »

On peut encore expliquer cela par l'idée continue
que le cardinal va être élu pape. Ce bruit se renouvelle ; la gazette dit que les cardinaux espagnols ont
ordre absolument de se réunir dans le conclave à nos
cardinaux français auxquels sont déjà réunis les cardinaux allemands. Ainsi, tout cela, agissant de concert, pourra enfin mettre sur les rangs le cardinal de
Fleury, dont on désire tant de se défaire. Les cardinaux de Rohan et de Tencin, également brouillés avec
le futur ministère, sentent de quelle conséquence il
leur serait, pour l'avenir, d'avoir contribué à la sortie
du cardinal hors de France par une si belle porte, et
combien cela les rendrait agréables au roi. Leur opiniâtreté, leur obstination peuvent seules expliquer la
longueur inouïe du conclave qui dure déjà depuis cinq
mois.

A tout moment, la foi est prête à manquer sur les
espérances qu'on voudrait tant concevoir de la personne du roi. Il vit dans une crapule et dans une
obscurité inexcusables avec sa maîtresse ; il semble
n'avoir de bon temps que celui où il est seul avec
Mme de Mailly, à Choisy, à la Muette où à Rambouillet. M. le Premier[1] a empêché, tant qu'il a pu, que
Mme de Mailly ne couchât à la Muette dont il est
gouverneur, et elle allait toujours coucher à Madrid
ou à Bagatelle, après avoir soupé avec le roi. A pré-

---

1. Henri-Camille, marquis de Beringhen, premier écuyer du
roi.

sent, elle y couche toujours ainsi qu'à Choisy. Le roi
ayant quitté Rambouillet ces jours-ci, à cause de l'extrémité où est Mme de Sourches, a été coucher trois
jours à Saint-Léger. Il y a là huit chambres à deux
lits; Mme de Mailly et Mme de Vintimille n'ont pas
manqué d'y coucher tout franchement.

Le roi ne parle plus de l'état de son royaume; il
répète, dit-on, comme un perroquet, tous les discours du cardinal mot pour mot. Il a nommé depuis
peu l'abbé de Charleval[1] à l'évêché d'Agde, et, parlant
de cette nomination à ses courtisans, il a dit que, le
diocèse d'Agde étant devenu le refuge de tous les jansénistes du Languedoc, il avait fallu y nommer le
neveu du rapporteur de la Diète[2] : discours très-beau
par ses conséquences, et dont chacun a haussé les
épaules; mais où je crois pouvoir dire qu'il y a de
l'ironie et de l'irrision du motif que lui en a allégué
le cardinal, et, par là, intention de se moquer de l'auteur dont Sa Majesté compte d'être bientôt défaite.

On va représenter à la cour un ballet dont les
paroles et la musique sont de M. de La Trémouille[3].
Voilà de quoi bien attirer l'approbation de Voltaire
qui prêche tant que nos seigneurs devraient se mêler
des arts et des lettres; il en sera beaucoup édifié.

7 *juillet*. — La misère des provinces augmente à
chaque pas; la Flandre surtout est bien embarrassée :

---

1. François Fouquet.
2. Le comte de Bellisle, ambassadeur à la Diète de Francfort.
3. Les *Quatre parties du monde*, opéra-ballet qui fut représenté
cette année chez le chevalier d'Orléans, grand prieur de France.

on n'a pas de quoi attendre la récolte qui ne sera de
deux mois d'ici. La Flandre autrichienne a tout tiré, et
on ne pourvoit à rien. Les meilleures provinces ne
sont pas en état d'en fournir aux autres.

Quelques marchands de blé, qui avaient chargé
leurs bâtiments pour Lisbonne, ont bien voulu le rapporter ici, mais M. de Marville les ayant mandés et
voulant leur faire vendre à perte et dans des temps
reculés, pour faire passer auparavant d'autres blés où
ce magistrat a, dit-on, intérêt, ils lui ont absolument
manqué de respect.

La viande augmente à Paris. On ne fait plus venir
des bœufs d'Irlande, comme on l'avait d'abord résolu, mais les marchands forains ne peuvent attendre
les longs payements des bouchers, qui sont tous mauvais payeurs. On a voulu rétablir la caisse de Poissy
pour payer comptant ces forains, mais le parlement
s'y oppose, et M. Fagon, avec sa dureté ordinaire,
dit que c'est le parlement qui est cause de la cherté
de la viande.

9 *juillet*. — Mon fils[1] sort du collége; il demeure
chez moi; il étudie. Il a été fort délicat dans son enfance, et l'est encore, quoique sain à présent et
exempt de maladie. Il mange peu par manque d'appétit, et sans effort pour se modérer; ce qu'il mange
n'est que des drogues, patisseries et laitages; il hait
la viande de boucherie. Il ne croît plus depuis l'âge
de seize ans, et n'est pas si grand que moi, qui suis

---

1. Antoine-René de Voyer de Paulmy d'Argenson, né à Valenciennes le 22 novembre 1722.

de la taille médiocre; il n'aime aucun exercice de
corps.

Dès son enfance, toutes ses forces ont passé à l'esprit, mais je ne vois rien de passé à l'imagination,
aux sens, ni à la partie la plus subtile et la plus
louable des sens, qu'on appelle le cœur. Son cœur
est bon, mais il n'est point sensible, il ne lui dit rien :
son cœur est bête; cette faculté est morte chez lui. Il
aime beaucoup les comédies, et s'y acquiert une vaste
érudition, mais il n'y rit que de l'esprit, et, aux tragé-
dies, il n'y pleure jamais; aux endroits les plus tou-
chants, il admire l'art de l'auteur, et ne sent rien,
dit-il lui-même.

Tout cela vient donc de ce que le pauvre enfant n'a
nulle sensibilité aux sens, et que tous les esprits se
sont enfuis au cerveau, où ils travaillent et ont grande
force. Il a une mémoire prodigieuse, il juge, il pense,
il démêle, il conçoit, il a avidité de connaître; il a
commencé de jeunesse, il est fort avancé d'esprit et de
savoir, et j'ai tourné ses études au moderne, à l'histoire récente et aux choses les plus à portée de la
société; les inclinations qu'on a de naissance ont
achevé cette détermination à un bon choix de lectures, c'est-à-dire les plus à la mode aujourd'hui.

Avec cela, je lui vois une médiocre imagination,
quoiqu'il n'en manque absolument pas; il n'est pas
stérile, mais peu fécond; il ne se sent jamais inspiré,
il n'a pas besoin d'écrire; il a été les premiers huit
jours chez moi sans me demander d'écritoire, satisfait
de parcourir ma bibliothèque et de lire à toute heure;
il n'a point besoin de faire de vers; je l'ai vu versifier
dans son enfance, mais c'était par imitation, par sin-

gerie et sans génie, sans goût ; il y avait moins de
fautes que de manque de pensée.

Voilà ce que c'est que de manquer de sens par faiblesse. Il n'aura ni goût, ni imagination, ni plaisirs ;
tout ira par l'esprit ; cet esprit ne sera que juge, sans
cette méthode prompte, naturelle et sublime qu'on
appelle goût ; cet esprit sera combinateur et compa-
reur, sans génie, qui est la divinité inspirante, décou-
vrante et qui enfante le sublime. Il n'aura que les idées
des autres ; il les recueillera avec une riche abondance ;
il produira quelques petits fruits, mais courts et secs,
et nulles fleurs ; il n'aura point de plaisirs enfin. Avec
cela, il est d'un naturel doux, et, heureusement, non
acariâtre. Ses réflexions l'ont conduit à quelque complaisance pour ne pas déplaire, et, sans envie de
plaire, il est et sera homme de bien ; il ne dépensera
pas, faute d'imagination et de passion.

Cela fera un pédant, si on n'y prend garde, mais
sans dureté ou entêtement. Il est diffus et ne saurait
prendre l'analyse. Ses extraits sont plus longs que
le texte, par l'abondance des idées qu'il a reçues et
qu'il conserve fidèlement toutes à la fois. J'oubliais
de dire qu'il n'a point de joie, quoiqu'il n'ait rien de
triste.

Quant à l'usage, cela fera ce qu'on appelle un bon
sujet, sans faire un grand sujet. Les premiers suffrages
seront d'abord pour lui et feront un grand effet, mais
peu à peu, le lien de société venant à manquer, cette
aimable franchise qui nous fait intéresser les uns aux
autres, l'amour ou l'amitié qui est la même chose, et
qui débrouilla le chaos, selon cette divine mytholo-
gie, cela venant, dis-je, à manquer, mon fils ne sera

point haï, sans être aimé, surtout quand, se refroidis-
sant encore davantage, il ne rendra à la société que
ce qu'y rend un dictionnaire, ou quelques idées justes,
mais sans neuf.

Ce sera un bon juge, un sage intendant, un administrateur éclairé, bon conservateur de l'état des
choses, quand il sera bon, mais jamais réformateur ;
avec peu de vues, mais des vues communes. Ces vues
auront de la justesse, et c'est beaucoup. En général,
il sera sage, ne faisant de folies en rien ; il conservera
son bien et il en aura.

N'est-ce pas là un fils tel que tout père peut le
souhaiter ? Au-dessus de cela ne sont que les chi-
mères avec de grands risques et de fâcheux hasards.
On peut cependant le tourner aux choses qui lui
manquent le plus, afin qu'il y acquière quelque chose.
Il peut attraper quelques passions qui le tireront un
peu de l'apathie, et s'échauffer un peu davantage.
L'éducation ne va qu'à tourner le nez au chemin,
mais jamais à y déterminer.

— Avant hier H.... alla à B.... étaler tout son
pathétisme, pour démontrer que j'étais le seul à
nommer à l'intendance de Paris. B.... trouva cela
très-bien, il dit seulement qu'il aurait fallu s'y prendre plus tôt, ce qui marque qu'il y a déjà quelque
destination (et je crois que c'est pour Fontanieu) ; il
rumina cependant, il écrivit un agenda, il dit qu'il y
réfléchirait. Cependant, comme il alla le soir à Versailles, y coucha et ne revint que le lendemain pour
dîner à la campagne, il est certain que cette consul-
tation était avec le roi. Il dit donc le lendemain à H....

III   9

que, tout bien considéré, j'étais trop mal avec le cardinal et hors de mesure pour obtenir rien pour moi,
et qu'il y fallait renoncer avant sa mort; que j'y étais
si mal qu'à la moindre résistance de Sa Majesté en
ma faveur, le cardinal parlerait de quitter lui-même.
A cela, H…. répondit : « Ah! le grand mal! » Je lui
ai dit de répondre de plus que, quelque déboire qu'on
donnât à cet homme-là, on fût bien persuadé qu'il les
goberait tous et qu'il ne quitterait jamais.

Comme tout est mystère, et profond mystère, avec
ce conseil secret qui sait d'ailleurs qu'il a pour inter-
locuteurs des gens fort indiscrets, cette réponse ne décide rien, et, sans me flatter, il peut arriver que la
chose soit résolue, en faisant dire qu'elle est manquée.
Au reste, rien n'est plus dans le goût de Sa Majesté et
de sa conduite secrète et profonde que cette opération
de me faire intendant de Paris malgré le cardinal, dégoûts forts et palpables qu'il gobe, ce qui le déshonore
sans que Sa Majesté paraisse y toucher.

Si M. Hérault vit assez pour que cette affaire passe
par Bourges, elle est immanquable, elle est du goût
de celui qui est à Bourges, et qui gouverne si bien
derrière la tapisserie. Il la conseillera certainement, il
la voudra et elle sera.

C'est le cardinal seul qui fait tous ses efforts pour
me décrier dans le monde : que peut-il articuler rien
autre, si ce n'est que je suis l'ami intime de M. Chauvelin; que je prends de ses dictées de Bourges sur chaque
démarche? ce qui n'est pas, mais que je voudrais qui fût.
Je sais qu'il dit que je n'ai jamais été choisi pour ambassadeur que par M. Chauvelin, et que j'étais *le plus
piètre choix* du monde. Voilà tout ce que peut dire la

rage irritée. Le roi n'y mord pas et s'irrite au contraire de ce venin, le tournant en ma faveur.

Quand on me dit : mais qu'est-ce que votre roi ? Il se dégoûte lui-même; il laisse le cardinal plus maître que jamais, je réponds : « C'est lui qui, depuis ce dégoût toujours croissant, ce prétendu abandon de tout au cardinal, a cependant fait cet hiver M. de Breteuil ministre de la guerre, et M. Gilbert conseiller d'État, malgré le cardinal offensé, et qui avait juré publiquement le contraire. »

Le roi est parti hier, un jour plus tôt qu'il n'avait dit, pour Choisy. Bachelier seul était dans la confidence de ce projet; le cardinal en fut consterné et dérangé.

10 *juillet*. — On est fort pressé à Paris sur le pain. M. de Marville vient de me conter sa détresse. Il y a eu des révoltes à tous les marchés des environs de Paris, surtout à Beaumont. La Picardie et le Soissonnais, se voyant dépouillés de leurs blés par la Flandre, ne veulent plus les laisser sortir de chez eux, ou du moins on veut les hausser. Si on y lâchait la main, en un moment, le pain vaudrait cinq sous à Paris. Nos voisins sont bien, nous sommes mal, on n'apporte plus rien à Paris. On ne fournit les halles que de blé du roi[1] qu'on a ici en magasin; voilà deux marchés qui ont consommé la plus grande partie de ces provisions; elles n'iront pas à un mois, si cela continue.

---

1. On sait que Louis XV faisait acheter pour son compte du blé qu'il revendait, quelquefois à perte, le plus souvent sans doute avec bénéfice. On voit figurer à l'Almanach royal un *agent du roi pour les blés*. Cet abus existait dès le règne de Louis XIV.

J'ai dit que M. Kolly[1] avait proposé de faire venir
des blés de Sicile ; Marville m'a parlé de cette idée, il
m'en a montré des échantillons ; je lui ai dit qu'il n'y
avait pas à hésiter à envoyer des courriers pour en faire
venir par mer, et combien il était fâcheux qu'on eût
manqué de prévoyance. Il y a quatre grands mois d'ici
au blé nouveau. Quelle misère d'être toujours si près
de ses pièces par une laide avarice !

Il y a eu des révoltes à la halle, au dernier marché ;
il y en aura bien d'autres.

13 *juillet*. — Tout devient à la cour un nouveau
sujet de spéculation, ou plutôt de désespoir. Depuis
un an, le roi a moins à cœur l'intérêt de son État ; il
l'abandonne davantage à la vieille et imbécile malice
du cardinal. Il avait donné quelques traits de maître
et de soigneux des affaires, il a fait par lui-même
quelques choix admirables, et tout sans son ministre,
il donnait quelques heureux dégoûts à ce vieux importun, tout tendait à une fin souhaitable, dégoûter le
vieillard, l'engager à la retraite ; mais au lieu de cela,
on voit coup sur coup, depuis six mois, de quoi asseoir

---

1. D'Argenson parle, dans ses *Pensées sur la réformation de
l'État*, n° 615, de ce personnage et de sa proposition. « M. Kolly,
Suisse, ci-devant caissier de M. Bernard, est un des plus honnêtes
hommes que je connaisse, et dont il y ait le plus d'usage à faire
par sa probité et son désintéressement. Sa proposition, qui était
excellente, a été d'abord acceptée en apparence, puis a langui, et
enfin le ministre des finances a prétendu que nous étions bien, il
a cru voir les apparences d'une bonne récolte, bref on a rejeté les
idées de Kolly par la crainte de dépenser quelques millions qui
auraient sauvé le royaume. »

sur Louis XV toute l'accusation d'être Louis XIII, *quod
Deus avertat!* car au moins Fleury n'est-il pas Richelieu. Mais ce parallèle de notre roi, d'un maître qui
nous est cher et que j'aime de tout mon cœur, avec
un prince imbécile, pauvre d'esprit, ayant toutes les
vertus de valet avec pas une de maître, est absolument faux. Le roi a dans lui-même toutes les vertus
qui font un règne heureux; il a de l'esprit, bon esprit,
honnête homme, constant, et aime les honnêtes gens.
On l'a mis en garde contre la vieille rancune, la petitesse de génie et tous les défauts du cardinal. C'est
beaucoup que de semer les premières impressions
dont on ne revient guère ensuite, avec le caractère
dont est Sa Majesté. En voilà sans doute assez pour
préserver de grands maux ceux que le cardinal a pris
en haine sans raison, et qui sont les plus honnêtes
gens du royaume.

Les fruits de cela ont été et seront de garantir Bachelier de disgrâce et de conserver au roi un fidèle
domestique; de préserver M. Chauvelin d'être enfermé dans un cachot pour récompense de ses services et de son innocence; de garantir d'injustice
M. de Coigny, qui a gagné deux batailles en Italie.
Cela a fait donner le gouvernement de l'Alsace à ce
général : et M. de Breteuil, ministre de la guerre qui
le méritait si bien, et M. Gilbert, conseiller d'État, lui
qui y est si utile!

Cependant on ne sait ce qui arrive, au milieu de tant
de contre-temps dans les affaires, mais le roi paraît se
reposer et se décourager de tout aujourd'hui. A peine
donne-t-il quelques moments aux affaires, et ce n'est
qu'avec un regret apparent; il multiplie ses voyages,

il est toujours errant, il ne fait rien, il ne lit plus, on le voit toute la journée partout perdre son temps. *Totus in nugis versatur.* Bachelier l'a tourmenté huit jours pour se mettre à son bureau et pour y vaquer à quelques signatures; il a été douze jours sans vouloir rien signer.

Comment expliquer cet abandon augmenté de ses affaires, dans le temps que leurs besoins le demandent davantage? Pour moi, je n'y trouve d'autre raison, sinon qu'il est comme un joueur qui a un camarade de mauvaise humeur, et qui se donne pour fort habile, et, en cette position, on attend la fin de la partie avec impatience; à peine tient-on ses cartes dans sa main.

Assurément, ce n'est pas l'augmentation de séduction, de charme et d'admiration pour le cardinal qui l'emporte. Louis XIII haïssait le cardinal de Richelieu, mais était forcé à lui laisser son crédit, par le génie sublime de ce ministre et surtout par ses succès glorieux. Mais lui, c'est tout le contraire : ni génie, ni admiration, ni séduction, ni succès; mettez partout le contradictoire de ces articles et vous aurez leur vrai. C'est donc simplement la vertu, la constance, la patience, la vue de fin prochaine à l'âge de quatre-vingt-neuf ans, voilà ce qui pique de plus en plus à cette tolérance.

Cependant tout va de pis en pis, et le roi paraît plus faible à trente ans qu'à vingt-huit, où l'on vit de lui quelques coups. Encore cet hiver, a-t-on vu M. de Breteuil nommé à la guerre par le roi seul, et sans le cardinal, mais depuis cela tout est resté là.

Voici arriver que la famine et les maladies augmen-

tent partout; les hommes meurent dru. Le roi a dit
l'autre jour devant ses courtisans qu'il savait bien que
son royaume était diminué d'un sixième. On craint à
Paris des séditions continuelles pour le pain.

Et voici que le cardinal livre la Corse aux troupes
impériales. M. de Breteuil l'a appris par M. de Maillebois, et celui-ci par le général Wackendorf qui lui a
écrit de Milan qu'il avait ordre de faire passer ses
troupes en Corse. M. de Maillebois, bien surpris, a
renvoyé cette lettre à M. de Breteuil qui l'a montrée
au cardinal, et Son Éminence lui a dit ce qui en était.
Ce secret avait été entre le cardinal et l'empereur seul,
et le roi a laissé faire.

Voici pire encore : nos troupes vont passer en Toscane pour y garantir ce pays contre l'invasion qu'y
pourrait faire don Carlos : quel radotage! quelles
horreurs! C'est là trahir sa patrie au premier chef.

De cette affaire-là, on assure que MM. de Fleury
vont être déclarés princes de l'empire.

Quantité de gens de bon sens croient que la papauté du cardinal explique tout cela, et qu'il sera
pape; que tout cela est conduit avec une habileté incroyable.

Je demande : mais quelle est donc la tête habile qui
conduit cette affaire? Ce ne peut être celle du cardinal
qui est si chétive, quoique dans ses propres affaires,
quand on est ambitieux, on soit plus habile que dans
celles de l'État. Pour moi, je croirais que c'est celle
même de M. Chauvelin qui conduit tout cela de Bourges, en dictant à Sa Majesté et à Bachelier tout ce qu'il
faut faire. Le cardinal de Tencin ne savait rien de ce
secret en partant de Paris pour Rome; le cardinal de

Rohan en savait un peu davantage; l'abbé Franchini en a su le premier quelque chose et l'a communiqué à l'empereur. On fait accroire à l'empereur que le cardinal de Fleury, ou restera toujours en France, ou influera toujours sur nos affaires. Enfin la Corse devient le pot-de-vin du marché; l'Espagne est la plus longue à se rendre, et on ne sait pas encore ce dessein à Madrid, mais on l'y saura bientôt, quoique l'Espagne gagne plus qu'aucun à se défaire par là du cardinal de Fleury, et à l'avoir en Italie au lieu de l'avoir en France où il nuit à tous secours que nous devrions lui donner. On m'a assuré que la France est mieux à la cour de Madrid qu'elle ne semblait devoir y être dans la conjoncture présente; ce ne peut être que par cette prochaine espérance. Enfin l'on espère sans doute fatiguer les Italiens par ce long conclave, et les assommer de punaises pour qu'enfin ils se rendent à prendre notre cardinal pour pape. Voilà comme la chose est préparée. Le cardinal de Polignac, à qui j'en parle souvent, traite ce projet de folie, mais il y voit moins clair par la grande haine qui l'aveugle contre le cardinal de Fleury qu'il ne voudrait pas voir son supérieur.

Cependant le pauvre M. Bachelier, qui est dans le secret de tout, parle moins que jamais, même à ses meilleurs amis; mais on le voit souvent furieux, se désespérer de l'état des choses et se tordre les bras à chaque chose qu'il entend dire.

L'autre jour, il parla à Sa Majesté d'un intérêt qu'a son ami Hogguer dans le canal de l'Yonne, contre lequel M. de Fulvy a acheté le droit contraire; le roi lui dit qu'il ne craignît rien pour son ami, et qu'il ne

serait rien fait sur cette affaire, pendant tout Compiègne. Le roi dit cela le mercredi, et, dès le lundi,
l'arrêt était rendu qui coupe bras et jambes audit
ami. Voilà comme le roi est servi, et on n'en avait
sans doute rien dit à Sa Majesté.

Mademoiselle joue de son reste, en se voyant brouillée
avec le roi et Mme de Mailly ; elle a pensé qu'il fallait
autant s'y brouiller davantage. Elle est retournée au
cardinal, s'est raccommodée avec lui et a eu une conversation de trois heures avec Son Éminence, où elle
a dit tout ce qu'elle savait et ne savait pas. Elle aura
rendu compte de tout ce qu'elle a deviné par les
mines, les coups d'œil, les secrets grands et petits, ce
qu'elle aura su de M. Chauvelin et de M. Bachelier.
De cette affaire-là, si le roi ne l'exile pas, c'est une
honte à sa faiblesse, et il est sans exemple qu'un roi
se souffre une telle ennemie, et permette que son ministre, son vieux précepteur et par conséquent son valet, reçoive ainsi des délations contre lui et contre
tout ce qu'il a fait et dit de plus secret, avec les inter-
prétations les plus malignes.

Le cardinal augmente en vigueur, il va à Compiègne
presque en un jour ; il part le même jour que le roi,
qui est le mardi, 12 juillet, et arrive à Compiègne le
lendemain mercredi, 13. Il a dessein, dit-on, de profiter de l'absence de Bachelier et de Mme de Mailly
qui ne sera pas encore arrivée ; il se flatte de faire là
quelque grand coup d'État, et de ramener le roi
à toute la sujétion où il le voudrait. Si cela était,
quels honnêtes gens seraient sacrifiés ! que de fripons
triompheraient ! et combien l'État s'achèverait de
perdre !

Le comte du Luc[1], âgé de quatre-vingt-six ans et avec un bras de moins qu'il a perdu à la guerre, se meurt dans sa terre de Savigny. Il a reçu l'extrême onction, et, ayant près de lui un homme qui partait pour la cour, il l'a chargé de dire au cardinal qu'il mourait son serviteur, qu'il était bien fâché de la petite alarme qu'il allait lui causer, mais qu'il fallait considérer que ceux qui avaient un bras de moins ne vivaient pas.

Le roi de Prusse s'attire toujours les plus grands éloges, depuis peu de semaines qu'il a succédé à son père. Dieu veuille qu'il devienne l'objet de l'émulation de notre roi, et qu'un roi de vingt-huit ans inspire à un roi de trente les devoirs de la royauté et la gloire de travailler soi-même ! N'étant que prince royal, il a composé des mémoires sur les intérêts des princes; ils ont été à Mme du Châtelet qui n'a pas été trop discrète; elle les a montrés à quelques amis qui les ont montrés à d'autres.

On y voit des variétés; tantôt il pense de se joindre à la France et de travailler contre l'empereur qui veut manger tout, tantôt il veut se joindre au parti protestant, et tantôt, pensant à se faire catholique, il se croit par là le plus puissant de l'Allemagne, et il ne trouve d'obstacle à sa grandeur que la non conformité, au lieu que ramenant tout à l'uniformité, le plus puissant politiquement ne serait plus affaibli religieusement, et

---

1. C. François de Vintimille, comte du Luc, guerrier, négociateur, protecteur de J. B. Rousseau, était frère de l'archevêque de Paris, et oncle, par alliance, de la sœur favorite de Mme de Mailly. Il mourut le 19 août suivant.

l'empereur obligé de compter avec lui. Il ne table sur
notre alliance que sur ce pied du joug éternel du cardinal, et voilà ce qui rend nos liaisons si caduques.
On m'a promis de me faire voir ce mémoire ces
jours-ci[1].

15 juillet.—M. Ba.... m'a fait écrire par H.... que
si, dans la détresse où je me trouvais, j'avais besoin
d'argent, il m'en ferait trouver tout autant que je voudrais. J'ai répondu avec bien des remercîments que,
malgré le cardinal et ses saisies sur mes revenus,
j'avais encore de quoi aller jusqu'à Pâques prochain.

Il est certain que cette offre vient de plus haut et
du premier maître, ce qui met mes affaires dans la
plus flatteuse situation.

16 juillet. — Le cardinal de Fleury a passé, il y a
deux jours, dans Paris, allant à Compiègne; il visita
les nouveaux égouts et le grand réservoir que le prévôt
des marchands vient de construire pour les nettoyer.
Toute la famille royale n'a pas manqué de visiter ces
égouts à la même occasion. Le peuple était curieux de
voir le vieux cardinal, et lui, il était curieux d'en
être vu sain et agissant; il se démenait comme un fol,
il agissait, il gesticulait, il se fâchait. Je demande
qu'est-ce qu'il peut tant y avoir à se passionner sur
des égouts. Et cependant le peuple disait : « Hélas!

---

1. Il s'agit de l'*Anti-Machiavel* que le prince de Prusse avait
composé au château de Rheinsberg, de 1738 à 1739, qu'il envoya à Voltaire en avril 1740, et qui fut publié au mois de septembre suivant, alors que Frédéric était devenu roi.

voilà un vieillard qui se porte bien : il se fâche, il est bien vif, il durera longtemps, *il nous fera longtemps manger le pain bien cher.* » Voilà tout ce qu'il a emboursé de bénédictions. On n'osait pas aussi le huer, chacun se taisait. Quand on voit le tyran et qu'on le craint, on baisse la tête.

On a cru mort M. Hérault avant-hier ; il eut une longue faiblesse, les eaux le gagnent jusqu'au menton, on n'ose lui faire la ponction, il mourrait dans l'opération. Un moment auparavant, il s'était fâché contre son gendre Marville, sur ce qu'il s'inquiétait trop des difficultés qu'il y a pour l'approvisionnement du pain à Paris.

22 juillet. — Étant arrivé, il y a quatre jours, à Compiègne, j'ai appris, par un confident de M. de Maurepas, ainsi que par M. de Balleroy, gouverneur de M. le duc de Chartres, quels mouvements se donnait mon frère pour être intendant de Paris. Il se cache de M. le duc d'Orléans pour le quitter, et sans doute qu'il doit le lui apprendre seulement quand il sera sûr de son fait. Il dit à M. de Maurepas qu'il n'a de volonté que d'être au roi ; il motive par là son abandon de la Maison d'Orléans, dont la véritable cause est la mésintelligence avec M. de Balleroy et l'ascendant que celui-ci a pris sur l'esprit de M. le duc de Chartres, de sorte que, prévoyant que M. le duc d'Orléans se retirera dans un monastère dès que son fils sera marié, il songe, lui, à se pourvoir d'une retraite. Cette retraite aujourd'hui ne peut être, dit-il, que l'intendance de Paris ; il fait sa cour au contrôleur général de qui cela dépend.

Si j'en crois le même rapport, il profite de ma disgrâce chez le cardinal pour y combler mon discrédit :
« je suis l'âme de M. Chauvelin en ce pays-ci ; j'ai conservé Balleroy dans les mêmes sentiments ; celui-ci
inculque aux deux princes l'estime pour le Chauvelin ;
je ne confère avec lui que de cela. Je n'ai quitté,
dit-il, l'ambassade de Portugal que par l'attente d'être
dans deux jours contrôleur général. Je comptais sur la
prochaine mort du cardinal, je cheminais par Bachelier et autres intrigues sourdes, etc. » Que de discours,
et à qui les adresse-t-il ! Douterais-je que, parlant
ainsi à M. de Maurepas, il n'en amplifie encore
davantage au cardinal?

24 juillet. — Chaque jour apporte aux gens sans prévention de nouveaux traits sur le caractère du roi qu'il
est si important de connaître. Mais il faut des yeux
sans préoccupation et surtout sans impatience.

J'avais beaucoup ouï blâmer les bâtiments de Compiègne, j'y suis ; je les examine ; rien n'y dénote qu'un
roi sage qui connaît les obstacles, qui les surmonte et
qui remplit son objet. Cet objet est certainement de
changer souvent de demeure. Le roi est jeune, aime
la promenade et la chasse. Il a trouvé à Compiègne
la plus belle forêt pour la chasse qu'il ait en sa possession, il a voulu y avoir une maison de chasse
logeable, il s'est contenté du logeable ; il a voulu y
avoir sa maîtresse ; pour cela, il a fallu y faire venir des
dames, et, après cela, tous les ministres, et enfin notre
conseil. Il a bâti de guingois en suivant les rues de
Compiègne. Les hôtels de ses ministres sont suffisants
et commodes, ils sont près du château ; tout y est

boisé, que faut-il autre chose? Partout, et pour tout le
monde, le logeable s'y trouve, l'agrément, le bon air,
le sain, les promenades magnifiques; la terrasse est
un rempart ajusté, belle vue, rivière.

J'aime ce simple et ce commode, j'aime qu'on s'accommode aux lieux comme on les trouve; le régulier
est ennuyeux. On a beau dire que le beau ne coûte pas
davantage; qu'il fallait loger les ministres au vieux
château; c'est un conte, tout coûte au roi; en bâtiments,
cela va au double. Il eût fallu bâtir à Sa Majesté un
château neuf digne de lui, cela eût coûté vingt millions[1]; Sa Majesté eût voulu jouir précipitamment et
plus tôt que les arrangements. J'aime cette sagesse
qui voit où vont les choses, cette économie aux millions des temps difficiles, et qui s'y accommode. Il
restera bientôt peu de chose à faire à Compiègne, une
place d'armes pour la garde et un parterre devant la
maison, voilà tout. Nous serons heureux si ce roi-ci
tient à cela et se moque des critiques.

On prétend que le roi n'a que de l'opiniâtreté au
lieu de fermeté, mais enfin il s'est réservé certaines
décisions et y est correct. On ne voulait pas que le
dauphin vînt à Compiègne à cause que quelques enfants y avaient eu la petite vérole. Il y a eu du courage à braver ces terreurs de mie[2].

25 *juillet*. — En 1733, M. Chauvelin fut si fort loué

---

1. Le plan présenté au roi, dès 1738, par l'architecte Gabriel,
pour la construction du nouveau château de Compiègne, n'avait
encore eu qu'un commencement d'exécution.

2. De nourrice.

et eut tant de succès à démasquer l'empereur, dont on trouva que toute l'habileté et la vaine grandeur n'étaient que polissonnerie; il le prit au dépourvu en Italie, il le poussa, il le trouva dénué de forces et sans alliés; personne ne voulut le défendre réellement, mais le cardinal se contenta bientôt de quelque profit, et, pour le réaliser, il manqua vilainement à nos alliés.

Aujourd'hui, il y aurait le même coup à faire contre les Anglais, c'est-à-dire contre leur marine et leur commerce; on les prendrait au dépourvu, tandis qu'ils s'épuisent depuis deux ans en vaine dépense de marine, tandis qu'ils ont leur flotte éparpillée, l'Espagne se défendant à merveille, se soutenant et mettant les Anglais en crainte de tous côtés; tandis surtout qu'ils n'ont point d'alliés, mais qu'ils sont peut-être sur le point d'en avoir de terribles, en s'unissant au roi de Prusse, lequel se mettra à la tête du corps protestant avec toutes les forces que son père lui a laissées, les richesses et les armées, prince spirituel, travailleur et habile, et qui promet de se montrer un des plus grands rois qui aient jamais été.

Nous avons débauché la Suède à ce parti protestant; la Russie est en crainte par la Suède et par la Turquie; l'empereur est épuisé pour longtemps et ne sait plus de quel bois faire flèche; la Hollande goûte plus que jamais le profit de jouir de tout le commerce entre les brouilleries de l'Angleterre et de l'Espagne; quelque chose qu'on dise, elle ne prendra jamais parti, du moins d'ici à longtemps. Le Danemarck n'est que mercenaire.

Qui empêcherait donc que nos escadres ne parussent subitement dans les mers, avec tous nos armateurs si terribles à l'Angleterre, et que nous ne fissions enfin prononcer un jugement flétrissant contre l'Angleterre, et assuré pour le commerce maritime d'Espagne et ses riches possessions d'Amérique?

Mais il nous faudrait pour cela un M. Chauvelin, au lieu du vieux prêtre qui nous gouverne, et qu'au moment où j'écris ceci de la cour à Compiègne, je vois régner plus que jamais sur l'esprit du roi.

— Le cardinal est fort abattu depuis quelques jours, mais il est toujours fort gras. Depuis qu'il est à Compiègne, il ne dort presque pas, on a cru que c'était du bruit des chambres sur sa tête, puis du corridor; on a mis des nattes partout. Il n'a repris son sommeil qu'une seule nuit, il se revanche de cela en mangeant comme un loup et toutes les drogues imaginables. Croit-on que cela aille bien loin? Il travaille continuellement; avant-hier, il s'enferma pour travailler depuis six heures du matin jusqu'à six heures du soir ; il écrit tout de sa main.

Que fait-il tant? On ne voit nulle apparence à la paix de l'Angleterre et de l'Espagne; il crut la tenir il y a un mois, il s'en voit bien loin à présent; il se défie de ses ministres, il connaît surtout de quelle piètrerie est M. Amelot, il se défie et de leur cœur et de leur esprit.

N'y a-t-il pas grande apparence qu'il s'agit d'une chose dont peu de gens s'avisent aujourd'hui, qui est la papauté? Il peut écrire de sa main les dépêches qu'il convient à la cour de Vienne et à celle d'Espagne, aux puissances de l'Italie et aux cardinaux : peut-être qu'on va déclarer enfin ce grand secret et le briguer de bonne foi et qu'on croit la poire mûre. On l'apprendra par les courriers qui partiront, car enfin il ne s'agit plus de la paix de l'Espagne et de l'Angleterre ; on saurait que les parties se rapprochent au lieu qu'on sait qu'elles s'éloignent. Quand même Sa Majesté britannique consentirait à quelque radoucissement, le pourrait-elle étant à Hanovre ? Nous n'avons aucun ministre auprès de ce monarque en Allemagne, il repasse en Angleterre, sa nation y consentirait-elle ? Le parlement serait-il content ? Le parti opposé à la cour triomphe pendant son absence ; l'amiral Vernon vient de remporter de nouveaux avantages en Amérique : grand affriolement pour le parti qui a obtenu la guerre, et, si le roi d'Angleterre se rapprochait, il faudrait que l'Espagne y consentît, et on en entendrait parler. Milord Waldegrave, ambassadeur d'Angleterre, qui est à Compiègne, est peu occupé et va peu chez le cardinal. Je passai hier avec lui toute la journée à la chasse et de là à table chez M. le prince Charles ; il est presque toujours oisif et dans le vin.

Les affaires du Nord, notre grande alliance avec la Suède, tout cela est dans un état de langueur tel que les bureaux des affaires étrangères y sont plus que suffisants, sans que le cardinal griffonne douze heures de sa main.

Nos dix-huit vaisseaux de Brest et nos douze vaisseaux de Toulon sont en rade depuis quelques jours, mais ils y resteront : entreprendront-ils jamais quelque chose sous le cardinal ? On ne le craint nulle part : il est incapable de commencer ni de tenir aucune gageure ; le seul parti vigoureux serait de déclarer aux puissances maritimes et à l'Europe que nous avons

assez offert notre médiation aux parties belligérantes,
qu'il est temps de se déclarer, et en conséquence agir
vertement. Mais le cardinal est trop incapable de tout
cela avec son piètre ministère.

28 *juillet.* — On parle beaucoup à Compiègne de
l'extrême faveur où mon frère est tombé chez le cardinal. Son Éminence l'attire continuellement chez
elle, et lui reproche chaque fois où il manque d'y dîner. Ce sont de fréquentes conférences, ce qui met
mon frère à portée de lui parler de tout. Qu'en arri-
vera-t-il? dit-on. Sera-t-il déclaré adjoint au ministère? Cela commencerait par quelque autre chose,
comme par un ministère simple, ou la dépossession
du chancelier, ou de M. Orry, ou de M. Amelot, tous
gens qui font également mal leurs charges, sans talents et sans succès; ou seulement commencera-t-il
par l'intendance de Paris, qui le mettrait à portée de
parler au cardinal d'affaires de finances?

Le cardinal est tombé dans une méfiance de M. Amelot, pire que celle qu'il ait jamais eue de M. Chauvelin, quand il fit la paix sans lui en 1735. Il ne craignit
de celui-ci que des idées contraires; ici il craint l'in-
capacité, il connaît son insuffisance et il est persuadé
de la sincère révélation de tout à M. de Maurepas,
dont il est la créature exclusivement. Ainsi, M. Amelot
ne sait rien des affaires étrangères; le cardinal griffonne lui-même tous les grands points de fait de la paix
qu'il espère conclure entre l'Espagne et l'Angleterre;
il a eu depuis peu une longue conférence avec milord
Waldegrave; on croit donc que les travaux roulent de
ce côté-là et que M. Amelot ne sait rien de l'essentiel

de ce qui se passe. Le cardinal était, ces jours-ci, accablé de son travail et d'insomnie; aujourd'hui, Son
Éminence a l'air de la santé la plus robuste.

Un homme bien instruit a parié que mon frère
n'aurait pas l'intendance de Paris. Voilà aussi son
acquisition de la charge de cornette des mousquetaires
pour son fils manquée absolument; Castellane garde
sa charge et ne la vend plus; il s'est retourné d'un
autre côté pour avoir les fonds suffisants à ses préparatifs d'ambassade à la Porte ottomane.

Qu'est-ce que tout cela ? Est-ce refus du roi et mauvaise volonté secrète contre mon frère? Est-ce fourberie du cardinal, parmi toutes ces marques d'amitié,
traits dont ce vieux prêtre est si capable?

Quant à l'intendance de Paris, on apprend que M. Hérault est beaucoup mieux, qu'il peut absolument revenir de son hydropisie, ou que du moins il traînera
encore longtemps, soit qu'il en meure, soit qu'il en
revienne.

On ne sait plus que comprendre au caractère du
roi; les plus habiles et les plus fermes y sont tout déso-
rientés. Si Sa Majesté a arrangé la retraite du cardinal
par la papauté avec le secret et la suite que j'y prête,
notre monarque est déjà un des plus grands hommes
qu'ait eus notre France. Si l'on en croit tous ceux qui
voient et qui jugent, il est d'une faiblesse inconceva-
ble, il change ses desseins, il a molli; Bachelier n'est
plus en crédit : ce premier domestique vient d'éprouver une brouillerie avec le petit Lebel, autre domestique, où le roi ne l'a pas soutenu; Bachelier est triste
et ne parle de rien ; le roi est, dit-on, plus subjugué
par le cardinal que jamais. On cite de lui des traits de

petitesse qui en font mal juger. On conte que la reine
avait demandé en grâce de partir un jour plus tard pour
Compiègne, et que le roi le lui a refusé impitoyablement.
Hier, à la chasse, M. le prince de Conti donna une
atteinte avec son cheval au cheval que montait Sa Majesté ; il fit peu d'excuses au roi ou les fit gauchement :
il dit seulement qu'il avait tourné ainsi son cheval de
peur de casser la jambe au duc de Villeroi. Le roi ne
dit mot et rougit, mais pendant plus d'une lieue, à
chaque carrefour, Sa Majesté rangeait son cheval, de
peur, disait-il, de M. le prince de Conti.

30 juillet. — On passe ici (à Compiègne) sa vie à
voir l'extrême abandon des affaires du royaume par
le roi, à le croire un Louis XIII, et au-dessous, et à lui
voir cependant des traits qui annoncent un des grands
rois que l'histoire ait vantés. S'il médite de se montrer
comme nous nous l'imaginons, après la mort, ou la
retraite, ou la papauté du cardinal, jamais rien n'aura
été si impénétrable. Sa confiance apparente au cardinal trompe les plus habiles ; chacun des favoris de
Son Éminence se croit au pinacle, l'Éminence seule
se doute de quelque chose et veut mal de mort à ceux
qui se sont rangés du côté du maître. Néanmoins
tout va son train, les favoris paraissent délaissés, et
ceux qui déplaisent le plus au roi semblent triom-
phants.

Cependant il échappe parfois au roi des traits d'une
grande clarté. Dernièrement, il a donné de lui-même
une gratification au frère de Sourcy, l'un de ses écuyers,
en lui faisant cette justice fort à propos. Le roi dis-
serta sur son service militaire : « Voilà, dit-il, pour

qui le service est fait, pour ceux qui n'ont que cela à envisager, qui ont quelque revenu pour s'y soutenir; car je ne puis fournir à toute la subsistance de ceux qui me servent; il faut quelque chose pour se soutenir au service, mais quand on envisage le bien-être et même la fortune ailleurs qu'au service, on n'y tient pas, surtout dans le subalterne; quand il y arrive des malheurs, je dois y soutenir. Je l'ai remarqué encore davantage, ajouta-t-il, dans mes gardes du corps, ceux qui sont riches n'y tiennent pas, car leur ambition y chemine trop lentement. »

Deux personnes présentes à ce discours, me l'ont rendu *de verbo ad verbum*.

2 *août*. — Le roi a eu la bonté pour moi de faire le plus joli tour du monde au cardinal. Celui-ci a fait suspendre tout payement pour moi au trésor royal, pour me faire restituer le peu que j'ai reçu pour l'ambassade de Portugal, et cela par un ressentiment injuste dont tout le monde l'a blâmé, puisqu'il m'en coûte d'ailleurs plus de vingt mille écus pour cette ambassade où Son Éminence m'avait embarqué.

Quand il a été question des ordonnances de pension pour 1739-1740, la mienne étant du mois de juin, ainsi que celle de mon frère, le roi signant ces ordonnances, le cardinal présent, Sa Majesté appelle nom pour nom les parties prenantes. Alors le roi a justement et exprès laissé celle de mon frère, et a signé la mienne comptant au trésor royal.

Il arrive de là que cette ordonnance m'est délivrée de la main à la main par M. de Maurepas, qui est de mes amis. Mesnard, son premier commis, m'a dit que je n'avais qu'à la faire recevoir toute chaude, et Godion, l'un des gardes du trésor royal, créature de feu mon père, s'est chargé lui-même de faire toucher cette somme pour moi par un grison. Mon frère est convenu de ne faire demander que dans un mois son ordonnance, qui paraît oubliée, et alors il dira qu'il n'a rien de commun à tout cela, et qu'il n'a point mérité qu'on lui retranchât sa pension, et comme il est favori du cardinal, il a bon dos pour tout cela. Cela s'exécute sur ce pied-là, et certainement ce petit tour d'adresse est bien flatteur pour moi de la part du maître.

— Mme la comtesse de Toulouse a donné au roi un mémoire pour assurer l'état des enfants de M. le duc de Penthièvre comme il l'a lui-même, et elle demande même des augmentations d'honneurs, ce qui croise trop avec ceux des princes du sang. Sa vue est de marier M. le duc de Penthièvre, et on lui fait, sans cela, nombre de difficultés. Elle a cru le temps propre à cette démarche, aujourd'hui qu'elle est si bien avec le roi par son heureux m.....age, Mademoiselle ayant l'oreille basse, et Mlle de Clermont étant sous la tutelle de celle-ci, M. le duc d'Orléans étant de ses amis et étant comme nul, M. le duc de Chartres un enfant, MM. de Charolais et de Clermont des cochons, et M. le Duc étant mort.

Cependant il en est arrivé autrement, les deux princesses du sang que j'ai dit et Mlle de La Roche-sur-Yon se sont élevées et on tameuté le reste; on crie comme des aigles à l'ordinaire contre les bâtards, et le roi rit de tout cela.

C'est, dit-on, là le goût dominant du cardinal, de brouiller tout entre les puissances, ce qui les empêche d'avoir consistance, suivant sa grande maxime. Mme la comtesse de Toulouse ne devrait pas donner dans le panneau, dit-on, de lâcher son mémoire; c'est un grand pas de clerc; elle devrait préparer les matériaux de la décision avant de la demander.

Le roi n'a pas voulu que Mademoiselle se retirât de la cour, comme elle voulait, étant aussi méprisée qu'elle l'est et y ayant aussi peu de crédit foncier. Il prend souvent à Sa Majesté des retours de décence sur son commerce amoureux, et alors les deux princesses sœurs lui sont nécessaires pour sauver l'indécence des promenades, des soupers et des chasses où vient Mme de Mailly.

J'ai eu aujourd'hui une conversation avec M. de Courteilles, notre ambassadeur en Suisse, qui m'a conté combien le gouvernement savait par où il butait dans les négociations avec les Suisses et surtout avec les protestants. Il a démontré, dit-il, que tout cela ne porte que sur les anciennes maximes, si changées depuis; qu'aujourd'hui on n'a pas besoin de troupes étrangères, sinon en cas de dispute pour la couronne, comme s'il arrivait ce conflit affreux entre la branche d'Espagne et celle d'Orléans; mais qu'il répond à cela : « Pour lequel des deux partis travaillerons-nous? Sait-on pour lequel il faut prendre ses mesures? »

M. de Louvois, dit-il, ne considérait l'utilité des troupes suisses qu'en ce que cela épargnait les sujets du roi et que cela renvoyait ceux-ci à l'agriculture, ne coûtant d'ailleurs guère davantage que des soldats français. Mais les officiers suisses coûtent davantage ; il est vrai que ce service manque en ce qu'il n'y a pas assez d'officiers.

Quant aux traités avec les Suisses, et surtout avec les protestants, il dit que c'est la plus grande sottise du monde, car quantité de puissances, dit-il, en ont tant de troupes qu'ils veulent, sans aucune sorte de traité, comme, par exemple, le roi de Sardaigne.

Mais nous ne gagnerons jamais leur cœur pour avoir cette nation exclusivement à nous, comme l'avaient François Ier et Henri IV, surtout le premier ; mais, depuis, on a vu ces gens-là être contre nous plus que pour nous. Cette nation étant extrêmement divisée, on ne peut pas la gagner au total ; l'amitié de l'un est l'exclusion de l'autre. Les protestants surtout ont leur cœur aliéné de nous ; on les a vus, pendant la guerre de grande alliance, prêter leurs passages au général Mercy pour aller ravager la Franche-Comté ; et, en dernier lieu, quand ils apprirent la prise de Portobello, ils faisaient à Berne des feux de joie et demandaient à Dieu d'accorder de plus grands succès aux Anglais. Or, l'on y voit le protestantisme s'accroître chaque jour, se peupler et s'enrichir, tandis que les cantons catholiques s'appauvrissent de plus en plus par la richesse sordide et la stérilité fainéante des gens d'église.

On apprend que les Anglais ont fait partir la flotte de leur amiral Norris, avec vingt-cinq vaisseaux de ligne et huit mille cinq cents hommes de débarquement. Ils ont ce beau vaisseau *la Victoire*, de cent douze canons. Cette flotte va tenir en échec notre escadre de Brest et brûler, dit-on, celle des Espagnols qui est au Ferrol, port peu sûr et où on peut les bombarder à merveille.

La grande sottise que nous avons faite a été de faire mettre nos deux escadres en rade, d'où il faudra qu'elles se retirent, l'une à Toulon et l'autre à Brest, et surtout la seconde. Nous n'y avons que douze vaisseaux de ligne et une frégate.

« Que serait-ce, disait hier un habile homme, si, sur ces entrefaites, l'électeur palatin venait à mourir? Le roi de Prusse d'aujourd'hui va mettre toutes ses forces à la politique et à la grandeur : qui peut dire où cela ira, tandis qu'il n'y a plus aucune tête en Europe à la tête des États? Il emportera aisément la moitié de Juliers et de Berg avant que le cardinal ait pris son parti sur rien. Eh quoi! un État comme celui-ci restera-t-il sur le mont Pagnotte[1] dans toutes les plus grandes affaires? »

Nous devons nous attendre à une autre extrémité bien terrible; les recouvrements des finances vont devenir, cet automne et cet hiver, d'une difficulté insurmontable, dans la mendicité où sont nos provinces.

Et voilà toujours mon refrain : honte au dehors, misère au dedans.

11 *août*. — Ayant fait demander par.... l'intendance de Paris, j'ai essuyé l'humiliation que mon frère cadet l'a obtenue à mon préjudice, de sorte qu'avec sa place de chancelier de M. le duc d'Orléans,

---

1. Expression dont notre auteur se sert quelquefois, et qui veut dire: rester dans l'inaction, dans un lâche isolement.

il a aujourd'hui cinquante mille écus de rente, et je n'en ai pas trois de quittes, depuis que le cardinal a fait arrêter mes pensions et bureaux. Pour comble encore, il m'a fallu recevoir les compliments de tout le monde.

C'est ce qu'on peut appeler un grand procès que perd à cela le parti de M. Chauvelin. Personne n'est mieux aujourd'hui avec le cardinal que mon frère; il va déraciner promptement M. Orry, qui fait si mal dans sa place de contrôleur général, tout le royaume dépérissant à vue d'œil. Voilà mon frère à portée de donner des mémoires sur l'administration. Et, de là, le cardinal compte de le faire adjoint comme a été M. Chauvelin; il y a de l'étoffe certainement; mais qu'on ne s'attende pas à autre chose qu'à des idées communes, légèrement et lestement exécutées. Il palliera quelques maux et il augmentera les plus graves.

On dit à la cour, par plaisanterie, que ceci n'était fait que par la grande rancune que le cardinal a conservée contre M. Chauvelin, et par l'éloignement dont on sait que mon frère est possédé contre mondit sieur Chauvelin, pour, dit-on, lui faire faire bien du mal dans sa terre de Grosbois.

Quelques autres politiques ont dit que ceci n'était fait que pour ôter à mon frère la maison d'Orléans, qui lui était un sûr asile, et pour le rendre ensuite plus dépendant quand M. Chauvelin reviendrait en place. En effet, voilà mon frère absolument brouillé avec M. le duc d'Orléans; il l'a offensé de front. Depuis quelque temps le cardinal fait gober tous les affronts possibles à ce prince.

En arrivant à Compiègne, mon frère a voulu avoir

avec moi une conversation de suite; il m'a conté, en
dissimulant quelque chose cependant, qu'il avait obtenu l'intendance de Paris, sans en avoir dit un mot
préalablement à ce prince, qui est son maître, en sorte
qu'il a été outré de cette impertinence. Il laissa sur-
le-champ la vente de ses bois pour laquelle il était
allé à Paris; il lui fallut cependant aller voir ce prince
qui le reçut mal. Mon frère ne dit pas combien il fut
pouillé, mais enfin il fut mal reçu.

Au moment de se quitter, M. le duc d'Orléans parla
d'adoucir cette quitterie du mieux qu'il se pourrait,
et le premier article a été de me donner la place de
son chancelier [1]. La convention a été de ne faire cette
opération qu'en septembre prochain, de ne m'en laisser
le plein exercice qu'au 1er janvier, pour que mon frère
eût le temps d'arrêter les comptes du trésorier et de
finir les partages de la Maison d'Orléans. Ensuite M. le
duc d'Orléans est parti pour sa retraite de Sainte-
Geneviève, « ne pouvant, dit-il, soutenir davantage

---

1. Le président Hénault, ami du comte d'Argenson, dit à ce
sujet dans ses *Mémoires*, p. 75 : « Ce qui étonna un peu, c'est
qu'on lui donna pour successeur le marquis d'Argenson son frère
aîné. Je me garderai bien d'approfondir ce mystère. Je n'ajouterai
qu'un mot : c'est que M. le duc d'Orléans, qui sentit la surprise où
serait le public et qui en craignit l'improbation, voulut persuader
à M. le comte d'Argenson qu'il était de son intérêt de dire que
c'était lui qui avait voulu quitter son service. — Moi, monseigneur, vous quitter ! répondit-il ; je ne suis ni assez ambitieux ni
assez ingrat pour avoir une telle pensée ; et je suis trop jaloux de
ma réputation pour le laisser croire. Je me souviens trop bien de
ce que je dois aux bontés de M. le régent pour quitter jamais le
service de ses enfants ; je ne quitterai point et je me donnerai pour
chassé, comme je le suis en effet. »

l'ingratitude des hommes. » Il a dû parler en passant
à Mme sa mère de ce changement arrêté, et on croit
que mon frère a pour plan de gagner du temps.

Un ministre et deux autres hommes qui ont part
ici à certains secrets de cour ont prétendu me consoler sur l'avancement apparent de mon frère, et mon
mauvais traitement aussi apparent. Ils m'ont dit :
« Monsieur, il ne faut *qu'un saut* pour vous faire bien
devancer celui qui paraît tant vous devancer aujour-
d'hui. » Un autre m'a dit : « Vous, monsieur, qui
serez en place et ne tarderez pas à y être, etc. »
M. de Br.... a ajouté : « Monsieur, soyez assuré de
votre sort, mais gardons-nous bien de vouloir pénétrer.... »

Quelque temps après, j'allai au souper de M. le duc
d'Orléans qui arrivait à Fontainebleau ; après souper,
il me fit rester seul dans son cabinet et me parla ainsi :
« Monsieur, M. votre frère m'a dit l'engagement que
vous vouliez bien prendre avec moi. » Je lui répondis
ce que me suggérèrent la reconnaissance et la modestie. Il me dit que ce devait être pour le 1er janvier
prochain, et qu'en attendant nous observerions de
n'en point parler comme nous avions commencé.
J'écrivis sur-le-champ à mon frère pour lui faire part
de cette démarche consommée.

— M. le duc d'Orléans est à tout moment sur
le point de se retirer du monde, nul attrait ne l'y
retient plus, il voit M. le duc de Chartres grand, fort
et se tourner bien, il croit les accessoires de ce qui le
regarde superflus à son état, et pouvoir dire : *nunc
dimittis servum tuum*. Un homme dans l'intime con-

fidence de ces choses-là m'a tout confié, par un besoin présumé de les savoir où il me croit prêt d'entrer.
Ce prince dévot a plus de folie encore que de dévotion ;
dans sa misanthropie, il hait les hommes, et ceux qu'il
supporte ne jouissent près de lui que d'une tolérance
fort passagère et qu'il ne croit pas lui-même durable.
Il se connaît assez pour savoir l'inconstance de ses
goûts, mais leur retour ne le porte à aucun besoin de
la société qui l'y ramène ou qui les lui fasse regretter
après les avoir quittés pour tout à fait. Quelquefois il
parle raisonnablement et éloquemment, mais plus
souvent il fait des pointes et tombe dans de véritables
écarts. Ces écarts vont à la minutie, ce qui prouve
que son esprit est de petit étage. Il croit avoir découvert que ses goûts et ses talents vont à la critique et
aux langues anciennes orientales ; il passe à Sainte-
Geneviève son temps à causer avec quelques érudits
de ces pères, sur un passage hébreu ou chaldéen, sur
la ponctuation d'un verset hébreu. Actuellement, il
travaille à bien fixer la situation du Paradis terrestre.

Sa dévotion n'est pas suivie ; il lâche quelquefois
des propos d'une politique trop indépendante de la
religion ; par exemple, il était d'avis que M. de Penthièvre se fît d'église, fût cardinal et comblé de béné-
fices, le tout sans examiner sa vocation. Et moi, je
serais d'avis qu'il ne se fît point d'église pour ne point
posséder le bien d'autrui et surtout celui des pauvres,
mais qu'il ne se mariât point, pour ne point perpétuer
cette race de bâtards à honneurs précaires et pos-
tiches, qu'il eût une jolie maîtresse bien payée, et
qu'il incitât sur cela MM. de Dombes et d'Eu.

Je dirai, par parenthèse, qu'actuellement il est

beaucoup question de ce rang futur de la race de M. de Penthièvre que Mme la comtesse de Toulouse veut marier avec une princesse de Modène. On prétend que ceci est une adresse admirable du cardinal, qui divise par là les cabinets du roi, ou plutôt ses deux m..., afin d'empêcher aucune puissance à la cour *de prendre consistance :* c'est là sa grande politique. Son Éminence a engagé Mme la comtesse de Toulouse à présenter son mémoire au roi pour y fixer ce rang; elle y a demandé tous les honneurs semblables à ceux des princes du sang; cependant on n'a pas encore donné le cordon bleu à M. de Penthièvre qui a quinze ans. Sur ce mémoire lâché, Mademoiselle s'est élevée et a fait grand tapage. Et voilà la scission que demandait le cardinal. Les ducs même s'élèvent beaucoup et refusent jusqu'au rang de M. de Vendôme, prétendant qu'il n'a jamais été bien réglé en France. Voilà tout dérouté.

Je reviens à M. le duc d'Orléans. Il est fils d'une mère de beaucoup d'esprit, qui ne dit rien sans dessein, mais peu sûre, vindicative et à passions constantes, *mater Gracchorum, grande supercilium.* Le quartier de Mortemart a fait passer au fils quelque folie [1], mais il y a toute apparence qu'il est fils de Fervaques Bullion où il y a pleine folie. Et voilà ce qui a passé dans l'âme de ce pauvre prince : tout s'expliquera chez lui par la folie, et par une folie dévote et ennemie de la société.

Avec cela, il est devenu extrêmement en garde et chatouilleux sur l'empire de sa mère; il veut s'y sous-

---

1. On disait proverbialement : la folie des Mortemart.

traire de tous côtés, et il est en garde continuelle. Il
est sensible encore davantage sur l'article de la succession à la couronne pour garder le droit conventionnel au préjudice du droit de naissance de la
branche d'Espagne.

Il voudrait, sur cela, faire ce qui est en lui, mais il
ne peut, dit-il, vaquer à son devoir de prince du sang;
ses goûts de retraite et d'étude l'emportent; et il ajoute
à cela les dégoûts qu'il a au conseil d'État, où on ne
délibère que sur les choses décidées, et où on ne lit
proprement que la gazette, au moyen de quoi il se
refuse à la capacité pour y proposer de bons avis
qu'il croit n'y devoir pas être suivis.

Or, cette même personne m'a tenu ce discours-ci :
« Il ne s'agit pas pour M. le duc de Chartres d'être
un simple prince du sang, que vous nommez un éta-
lon royal, pour procréer d'autres princes, se rendre agréable à la noblesse, et vivre dans les délices
que procurent le rang, les biens et l'oisiveté; non, il
a autre chose à faire, il est appelé prochainement à
la couronne. Le roi n'a qu'un Dauphin non encore
marié, et il doit le regarder comme un duc d'Anjou :
quelle doit donc être sa conduite?

« Plaire au roi, s'y tenir dans un grand respect,
plaire également au Dauphin, et sauver par ses respects et par sa complaisance ce qu'a d'odieux pour
un jeune homme la qualité de lui marcher sur les
talons. »

Assurément le roi devrait lui tendre les bras dans
cette vue, en faire son gendre, lui donner les grands
honneurs de fils de France, et resserrer aux yeux de
l'Europe ce droit conventionnel qui la rassure. L'Es-

pagne, il est vrai, peut opter, le cas arrivant, mais cette option est de trop difficile exécution. Le roi d'Espagne irait-il monter sur les Pyrénées avec sa famille, quittant ses fidèles Espagnols, outrés de ce mépris de préférence, et heurter aux portes de France, ne sachant pas si on lui répondrait? Non, ce changement de royaume, en ne laissant rien en Espagne ni à Naples, est trop difficile.

Si cela est, la branche d'Orléans a toute l'Europe pour elle. M. le duc de Chartres doit se comporter avec grande dignité; il faut d'ailleurs tirer parti de son caractère qui n'est pas caressant, mais solide. Il plaira quand il sera connu, parce qu'il sera estimé. Il doit faire plaisir aux grands, dans l'occasion, les aider parfois de quelque chose bien secrètement, surtout river le crédit des ambassadeurs d'Espagne à notre cour, et dérouter leurs créatures; mais, en tout, préférer le bien du royaume qu'il peut posséder, quand nos intérêts sont compromis avec ceux d'Espagne, comme aujourd'hui dans la guerre d'Espagne et d'Angleterre. M. le duc d'Orléans a été d'avis dans le conseil qu'on secourrait l'Espagne dans cette guerre.

Et il faut croire que le mariage de M. le duc de Chartres avec Madame Seconde se serait déjà accompli sans les tergiversations continuelles du cardinal qui ne voulant rien faire pour l'Espagne dans la présente guerre, ne veut point non plus l'offenser dans les choses extérieures, comme on ferait par ce mariage.

Mon frère possède actuellement toute la confiance et l'amitié du cardinal depuis que l'Éminence est parvenue à lui donner l'intendance de Paris; cela va grand train à le faire contrôleur général à la place de

M. Orry qui fait si mal sa charge, et même à le faire adjoint, si cela se peut. Cela va aussi à perdre M. Chauvelin de plus en plus et à empêcher son retour à jamais, n'y ayant pas de plus grands ennemis que M. Chauvelin et mon frère.

19 *août.* —Il me revient plus que jamais, par la confidence de M. B...., que M. Chauvelin reviendra en place ; que jamais il n'a été disgracié que par le grand goût que le roi avait pris pour lui, de sorte que ce ministre avait souvent des conférences très-secrètes avec Sa Majesté. Il allait le voir à la Muette en casaque et en habit de campagne, et, dès que le cardinal a su quelque chose de cela, il a fait cet horrible tapage, il a suscité toutes les délations qui ont produit sa disgrâce par l'excès de douceur et de vertu du roi. Sa Majesté a annoncé sa disgrâce au disgracié dès qu'il a commencé à en être question. Sa Majesté et M. Chauvelin ne crurent pas que le cardinal vivrait si longtemps.

Quelques petits favoris travaillent à faire perdre la religion au roi, et à le rendre ce qu'on appelle un esprit fort ; ils sont bien coupables. Le roi n'y mord pas, mais va son train avec sa maîtresse et ne fait point ses pâques de peur de se brouiller tout à fait avec Dieu. Il marmotte à l'église ses patenôtres et prières avec une décence d'habitude, et, en bon esprit, il ménage pour d'autres temps la pratique complète du salut, mais sans superstition ni tristesse.

M. le duc d'Orléans a, depuis peu, donné un bon coup de collier pour déclarer la guerre en Angleterre ; je sais qui est-ce qui lui rédigea son avis. Il opina

fortement au conseil, et attaqua le cardinal en le dé-
signant bien, mais il n'en a été rien de plus, sinon
que cela transpire dans le public, qu'on lui en sait
bon gré et qu'on croit qu'il ébranle le cardinal par la
voix la plus forte. Mon frère quitte son service pour se
donner entièrement à celui du cardinal, par l'intendance de Paris. Les réflexions, sur ce revirement de sa
part, débutent par le bas public; on publie qu'il est
renvoyé, mais on ne parle pas de son successeur.

21 *août*. — Un intendant m'écrit que la misère
augmente d'heure en heure : le moindre risque
pour la récolte fait cet effet depuis trois ans. On
en est encore à avoir aucuns magasins. Les deux
intendants de Flandres ont vendu leurs magasins de
blés, et surtout M. de Séchelles, intendant de Hainaut,
sans les avoir remplacés; cela plonge cette frontière
dans la famine. L'argent commence à devenir rare à
Paris; les payeurs des rentes sur la Ville commencent
à finasser et à mal payer, parce qu'on ne leur fournit
que la moitié moins de fonds; ils ne payent plus que
par quinzaine; ils arrêtent tout à la moindre difficulté. Je sais par moi-même qu'au trésor royal on
remet à présent les payements de semaine en semaine.
Voilà donc le trésor royal qui va manquer à son tour,
et alors adieu cette richesse de coffre-fort qui régnait
à Paris.

Nous venons de faire aux Anglais une déclaration
dont les effets sont ridicules; le cardinal leur a fait
dire l'équivalent de ceci : qu'à la fin nous nous fâche-
rions, surtout s'ils osaient attaquer l'Espagne sérieusement et faire sortir leur flotte avec des troupes de

débarquement. Et, en mettant cette belle menace en avant, on a fait sortir nos deux escadres en rade, mais garnies à moitié de leurs officiers, et à l'instant, pour toute réponse, les Anglais ont fait marcher leur grande flotte de trente vaisseaux de guerre avec quatre mille cinq cents hommes de débarquement et leur beau vaisseau *la Victoire* de cent dix pièces de canon. Une tempête les a accueillis ; ce beau vaisseau a été démâté ; ils sont rentrés au port pour le radouber. Au lieu de cela, et pour accélérer, ils en ont pris un autre de quatre-vingts canons, et sont allés bien loin, on ne sait pas où, brûler la flotte espagnole, au Ferrol, ou prendre les Canaries ou Buenos-Ayres. Voilà l'effet honteux de nos ridicules menaces.

29 août. — Voici donc le pape élu, c'est un Italien [1]. On m'assure que, depuis six semaines, le cardinal de Fleury ne s'attendait plus à l'être, mais auparavant, il l'avait cru et en avait leurré le roi. On doit attribuer à nos cardinaux français et allemands la violence des deux partis opposés devant le conclave, qui ne se voulaient céder ni à l'un ni à l'autre. On conçoit que cela n'était commandé ainsi que pour faire tomber subitement l'élection de notre premier ministre. Le temps développera clairement ce mystère et en administrera la démonstration et la preuve.

On croit à la cour que, cette affaire manquée, le roi va retomber dans les marques de dégoût qu'il donnait ci-devant au cardinal de Fleury : elles n'avaient été suspendues, elles n'ont fait place à une nouvelle dé-

---

1. Benoît XIV (Prosper Lambertini).

férence affectée que sur le fondement de cette espérance.

Déjà Sa Majesté commence à errer et à courir plus que jamais ; elle devait passer tout septembre à Versailles et s'y donner au travail ; on ne croit pas qu'elle y reste cinq jours pleins. Les voyages de Choisy et de la Muette se multiplient, celui de Fontainebleau s'avance de huit jours, Sa Majesté fuit l'Éminence et voit toute sa mauvaise administration.

Voici que le beau temps assure les moissons et la subsistance depuis quelques jours ; voici que les Anglais, par leurs dissensions internes, rendent nos maux de dehors moins pressants ; le cardinal gâte tous les jours davantage nos affaires du dedans et du dehors.

Je sais de bonne part qu'il travaille actuellement à marier Madame de France à un prince étranger, pour l'ôter à M. le duc de Chartres ; ce n'est point au duc de Savoie qu'il la prétend marier ; le roi de Sardaigne, ayant beaucoup d'enfants, ne veut pas établir son fils sitôt. Je ne sais donc à qui il la veut donner. Son Éminence hait la maison d'Orléans, et craint qu'elle prenne consistance. Voilà tout ce qui l'émeut et fait taire la saine politique qui voudrait que l'on fît de M. le duc de Chartres un véritable duc d'Anjou, et il y entrerait de le faire gendre du roi. Toute l'Europe souhaite ce soutien aux renonciations de l'Espagne : c'est là le seul moyen d'avoir la confiance de l'Europe. Les Portugais m'en parlaient toujours sur ce pied-là, et les Autrichiens par leur bouche. Au lieu de cela, le cardinal prétend à des ménagements frivoles pour l'Espagne en la leurrant de la succession de

France, tandis qu'on ne soutient pas l'Espagne dans les véritables occasions, et tandis qu'elle ne veut pas nous accorder de faveurs réelles pour notre commerce.

9 septembre. — M. le duc d'Orléans commence à se déclarer assez ouvertement contre le ministère du cardinal; je dis aussi ouvertement que ce prince vertueux et sage en est capable ; mais il va assez hardiment au roi, quand il faut, et parle au conseil quand il y voit de la nécessité. Il a parlé fortement, pendant Compiègne, pour nous joindre à l'Espagne contre l'Angleterre, et il suit cette proposition auprès de Sa Majesté. Rien ne fait plus d'honneur à ce prince, auprès du roi, de la nation et des étrangers. Quoique l'émule de la maison d'Espagne pour la succession à la couronne de France, dès que l'intérêt et la gloire de notre nation y sont aussi compromis, il conseille ce secours, il y insiste aujourd'hui de nouveau, depuis qu'il est sorti de sa retraite de Sainte-Geneviève.

Par là, il assaille le cardinal de qui il a si sujet d'être mécontent, et il ne faut pas douter qu'il ne parle au roi contre la mauvaise et lâche administration présente, contre les friponneries, duretés et imbécillités de M. Orry, contre le peu de génie et le peu de talent de M. Amelot, dans une place où il en faudrait tant, et contre tout le dérangement et l'avilissement que le cardinal augmente chaque jour dans la nation, pour ses mauvais choix, son peu de justice et de fermeté, enfin contre la gloire du roi, si avilie par cette tutelle.

Dans cet esprit, je sais que M. le duc d'Orléans re-

grette M. Chauvelin, dont il avait dit du mal autrefois,
mais qu'il dit à présent être le meilleur parmi les
mauvais. J'ai vu M. le duc d'Orléans monter chez le
roi sitôt que les rideaux de Sa Majesté sont ouverts;
j'ai su qu'il lui parlait en particulier, et on ignore les
autres entretiens qu'il peut avoir avec Sa Majesté dans
le cours de la journée. J'ai vu, entre la messe et le
conseil, le roi ne parler qu'à ce prince et le tirer à part
deux ou trois fois.

A cela il se joindra de l'intrigue dont ce prince ne
se mêlera pas; Bachelier et le parti de M. Chauvelin
connaîtront tout ce qu'il y a à gagner pour eux en mettant ce prince à leur tête, surtout depuis que M. le
Duc est mort. Par là, voilà la maison d'Orléans sur
un grand pied en France. La maison de Condé était
son antagoniste, la voilà aujourd'hui sans parangon, la
maison de Condé étant nulle à la cour depuis la perte
de son chef.

Il s'agit pour M. le duc d'Orléans aujourd'hui d'une
affaire capitale, qui est d'avoir Madame pour M. le
duc de Chartres et d'empêcher les desseins du cardinal, qui en voulait disposer pour un prince étranger.
Enfin, par là, on verra M. le duc de Chartres un véritable duc d'Anjou dans l'État, et comme le cadet du
Dauphin.

Il peut donc arriver que M. le duc d'Orléans dé-
truise promptement le cardinal auprès du roi et persuade enfin Sa Majesté de régner par lui-même, en ne
se donnant qu'un peu plus de peine pour gouverner
en personne, et alors rendant le cardinal plus oisif,
peu à peu ce vieux singe se retirerait à la campagne,
puis le roi ferait aussi peu à peu ses changements

sur le ministère, ce qui commencerait par M. Orry, puis à M. Amelot.

Dans ces circonstances, j'ai un frère qui a bien mal pris sa bisque en s'attachant, comme il a fait, exclusivement au cardinal; il en a tiré l'intendance de Paris comme un asile et une subsistance au cas de disgrâce totale, car il s'est barbouillé cruellement, chez M. le duc d'Orléans, par son attachement au cardinal qui maltraitait si fort la maison d'Orléans et par s'être montré homme d'intrigues et de passions, et, si les chauvelinistes gagnent M. le duc d'Orléans, il se trouverait avoir gâté encore davantage son premier nid.

Si une fois la guerre se déclare entre nous et l'Angleterre, voilà une fusée à démêler qui demandera nécessairement la retraite du cardinal hors des affaires, vu son âge, sa pusillanimité et les mauvais ministres, et voilà l'occasion pour un roi de prendre lui-même le timon des affaires; car aux Anglais se joindront promptement les Hollandais, quelque chose qu'en espère le cardinal, puis le Danemarck, et enfin une ligue entre les princes protestants contre nous.

Les affaires du dedans ne sont pas moins pressantes : si une fois le trésor royal s'altère, le crédit des financiers disparaîtra, et tout tombera sur eux à la fois. Cela arrivera par l'impossibilité des recouvrements de cet automne et par la diminution des consommations. Déjà les fermiers généraux et sous-fermiers commencent à crier qu'ils sont ruinés, et cependant il faut toujours qu'ils payent : le public commence à le sentir, et voilà où commence le discrédit universel dont je parle, la perte du seul bien qui nous était laissé,

de la seule consolation qui restait dans la capitale et
à la cour, au milieu de tant de misère publique et universelle dans les provinces.

16 *septembre.* — Les choses sont venues à leur
comble : la famine au dedans du royaume, Paris
prêt à manquer de pain, et cette essentielle denrée y
enchérissant chaque jour, des révoltes partout, les
provinces exténuées, et cependant les tailles augmen-
tées, le royaume dépeuplé. Enfin les Anglais, les Espagnols et les Hollandais nous poussent également à
la guerre, une flotte formidable anglaise partie de ses
ports, les nôtres ont été obligés de mettre à la voile,
le cardinal à bout de ses tergiversations qui n'ont
conclu qu'au déshonneur de la nation.

M. le duc d'Orléans a opiné au conseil pour soutenir l'Espagne et pour déclarer la guerre aux Anglais ;
ce prince a poussé le cardinal avec la force que donne
sa réputation de sainteté et la rareté de ses paroles.
Depuis cela, on voit le roi lui parlant davantage, et
même en conférences secrètes et ouvertes avec ce
prince.

Le cardinal ne sait plus où il en est, et on attend à
tout moment la nouvelle de sa retraite volontaire.
Dimanche au soir, lundi et mardi, il s'enferma subitement à Issy, de façon qu'il ne laissa entrer personne
au monde. Je sais des personnes qui avaient affaire à
Duparc, son secrétaire, et à Barjac, qui ne purent
leur parler que dans leur carrosse, et ces deux valets
répondirent qu'ils étaient tous enfermés et que la tête
leur tournait dans le fond du séminaire avec leur cher
maître le cardinal. Que faisait-il, écrivait-il, se trou-

vait-il mal, brûlait-il des papiers? c'est ce qu'on n'a pas su encore aujourd'hui.

Il est certain aussi que le roi a encore reculé son départ pour Fontainebleau de deux jours, et qu'il ne part que le 19, sauf nouveau contre-ordre encore.

19 *septembre.*—On craint pour mercredi prochain, après-demain 21 septembre. Il n'y a plus de pain à Paris, sinon des farines gâtées qui arrivent et qui brûlent. On travaille jour et nuit à Belleville, aux moulins, à remoudre de vieilles farines gâtées. On le sait, le peuple même ne l'ignore pas et crie partout qu'on veut l'empoisonner : tout est révolté et tout est à craindre. On craint que mercredi des flots de peuple n'aillent accourir à Issy où est le cardinal, et même à Choisy où est le roi. Ces deux villages sont auprès de Paris; la faim n'a point de loi.

Le contrôleur général comptait de passer huit jours à sa terre de la Chapelle et d'aller de là à Fontainebleau; il vient d'avoir ordre de revenir, et il arrive ce soir pour tenir demain conseil à Issy touchant le remède à la famine extrême.

Quant aux affaires du dehors, la même taquinerie et la même petitesse y ont présidé ; crainte de montrer les dents aux Anglais et une juste amitié à l'Espagne, le cardinal s'est enfourné dans un cul de sac embarrassant. Voilà notre escadre partie et en avant, et enfin celle des Anglais, qui faisait mine de ne pouvoir sortir de ses ports par vents contraires, vient de sortir peu après la nôtre. Celle des Anglais est de soixante vaisseaux, et la nôtre n'est que de dix-huit, l'escadre de Toulon n'ayant pu joindre, et est en respect pour celle d'Haddock. Pour celle d'Espagne, elle est bien avant, étant sortie du Ferrol le 29 juillet.

Voilà la position. Il n'est pas douteux que l'Angleterre n'ait un grand intérêt à écraser notre marine renaissante. Ils la chercheront et se diront en droit de commencer la querelle par nous combattre, puisque tout dessein de notre flotte ne peut être qu'offensif contre eux.

On croit qu'ils vont commencer par aller brûler le port de Lorient où est le dépôt général de notre compagnie des Indes. Là, nous sommes si bien gouvernés qu'il n'y a pas la moindre défense, pas un canon de batterie : on l'a dit, on l'a crié, et nulle précaution. On apprend d'hier que tout est en mouvement en Bretagne; on a envoyé des dragons et des milices audit port de Lorient. On a vu passer la flotte anglaise à Brest et on la croit retournée au sud de la Bretagne. Quel tumulte! quelles angusties où l'on a enfourné notre gloire et notre sûreté!

23 *septembre*. — Quant aux affaires du dedans, on fait venir des blés à force; il y en a deux mille muids arrivés au Havre, qui remontent; on en attend de Sicile et de Dantzig. Tout ce qu'on craint c'est que ceux-ci n'arrivent pas sitôt, et on craint encore davantage que, l'hiver survenant, les rivières devenant trop grosses et la mer trop haute, on n'en reste sur cette provision, et que nous ne venions à manquer subitement à Paris. Il se commet des déprédations horribles dans le ministère des finances; on a donné quantité de passe-ports pour l'étranger depuis le plus fort de la calamité, soit de la part de M. Orry ou de

M. de Fulvy, de leurs maîtresses et créatures ; on ne
voit que faveur d'enrichissement indiscret et criminel ; il semble que ces gens-là croient le cardinal immortel.

Le peuple le sait et est tout prêt à la révolte. Le pain
augmente ici d'un sol chaque jour ; il est présentement à six sols : aucun marchand n'ose ni ne veut
apporter ici son blé. Mercredi, la halle étant presque
révoltée, le pain y manqua dès sept heures du matin.
Les commissaires allaient haranguant le peuple et
disaient que M. le contrôleur général était venu exprès
à Paris pour travailler avec M. de Marville, et sur cela
le peuple criait : « Eh ! les bons chiens ! Il n'y aurait
qu'à mettre le feu à l'hôtel de ce Orry, le brûler lui
et sa maison, et nous aurions du pain. C'est ce vieux
chien de cardinal qui empêche les laboureurs de travailler, et qui fait que nous manquons de pain. »

Le roi passa dimanche par Issy pour voir le cardinal, il allait de là Choisy : il passa par le faubourg
Saint-Victor ; on le savait, le peuple s'amassa et criait,
non Vive le roi ! mais Misère ! Du pain ! Du pain[1] ! Le
roi en fut fort mortifié, et en arrivant à Choisy, il con-
gédia les ouvriers qui travaillaient à ses jardins, ce
qu'il fit par une bonté de cœur, se scandalisant de
faire aucune dépense extraordinaire tandis qu'il y avait

1. Voici ce qu'on lit à ce sujet dans les Mss. du commissaire de
police Narbonne : « 18 *septembre* 1740. Le roi passa à Paris par
le faubourg Saint-Germain devant le Luxembourg, l'Estrapade, la
porte Saint-Bernard pour gagner Ivry. On était d'avis qu'il évitât
Paris. Le peuple laissa passer le roi sans marquer la moindre joie
ni crier : Vive le roi ! C'est le sieur L'Archevêque, contrôleur de
la marque d'or, qui me l'a dit le lendemain 19 septembre. »

tant de misère. Il écrivit le soir au cardinal ce qui lui était arrivé et ce qu'il avait ordonné : le cardinal lui répondit, loua son bon cœur, mais lui représenta qu'il fallait reprendre ces ouvriers puisque cela ôtait à ceux-là la subsistance.

24 septembre. — Le cardinal, traversant hier Paris, a été entouré de deux cents femmes qui se tenaient à la bride de ses chevaux, ne voulaient pas le laisser passer, ouvraient la portière et criaient avec fureur : « Du pain ! du pain ! nous mourons de faim. » Il mourait de peur, il a jeté quelques écus, ce qui a amusé ces pauvres, et il s'est échappé.

Un homme, qui soupait avec le roi à Ivry dimanche, m'a dit que le roi avait été poli avec le maître de la maison, M. de Beringhen, et sa famille, les Nassé[1] ; mais qu'il était d'une tristesse et d'une inquiétude qui faisaient pitié, et cet état, dit-il, doit toucher tout le monde et nous donner espérance, puisque notre roi y prend part. Il venait de se voir assailli par le peuple qui au lieu de crier Vive le roi ! ne criait que Du pain ! Misère ! Famine ! et cela en traversant ce maudit faubourg Saint-Victor qu'on eût bien fait de lui faire éviter. Il se livre continuellement chez le roi un combat entre ce qu'il se doit à lui-même et à son peuple, et ce qu'il croit devoir à M. le cardinal : non qu'il se croie tenu de le payer en lui sacrifiant son royaume, mais il s'imagine qu'il le tuerait net en lui ôtant l'administration pour

---

1. Anne-Bénigne-Fare-Thérèse, sœur du marquis de Béringhen, avait épousé, le 11 juillet 1701, Emmanuel-Armand, marquis de Nassé.

la remettre à son plus grand ennemi, M. Chauvelin ; et d'ailleurs, Sa Majesté est toujours prévenue de quelque estime même pour les talents de Son Éminence, étant très-constante dans ses choix.

Cependant tout croule de tous côtés, et on ne sait pas comment on pourra soutenir la subsistance à Paris jusqu'à ce que les blés qu'on attend de Sicile soient arrivés, car, pour ceux de Dantzig, on dit qu'il sont arrêtés par le roi de Pologne. D'un autre côté, la guerre nous talonne et la nation anglaise nous veut plus de mal de notre intelligence avec le ministère qu'elle n'en veut encore aux Espagnols. Voilà certes de quoi donner au roi un mortel chagrin.

Le lendemain, le roi a appris une chose horrible et qui s'est passée tout près de Choisy, c'est la révolte de Bicêtre. On a retranché les vivres à ces pauvres gens qui y sont détenus, au point que de trois quarterons de mauvais pain, on ne leur a plus voulu donner que demi-livre. Tout s'est révolté et a forcé les gardes, quantité se sont échappés et vont inonder Paris. On y a appelé tout le guet et la maréchaussée des environs, qui ont été en ordre de bataille contre ces pauvres misérables, à grands coups de fusil, baïonnette et sabre. On compte qu'il y en a quarante ou cinquante sur le carreau : la révolte n'était pas encore finie hier matin.

— On m'a confié hier un grand secret de la maison d'Orléans.

Il s'agit de marier M. le duc de Chartres. M. le duc d'Orléans y est absolument résolu ; deux ressorts l'y poussent, le dessein sans doute de se retirer, et la dé-

votion qui fait craindre à ce prince que son fils ne
prenne une maîtresse. Le grand objet était d'épouser
Mme Henriette, cadette immédiate de Madame infante
qui épousa l'année dernière l'infant don Philippe. On
a toujours bien vu que le cardinal y était opposé ;
cependant M. le duc d'Orléans, conduit par de bons
conseils, a traité l'affaire avec le roi directement.
Sa Majesté l'a d'abord mis plutôt dedans que dehors,
puis cela s'est ralenti, enfin Sa Majesté y avait opposé
une espèce de négative, et M. le duc d'Orléans n'a
plus su que dire. M. le duc de Chartres en a parlé au
roi même à la chasse, et lui fit fort bien sa petite
harangue : « Sire, lui dit-il bien bas, de cheval à cheval, j'avais eu une grande espérance, Votre Majesté
ne l'avait pas ôtée à mon père, c'était de trouver en
Votre Majesté un père aussi bien qu'un maître. Je
contribuais au bonheur de Mme Henriette qui serait
restée en France avec Sa Majesté. M'est-il permis encore d'espérer ? » Sur cela le roi se pencha sur ce jeune
prince et lui serra la main tristement par deux fois,
ce qui veut dire un refus net.

On a su depuis par des voies sûres que c'est le cardinal qui a à cœur de barrer ce mariage, et on ne
doutait point de sa mauvaise volonté. On a cru longtemps qu'il destinait Madame au duc de Savoie, mais,
depuis cela, on sait que le roi de Sardaigne ne le
souhaite pas. La cause en est certainement qu'il aime
mieux être bien avec l'Espagne qu'avec la France, dont
il se défiera toujours, au lieu qu'il attend tout de l'Espagne, soit pour les affaires d'Italie, soit pour la succession éventuelle à la couronne d'Espagne, à laquelle
il est appelé par le traité d'Utrecht, et sur quoi il veut

resserrer ses droits, et il en donne pour prétexte qu'il a beaucoup d'enfants et qu'il ne veut pas se presser de les établir sitôt.

Le cardinal prétend marier Madame à l'empereur, sitôt que l'impératrice sera morte; elle est déjà enflée, et on assure qu'elle n'a pas six mois à vivre. Il faut que l'empereur s'en soit déjà assuré. « Il sera beau, dit le cardinal, que la maison de France relève celle d'Autriche qu'on regarde comme éteinte. » C'est un sentiment généreux, mais trop forcé pour se soutenir par delà le ministère du cardinal. En attendant, cet espoir en l'air peut nous brouiller avec tout le monde et ne nous acquérir personne, car quand reviendra-t-on de l'idée de s'acquérir des alliés solides par mariage? Je ne doute pas que ce ne soit un bien pour la paix générale et pour toute l'Europe que l'empereur se marie, ait des garçons et que sa succession ne soit pas ouverte, car, par là, le duc de Lorraine restera avec sa seule Toscane et ne la réunira pas un jour à l'empire. Mais je réponds que ce mariage de l'empereur se ferait également sans lui donner une fille de France, ce qui nous brouillera avec l'Espagne, avec toute l'Allemagne et qui fait crier après nous comme après des dupes et des buses, sans compter que cela chagrine inutilement la maison d'Orléans, dont le soutien (M. le duc de Chartres) devrait arborer aujourd'hui toutes les solidités d'un duc d'Anjou, si nous voulions songer aussi sérieusement à établir notre succession de France que nous songeons à celle des autres. Assurément nous devrions géminer les droits qui y appellent la branche d'Orléans après le Dauphin et sa race, et voir une bonne fois tous les inconvénients qu'entretient la fausse espérance de l'Espagne d'y revenir encore. Notre commerce n'en irait pas moins bien. A tous ces princes il ne faut qu'une femme féconde pour avoir race masculine, et je ne vois que M. le duc de Chartres à qui une fille du roi soit utile comme telle, pour les raisons que je viens de dire. Mais le cardinal parle encore au roi de faire sa fille impératrice comme d'un point de gloire : grande sottise que cela! Et quand nous pèserons les choses avec dignité, nous trouverons que Madame sera tout aussi honorée et bien plus heureuse de devenir Mme la duchesse de Chartres.

Sur tout cela, celui qui est le principal conseil de M. le duc d'Orléans (et qui n'est pas mon frère) a proposé, et l'a emporté, de demander la seconde princesse, fille de l'électeur de Bavière. La première a une destination ailleurs pour le prince de Sulzbach, et n'est pas de l'âge qui convient à M. le duc de Chartres. La seconde a quinze ans, qui est son âge, et est charmante, tant de figure que de caractère. On a proposé l'affaire à l'électeur, qui en a été fort aise; on attend demain une dernière réponse.

Dans cette affaire, on trouve que l'alliance est belle, utile; l'électeur est un homme raisonnable et qui a de l'élévation; on croit que, si certain cas arrivait à la maison d'Orléans, cette alliance lui procurerait un soutien.

Mais, par ces mêmes raisons, on craint les traverses du cardinal, car cela met la maison d'Orléans précisément dans les intérêts contraires au soutien de l'empereur et de la pragmatique.

Cependant je pense que le cardinal sera bien aise

de se voir défait de M. le duc de Chartres et de son attente d'épouser Madame, qu'il y tôpera volontiers, à
quelque prix que ce doive être, d'autant plus que ceci
tempère les justes mécontentements de la maison de
Bavière contre nous, et que cela tombe dans ce trigaudage politique que professe tant le cardinal.

Si la réponse qu'on attend dimanche est décisive,
M. le duc d'Orléans doit partir lundi, sur-le-champ,
pour Fontainebleau, quoiqu'il n'y dût aller que le
11 octobre, et proposer sur-le-champ la chose au roi,
l'emporter et la bâcler. Le dessein de ce prince est que
cela soit achevé promptement. Il rappelle sur cela
que la négociation de son mariage traîna beaucoup à
Bade, il y a dix-sept ans, et qu'il ne veut pas qu'il en
soit ainsi de celui-ci.

Mais, ai-je dit, pourquoi ne pas patienter le peu qu'il
y avait à attendre pour la mort du cardinal, et alors
on aurait beau jeu pour le mariage de M. le duc de
Chartres avec Mme Henriette? La seule réponse à cela
est que M. le duc d'Orléans veut absolument marier
son fils et au plus tôt. Il veut se retirer du monde. A
cela, il dit qu'il laissera à sa mère son fils à marier; or
sa mère le marierait certainement à Mlle de Conti[1]; le
parti est tout pris. Mme la princesse de Conti est d'une
ardeur et d'une intrigue prodigieuses sur cela; elle a
circonvenu quantité de gens dans cette vue, et c'est là
un parti tout prêt, tout à la main, et que M. le duc
d'Orléans bâclera dans un instant, sitôt qu'il sera embarrassé et retardé du côté des autres vues. Cependant

---

1. Louise-Henriette de Bourbon-Conti, née le 20 juin 1726.
Elle épousa en effet le duc de Chartres, le 9 décembre 1743.

on a représenté à M. le duc d'Orléans que, parlant lui-
même de ce mariage devant M. son fils, il l'a blâmé
et décrié fortement. Il a dit qu'il y avait dans cette
race de Conti bosse et folie, et que la jeune princesse
pouvait s'en ressentir; que son père était le dernier des
hommes; que madame sa mère, ainsi que ses sœurs,
allaient partout le c.. levé avec son M. d'Aiguillon;
qu'il faudrait vivre sous la tutelle d'une telle dame
belle-mère, ou s'y brouiller, ce qui était encore pis;
que, pour son frère, M. le prince de Conti, on voyait
quel homme c'était, de quel libertinage et dans quel
désordre il vivait; qu'il croyait que M. le duc de Chartres pensait trop bien pour s'arrêter à quelque peu
de bien de plus qu'il y avait dans le parti de Mlle de
Conti. Après ce discours, on craint que M. le duc
d'Orléans, pressé comme il l'est, ne revienne cependant encore à ce parti-là.

27 *septembre.*—Que les courtisans sont sots et pires
que des moutons! Ils voient tout ce que la puissance
veut qu'ils voient, la crainte les mène plus que l'espérance, et jamais l'évidence n'occupe ses droits à la
cour. Certes on trouvera peu de ministères pires que
celui-ci, et l'on doit le juger d'autant plus sévèrement
que ce ne sont point les contre-temps ni les grands
désastres qui ont produit la misère; la faiblesse et la
honte de la France aujourd'hui est la pure malhabileté jointe à une insensibilité affreuse des maux
publics.

A Paris on est plus républicain et plus vrai. J'arrive
à la cour, j'y trouve tout vu en beau à Fontainebleau,
et même jusqu'à la cherté du pain. « Le roi n'a plus

essuyé, dit-on, de cris de ses peuples affamés en passant à Paris. Le cardinal n'a point été arrêté par des femmes échevelées. Il n'y a eu qu'une cuisse cassée à la révolte de Bicêtre. Le contrôleur général a donné les meilleurs ordres sur la cherté; il lui vient des blés de tous côtés, bientôt il y en aura trop à Paris, et cette denrée deviendra à trop bon marché. La flotte anglaise a peur de la nôtre, elle rentre à tous moments dans ses ports; la nôtre a joint celle de Brest et celle de Toulon, elle va à Cadix, et, de là, en Amérique ramener les galions en triomphe. Nous sommes d'accord avec le ministère anglais, nous déclarons la paix dans six semaines, nous menaçons les Hollandais s'ils osent armer contre nous. La nation anglaise est terrassée par Walpole, toute révolution est impossible contre ce ministère, nous gouvernons tout, nous avons soumis l'Espagne à notre volonté et à la crainte de notre puissance. L'empereur dépend de nous, nous le leurrons d'épouser Madame après la mort de l'impératrice. »

Croyons cependant que c'est par des discours d'une telle illusion que le roi est retenu dans les chaînes honteuses du cardinal. Je ne vois qu'un aveuglement bien complet qui puisse me rendre raison de mon roi. Je trouve ses meilleurs serviteurs découragés sur son caractère, et présentement l'on croit de bonne foi que le roi est au-dessous du rien. Insensible au malheur public, paresseux, plus engoué que jamais de son vieux précepteur, et incapable de rien, il s'amuse, il rit, il papillote, il va à la chasse, il ne songe à rien.

Cependant le cardinal est devenu odieux à tout le royaume; et qu'on ne compare pas ceci à la haine et aux cabales des grands contre le cardinal Mazarin, ni à la fermeté d'Anne d'Autriche pour le soutenir. Mazarin conduisait avec éclat les affaires du dehors, le dedans n'était point altéré, quelques impôts seulement de plus au parlement. La finesse et la fourberie de Mazarin choquèrent les Français. Mais tout ce qui arrive aujourd'hui désespère notre nation avec justice; elle est énervée, elle est anéantie, il n'y a plus que les fermiers généraux qui vivent.

Dans ces circonstances, on ne voit que M. le duc d'Orléans qui puisse, la poire étant bien mûre, porter un coup bien effectif au cardinal, allant au roi plutôt devant trente personnes que devant deux, et lui déclarer que sa conscience, son honneur et son devoir lui ordonnent de demander à Sa Majesté qu'elle gouverne elle-même et qu'elle change un ministère aussi malhabile que malheureux. B[alleroy] qui a le plus la confiance de M. le duc d'Orléans, craint la retraite de ce prince plus que la mort, comme devant être funeste à M. le duc de Chartres, s'il se trouvait seul livré à la conduite de sa mère. Il voit en même temps que c'est jouer gros jeu que de se déclarer ainsi hautement contre le cardinal, parce que, si le coup manquait, M. le duc d'Orléans, déjà dégoûté, se retirerait sur-le-champ à Sainte-Geneviève, et pour toujours.

J'ai dit ci-dessus qu'il était question présentement de marier M. le duc de Chartres à la seconde fille de l'électeur de Bavière; les nouvelles qu'on a eues de Munich, avant-hier au soir, vont reculer cette proposition, ce qui donne un mauvais succès, car ce qui convient se bâcle bien vite. On se doute que l'électeur de

Bavière songe à marier cette princesse à l'empereur, à la mort de l'impératrice qui, comme je l'ai déjà dit, est enflée et n'a pas pour six mois à vivre.

Avant-hier, M. le duc d'Orléans, apprenant ces contrariétés au mariage de M. le duc de Chartres, étonna ceux qui lui en rendirent compte; il ne se trouva plus être ce prince si pressé de retraite ni si impatient de marier son fils; il dit : « Eh bien, je donne sept mois à l'impératrice pour mourir ou pour en échapper ! » Ainsi, voilà l'affaire remise au mois de mai.

Ensuite, il se propose de faire voyager M. le duc de Chartres en Italie et en Allemagne, afin de lui faire voir quelle princesse d'Allemagne il voudra épouser. Voilà un projet inexécutable dont se repaît cependant M. le duc d'Orléans, et ce projet en amènera un autre pour reculer sa retraite et pour parvenir enfin au mariage de Madame.

Cependant que dire de cette tranquillité ? Ce prince n'aurait-il pas quelque notion secrète d'un futur changement dans le ministère, et enfin de quelque révolution qui va le laisser libre de marier son fils comme il veut, et ensuite de se retirer pour le reste de ses jours ?

28 *septembre.* — On m'a confié que Mme Henriette et M. le duc de Chartres s'aiment passionnément. On les a laissés s'aimer de jeunesse, et on les y a même excités; la poudre a aisément pris et il ne s'agit plus que de les retenir, de peur d'éclat. Cependant ils savent quelle obéissance ils doivent aux volontés d'un père et d'un roi. En croissant, la raison croissant aussi, l'amour ne fait que croître entre deux personnes de

même âge et élevées ainsi pour être destinées l'une à l'autre. Le roi les rendra infiniment malheureux s'il marie Madame ailleurs, comme ce vilain cardinal l'y pousse incessamment. Voilà donc comme commencent les romans. Quand le roi répondit si tristement à M. le duc de Chartres, à la chasse, ce pauvre prince, retournant à son gouverneur, étouffait et crevait. M. le duc d'Orléans s'est donc retourné au mariage de Bavière, mais, la réponse en étant mauvaise, comme je l'ai dit, M. le duc de Chartres en est tout allégé et tout allègre, depuis dimanche qu'il le sait.

29 *septembre.* — C'est le roi qui lui-même poussait M. le duc de Chartres à rechercher Madame ; il approuvait leur amour, il avait répondu positivement qu'on pouvait y songer ; ensuite, par degrés, il va jusqu'au refus. Cependant il ne s'agit que d'une attente chimérique de marier Madame ailleurs ; l'impératrice n'est point morte, et, quand elle le serait, il y a apparence que l'empereur chercherait une femme plus âgée et plus saine que n'est Madame, qui a une certaine disposition à une maladie de peau dont sa sœur a déjà fâché la cour de Madrid.

En vérité, ce sont des finesses que tout cela ; le roi veut plus que jamais faire ce mariage de Madame et de M. le duc de Chartres, mais il veut qu'on n'en ait obligation qu'à lui seul. Il voit que cela contrarie le cardinal, et il remet l'affaire à des temps qui dépendront de lui.

Enfin tout se réfère de plus en plus au caractère du roi, et ce caractère devient même plus problématique, ou plutôt il ne l'est plus aux yeux des neuf dixièmes de la cour. On croit le roi un imbécile et qui ne sera jamais de rien. Le cardinal le fait trembler et le jette dans telle indifférence qu'il veut. Et quel Richelieu que ce ministre! Louis XV serait donc à Louis XIII ce que Fleury est à Richelieu. Non, je ne le crois pas. Le moment approche où le roi gouvernera par lui-même, ou plutôt choisira des ministres tels qu'il lui en faut, et travaillera avec une balance égale entre eux six.

Je conviens qu'il faut une foi d'Abraham pour croire cela. Tous les jours ce dilemme devient plus fort, et ses propositions plus opposées et plus extrêmes : *ou le roi est beaucoup, ou le roi n'est rien.*

Ou le roi sera plus adroit que Louis XI et plus déli-cieux que Titus, ou, dans six ans, le Dauphin fera raser et enfermer le roi. Qu'on choisisse sur cette opinion; elle est indubitable.

Les choses vont de mal en pire, et bientôt le royaume est anéanti, les mœurs sont perdues, c'est un règne de Néron, les honnêtes gens sont proscrits, les fripons et les imbéciles triomphent, tout est au pillage et ouver-tement. Les Orry osent encore vendre des passe-ports de blés au milieu de la plus cruelle famine dont on ait ouï parler; on ose encore augmenter cette année la taille de cinq cent mille livres sur le royaume, on ose proposer des épargnes, on ne remédie à aucun des maux, on cherche évidemment à les augmenter. A cela le roi n'oppose qu'une plus grande indifférence et qu'une plus parfaite insensibilité, il ne fait que chasser et souper.

Cependant ce même maître s'est montré sensible en plusieurs occasions bien moins pressantes, il a parlé, il a agi : que croire donc de ceci ? Non, la révolution favorable à notre maître ne saurait tarder. Je le crois, et mon courage s'accroît de tout ce qui devrait le détruire.

30 *septembre*. — M. de Breteuil m'a dit que M. Orry ne savait plus où donner de la tête sur le fait des subsistances. Il a écrit à l'intendant de Soissons une lettre de menaces sur ce qu'il ne voulait pas envoyer de blés à Paris, tandis que son département mourait de faim. Il a envoyé un de ses commis en acheter à Soissons même, ce qui a fait monter subitement le blé dans ce département à un prix excessif, et, pendant ce temps-là, on va manquer de toutes parts pour ensemencer les terres. Il a encore pris sur les munitionnaires de la guerre des quantités de blés, en usant également de menaces envers eux. M. de Breteuil se plaint du risque que cela fait courir aux troupes, si l'électeur palatin venait à mourir, et qu'il fallût porter subitement des troupes dans le pays de Juliers. M. Orry, l'abordant sur cela, balbutiait et ne savait ce qu'il disait.

1er *octobre*. — Pecquet, premier commis des affaires étrangères, vient d'être arrêté à sa terre de Parois[1] ; près Sens, comme il allait partir pour Fontainebleau, et dans le moment où il apprenait que son fils avait la petite vérole à Paris. Cette circonstance ajoute l'inhumanité à l'injustice. Duval a été l'enlever et le mener

---

1. Paroy-sur-Othe, ou Paroy-sur-Tholon, arrondissement de Joigny.

à la Bastille, et M. de Marville a été mettre les scellés
sur ses papiers.

On n'y comprend rien : tout d'une voix on le connaît trop comme homme d'honneur et de vertu pour
avoir été capable de trahir l'État, mais on l'accuse
bien d'intelligence avec M. Chauvelin. Cependant je
jurerais presque autant de l'un que de l'autre article. Je
le sais très-circonspect, même sur l'article de M. Chauvelin.

Le connaissant beaucoup, je puis démêler autant
qu'un autre ce qui le regarde ; je jurerais avoir bien
deviné dans ce qui suit. Il pousse l'amour du bien
public et le devoir du citoyen jusqu'au fanatisme ; il
était accoutumé à écrire au cardinal des avis sur l'état
des affaires, et il m'a dit qu'en mars, il lui a écrit et
signé des vérités dures, mais essentielles. Arrivant à
sa campagne, il a vu l'état où les affaires du dedans
sont plongées et à quelle misère le peuple est réduit ;
il est capable de cette folie d'avoir écrit au cardinal
qu'il était temps qu'il se retirât des affaires, et que tous
les ministres le trompaient. Cette lettre irrespectueuse
montrée au roi par le cardinal, Son Éminence aura
pu demander à Sa Majesté justice d'une pareille irrévérence, et voilà tout.

— Charmazel, premier maître d'hôtel de la reine,
est malade de chagrin, et m'a dit en confidence que
la reine le faisait périr par ses chiffonnages ; que, son
service se répétant deux fois par jour, il était l'égoût
de toutes les mauvaises humeurs qui s'emparaient
souvent de la reine, surtout dans les semaines où
Mme de Mailly la servait ; qu'elle était aux aguets de

savoir qui était des amis de cette dame ou qui n'en
était pas, et que, pour peu qu'elle en apprît quelque
chose, il y avait des propos cruels à essuyer pour un
homme qui se sentait.

2 *octobre*. — L'affaire de Pecquet transpire, et la
cause se trouve être une misère comme tout ce qu'on
fait. Il a envoyé au cardinal un mémoire signé de lui,
par où il lui prouve que tout le système qu'on suit
depuis 1734 est pernicieux et ruineux pour la France,
tant au dedans qu'au dehors ; il le prouve branche
par branche, et peut-être conclut-il quelque chose
d'irrespectueux au cardinal même, comme de lui
conseiller sa retraite que le discréditement de son
ministère rend nécessaire.

Cette démarche d'un homme fanatique de bien
public, comme je l'ai dit, mériterait louange, au
moins silence, dès qu'elle est renfermée dans les
termes de la discrétion et qu'elle ne passe pas les
yeux du cardinal, comme je suis certain qu'elle a été.
Mais, dans un temps de viles passions comme celui ci,
le ministère s'en est fait un grand grief, le cardinal a
cru qu'on lui manquait de respect ; les ministres, à
qui ce mémoire a été communiqué, y ont trouvé
leur condamnation ; ils ont dit surtout que ce système
reproché par Pecquet est celui même du cardinal, et
que le système regretté est celui de M. Chauvelin.
Les Autrichiens surtout n'y ont pas trouvé leur compte,
car Pecquet n'a jamais pu dire autre chose, sinon
que l'ancien système de la France est l'affaiblissement
de la maison d'Autriche, et que notre conjonction
avec elle est totalement contraire à nos intérêts.

M. Amelot, homme haineux et de petits moyens, a cru trouver l'occasion de punir ce qu'il hait; il haïssait Pecquet et était jaloux de Du Theil; il a cherché également à les rendre inutiles. La réputation d'attachement à M. Chauvelin était encore plus fâcheuse à Pecquet. Mme de Morville, mère du gendre de M. Amelot, poursuivait Pecquet par vengeance, prétendant qu'il avait manqué à feu M. de Morville. En voilà plus qu'il n'en faut pour animer ce petit homme haineux. Il n'a pas considéré combien il discréditait par là son ministère et celui du cardinal. Bientôt ce coup d'éclat, connu dans sa source, démontrera le comble de l'odieuse tyrannie qui nous gouverne : le ridicule y est attaché de toutes parts.

On ajoute encore que Pecquet avait blâmé quelques négociations d'Angleterre, et que Bussy, petit homme de bureau qu'on emploie en Angleterre, a été le délateur de Pecquet, son ancien patron, mais avec qui il s'est brouillé.

On a représenté qu'au moins Pecquet n'était pas en état de bien servir sous le ministère présent, étant dans un système si opposé; et, comme, dans une place telle que la sienne, on n'en saurait sortir librement comme d'une autre place, il a été cru nécessaire de l'arrêter en le chassant, afin de mettre la main sur ses papiers et de lui recommander mieux le secret.

On remarque que le roi et le cardinal paraissent plongés dans le chagrin depuis le séjour de Fontainebleau, et de jour en jour davantage.

La guerre paraît inévitable, et cela de deux côtés, par mer contre les Anglais, et par terre contre les

Prussiens, et bientôt contre tout le parti protestant, qui se joindra au roi de Prusse pour la succession de Juliers. Nos vaisseaux sont partis pour l'Amérique, on les croit présentement joints à la flotte d'Espagne pour protéger les galions; c'est le *casus belli*, et, dans un mois, les Anglais nous déclareront la guerre. A eux se joindront promptement les Portugais et bientôt la Hollande. Ces deux puissances ne demandaient qu'une occasion pour se joindre au roi de Prusse, et la voilà trouvée dans l'affaire de Juliers, à l'instant de la mort de l'électeur palatin, qui ne peut vivre longtemps, vu son âge et son mauvais régime. Enfin la Suède, qui s'était fiée mal à propos à notre alliance, voit qu'elle n'y peut compter; le parti républicain s'éteint et elle est prête à être subjuguée par le parti royaliste. Qu'aurons-nous pour nous? L'empereur? Quel ennemi de notre maison et quel faible allié quand même il voudrait agir pour nous!

Voilà peut-être sur quoi le sieur Pecquet appuyait ses remontrances. On a pensé qu'au moins prétendait-il par là embarquer dans un système tout nouveau, par lequel on se trouverait engagé à déplacer M. Amelot pour rappeler M. Chauvelin. On a cru de plus qu'une telle insinuation ne pouvait venir que de Bourges, et que, par le scellé sur ses papiers, on découvrirait une correspondance étroite et suivie avec M. Chauvelin. Et voilà ce qui s'appelle se casser le nez à coups certains.

4 octobre. — Le roi s'est levé du grand matin hier et a été à six heures, avec Mme de Mailly et Mme de

Vintimille, dans la forêt de Fontainebleau, pour voir le
rut des cerfs; mais malheureusement ils n'ont point
dagué devant lui; on n'a entendu que bramer. Voilà
des passe-temps royaux! Pendant ce temps-là, le cardinal achève de perdre son État.

Pecquet est à Vincennes, et non à la Bastille; on le
garde avec une sentinelle à la porte, en vrai criminel
d'État; cependant on ne lui trouve rien à redire. Nos
ministres se défendent de ce coup ridicule de tyrannie.
Il y a à présent une autre leçon sur la cause de sa détention, et, malheureusement, on la fait tomber sur
mon frère. Ce qui a mis le comble, dit-on, à l'ennui
que le cardinal et M. Amelot avaient de s'en défaire,
a été une requête signée des habitants de sa terre
contre l'ordonnance que mon frère vient de rendre,
comme intendant de Paris, pour obliger chaque la-
boureur à envoyer tant de setiers de blé au marché,
suivant le nombre de leurs charrues. L'exécution de
cette ordonnance est, dit-on, d'impossibilité totale,
car, la récolte étant si proche des semailles, à peine les
batteurs peuvent-ils suffire aux semailles; comment
veut-on qu'ils aient grains et voitures pour envoyer
aux marchés? Or cette requête de Parois, village dudit sieur Pecquet, a été bien et éloquemment dressée
par lui, et il l'a signée à la tête de ses habitants. Elle
a été envoyée à mon frère, qui l'a envoyée à M. le
cardinal, et cette résistance est, dit-on, de mauvais exemple; elle a porté au dernier degré le désir
qu'avait Son Éminence de le congédier. Or, on ne
peut congédier un homme en telle place sans le
mettre en prison d'abord et le scellé sur ses papiers
pour assurer le sceau de l'État, puis on le congédiera

bientôt. Voilà une belle cacade et qui va achever de jeter sur notre ministère tout le ridicule et l'horreur qu'il mérite.

Le cardinal s'enferme à présent toutes les après-midi. On dit qu'après son dîner, et dans le temps de la digestion, il devient comme hébété. Ainsi, malgré les apparences de santé, son existence comme ministre ne peut encore aller bien loin. En attendant, on peut dire que nous sommes gouvernés par un estomac.

M. de Muy, sous-gouverneur du Dauphin, étant à la promenade dans la forêt, son cheval l'a emporté, il est tombé sur la tête et s'est cassé le nez. On l'a ramené de la chasse comme on a pu. Il est homme de robe et ci-devant conseiller à Aix; il ne sait pas trop monter à cheval.

7 octobre. — La cause de la détention de Pecquet s'éclaircit et va où j'ai d'abord jugé. Nul crime au monde, pas même des fautes; mais pour s'être arrogé un droit de représenter *irrogatus*, trop ferme, trop hardi dans la remontrance, d'ailleurs plein de lui et vide des autres, plus de talent que de génie, ferme cependant dans les anciens principes de la politique française, où les vieilles maximes doivent être bonnes par la grande épreuve où de grands penseurs les ont mises continuellement depuis le règne de Henri IV. A ses manières autorisées, à son air fier, quoiqu'avec une âme simple, il s'est aisément fait haïr du nouveau ministère, et s'est laissé aller à la réputation de chauveliniste zélé; il a cru compenser cela par ses actions de bon citoyen, et a mieux servi

M. Amelot à proportion qu'il n'a servi personne. Mais
il fallait naître sous un autre ministère pour qu'une
telle conduite ne fût pas criminelle : au lieu de toucher, cela a mis les choses au point qu'on n'attendait
plus que le comble à l'aversion qu'on avait pour lui,
afin de le chasser, et, pour le chasser, il fallait, dit-on,
le bastiller, afin de mettre la main sur tous ses papiers, et de lui faire faire une manière de quaran-
taine pour les mystères d'État dont il est chargé. Ce
comble a donc consisté seulement à signer une requête
avec ses paysans par où il démontre l'impossibilité
qu'il y a d'exécuter l'ordonnance de mon frère pour
porter deux setiers de blé par charrue au marché,
puisqu'il n'y a pas assez de récolte dans son village
pour semer les terres ni pour nourrir les habitants.
On a dit que cela était un mauvais exemple, et sur
cela, on arrête un homme tel que lui.

Voici que chacun se rejette le blâme de cette action.
Le roi a dit devant huit personnes que l'on serait surpris, si l'on savait pourquoi Pecquet a été arrêté. Le
cardinal, qui avait toujours dit que Pecquet était un
honnête homme, l'a dit encore depuis sa détention,
et que l'on avait voulu mettre le scellé sur ses papiers,
mais qu'ils n'y trouvaient rien pour le condamner;
qu'au reste son orgueil l'avait perdu, ce qui ne tombe
que sur son caractère en général. On m'a donné avis
que M... F....[1] avait conseillé cette détention, espérant
qu'on trouverait dans les papiers de Pecquet de quoi
découvrir bien des intrigues, surtout de moi, qui me
dénoteraient pour homme de cabale.

---

1. Mon frère, probablement.

Le bruit a couru hier que M. Hulin, ministre du
roi Stanislas, était arrêté, ainsi que le maître de la
poste aux lettres de Rouen, et de celle de Caen, mais
cela ne se confirme pas, surtout pour Hulin.

Enfin tout ceci n'est qu'une tyrannie continuelle,
ou plutôt un radotage absolu, mais qui constitue la
tyrannie dont les effets crient si haut.

Que dire du roi qui laisse tout faire au cardinal de
plus en plus? La France et les étrangers sont plus af-
fligés que jamais de son insensibilité, et il n'y a plus
qu'un mot dans la langue française qui est de dire :
Notre roi est au-dessous du rien. Pour moi, qui ai
poussé la bonne opinion, qui la pousserai plus loin et
plus constamment que personne, je pense que, présentement, le roi et son conseil secret en sont à faire
pour ainsi dire un recueil complet du radotage pernicieux du cardinal pour le remercier avec un ap-
plaudissement universel, et pour en être justifiés à ses
propres yeux.

10 *octobre*. — Une dame de palais m'a conté que
la plus grande faute était à la reine si le roi avait pris
une maîtresse; elle se conduisait en bégueule. Aussi
personne au monde n'a-t-il moins d'esprit que la reine :
elle n'a rien à elle, elle n'est que ce qu'elle voit être
aux autres; le torrent de l'exemple la gagne plus que
personne; elle a vu qu'en France il était de bon air
de dédaigner son mari; elle a pris ce bon air. Elle
disait : « Eh quoi! toujours coucher, toujours grosse,
toujours accoucher! » En conséquence elle faisait faire
de longs jeûnes au roi, sous prétexte de sa santé, elle
dédaignait enfin ce qu'elle regrette amèrement aujour-

d'hui. Il faut savoir que la reine a peur des esprits, et, quoique le roi fût couché avec elle, il fallait qu'elle eût auprès d'elle une femme qui lui tînt la main toujours pendant la nuit et qui lui fît des contes pour l'endormir ; et, quand le roi voulait rendre le devoir conjugal, à peine la femme qui assistait la reine se retirait-elle. De plus, la reine ne dort presque pas, elle se relève cent fois dans la nuit, tantôt pour pisser, tantôt pour chercher sa chienne ; de plus, elle met précisément des matelas sur elle, tant elle est frileuse, de sorte que le roi étouffait et se levait tout en sueur sans avoir rien fait. Il se retirait dans sa chambre et dans son lit pour bien dormir, c'est ce qui lui a fait tant aimer les voyages de Rambouillet, et il se soulageait tout seul de ses ardeurs luxurieuses, ce qui l'a conduit peu à peu à prendre une maîtresse à qui il se tient, quelque médiocre que soit sa beauté ; il l'aime véritablement, et c'est beaucoup.

Pour ce qui est de la société, le roi, au commencement de son mariage, voulait jouer chez la reine les soirs et y causer ; la reine, au lieu de le caresser, l'amadouer, le mettre à son aise et l'amuser, faisait toujours la dédaigneuse et la sotte railleuse, voulant paraître prendre de l'empire sur son mari, et d'ailleurs tenait des propos fort ennuyeux, au lieu d'en chercher et d'en souffrir de plus convenables, ce qui écarta le roi en peu de temps et le fit tourner à passer ses soirées chez lui d'abord, avec des hommes, puis avec des femmes comme la cousine de Charolais, puis Mme la comtesse de Toulouse. Le roi est fort timide, et le principal est qu'il trouve des gens qui le mettent à son aise ; et, quand cela est trouvé, on voit

assez, par le ministère du cardinal et par celui de
Mme de Mailly, à quel point il est homme d'habitude.
Il arrivait donc que le roi et la reine se sont très-peu
parlé dans leur vie, et qu'ils ne faisaient que s'entre-
voir pour le bien de l'État, ce qui aurait dû faire des
enfants tristes et stupides, quoiqu'il en soit arrivé autrement, car M. le Dauphin est très-joli et a de l'esprit,
aussi bien que Mesdames ses sœurs. Aujourd'hui, la
reine est dans une cruelle situation par rapport à
Mme de Mailly qu'elle est toujours obligée de garder
pour dame de son palais. Dans ses semaines, l'humeur
lui prend horriblement et ses domestiques s'en ressentent. Certes, c'est lui rendre un grand service que de
trouver un tiers, pour l'après-souper, entre la reine et
Mme de Mailly. La reine sait bien, et il est certain que
Mme de Mailly l'examine continuellement chaque semaine, pour lui trouver de nouveaux ridicules et en
divertir le roi, dès qu'elle a quitté la reine.

Le cardinal ayant voulu reparler au roi, à Compiègne, de renouer avec la reine et d'en avoir encore
des enfants, le roi a répondu qu'il était sûr de n'avoir
jamais plus que des filles, et que d'ailleurs il ne pouvait plus rien faire; qu'il était tout à fait impuissant
avec les femmes, ce qui était lui dire : Bonhomme,
taisez-vous! La reine a fait tourner son lit, à Fontainebleau, de façon à n'y plus laisser qu'une seule
ruelle, ce que tout le monde a remarqué comme
un divorce d'ostentation et dont elle se vante mal à
propos.

12 octobre. — J'ai été au souper de M. le duc d'Orléans qui arrivait à Fontainebleau, et, pour souper, il

m'a fait rester seul dans son cabinet, et m'a dit :
« M. votre frère m'a dit l'engagement que vous vouliez
bien prendre avec moi. » Je lui ai répondu ce que
m'ont suggéré la reconnaissance et la modestie. Il m'a
dit que ce devait être pour le 1ᵉʳ janvier prochain, et
qu'en attendant, nous observerions de n'en point parler, comme nous avions commencé. J'ai écrit sur-le-
champ à mon frère pour lui faire part de cette demande consommée.

15 *octobre*. — M. le duc d'Orléans est à Fontainebleau, furieux de tout ce qu'il voit. Il arrive de sa retraite, et il grille d'envie d'y retourner ; il trouve l'indécence accrue, le cardinal plus tyran et plus imbécile
que jamais, le roi moins décent, quoique prétendant
à décence avec sa maîtresse, allant le matin au rut
des cerfs avec les deux comtesses, tout en billebaude [1],
dit-il ; c'est la cour du roi Petau, et le comble de tous
ces malheurs est que le roi paraît ne se soucier en
rien de son royaume, dans l'état affligeant et dans la
misère inouïe où ses peuples sont tombés. Chaque jour
voit augmenter cette misère de quelque nouvel article ; voilà les vignes perdues dans tout le royaume par
la gelée prématurée qui dure en ce temps-ci depuis
quinze jours. A cela, nuls remèdes pour tirer les peuples d'affaire, pas même de palliatifs, seulement quelques vaisseaux de blé que nous venons d'acheter bien
chèrement en Hollande.

Le pain ayant augmenté, mercredi dernier, à la halle

---

1. En désordre : ce mot désigne proprement une partie de
chasse où chacun se place et tire à sa fantaisie.

à Paris, de deux liards, comme on a dit cela au cardinal, il a répondu *qu'il n'y comprenait plus rien*. Réponse admirable pour le conducteur de l'État!

Par-dessus cela, M. le duc d'Orléans se voit mal
logé à Fontainebleau à ce voyage-ci; son logement est
serré, son cabinet trop étroit, il y fume, il y fait trop
chaud, il s'y déplaît. Sa chambre est au-dessous de la
Galerie des Réformés, ou le corps de garde, où il y a
un bruit horrible et continuel; il est souvent réveillé
la nuit, il souffre et enrage. Il a été voir le roi à son
lever et le cardinal en particulier, et il n'est revenu
content de rien.

Il voit de plus combien il doit être mécontent de tout
ce qui le regarde. Après s'être cru assuré de Mme Henriette pour M. le duc de Chartres, il voit qu'on la lui
refuse tout à plat, et cela par la mauvaise humeur du
cardinal contre lui et contre sa maison, et même sans
prétexte; celui qu'on prend de la prochaine mort de
l'impératrice est ridicule, car elle se porte bien; le
cardinal en cherche d'autres et n'en trouve pas; mais
enfin il a persuadé le roi de refuser Madame, après
l'avoir accordée, et après avoir, de si longue main,
favorisé leur recherche.

Il est résolu que M. le duc de Chartres ira voyager,
ce qui commencera en avril ou mai prochain; il ira en
Allemagne par l'Italie, c'est-à-dire qu'il passera par
Turin, Milan, Venise, et, de là, à Munich et à Vienne.
Le principal objet de ce voyage est de voir à Munich les
princesses de Bavière, qui sont à marier. On continue
à Munich d'être occupé de l'espérance de marier la
princesse destinée d'abord à M. le duc de Chartres,
de la marier, dis-je, à l'empereur, en supposant tou-

jours le mauvais état de santé de l'impératrice, qui
n'est point comme on le dit. C'est le comte de Bavière[1]
qui est le négociateur de cette affaire et qui y fait tout
de son mieux, traitant la chose de l'électeur à lui. Ce
comte de Bavière est un des plus honnêtes hommes de
la cour, il est le meilleur ami de M. le duc d'Orléans,
et cela depuis sa jeunesse.

Mme la duchesse de Tallard est fort haïe de toute
l'éducation de Mesdames, et de Mesdames elles-mêmes.
Celle qui est en Espagne a fait écrire contre elle ; il y
a déjà bien du temps qu'elle ne lui a écrit, mais elle
écrit toujours à Mme de Ventadour, pour qui l'Espagne
a autant de vénération que la France même. Mme Henriette, qui est ici l'aînée, déteste encore davantage
Mme de Tallard, cette gouvernante intrigante se piquant d'être amie du Chauvelin, mais courtisant néanmoins sans cesse le cardinal. Elle traite ces pauvres
princesses avec indécence, les faisant attendre quand il
faut aller quelque part, suivant qu'elle a en tête une
revanche au piquet ou un coup de cavagnole.

Ce qui regarde la détention du pauvre M. Pecquet
à Vincennes s'éclaircit peu à peu par le néant de l'accusation grave que l'on soupçonnait contre lui. Ce qui
transpire, et à quoi on s'arrête, est d'avoir mal parlé
du ministère de M. Amelot et du système des affaires
politiques. Il se sera confessé à quelque renard :
rien n'est plus dangereux aujourd'hui que la fréquentation des étrangers. Il faut savoir que le cardinal, par

1. Frère de l'électeur. Il avait épousé Mlle de Pontchartrain,
et fut toujours dévoué à la France. Il fut tué à la bataille de
Lawfeldt.

ses singeries et par de fausses confidences, se les gagne tous les uns après les autres, et s'en fait ses espions, surtout des ministres du second ordre. Chacun croit faire très-bien les affaires de sa cour, en se mettant si bien avec le premier ministre de France; il s'en applaudit et il est trompé. Pecquet tenait, sans doute, à quelques-uns les mêmes discours qu'il m'a tenus plusieurs fois, ou en partie; ces discours étaient dédaigneux et dénigrants pour le ministère, au moins d'un sec injurieux, et la délation aura été formelle. On aura cru trouver dans ses papiers des traces d'une correspondance conforme à ses discours, et voilà en quoi on s'est trompé, car rien n'était plus circonspect que lui en démarches et en écritures. Le comble aura été mis à la haine du petit Amelot par cette belle requête dont j'ai parlé, et qu'il a signée, à la tête de ses habitants, contre l'ordonnance de mon frère; et voilà tout, rien autre chose. Cependant il est détenu de très-court et au secret, à Vincennes; il a son valet de chambre avec lui; il n'a ni plume ni encre, mais il a des livres tant qu'il veut, et on les visite beaucoup avant de les lui envoyer.

16 *octobre.* — Le comte de Camas[1], envoyé extraordinaire du nouveau roi de Prusse, a été tellement séduit par le cardinal, qu'il a pris le contre-pied des

---

1. Paul-Henri Tilio de Camas, né en 1688, mort en 1741, officier dans l'armée prussienne, fut admis de bonne heure dans l'intimité du prince de Prusse, ainsi que sa femme, que Frédéric appelait sa *bonne maman.* Leur correspondance avec lui a été recueillie dans les t. XVI et XVIII de ses *OEuvres*, Berlin, 1850, et ann. suiv

intentions de son maître. Il célèbre partout avec fadeur les éloges de ce vieux ministre si odieux à tout le monde. Il est tombé à ce point de sottise qu'il a dit du mal de Voltaire : il a dit au cardinal, qui l'a répété à tout le monde, que Voltaire avait été mal reçu du roi de Prusse, tandis que l'on mande de tous côtés que ce poëte philosophe a été régalé et traité par le monarque mieux encore que l'antiquité ne dit que le divin Platon n'était traité et familiarisé par Denys le Tyran. Ceci fait une bonne tracasserie à M. de Camas dans sa cour : on en mande de belles choses, et, si ce ministre déplaît par là à son maître, il tombe ici à vue d'œil, et on a découvert, au bout de quelque temps, toute sa lourdeur allemande.

Octobre. — La nation anglaise est séditieuse, furieuse, barbare par tempérament, et extrême en tout. Je demande dans quelle occasion la bile de ces nationaux peut avoir été plus aiguisée aujourd'hui dans la conjoncture présente.

Les Anglais se sont crus et vus maîtres du commerce et de la navigation; les Hollandais sont leurs très-humbles serviteurs; ils ont à leurs gages les nations du Nord, excepté la Suède; ils voient l'Espagne mal pourvue de tout et sans défense en Amérique, et la France sans marine.

Ils ont été poussés à bout dans leur navigation en Amérique; les Espagnols les ont traités comme des forbans, enfreignant toutes les lois de la mer et du droit des gens, pour repousser jusqu'au soupçon de fraude de particuliers; ils leur ont pris une quantité prodigieuse de vaisseaux, et maltraité extrêmement les équipages. Enfin les Anglais se sont fâchés ; leur fâcherie a été vive d'un parlement à un autre, le parti national l'a emporté sur le ministériel, les pertes des marchands (et tout y est marchand) ont crié de toutes parts ; on a donc déclaré la guerre de la part de l'Angleterre contre l'Espagne. La première montre de ses forces a effrayé l'Espagne ; on fit un traité, le 4 janvier 1739, au Pardo, par où elle s'humilia et promit des indemnités en argent.

Le parti national et anti-ministériel triomphait ; la nation avait accordé de grands subsides ; il n'y avait plus qu'à poursuivre avec la même verdeur, lorsque l'Espagne y donna lieu. On conclut quelques mois après le traité du Pardo, un mariage entre les maisons de France et d'Espagne, et ces deux nations s'allièrent étroitement par des démonstrations extérieures de joie et d'amitié. Sur cela, l'Espagne chicana pour l'exécution de son traité, et rompit aisément de nouveau avec l'Angleterre, l'Espagne se flattant d'avoir la France pour elle dans cette querelle.

Le parlement, assemblé l'hiver dernier en Angleterre, s'anima plus vivement que jamais pour la guerre d'Espagne, et pour donner réellement des sommes indéfinies pour la faire. La guerre se déclare : qu'avaient à faire le roi et le ministère anglais pour bien servir leur nation et pour remplir ses instructions ? De faire une vigoureuse attaque de toutes parts contre l'Espagne ; d'attaquer, de prendre et de garder des places, et surtout de ne point écouter les fleurettes de la France. Et voilà ce qui leur était le plus recommandé par la nation, et de déclarer plutôt la guerre à la France, au lieu d'écouter ses insinuations.

Bien loin de là, on s'est prêté à diverses propositions d'accommodement que le cardinal a envoyées
en Angleterre, et qu'il a proposées ici à milord Waldegrave. L'Espagne a eu l'air de prétendre à attaquer
au lieu de se défendre ; l'amiral Vernon a eu en vain
en Amérique le grand succès de prendre Portobello,
mais l'a rendu, son escadre obligée de se retirer, mal
pourvue et soutenue ; Haddock n'a pu rien entreprendre dans le sud de l'Europe, et enfin le roi d'Angleterre a passé dans ses États d'Allemagne à se réjouir
pendant six mois, sous prétexte de se liguer avec des
princes d'Allemagne et surtout avec le roi de Prusse,
sans y être encore parvenu.

Le cardinal a dit aux Anglais que, s'ils ne faisaient
point une guerre trop outrageuse aux Espagnols, la
France resterait neutre et ne se déclarerait point pour
l'Espagne, et que l'on proposerait des moyens d'accommodement honorable à l'Angleterre même ; l'Angleterre l'a cru.

Cependant nous avons équipé trente vaisseaux,
douze à Toulon et dix-huit à Brest. Quand on nous
en a demandé raison, nous avons dit que c'était pour
la défensive et toujours la même raison de neutralité.
Les Anglais ayant préparé une grande flotte, nous
avons accéléré nos préparatifs et nos vaisseaux se sont
mis en rade.

Pendant ce temps-là, les armateurs Espagnols (dont
beaucoup sont Français sous pavillon de l'Espagne,
comme ceux de Bayonne) ont pris quantité de vaisseaux d'Angleterre ; les marchands anglais n'ont plus
osé passer d'Angleterre en Portugal, et de là au Levant,
sous l'escorte de l'amiral Haddock ; ils ont attendu le

départ de la grande flotte de l'amiral Norris pour en être escortés, ils se sont morfondus. L'amiral Norris, avec le duc de Cumberland, fils du roi d'Angleterre et grand amiral, ont monté la grande flotte; elle est sortie et rentrée sept ou huit fois à cause des vents contraires, mais apparemment par de fausses finesses, ne voulant garder cette neutralité promise à la France.

Et tant a procédé qu'enfin nos deux escadres sont parties pour l'Amérique, pour s'y combiner avec la flotte espagnole, protéger les colonies espagnoles d'Amérique, et ramener les galions en Europe. Alors chacun s'est regardé, *conticuere omnes*, en Angleterre et en Hollande. La grande flotte anglaise est rentrée tout à fait pour prendre de nouvelles mesures. Pour la France, elle s'est mise à la défensive, on a fortifié les ports et les côtes où on avait à craindre le plus, on a répondu de mauvaises raisons dans les cours où notre démarche a causé scandale. On a pressé le roi d'Angleterre de retourner dans son royaume; il doit y être présentement arrivé (25 octobre 1740). Que dira-t-on, qu'y fera-t-on?

Une colère épouvantable, de la part de la nation, contre la mauvaise conduite du roi et du ministère, et qui pourra aller jusqu'à une révolution totale. Le duc d'Argyle[1], disgracié, remue toute la nation en Écosse; les Anglais crieront sur leur ruine et leur déshonneur

1. Archibald II, duc d'Argyle, longtemps l'un des soutiens les plus zélés du ministère Walpole, lui avait fait une vive opposition dans la session de 1739, et venait d'être privé de tous ses emplois.

après tant de dépenses : Gibraltar est mal pourvu et peut se rendre à l'Espagne par cette mauvaise administration.

Le roi d'Angleterre ne ripostera que de quelques mauvais et infimes traités avec le parti protestant d'Allemagne ; il fera entendre qu'il y a de grandes finesses entre lui et le roi de Prusse, et prendra son texte de l'affaire de Maëstricht ; il vantera un traité qu'on assure qu'il vient de signer avec la Russie. On lui reprochera surtout d'avoir été dupe des finesses du cardinal de Fleury.

Mais n'y a t-il point de revers à ce bon état de nos affaires ?

La nation anglaise, si irritée, peut passer à des efforts inexprimables, elle peut nous déclarer la guerre et ameuter contre nous la meilleure partie de l'Allemagne, et l'Empereur même avec qui nous intriguons si bien. Le cardinal intrigue aussi avec le roi de Prusse, et je sais combien il cherche actuellement à le prendre par ses faibles.

L'Angleterre travaille à une augmentation d'armement qui sera bientôt prête ; une flotte de quatre-vingts vaisseaux ira accabler et détruire notre marine naissante ; on commencera l'affaire de Juliers en nous attaquant par terre ; on pourra attaquer enfin l'Espagne en Italie ; l'Empereur ne pourra résister à la violence des Anglais, qui sont ses plus solides soutiens, dès qu'ils l'exigeront absolument.

Le cardinal a pour lui son trigaudage et sa douceur, sa temporisation et ses vues douces en tout.

Voilà donc un combat de trigaudage et de colère : voyons qui l'emportera.

29 *octobre*. — Les fermiers généraux viennent d'être
obligés de faire un fonds de vingt-quatre millions,
c'est-à-dire une avance envers le roi et un emprunt à
l'égard du public. C'est pour chacun six cent mille livres à trouver. Je demande comment, dans un temps
aussi misérable que celui-ci, on trouve si aisément de
si grosses sommes; car enfin qui est-ce qui prête à ces
gens-là? Ce sont des gens économes qui dépensent
moins qu'ils ne reçoivent, des gens qui, recevant de
gros payements et des remboursements, ne sont ni
envieux de les placer solidement en achats de fonds,
en contrats de constitution et avec privilége, ni scru-
puleux d'en tirer intérêt sans aliénation du capital,
malgré toutes les décisions théologiques, scrupule
dont est imbue toute la robe et la portion des avares
se piquant d'honnêteté. Il faut donc trouver cette
quantité de gens dont je parle, lesquels se confient
aux meilleurs financiers nommés fermiers généraux
et receveurs généraux, à qui ils prêtent leur argent
par simple billet où les intérêts sont compris, et ce,
pour six mois ou un an, et les financiers sont crus si
bons qu'on a leur argent d'eux comme on veut et
comme à une banque. On se passe, avec eux, de notaires, de dates et de toutes les sûretés que la loi a
permises; c'est pour cela que le gouvernement honore
ces gros financiers pour les rendre plus considérables
dans l'usage de leur crédit. Mais, cependant, n'a-t-on
pas à craindre leur mort, leur disgrâce et leur dérangement particulier? Je crois pourtant qu'une partie de
ces billets est solidaire par chaque compagnie; en ce
cas, on tient à la disgrâce de tout le corps et à celle
de l'État. Ces financiers donnent pour principale sû-

reté l'importance dont il leur est de soutenir leur crédit et l'État, la sagesse et le bon esprit qui doivent présider à ces opérations.

Il n'est pas douteux qu'on n'en demande bientôt autant à la compagnie des receveurs généraux.

Mais où trouvera-t-on dans Paris (car ce n'est que Paris seul qui y fournit) assez de gens pour fournir à de semblables prêts, dans un temps aussi misérable, où chacun va manquer du nécessaire, où on ne recevra rien de ses fermiers, par la même raison que le roi emprunte parce qu'il reçoit mal de la campagne? Voilà toutes les sources d'argent : 1° l'agriculture ; 2° les manufactures; 3° le commerce étranger. Ces trois sources sont de plus en plus altérées, et même la première doit être comptée pour rien, dans la famine générale où nous sommes cette année. Les manufactures se ressentent des embarras du commerce étranger, et celui-ci souffre la perte de tout ce qui va et revient d'Amérique par la guerre des Espagnols et des Anglais. Voilà ce qui me paraît devoir retrancher plus qu'aux trois quarts la source et le fond de ce qui fournit à ces prêts.

N'est-il pas à craindre, ou plutôt n'est-il pas certain que notre gouvernement portera son caractère d'imprévoyance, de suffisance et de dureté inflexible dans l'affaire du crédit fiscal, comme il vient de le porter dans l'affaire des blés? Car a-t-il voulu craindre la famine que tout lui annonçait et s'y précautionner? Il a fallu l'arrivée du mal complet pour le porter aux remèdes ; dur aux précautions qui coûtent de l'argent, présumant pour se flatter, court de vues, momentané dans ses opérations, cet objet d'argent en nature le trouvera tel encore plus que l'affaire des vivres qui s'achètent avec de l'argent.

Et encore y a-t-il remède aux blés en l'achetant des étrangers, quelque chose qu'il en coûte, ce n'est que l'affaire de deux à trois millions; mais, en matière de crédit public et fiscal, c'est tout autre chose; qu'on le manque, qu'on le perde une fois, il est perdu sans ressource.

Je dis donc que, si cet emprunt de vingt-quatre millions allait manquer, tout manque. On saura bientôt s'il est raté. On le verra languir, il faudra alors augmenter l'intérêt et même le proposer usuraire; on le saura, on s'en apercevra, les financiers seront décrédités. On sait que ces gens-là ne sont jamais perdus, et que, dans le général, comme dans le particulier, on les sauve de la demande de leurs créanciers par des arrêts de défense. Opinion de discrédit, la vieillesse du cardinal, la réputation de M. Orry, voilà ce qui ébranle un tel crédit, pour peu qu'il soit à fleur de corde. On sait d'abord, et c'est beaucoup savoir sur ceci, que le roi n'emprunte ainsi que pour sa subsistance annuelle. Je dois ajouter encore qu'on est menacé de guerre, et que les nouvelles d'Angleterre vont augmenter l'appréhension tout cet hiver, comme j'ai dit et comme on verra.

Il existerait donc ici une mesure d'emprunt, d'avances, de crédit, de retranchement et de faveur pour les peuples contribuables, qui doit être conduite par les grandes vues, et surtout la prévoyance généreuse et étendue, assaisonnement bien juste dont je crois notre faible ministère peu capable.

Car, quand ces pauvres financiers avanceront toujours leur contingent sans recevoir des peuples, croit-on que leur crédit aille bien loin, et que de simples particuliers, quelque riches qu'on les suppose, puissent aller à fournir des cinquante et soixante millions comptants, sans recevoir de l'autre main? Voilà sur quoi le ministère leur rendra mauvaise justice, quelque oreille qu'il ait pour eux. Ils s'embarqueront de plus en plus par des caresses, des honneurs et par des profits apparents, et enfin concevons que cette opération deviendra difficile par une autre raison, c'est que si on écoute les financiers, ceux-ci ni le ministère n'écouteront pas les besoins des peuples qu'on croira avec dureté moins insolvables encore qu'ils ne le sont.

Voilà donc où j'attends le ministère pour cet hiver.

On vient de donner une déclaration du roi qui sent la ville assiégée ; on ôte tous droits de traverse, péages, etc., sur les grains et légumes, on réduit à l'argent toutes les redevances en blé et grains, et cet argent est réglé sur le pied que le grain valait en janvier 1740, c'est-à-dire que le muid valant aujourd'hui quatre cents livres, il est estimé par là cent cinquante livres : c'est réduction de huit à trois, ce qui altère la foi publique des engagements. Mais, comme je dis, ce sont là des lois de ville assiégée, ce sont des monuments déclaratifs de la haute misère, dont on ne doutait pas, à la vérité, mais qui l'établissent encore plus grande, ce qui influe sur le crédit public et fiscal dont je traite en cet article ; d'où je crains de plus en plus la grande altération du trésor royal.

31 *octobre*. — Voici le plus grand événement qui pût arriver dans le reste de la consommation des siècles. L'*empereur*[1] *est mort* subitement le 19 de ce mois, à midi. Indigestion, goutte remontée, il a passé à l'heure qu'on y pensait le moins. On a d'abord caché cette nouvelle à la cour ; on a vu à Fontainebleau grande émotion, et le cardinal fort triste. Le roi a paru tel aussi, mais, quoique l'événement nous soit favorable, il suffit pour cette tristesse que Sa Majesté soit bien embarrassée à continuer de se servir à présent du cardinal de Fleury : oh! *quantum impar labori!* Comment une vieille tête faible, incertaine et sans principes, avec son petit Amelot, pourra-t-elle se démêler de tant d'intérêts compliqués ? Elle succombera d'abord, seulement à l'excès du travail nouveau. Il faut envoyer de nouvelles instructions à tous les ambassadeurs, il faut écouter tant de gens, se mettre dans la tête tant de nouveaux droits, un travail pressé, une négociation serrée, il n'y a force humaine qui puisse y tenir, à quatre-vingt-sept ans. D'ailleurs, comment se fiera-t-on pour des partis suivis à un vieillard de cet âge? Il faut ici un plan général et long.

Voilà tout à coup toute la base du système du cardinal écroulée par les fondements ; il avait fondé la durée de la paix et l'empire de France, dans les négociations externes, sur notre amitié intime avec l'empereur ; car ce prince avait besoin de nous pour les affaires de sa succession, et voilà les affaires

---

1. Charles VI. Voy., sur cette mort, Voltaire, *Précis du siècle de Louis XV*, ch. V.

de cette succession dans un état d'impossibilité totale. Quant au grand-duc, il y aurait de la folie de le
proposer aujourd'hui pour successeur universel de
l'empereur dans les pays héréditaires, et de là à
l'empire.

Qu'on examine dans quel moment cet événement
arrive et si tous les matériaux pourraient être moins
prêts :

L'empereur épuisé de toutes forces par ses deux
malheureuses guerres contre le Turc ;

Ses deux nièces mariées aux deux princes les plus
puissants d'Allemagne et qui ont de grandes prétentions sur sa succession ;

Les puissances maritimes en jalousie de la France
et de l'Espagne, combinées en mer actuellement pour
donner du dessous à l'Angleterre ;

L'Angleterre en fureur des mauvais succès de toutes
ses dépenses et de la finesse de la France, aussi bien
que de l'air de trahison de son roi et de son ministère,
ayant refusé trois fois la médiation de la France et
la neutralité de Naples, la nation ayant recommandé
d'agir à outrance contre l'Espagne et de déclarer la
guerre à la France au premier signe d'inneutralité, et
cependant la France ayant escamoté le rétablissement
de sa marine, ayant fait partir ses flottes pour l'Amérique, par subtilité, de sorte que l'Angleterre se trouve
présentement *appréhender la marine française*, enfin
la guerre étant prête d'être déclarée par l'Angleterre
à la France ;

La Hollande ne sachant plus que dire de nos démarches maritimes et de notre connivence avec l'Espagne ;

Le roi de Prusse, jeune homme d'esprit, armé et riche prodigieusement;

L'Angleterre en alliance récente avec la Prusse et avec la Russie, venant d'augmenter son alliance avec le Danemark pour augmentation de troupes;

La Bavière, puissante en hommes et en argent, et l'électeur, prince sage et d'élévation, ayant le haut bout du pavé à Vienne, au point de se faire craindre et d'y avoir arrêté toute exécution ultérieure de la pragmatique;

Le roi de Sardaigne, capitaine et soldat, ayant force troupes et argent prêt à jeter sur le Milanais, qui lui avait déjà été cédé par notre traité de 1733;

L'Espagne avide de l'Italie, la reine d'Espagne furieuse de ce qu'on lui a enlevé ce qu'elle appelle son cotillon, Parme et Toscane;

Le roi de Naples assez puissant chez lui présentement pour se jeter sur l'Italie;

La succession du vieux palatin litigieuse et disputée entre le prince de Sulzbach, le roi de Prusse et la Saxe;

Et enfin (voyez quelle bizarrerie), le seul héritier universel de l'empereur, le grand-duc de Toscane, suivant la pragmatique héritier unique de tous les pays héréditaires, sans un homme, sans un sol, sans officiers, sans généraux, et, qui pis est, sans réputation.

Voilà comme notre grand cardinal a préparé les choses pour que cet événement-ci se passât sans guerre. Ou il a visé à la paix, et il a pris le contre-pied; ou il a visé à notre grandeur en troublant tellement les cartes; en ce cas, il a mal disposé les choses pour nous.

Convenons que le caractère de sa politique a été
l'*adresse* pour obtenir de petites choses, plutôt que
les vues et ce qu'on appelle habileté et génie.

5 *novembre*. — Ceux qui arrivent de Fontainebleau,
disent que nos ministres ne savent où ils en sont;
qu'ils n'ont aucun plan, pas le moindre; qu'ils sont
tristes et travaillés de ce coup, la mort de l'empereur.
On ajoute que les actions sur le garde des sceaux
Chauvelin remontent de toutes parts, et qu'on croit
que son retour ne tardera pas, soit à la barbe du cardinal, Son Éminence présente souffrant cela et même
paraissant le demander, et se raccommoder avec lui,
soit par la retraite insensible dudit cardinal qui
s'avouera *impar oneri*, et par âge et par génie. Prétexte
encore pour quitter : le cardinal avait mis toute sa
politique dans notre liaison avec l'empereur, ce monarque meurt subitement, tout est changé, tout
change. M. Chauvelin avait été bon à éloigner quand
on voulait s'accommoder avec l'empereur et que
Sa Majesté Impériale se fiât à nous : ce ministre avait
été regardé comme son ennemi capital; on le lui
avait sacrifié; mais, à présent, il s'agit au contraire
d'être en concert parfait avec l'Espagne : cela demande M. Chauvelin que l'Espagne a cru être dans
ses véritables intérêts.

Et, si le bien des affaires veut qu'on rappelle cet
habile ministre, il veut qu'on se passe d'un si imbécile politique qu'est ce petit Amelot qui n'y entend
précisément rien.

M. Amelot a fait un quiproquo capital contre Mme de
Mailly. Cette dame avait dit à M. de La Chétardie

qu'elle voudrait avoir une garniture de fourrures et une ou deux belles robes de perse ; que cet ambassadeur lui en expédiât de Pétersbourg et lui envoyât le mémoire, pour le payer, à son banquier. M. de La Chétardie a fait la sottise de parler de cette commission au duc de Courlande, favori de la Czarine, qui s'est dépêché de faire le plus bel assortiment du monde de fourrures et de perses, et on en a fait un ballot qui arrive à Paris. M. de La Chétardie a fait une autre sottise, c'est qu'il a cru agir prudemment de le mander à M. Amelot, et, à la fin de ses dépêches, il y a que le ballot du duc de Courlande pour Mme de Mailly vient d'être mis sur tel vaisseau. M. Amelot, soit fausse circonspection, soit quiproquo, lisant au conseil les dépêches de M. de La Chétardie, a lu ladite apostille du ballot de Mme de Mailly, et à l'instant tout le monde s'est regardé au conseil. Le cardinal a froncé le sourcil, et a regardé le roi en précepteur sévère ; le monarque a rougi et est devenu tout triste. M. de Maurepas a assuré le roi que c'était un quiproquo que cela. L'après-dînée et le soir à souper, le roi a fait une mine épouvantable à sa maîtresse ; M. de Maurepas n'avait pas manqué de l'avertir de l'affaire. A souper donc, le roi a fait plus, il a tiré continuellement sur Mme de Mailly, l'a traitée avec dureté, et comme une femme avec qui l'on veut se brouiller ou avec qui on l'est.

Tout à coup elle s'est élevée, et elle avait beau jeu, étant aussi blanche de cette affaire ; elle avait des lettres de M. de La Chétardie, prouvant qu'elle n'avait jamais demandé de ces nippes que comme commission qu'elle devait payer ; que c'est par un zèle plat que

La Chétardie en avait parlé au duc de Courlande, pour
lui attirer un présent; que dès que cela arriverait elle
le jetterait dans la rivière; qu'elle n'était pas en faveur
à présent, qu'on le savait bien; qu'elle ne faisait point
d'affaires; que son mari n'était point ministre, que
cela était bon pour Mme de Maurepas qu'on savait
bien qui prenait un tribut de chaque vaisseau du roi,
Mme Amelot de chaque cour d'Europe, et Mme de
Fulvy de toutes les parties du monde et de chaque
province du royaume.

Le roi a ordonné que tout fût prêt à Choisy pour
qu'il y allât coucher le douze de ce mois, lendemain
de la Saint-Martin, cependant avec incertitude de ce
voyage, ce qu'on croit regarder encore la retraite du
cardinal.

M. Bachelier est gai, content et haut, à ce qu'on m'a
assuré; sa faveur et la confiance du roi pour lui, ses
pourparlers d'affaires vont plus que jamais avec Sa
Majesté.

Le pillage des provinces par les Orry et Fulvy est
pire que jamais. Le Berry est dans une désolation
épouvantable; il y règne une misère sans exemple.
On trouve partout des gens attristés et chargés par le
contrôleur général d'acheter des blés dans les provinces, sous prétexte d'assurer la subsistance de Paris, et,
avec ces enlèvements qui achèvent d'ôter aux provinces le peu de subsistance qu'elles avaient, on ne
voit pas le pain diminuer à Paris. Il est toujours à
cinq sols moins un liard. On ne voit pas l'effet des
blés étrangers qui sont annoncés dans les Nouvelles à
la main. On vole dans Paris partout dès que la nuit
est arrivée; on n'y rencontre plus personne dès sept

heures du soir. On a ordonné que les Suisses fissent
la patrouille, outre le guet de Paris.

— J'apprends que le Cardinal a commencé par
faire déclaration à M. de Lichtenstein que la France
soutiendrait ses engagements *totis viribus*. Cet ambassadeur dit que le grand-duc a présentement cinquante mille hommes bien assurés et dont il peut
disposer. Il suppose que ce prince a à lui toutes les
troupes des pays héréditaires de l'empereur. Cela
suppose que les pays restent bien fidèles à l'archiduchesse aînée et qu'on a partout des hommes bien assurés. On attend avec impatience ce qui se sera passé
dans les Pays-Bas à Bruxelles ; on ne doute pas que
l'archiduchesse, le duc d'Aremberg et le comte d'Har-
rach n'aient fait déclarer ce pays-là pour la pragmatique. Resteront d'autres pays plus difficiles. Il faut
considérer que partout là le pays est contre la domination autrichienne, et, par conséquent, contre ce qui
lui succède, et je doute qu'il y ait là assez de forces
pour contenir des pays si mal disposés.

L'archiduchesse grande-duchesse, a commencé par
prendre le titre d'administratrice générale des pays
héréditaires ; cette façon de faire tomber en quenouille
des fiefs masculins d'Allemagne choquera certainement et révoltera au bout de peu de temps.

On dit que l'électeur de Bavière n'est pas aussi fort
que l'est aujourd'hui le grand-duc.

Le roi de Prusse tient conseil et tâte l'Angleterre et
la Hollande. On croit que les Anglais vont pencher
pour lui ; qu'en un mot toute l'Europe réunie va concourir à faire un empereur aussi fort que le précédent,

pour contre-peser la maison de France. Mais je demande comment ils s'accorderont. Sera-ce pour la
Bavière qui est forte, sera-ce pour la Prusse qui est
riche et protestante, mais qui peut se faire catholique?
Sera-ce pour le grand-duc pour qui ils ont garanti la
pragmatique? Je soutiens cet accord impossible dans
l'humanité ; trop de vues, trop d'intérêts, trop d'incertitudes dans les forces balanceront un parti net à
prendre.

Je dis qu'on va nous accuser de malice si nous soutenons le plus faible, qui est le grand-duc, puisqu'il n'a
pour lui qu'une autorité précaire d'opinion et en l'air,
tandis que les autres ont des forces acquises et en
propriété.

On prétend que l'empereur, avant de mourir, a signé le contrat de mariage de la seconde archiduchesse
avec le prince électoral de Bavière ; j'en doute, et cela
me paraît impossible.

6 *novembre.* — J'apprends, et j'ai preuve en main
chez un de mes amis, qu'un subdélégué de mon frère,
ayant découvert un amas considérable de blés dans
l'élection de Paris, l'a mandé à mon frère, son intendant, lequel a ordonné qu'on prît ce blé, qu'on le
vendît au marché et qu'on distribuât l'argent aux pauvres. A l'instant, ce subdélégué a reçu des lettres de reproches et d'injures de la part de M. Orry, contrôleur
général, avec menaces de ressentiment. Ces amas-là se
font par ordres secrets ; pareille chose est arrivée en
plusieurs départements, et on en parle du reste. Peut-
on imaginer que le gouvernement veuille gagner d'une
telle détresse? Non, mais c'est l'avarice publique qui

cause de telles opérations. Le ministère craint qu'il ne lui en coûte trop pour les blés qu'il fait venir de l'étranger, et il a résolu de soutenir le pain à cinq sols par tout le royaume, d'ici à la prochaine récolte, car avec tout ce qu'on dit qu'il en vient à Paris par la rivière, il reste toujours au même taux et augmente plutôt d'un liard qu'il ne diminue de deux.

La misère est effroyable en plusieurs provinces du royaume[1]. L'abbesse de Jouarre m'a dit hier que, dans son canton, en Brie, on n'avait pas pu ensemencer la plupart des terres.

Tout semble aller bien pour le grand-duc. On a pris le parti de déclarer l'archiduchesse grande-duchesse reine de Bohême et de Hongrie et administratrice générale des pays héréditaires. On affecte de dire que le grand-duc ayant demandé à M. de Zinzindorff qu'est-ce donc qu'il serait, il lui a été répondu : « Le mari de l'archiduchesse. »

Par là, on fait oublier, pour quelque temps, le peu d'estime attaché au nom et à la personne du grand-duc, au lieu que le nom et le sang d'Autriche de l'archiduchesse impriment dans les esprits allemands du respect pour l'archiduchesse. Assurément l'empire d'Allemagne ne paraissait pas devoir tomber ainsi en quenouille. La mort du feu empereur, qui avait obtenu estime et respect, touche les cœurs allemands pour ces

1. Nous pourrions multiplier les témoignages à cet égard. En voici un que nous trouvons dans les *Manuscrits Joly de Fleury*, Bibl. imp. t. CXCIX, f° 163. A Saumur, le nommé Urbain Percheron ayant été condamné à mort pour vol avec effraction, on fut obligé de lui faire grâce, parce qu'il fut reconnu qu'il avait volé pour manger, et qu'il n'avait pas mangé depuis trois jours.

restes précieux du sang autrichien. Certes, ceci est
imaginé avec esprit et sentiment.

Par là, on présentera à la diète électorale cette
archiduchesse et ensuite son mari, comme éligibles à
l'empire, à quoi on ajoutera bientôt la crainte pressante de la maison de France.

On doute si les Anglais voudront, si promptement
que je l'ai dit, faire la paix avec l'Espagne. Le parti
autrichien ne manquera pas de leur représenter que
c'est là ce qu'ils peuvent faire de plus fort pour eux
que d'occuper l'Espagne et la France par mer, en em-
pêchant l'Espagne de se jeter sur l'Italie; à quoi joignant quelques secours d'hommes et d'argent en
Allemagne, fortifiant l'escadre de l'amiral Haddock,
pour empêcher la communication de l'Espagne avec
l'Italie, faisant craindre à notre timide ministère de
risquer les galions, cherchant à faire périr notre
marine naissante, voilà la maison de France tenue
en brassière. D'ailleurs ils connaissent toute l'étendue de notre misère intérieure et notre pénurie en
argent.

On m'a assuré que les Anglais n'étaient pas à beaucoup près si mal que nous le croyons ici, car leurs
deux grandes branches de commerce vont toujours à
merveille, savoir : la fraude en Amérique et le commerce d'acier. Enfin ils ont beaucoup d'argent inté-
rieurement.

Eh! quoi, laisserons-nous ainsi passer ce grand
événement de la mort de l'empereur sans y rien gagner ni pour nous, ni pour l'Espagne ?

Tout va se liguer contre la France. On se servira
du moment présent de la guerre maritime, où elle

vient d'escamoter le rétablissement de sa marine et de secourir frauduleusement l'Espagne, on s'en servira, dis-je, pour représenter les mêmes ressorts qu'il y eut à l'élévation de Charles VI, savoir, combien il est pressant d'abaisser la Maison de France, et chacun se prendra par ce point d'honneur, la nécessité de faire *un empereur puissant.*

Voilà où nous aura conduits notre imbécile ministère, sous prétexte de candeur et d'amour de la paix universelle !

Au lieu de cela, il fallait achever de chasser l'empereur de l'Italie, comme avait si bien opéré M. Chauvelin, et ne point acheter la Lorraine (que nous eussions toujours eue en cette occasion) par la défection à nos alliés ; il fallait achever d'accommoder l'Espagne et l'Angleterre, l'an passé, au lieu de faire un mariage ; il fallait ne point garantir la pragmatique ; il fallait resserrer nos nœuds avec la Suède ; il fallait enfin bien gouverner le dedans du royaume par un autre que par des Orry ; et nous eussions fait tout ce que nous eussions voulu de l'Allemagne en cette occasion-ci.

— La maréchale d'Estrées a dit hier à un de mes amis, qu'elle ne croit pas être tel, qu'elle avait envie de me connaître davantage ; qu'on s'apercevait parmi les dames qui fréquentaient davantage le roi, que Sa Majesté entendait parler de moi volontiers, et que, quoiqu'elle ne répondît rien sur mon compte, et qu'elle ne parlât pas à cause de ma situation présente avec le cardinal, cependant elle interrogeait et prenait un air de satisfaction qui se remarquait quand ces dames parlaient de moi, ce qui était de bon augure et faisait

croire entre elles que Sa Majesté m'avait dans la tête
pour le ministère qui suivrait celui-ci, contre lequel
le mécontement était si général.

8 *novembre.* — Les actions de M. Chauvelin remontent publiquement dans le bas peuple, dans l'étage
moyen et à la cour. Publiquement on en parle dans
les cabinets du roi, et on s'y plaint devant le roi du
mauvais ministère qui réussit si mal. Celui des Orry
est détesté, et il ne tient à rien que le peuple ne les
déchire à belles dents. On voit des manœuvres gros-
sières et surprenantes, des amas de blés impunis,
ou plutôt dont on menace les magistrats qui les dé-
couvrent.

Mme de Mailly, ayant protégé ouvertement M. Turgot pour l'intendance de Paris, avait beau jeu à parler
d'un homme si chéri du peuple et qui a si bien réussi
dans sa charge ; mais le cardinal l'ayant emporté en
faveur de mon frère, cela a mis également mon frère
en butte à la maîtresse, et M. Turgot en butte au cardinal qui est très-piqué contre lui.

Le roi est pensif et d'un chagrin qui se renouvelle à
tous moments, à la vue d'une si prodigieuse misère et
de tant de dangers qui nous menacent au dehors, au
moins à la perte totale de sa gloire, dans une conjoncture comme celle de la mort de l'empereur. Il voit
que le cardinal est la cause unique de toute cette ré-
probation, que sous lui les honnêtes gens et les habiles
gens sont proscrits, et qu'on n'y récompense que les
fripons.

Voici deux relais de nouveaux fléaux qui nous menacent pour cet hiver : la déclaration de guerre de

l'Angleterre et l'impossibilité des recouvrements avec
l'épuisement de tout crédit des gens de finance.

La servitude du roi sous le cardinal augmente par
différents traits. L'autre jour, à la chasse, le roi, en
badinant, dit au comte de Saxe ? « Le roi, votre frère,
voudrait bien être empereur, n'est-ce pas ? » Le comte
de Saxe lui répondit : « Sire, il sera ce qu'il plaira à
Votre Majesté. » Revenu au château, il dit cela à son
ami le duc de Gévres qui lui dit que vraiment il fallait aller reporter cela sur-le-champ au cardinal, et l'y
mena. Le cardinal trouva cela grave, et, le lendemain,
il lava la tête à son roi sur son indiscrétion, et le roi
prit la chose en patience. Voilà quelle est encore la
bassesse des courtisans plus que jamais, et quelle est la
bonté et la patience du roi.

L'évêque de Montpellier[1] tourmente tout le monde
dans son diocèse pour la Constitution et fait des friponneries pour cela. Personne ne va à l'évêché et serait déshonoré dans la ville, s'il y allait. Cependant
le cardinal vient de lui donner une grosse abbaye,
car, comme je dis, il ne récompense que les fripons.

10 *novembre*. — On avait dit faussement, sur
la foi d'une lettre que le maréchal de Broglie avait
écrite, et dont j'ai vu la copie, que l'empereur avait
signé le contrat de mariage de sa seconde fille avec le
prince de Bavière, un peu avant de mourir; qu'il lui
donnait l'Italie, et qu'il marquait combien il souhaitait
que l'électeur de Bavière devînt empereur.

L'empereur n'a fait qu'un mot de testament pour

1. Georges-Lazare Berger de Charency.

distribuer l'argent de ses épargnes aux pauvres Espagnols qui sont restés attachés à son sort ; au reste, ce
qu'il a dit de dispositions verbales a été secret entre
l'impératrice-archiduchesse et son époux.

L'archiduchesse grande-duchesse est devenue une
grande princesse ; les États de Bohême l'ont reconnue
tout d'une voix pour leur souveraine, ainsi que la Hongrie. Elle enverra son ambassadeur à la diète électorale, et ce sera la première fois qu'on y aura vu une
électrice.

Tout se passe fort tranquillement jusques ici de la
part de la Bavière, et il en arrive qu'on lui assure
quelque chose sous main, ainsi qu'à l'électeur de Saxe.
Ainsi, tout le parti catholique se tenant ferme, rien ne
branlera, dit-on. Les commencements de l'avénement
de Philippe V à la couronne furent ainsi d'une tranquillité totale.

Le grand hiver a commencé cette année, en France,
le 4 octobre, et a continué ainsi jusqu'à cette heure. Le
froid augmente et devient terrible. Nous sommes menacés de tous les fléaux à la fois.

Dans le Languedoc, la Provence et le Dauphiné, on
nage dans l'abondance de tout. On a continué de
prendre des blés en Barbarie en échange d'autres
choses; ce commerce étant libre, on n'y manque jamais.

14 *novembre*. — On ne parle que des horribles
manœuvres de MM. Orry. Il revient de tous côtés que
ce sont eux qui veulent la cherté et qui la produisent,
par suite peut-être d'un faux raisonnement économi-
que, comme on en voit tant depuis que la robe gou-

verne le royaume, comme de dire que si le pain devenait à trop bas prix, on en manquerait. Il y a un M. de
Vaton[1], depuis peu prévôt des marchands, dont je connais l'esprit sophistique; il dit partout que cherté produit abondance et que l'appât du gain attire le blé au
marché, soit avarice naturelle du cardinal qui ne veut
pas sacrifier quelques millions du trésor royal, et même
qui voudrait que le roi gagnât quelque chose aux secours de blés étrangers qu'il fait venir, soit avarice infâme, sordide, insatiable et prodigue de M. de Fulvy
qui procure cette continuité de cherté, mais enfin cela
perce de toutes parts, cela va au peuple qui murmure
et qui bientôt se déchaînera et pourra déchirer ces
gens-là. On en voit des traits de tous côtés. Des
subdélégués que je sais ayant procuré, par leur
mesure et leur présence, amendement au prix du
blé dans leurs districts, on leur a demandé de quoi
ils se mêlaient, et on les a menacés de les en faire
repentir. On sait dans le peuple qu'il se faisait des
amas, et qu'il y avait un bureau vers le canal d'Orléans, où l'on amassait de quoi donner le taux de
cinq sols au pain, et ainsi on peut compter que le
ministère a résolu qu'il reste à cinq sols pendant
tous les dix mois qu'il y a à passer jusqu'à la prochaine récolte. Cependant on leurre le peuple de
le faire amender; on affecte de publier dans les ga-
zettes qu'il amende aux marchés de Paris et qu'il en
vient quantité des pays étrangers, ce qui est vrai en

---

1. M. de Vaton, maître des requêtes et intendant de Tours,
remplaça, en août 1740, Michel-Étienne Turgot, comme prévôt
des marchands.

effet. De plus, c'est le ministère qui a empêché les approvisionnements à propos cet été, et cela par avarice et imprévoyance. Ensuite, se voyant pressé par la crainte de manquer réellement à Paris, M. Orry a fait tirer des provinces le peu de provisions qu'on y avait dans les grandes villes, et par là y a apporté la disette, comme à Tours, à Soissons, etc., sans procurer pour cela l'abondance à Paris, ce qui est horrible. Dans plusieurs cantons, les habitants ont dit qu'ils avaient encore des armes et des bâtons pour empêcher que le Orry ne leur enlevât leur pain. Aussi a-t-on été obligé de faire quantité de manœuvres pour le transport de ces blés. On a fait couvrir le froment d'avoine, mais on a su et on sait partout cette manœuvre. M. Orry est en exécration par tout le royaume, et il est à craindre une révolte générale.

Les intendants qui sont honnêtes gens, et moins dépendants du contrôleur général, ne s'étant point prêtés à ces manœuvres, voient chez eux le pain à un meilleur compte et le font baisser de bonne foi. Ceux qui s'y prêtent haussent les épaules de tout ce qu'ils voient et en disent leur pensée à leurs amis.

Il faut considérer que nous sommes gouvernés par les gens du plus petit esprit et les plus durs de cœur qui se soient peut-être encore ramassés dans le royaume. Les deux frères Orry, M. Amelot, M. de Maurepas, M. Fagon et M. de Vaton, prévôt des marchands, sont tous de la même pâte, surtout ce dernier qui, par sa place et avec son esprit sophistique, a pris le dessus dans les délibérations, ainsi que M. Fagon par sa présidence du commerce ; ce sont des gens inhumains et malins, et capables de causer seuls la misère à plaisir.

Il est admirable à quel point le peuple français est sot et doux. On avait toujours dit qu'il était si dangereux de toucher aucunement au pain; cependant voilà le monopole et comme une gabelle de pain ouverte, où tout se passe en douceur et en misère.

Ce bon M. Turgot, prévôt des marchands, tandis qu'il a eu cette place dont il sort, avec son bon esprit, empêchait tout cela, et tout se passait loyalement.

Cependant le roi se perd de plus en plus de réputation, il voit son royaume périr, et au lieu de changer, il laisse tout faire. On dirait qu'il affiche l'imbécillité et la sottise; car, à présent, il parle beaucoup de ses affaires avec ses petits amis, comme de pair à compagnon, et c'est bien pire que quand il n'en parlait point. Il répète mot pour mot ce que lui suggère le cardinal.

Voici quelques-uns de ces méchants propos. Ses chasseurs lui dirent dans sa calèche, après la mort de l'empereur : « Mais, Sire, nous allons avoir la guerre. » Le roi répondit : *Oh! quand un grand roi ne veut pas avoir la guerre, il ne l'a pas.* — Mais, lui dit-on, Votre Majesté est garante de la pragmatique. — A cela le roi répondit : *C'est que nous sommes plusieurs puissances qui l'avons garantie, et nous nous en tirerons comme nous pourrons.* — Mais, lui dit-on, le grand-duc ne pourra être élu empereur. — Le roi dit : *Ma foi, ce sera qui voudra, hormis que ce ne voulût être un protestant, car, pour cela, je n'entendrais pas raillerie.* »

Je ne puis croire autre chose, sur cela, sinon que le

roi attrape tout le monde et cherche à faire tomber
le cardinal dans le mépris en répétant ses propres
paroles. Mais quand finira cette comédie ?

Le cardinal se déclare immortel, il rajeunit, il ne
radote brin ; il venait ci-devant de Fontainebleau à
Issy en deux jours ; avant-hier, il alla tout de suite de
Fontainebleau déjeuner à Issy, et déroba cette marche
au peuple qui l'attendait dans les faubourgs de Paris
à Ville-Juif, où il devait coucher au séminaire de Saint-
Nicolas.

Avant le voyage de Fontainebleau, le cardinal passant, dans sa chaise, du séminaire d'Issy, où il travaille et mange, à la maison du maréchal d'Estrées dans
le village où il couche, on tira un coup de fusil dans sa
chaise à porteurs, dont les glaces furent cassées. Il arriva plus mort que vif. On a caché cela soigneusement.

Les Noailles sont actuellement dans l'intrigue la
plus violente : comme M. de Charost se meurt, il s'agit
de sa place de chef du conseil royal, et d'une place
de ministre au conseil : débat à cette occasion. Le
maréchal de Noailles remue ciel et terre pour cela ; il
a enfourné l'affaire des bâtards pour régler le rang de
M. de Penthièvre avant de le marier, et cela lui retom-
bera sur le corps. Son fils, le duc d'Ayen, fait l'amoureux de Mme de Vintimille, sœur de Mme de Mailly.
Par ses conseils, elle cherche à supplanter sa sœur,
et toutes les confidences du roi vont à elle. On ne sait
ce qui en sera. Mais, pour moi, je ne puis croire autre
chose, sinon que le roi, avec des conseils plus fins et
que je sais, les trompe tous. M. le duc de Châtillon se
dispose à demander aussi la place de chef du conseil
du roi, et il aura le cardinal pour lui, mais le duc de

La Rochefoucauld a parole du roi, et nous verrons comment cela se passera. Voilà encore une bonne lance à rompre du roi au cardinal, comme quand Sa Majesté a fait de Breteuil ministre de la guerre.

18 *novembre*. — Quel voyage, dit-on, que celui de Fontainebleau que Sa Majesté vient d'y faire! Combien il s'est dégradé parmi ses sujets, ainsi que parmi les étrangers! Il valait mieux qu'il ne parlât point, comme autrefois, que de parler, comme il fait à présent, sur les affaires d'État et de l'Europe. Le cardinal et ses partisans savourent ces traits, ils accréditent de plus en plus leur système, que le cardinal a une puissance légitime et agréable aux sujets du roi. Qu'a-t-on à se plaindre de son ministère? Répond-il de l'inclémence du ciel? Il y fait ce qu'il peut, il n'en sait pas davantage, il a de bonnes intentions, il est bon homme. D'autre part, que dit-on toujours? Quel roi nous attend après lui! Quel gouvernement! Un enfant imbécile, un homme borné, qui vit sans dignité, qui encore a ajouté le libertinage, la crapule, et le manque de majesté au manque de talents.

Cependant Bachelier a plus que jamais la confiance et la faveur de son maître. Un de mes amis le vit l'autre jour entrer chez Mademoiselle, où il avait, dit-on, tout à fait l'air d'un gouverneur.

On sait à présent que c'est M. de Maurepas qui est la vraie cause de la détention de Pecquet à Vincennes. C'est lui qui a fait la harangue au cardinal, pour déclarer que le ministère n'allait plus, si on laissait gourmander les secrétaires d'État par leurs premiers commis, comme il prétend que ce Pecquet s'est moqué

de M. Amelot, ne voulant faire qu'à sa fantaisie un
mémoire que lui avait demandé M. Amelot. Celui-ci,
lisant ce mémoire, le déchira et le jeta au feu; Pecquet en avait gardé copie et la redonna au cardinal.

Ce M. de Maurepas se met bien des iniquités sur le
corps, il tracasse dans tous les partis à la fois, et il
court grand risque d'être déplacé à la prochaine révolution du ministère. En effet, où ne trouvera-t-on
un meilleur homme et qui remplisse pour le moins
aussi bien que lui le ministère de la marine? Il ne nous
faut que des esprits justes et des cœurs droits? Nous en
avons plusieurs, comme M. de Courteilles[1].

Les Orry sont devenus l'horreur du peuple; on ne
parle plus que de les déchirer. Ils sont bien hardis : le
contrôleur général vient de faire supprimer ce qu'on
appelle la grande police, par où le premier président,
le procureur général et les autres premiers magistrats
de Paris s'assemblaient pour la police des blés. M. le
cardinal leur a déclaré que cela ne faisait que de les
embarrasser, et que M. Orry leur déclarerait ce qui
se serait résolu. Je veux croire que ces magistrats déli-
béraient souvent en petit, mais c'était une grande consolation pour le peuple, et c'est une grande crainte
que de se voir, sur la subsistance, entre les mains
du seul Orry.

Il est honteux et scandaleux tout ce que M. de Fulvy
gagne sur la compagnie des Indes qui lui est confiée.
Il a fait venir du port de Lorient des ballots énormes
de marchandises, et on porte partout dans les maisons
des étoffes de contrebande à vendre à son profit.

1. Conseiller d'État, intendant des finances.

Il paraît un manifeste[1] de la part de la France, touchant le départ de nos escadres pour l'Amérique. On a prétendu y montrer sagesse et impartialité; cependant on y lit de perpétuelles invectives contre les Anglais; on y dit qu'ils veulent se rendre les maîtres du commerce du monde; on y parle de leurs fraudes, de leur mauvaise foi et de leur arrogance. La plume a emporté, et ce n'était certainement pas cela qu'on voulait dire. Leur escadre vient de partir aussi et a débouché le 6 novembre hors de la Manche. Elle va droit attaquer notre flotte en Amérique pour commencer la querelle, et sans autre déclaration de guerre. On compte qu'avec la flotte de l'amiral Vernon, les Anglais ont soixante vaisseaux de ligne et huit mille hommes de débarquement, et que nous autres, nous n'avons, étant combinés avec l'Espagne, que quarante vaisseaux de guerre.

On est certain à présent que l'empereur avait signé un traité avec l'Angleterre et nous allait déclarer la guerre quand il est mort. Cela fait grande honte à la politique de M. le cardinal, et c'est sans doute pour en avoir averti que le pauvre Pecquet est tombé en telle disgrâce. C'est peut-être aussi pour la fabrication de notre manifeste qu'il a contesté avec M. Amelot, comme je viens de le dire.

On a eu nouvelle certaine, le 15 de ce mois, que la

---

1. *Manifeste du roi, au sujet du départ des escadres de Brest et de Toulon.* S. l. n. d., in-4. Une note manuscrite de Cangé, sur l'exemplaire de la Bibliothèque impériale, porte : « Cet écrit a paru à Fontainebleau, le 11 novembre 1740 ; il a été imprimé chez Coignard, par ordre de M. Amelot. »

czarine est morte le 28 octobre[1]. Cela ne changera
rien aux affaires; le ministère allemand continue à
gouverner la Russie, sous le nom du petit prince de
huit mois à qui cet empire a été conféré. La Russie a
cinquante mille hommes à porter au dehors et pour
assister l'archiduchesse.

Les affaires de la maison archiducale vont un grand
train, et voilà cette pragmatique qui passait pour si
extravagante, qui aura un plein succès. Tout le monde
se soumet à la reine de Bohême; dans quelques mois,
elle va associer son époux à ses couronnes, et alors
il aura voix active et passive au collége électoral. A ses
forces internes se joignent celles de l'Angleterre, de la
Hollande, du Danemark, de la Russie, et, par-dessus
cela, le roi de Prusse qui y mettra le comble, voyant
qu'il n'y a rien à faire pour lui à la couronne impériale, et il stipulera seulement d'être bien traité pour
la succession de Juliers. Tout le parti protestant et
anti-bourboniste crie qu'il faut au monde un empereur puissant, et ils le trouvent dans le grand-
duc.

L'Espagne est tenue en brassière par la guerre des
Anglais, elle est privée de ses revenus d'Amérique et
de toute communication en Italie. Tous les prétendants
aux objets de la pragmatique sont trop faibles séparé-
ment et trop isolés pour agir chacun en droit soi. Tels
sont la Saxe, la Bavière, la Sardaigne et don Carlos.
Personne n'osera commencer le branle. Le dehors va

---

1. Anne Iwanowna, née en 1693. Elle laissa le trône à son petit-
neveu, Jean III, mais bientôt une conspiration y porta Anna Pe-
trowna, la plus jeune des filles de Pierre le Grand.

soutenir fortement les forces du dedans. Qu'a pour elle l'archiduchesse ?

L'avenir aura honte des fautes et de la lâcheté de notre ministère qui a pris de si mauvaises mesures. Nous seuls pourrions soutenir la Bavière et l'animer, ainsi que les autres antagonistes de la pragmatique ; mais dans le temps où nous sommes, nous nous tiendrons sur le mont Pagnotte, comme l'a dit le roi à un souper, devant ses courtisans. Quelle conduite ! Tout ne demanderait qu'à aller, animer et fortifier le plus faible, rompre la glace, diviser le grand morceau des États autrichiens ; voilà à quoi nous n'arriverons point, et quelle occasion perdue !

20 *novembre*. — On a fait la ponction au cardinal : il n'est sorti de son hydrocèle que de l'eau rousse. L'abbé Couturier a dit à Issy, au coucher, à M. l. D. D. que sa tête s'affaiblissait, ainsi que toute sa machine, et que cela n'allait pas bien. Ce matin, il avait l'air frais ; ce soir, je viens de le voir passer tremblottant à son ordinaire et entrant chez le roi pour le travail, avec un teint hâve et plombé.

Son insolence augmente : qu'on en juge par ceci : M. le duc d'Orléans alla jeudi à Issy, ayant à parler à l'abbé Couturier pour une charité ; il crut qu'y étant il devait demander le cardinal. Au bout de quelques propos, le cardinal lui dit : « M. le duc de Chartres est grand et fort, ne songez-vous pas à le marier ? Le roi a songé à lui donner Madame, mais à présent il ne le veut plus. » M. le duc d'Orléans n'eut pas la présence d'esprit de lui demander pourquoi ce refus, et de quoi le premier ministre y avait influé. Son Al-

tesse Royale dit seulement : « Eh bien! je suis résolu
à faire voyager mon fils au mois d'octobre prochain
en Italie et en Allemagne. » Le cardinal fit des difficultés sur le cérémonial dans les cours. Le prince répondit qu'il serait dans tout l'incognito qu'on voudrait. Le cardinal dit encore : « Et avec qui se fera ce
voyage? » Son Altesse répondit : « Avec M. de Balleroy, son gouverneur, et avec M. Du Guesclin, celui de
mes gentilshommes qui lui est le plus attaché. » Inter-
rogations, dont on voit, comme je dis, toute l'insolence, ainsi que la patience du prince à y répondre.
Le cardinal rêva ensuite et lui dit : « Monsieur, vous
savez qu'un prince ne saurait se marier sans l'agrément
du roi. » Le prince répondit qu'il le savait mieux que
personne, mais que le roi ne pourrait savoir, comme
M. le duc de Chartres, si la femme qui lui était destinée était jolie. On voit encore qu'en lui demandant
qui accompagnerait M. le duc de Chartres, il voulait
désigner que la personne de son gouverneur, M. de
Balleroy, lui était fort désagréable.

Il y a grande apparence à présent, ai-je soutenu à
M. de Balleroy, que le cardinal savait déjà tous ces
mystères-là, par la façon dont il a interrogé M. le duc
d'Orléans; or, comment le savait-il? Ce prince est
fort peu maître de son secret, il conte ses affaires
souvent à des gens subalternes et qui n'y ont aucunement affaire. Il a par exemple conté à sa mère qu'il
avait été refusé de la seconde princesse de Bavière
dont j'ai parlé.

Sur-le-champ le dépit a pris à M. le duc d'Orléans,
et il s'est retiré à Sainte-Geneviève pour huit jours,
affectant de ne plus guère mettre le pied au conseil,

et il y doit rester jusqu'à la Saint-André. Cependant
le bruit est grand à Paris que, mécontent de ce qui se
passe au conseil, du peu de sensibilité qu'il y trouve
aux malheurs publics, et encore moins d'expédients
pour remédier aux maux du dedans, et pour pourvoir
à la gloire du dehors, ce prince se retire des affaires
et n'a plus que des prières qu'il adresse à la patronne
de Paris, pour demander à Dieu de détourner tant de
maux de dessus notre royaume. Le cri public s'en élève
et passe promptement de la ville à la cour, ce qui fait
la grande force de ce prince, et ce qui mine celle du
vieux cardinal.

M. de Maurepas, le plus indiscret ministre qu'il y
ait encore eu en France, se vante à ses amis particuliers que c'est lui seul qui a escamoté au cardinal le
rétablissement de notre marine et le départ de notre
flotte pour l'Amérique, et, de ses petits amis, cela passe
au public et revient au cardinal qui croit bientôt trouver
dans ledit Maurepas la même hardiesse et la même
subtilité à oser prendre sur lui, qu'il a tant réprimée
dans M. Chauvelin.

Le duc d'Ayen a dit tout à l'heure à…. qu'il savait
une belle anecdote qui est que M. de Lichtenstein
n'aurait su la mort de l'empereur que par M. de
La Briffe, amant de Mme Amelot, qui le lui avait appris en confidence. Cette nouvelle chemine et fait
grand tort à M. Amelot.

On sait à présent quelle ligue générale a été signée
contre la France et contre l'Espagne. Ce traité, dont
les Espagnols sont les promoteurs, a été dressé à l'instant qu'on vit le plat mariage de Madame avec l'infant
D. Philippe, et toutes les marques de grande amitié

renouvelées entre les deux couronnes, après quoi
l'Espagne rompit son accord signé au Pardo avec les
Anglais. Dès lors les Anglais virent bien que l'Espagne
était sûre de la France et de ses secours, et on ne
douta pas qu'on n'y induisît le cardinal malgré lui,
comme il est arrivé. J'ai prédit cette ligue dans un
mémoire de l'année dernière[1], et tout s'y trouve assez
juste, hors que je croyais que les Anglais y mettraient
moins de temps qu'ils n'en ont mis. On sait, dis-je, à
présent, que ce traité a d'abord été signé entre l'Angleterre et la Prusse, ensuite avec la Russie, et enfin avec
l'empereur, peu avant sa mort. Un étranger vient de
donner avis que pareil traité de ligue offensive et défensive avait été signé, en septembre dernier, entre
l'Angleterre et le Portugal, le tout à l'insu de M. de
Chavigny, notre si grand prétendu ambassadeur, ainsi
que celui de Russie l'a été à la barbe de M. de La
Chétardie.

22 *novembre.* — M. le Dauphin est charmant, et
son gouverneur, M. de Châtillon, est le plus sot des
mortels. En voici un trait. Il y a quelques jours, M. de
Châtillon alla à Paris, M. le Dauphin devait lui écrire,
on lui donna une table et du papier et M. de Muy[2]
s'endormit. M. le Dauphin s'avisa d'écrire une grande
feuille de nouvelles, et il contrefit l'écriture de M. de
Châtillon. Ces nouvelles étaient fabriquées à merveille ;
il rendait un compte exact de la mort de la czarine, des

---

1. *Mémoires d'État*, t. III, p. 278.

2. Le comte de Muy, sous-gouverneur du Dauphin. Voy.
p. 190.

événements qui se préparaient dans la cour, des alliances de la Suède, etc., et il passa dans le caveau[1] où se tiennent les deux gentilshommes de la chambre. Il leur fit part de cette feuille de nouvelles; ils crurent de bonne foi que c'était une lettre de M. de Châtillon, et ils gardèrent un grand secret. Au retour du gouverneur, on la lui a montrée, il a froncé le sourcil, il a dit qu'il était horrible que M. le Dauphin fît le nouvelliste et qu'il contrefît l'écriture, que cela était punissable. Il est monté chez le roi, il a fait sa plainte. Le roi n'a su que dire. Pour le cardinal, il a assez bien pris la chose : il a dit à M. le Dauphin que l'auteur du *Mercure galant* allait quitter, et qu'il procurerait cette place à M. le Dauphin. M. de Châtillon est, dit-on, un automate que la sottise fait parler et que l'orgueil fait marcher.

M. le duc de Richelieu a mis à mal Mme de Flavacourt, la première beauté de la cour; il l'a animée, elle parle davantage, elle lorgne beaucoup, elle a peu d'esprit, elle se piquait depuis longtemps d'une grande haine contre son mari. Le petit duc d'Agenois[2], a pris à Mme de La Tournelle : voilà ce qu'on appelle des bonnes fortunes.

Hier, M. de Richelieu donna un grand souper à sa petite maison, par delà la barrière de Vaugirard. Tout y est en galanteries ou en obscénités; les lambris sur-

---

1. On nommait ainsi une espèce d'office dépendant des appartements du Dauphin.

2. C'est le titre que porta dans sa jeunesse Emmanuel-Armand Du Plessis Richelieu, connu plus tard sous le nom de duc d'Aiguillon.

tout ont au milieu de chaque panneau des figures fort
immodestes en bas-relief. Le beau du début de ce souper était de voir la vieille duchesse de Brancas vouloir
voir ces figures, mettre ses lunettes, et, avec une bouche
pincée, les considérer froidement, pendant que M. de
Richelieu tenait la bougie et les lui expliquait.

24 novembre. —Nous voici donc aux expédients :
On crée des rentes viagères, je ne sais plus pour combien de millions; on a trouvé que, la chère année
1693, on avait fait pareille création de rentes, et qu'il
n'en restait plus que pour quarante mille livres de
rentes, tant il était mort de monde. J'ai dit ci-devant
que l'on faisait un fonds de vingt-quatre millions aux
fermiers généraux et il arrivera donc que les financiers
se tireront d'affaire et qu'on n'altérera pas leur crédit.
Je le souhaite, mais je me persuade qu'à l'abri de ces
avances toujours tirées des peuples, les financiers en-
couragés ne laisseront pas de fournir et de jeter beaucoup de billets, de là leur crédit sur la place, car enfin
les revenus du roi porteront à faux, au moins d'une
bonne moitié.

Il est certain que le cardinal a de grands sujets de
peur, il a reçu plusieurs lettres anonymes par où on le
menace de tout, et on lui fait craindre pour sa vie,
s'il ne se défait pas de trois personnages, le contrôleur
général, le lieutenant de police et le nouveau prévôt
des marchands, qui est déjà fort haï. Il a tremblé, il a
pris des précautions. Étant à Issy, il a coutume d'aller
coucher dans la maison du maréchal d'Estrées, et
pourquoi faire? Il faut traverser la rue en porteurs. Il
fit tendre au plus vite un lit dans son séminaire et y

coucha, et il fit cacher une garde autour de la maison, maréchaussée et guet. Voilà le sort des tyrans, craindre pour sa vie continuellement et n'oser ni boire ni manger. Gens de la cour, et qui approchent assidûment le roi dans la plus grande intimité, disaient hier que, dans ces calamités publiques comme celle-ci, il fallait toujours sacrifier au public quelque victime, non à la vérité faire pendre ni décoller, notre nation abhorre les supplices, mais destituer de place et disgracier ceux que le public soupçonne de le vouloir maltraiter par vil intérêt ou par basse flatterie. Tels sont les deux frères Orry.

Cependant on le dit, et on le dit toujours sans effet, que le roi dépense jusqu'à cinq millions pour faire venir des blés étrangers.

26 *novembre*.—Tout est en combustion dans le diocèse de Sens : quatre-vingts curés ont dénoncé à l'église le catholicisme de leur archevêque[1], que les gens désintéressés assurent effectivement être exécrable. Ils disent donc, ces diocésains, que leur archevêque est manichéen, et qu'il y a présentement deux Dieux, selon lui, sur la terre. A ces quatre-vingts curés, il s'en joint tous les jours d'autres, et on ne sait plus ce que cela deviendra. Ils dénoncent, comme je dis, l'ouvrage et l'auteur à l'église, comme hérétique, et ils renouvellent leur appel au futur concile. Je doute de ce dernier article. Si ces gens-là sont habiles et bien

---

1. Jean-Joseph Languet de Gergy, ci-devant évêque de Soissons, se fit remarquer par ses actes, ses mandements et ses écrits en faveur de la Constitution *Unigenitus*.

conseillés, il faut qu'ils se préservent de donner prise sur eux du côté des affaires que la cour a entrepris de soutenir. Ce prélat est haï et surtout à la cour. M. de Maurepas en rit malicieusement ; il n'est pas soutenu depuis longtemps et le sent bien, et, dans ces circonstances, il est d'un sot d'entreprendre et de se mettre dans de tels embarras.

Cette affaire et la combustion qui règne dans le diocèse de Montpellier, par les soins du nouvel évêque, sont ce que les évêques persécuteurs et ambitieux souhaitaient le plus et ce qu'ils appellent *felix culpa*. En voilà quantité d'arrivés à Paris et qui amassent ces tonnerres pour étourdir le vieux cardinal de leurs menaces, et lui représenter que voilà l'effet de la pacifique conduite qu'il a voulu tenir ici.

Or ceci, et les plaintes du parlement sur l'arrêt du conseil qui casse le sien pendant les vacations, touchant le mandement de l'évêque de Laon[1], ceci, dis-je, va mettre le comble à la misère et aux embarras du dehors.

28 *novembre.* — J'apprends, en arrivant à Versailles, que rien n'est plus vrai et plus sincère que le parfait abandon de toutes choses dans le gouvernement de l'État, soit pour le dedans, soit pour le dehors. Quant au dedans, on fait plus que de l'abandonner, car les travaux des fripons qui gouvernent vont à la ruine de toutes choses de plus en plus.

1. Étienne-Joseph de La Fare. Un arrêt du parlement du 1er septembre 1740 avait supprimé sa lettre pastorale du 8 septembre 1739, et un arrêt du conseil d'État du 6 septembre avait annulé celui du parlement.

Et, au dehors, le cardinal ne vise à rien, ne veut rien, ne songe à rien au monde et se gare de tout ce qui peut l'induire à quelque dépense. Il est seulement fort occupé de faire tomber incessamment la charge de capitaine des gardes du corps de M. de Charost au duc de Béthune; et on ne doute pas que, pour favoriser cette emplette, on ne donne la place de chef du conseil au duc de Béthune, ce qui sera certainement très-pitoyable. Hier, la duchesse de Fleury fut enfermée deux heures avec son oncle pour cela.

Les intérêts de l'État sont trahis en tout, et bientôt tout mal est irréparable. Car il faut compter que, le duc de Lorraine venant à bout de ses desseins, le lendemain, il nous déclarera la guerre, et une bataille perdue nous ferait enlever la Lorraine. C'est ainsi que Henri IV se conduisit, et il fit bien. Dès qu'il se vit assuré de son trône et Paris réduit, il déclara la guerre à Philippe II, roi d'Espagne.

Ainsi l'élection de l'empereur sera-t-elle certainement suivie d'une nouvelle grande alliance pour abaisser la Maison de France.

4 décembre. — Voilà qui est fait pour l'empire et pour tous les États héréditaires d'Allemagne; il n'y faut plus songer. L'état d'union pour la guerre maritime, où nous trouve la mort de l'empereur, avec l'Espagne contre l'Angleterre, cet état, dis-je, ameute toutes les puissances contre la maison de France et voilà seul ce qui fait le duc de Lorraine empereur.

Il faut remonter, pour cela, dès le beau mariage de l'année dernière avec sa belle célébration. De ce moment, toute l'Europe dit : La France nous trompe, ils s'entendent comme larrons en foire, France et Espagne, et ils s'entendront toujours. Ce fut bien pis quand on vit l'Espagne à plaisir rompre son traité du Pardo avec l'Angleterre, pour se jeter dans une guerre où l'on voyait bien que sa nouvelle liaison avec la France faisait toute vocation. Enfin, de fil en aiguille, la stupidité du cardinal l'a conduit sur cela jusqu'à armer une flotte et la faire partir en septembre pour combattre les Anglais dans l'intérêt de l'Espagne.

Au manifeste que l'on vient de faire imprimer sur cela, l'Angleterre vient de faire une réponse qui a pour titre : *Réponse à l'impertinent mémoire du petit secrétaire Amelot.*

Il y a de mauvaises nouvelles de notre escadre; nos premiers vaisseaux ont été battus par la tempête, ceux que commandait le chevalier de Nesmond démâtés; de plus il y a de mauvaises nouvelles de nos colonies; un ouragan a tout culbuté dans l'île Marie-Galande.

Le cardinal est furieux contre M. de Maurepas et le menace de disgrâce; il dit que c'est lui, avec son petit Amelot, qui l'a embarqué dans cette guerre d'Angleterre, et cela est vrai. Les mauvais succès s'ensuivant, tout est perdu certainement.

Je dis donc que le grand événement de la mort de l'empereur nous ayant surpris dans cette situation, voilà ce qui fait le duc de Lorraine empereur.

Dès cet été, et avant que l'empereur mourût, on avait soufflé partout la défiance de la Maison de France et on avait fait signer une véritable grande alliance comme celle de 1701, contre la France et l'Espagne; le roi d'Angleterre n'a été faire autre chose à son

voyage d'Allemagne. Et voilà que sur cela l'empereur
est venu à mourir. Il a été bien facile d'ameuter tout
pour la conservation de l'intérêt de cette rivale de la
France, tout s'est réuni promptement et la Bavière
n'ose pas grouiller. Le roi de Prusse vient d'envoyer
trente mille hommes en Silésie pour secourir la reine
de Bohême.

Qu'on n'y songe plus, rien ne branlera davantage
en Allemagne, ni dans le Nord.

Je dis donc que si j'étais aujourd'hui en place, je
me retrancherais sur l'Italie, je me ferais forcer la main
par l'Espagne et par la Sardaigne, pour s'emparer des
États d'Italie, en chasser tous les Allemands et y laisser seulement quelque chose à la Bavière, comme le
grand-duché de Toscane.

L'Espagne, dit-on, est mal dans ses affaires, et l'a-
miral Haddock peut empêcher ses transports de Barcelone à Livourne, mais on peut donner passage par
la France.

Je sais que mon frère conduit la plus belle manœuvre du monde pour se faire faire contrôleur général. Les plus gros financiers le demandent; trois ou
quatre sont ameutés, pour le faire demander pour leur
ministre, disant qu'ils donneront leur bien de bon
cœur dès qu'ils verront un homme si aimable en place.
J'ai toujours dit que mon frère a le vol[1] des vieillards et
des financiers et que personne n'a mieux le don de
les charmer. Ceci serait comme d'être élu empereur
par l'armée, ou Grand-vizir par les janissaires. De son
côté, il dit qu'on lui offre cette place et qu'il la re-

---

1. C'est-à-dire qu'il sait les prendre : terme de fauconnerie.

fuse. Il faut avouer que la marche est bien conduite.

Si j'étais dans cette place, je ne croirais pas devoir
en acheter la conservation par l'insolent suffrage des-
dits financiers; on ne les conduira que comme des marchands usuriers par le profit. Je leur proposerais de
bons marchés, comme de renouveler leur bail et fermes
pour six ans, à compter de cette année. Je changerais la
liste des sous-fermes, où M. Fagon n'a mis que des
croquants, et je n'y mettrais que des hommes bons et
des gens raisonnables.

En un mot, il faut faire flèche de tout bois et trouver,
à quelque prix que ce soit, de l'argent pour soutenir
le temps présent qui est très-difficile.

18 *décembre.* — M. le duc d'Orléans est si pressé
de marier son fils qu'il supporte et prend en bien tous
les mauvais traitements du cardinal, ce qui va bientôt,
de la part de ce vieux prêtre, jusqu'aux marques de
mépris. Il y a plus de trois mois que le cardinal a fait
pressentir l'électeur de Bavière sur l'idée d'accorder
l'une de ses filles à M. le duc de Chartres. M. de
Grimberghe en a été chargé, et, comme la maison d'Orléans était déjà en négociation particulière par le
comte de Bavière touchant la même affaire, on a eu
d'abord, de ce côté-ci, copie de la lettre de M. de Grimberghe, écrite sur la proposition du cardinal.

Le cardinal a dissimulé tout cela à M. le duc d'Orléans dans ses entrevues, et il lui dit seulement qu'il
devait savoir qu'un prince du sang ne pouvait se marier sans le roi.

Son Altesse avait proposé que M. le duc de Chartres

allât voyager ce printemps. Le cardinal savait que
c'était pour aller voir la princesse de Bavière qu'on
lui destinait; il meurt de peur de ce voyage, il y
trouve mille inconvénients, et il va avancer le mariage
de Bavière pour prévenir et empêcher celui-là. La question est de savoir si ce mariage-là sert ou nuit présentement aux opérations politiques et aux circonstances
du temps, où il s'agit de l'élection de l'empereur.
Et certes, je trouve même cette rencontre merveil-
leuse. La France prendra alliance avec la Bavière, sans
que cela tire à conséquence. Ce sera, dira-t-on, à l'archiduchesse et au grand-duc un mariage simple de
particulier à particulier; l'Espagne sera fort contente
que M. le duc de Chartres épouse toute autre qu'une
fille du roi, et il n'y a jamais eu de ministre qui
s'imaginât attraper les puissances par des mariages
comme le cardinal de Fleury. Voilà donc deux grands
points pour sa petite et mauvaise politique : intimider
l'archiduchesse, faire espérer à la Bavière et à l'Espagne, afin de tirer quelque chose de tout ceci, et
cela par un seul mariage. Ainsi je ne doute pas que
cela ne soit bientôt conclu, et moi envoyé en Bavière
pour régler le contrat.

M. le duc d'Orléans pousse le sentiment de vertu et
le désir de marier son fils convenablement au point
de ne prendre nulle garde aux moyens, pourvu qu'il
parvienne à l'objet; en cela, deux choses le poussent :
1° la crainte du péché mortel pour son fils, et il lui
veut absolument une jolie femme et qu'il puisse aimer;
2° le grand désir de se retirer du monde. Au prix de
cela, il fait peu de cas des mépris que lui marque le
cardinal en tout.

Mais le plus blessé de tous, en ceci, et le plus visiblement, c'est le roi; car il est clair que le mariage
avec Madame ne se manque uniquement qu'à cause
que cette affaire s'est d'abord traitée avec le roi, sans
le consentement du cardinal; M. le duc d'Orléans en
avait eu l'ordre précis, et enfin le roi a tout dit au
cardinal. Celui-ci a voulu marquer que rien ne se pouvait conclure sans lui et avec le roi; d'abord, il a
prétexté, comme je l'ai dit, avant la mort de l'empereur, qu'on pouvait marier Madame avec l'empereur,
si l'impératrice venait à mourir, et aujourd'hui, ce
prétexte ayant cessé, on s'oppose à ce mariage par la
peur d'aliéner l'Espagne et en alléguant des intérêts de
notre commerce; quand cette raison manquerait, le
cardinal en trouverait bien d'autres; et tout cela déshonore le roi aux propres yeux de l'offensé. La reine
demanda l'autre jour à M. le duc d'Orléans des nouvelles du mariage de son fils avec Madame, et, ayant
fait la question, elle se trouva savoir elle-même comment la chose s'était passée, et que le cardinal
avait fait cette grossière preuve de son pernicieux
pouvoir.

On ne comprend plus rien au roi; d'un autre côté,
le cardinal s'est rendu plus souple vers Sa Majesté, et
lui rend compte de tout. Il ne fait pas une panse d'*a*
sans l'avoir communiqué au roi. On remarque qu'il
revient du travail avec le roi avec moins de papiers
qu'il n'y arrive; il lui laisse quantité de choses à
lire. On sait que le roi reste toujours deux heures à
travailler seul à son bureau, les jours qu'il ne va point
à la chasse; il écrit continuellement; on croit qu'il
ne fait que copier, ou extraire tout au plus. Quelle

conséquence tirer de tout ceci ? Il reste toujours impénétrable.

Le parti du cardinal de Tencin travaille à force et avec grande apparence de succès. Mme de Vintimille étant du dernier bien avec le duc d'Ayen, elle est pour qu'on prenne ce premier ministre, et Mme de Mailly, étant fort gouvernée par sa sœur, commence, dit-on, à entrer dans ce maudit projet. La grosse faction des Noailles et des légitimés y coopère de toutes ses forces ; mon frère est un des plus grands ouvriers de ce parti-là : intérêts communs de toutes parts, dessein d'exclure à jamais le retour de M. Chauvelin. Le cardinal de Tencin a enfin obtenu son retour en France ; il a écrit lettre sur lettre, et toujours le cardinal le refusait. Enfin il a fait intervenir le pape ; c'était d'abord pour aller prendre possession de son église de Lyon et y mettre ordre à ses affaires ; mais le cardinal de Fleury voulait qu'il ne passât pas Lyon et qu'il n'y restât pas plus d'une quinzaine. Enfin on a trouvé le prétexte de convertir l'évêque d'Auxerre[1], dont le cardinal de Tencin se croit fort ami. Ainsi il obtient d'aller jusqu'à Auxerre, et, de là, il faudra bien venir jusqu'à Paris.

Mais un des plus grands moyens était de changer le ministère des finances, et de mettre mon frère à la place de M. Orry. Le malheur du temps, la cherté du pain et quantité d'horreurs y donnent matière. Vingt fois par semaine M. Orry est chassé et replacé ; les derniers errements sont qu'il est absolument raccommodé, après avoir mis le marché à la main. En tout

1. C.-D.-G. de Pestel de Lévi de Tubières de Caylus.

cela, le cardinal est plus joué qu'on ne pense, et, secrètement, le roi conduit les choses à ses desseins. Tout
ce jeu est si finement conduit que tout le monde s'y
prend.

Le roi ne paraît plus qu'en perroquet mal sifflé ; il
parle publiquement à la chasse de nouvelles et de politique, et on croit qu'il ne répète que les leçons du
cardinal. On rapporte ses discours au cardinal qui
hausse les épaules de ces indiscrétions, et il en est la
dupe ; il s'agit toujours de déterminer le cardinal à la
retraite volontaire, et à force de finesses : le roi, souverainement patient, compte que ce sera enfin pour
le premier janvier 1741.

Le cardinal fit, la semaine dernière, un voyage im-
prévu à Issy, qui surprit tout le monde ; le roi dit
bonnement que le cardinal avait beaucoup de *réflexions* à faire sur les affaires du temps, et chacun
donna là dedans et prit cela pour un discours simple.

Cependant la cour est déserte : elle voit qu'il n'y
a rien à faire, sur le pied où le roi laisse son autorité,
sa considération personnelle et ses affaires.

Au conseil du mercredi sept de ce mois, M. le duc
d'Orléans est enfin sorti de sa retraite et s'y est trouvé.
On y a traité de toutes les affaires générales, et surtout de l'affaire du blé. Il dura fort longtemps, mais,
peu après, M. le duc d'Orléans a voulu se retirer à
Sainte-Geneviève ; il y est allé le seize pour jusqu'aux
Rois.

L'Angleterre ne respire que la guerre contre la
France. Il n'y a cependant pas d'autre parti à prendre
que de bâcler la paix entre l'Angleterre et l'Espagne,
à quelques conditions avantageuses de commerce que

ce soit, et alors le peuple anglais, content et voulant se reposer, n'écouterait plus rien sur les intérêts de l'Allemagne.

Il vient d'y avoir une grande révolution en Russie : le duc de Courlande, Biren, vient d'être dépossédé, et le comte d'Ostermann y a repris tout pouvoir, sous le nom de la duchesse de Bevern, déclarée régente, mère du czar Jean III.

20 *décembre.* — Le comte de Bellisle ayant été nommé seul pour aller à l'ambassade à la diète de Francfort pour l'élection de l'Empereur[1], on a dit que c'était mettre les intérêts de la paix dans les mains, précisément, de l'homme de France qui désirait le plus la guerre, et avec plus de raison, puisqu'au premier coup de canon il devait être maréchal de France. Et encore ce n'est pas tout pour un tel ambitieux ; il lui faut la gloire des conquêtes, et puis être maréchal-duc. Cet homme-là va donc plutôt intriguer que pacifier en Allemagne. On a admiré depuis peu combien son crédit était accru à la cour : cela vient de ce qu'il a pris un système pour l'Allemagne. Il a des matériaux de tous côtés pour les systèmes et l'esprit fort ardent ; il mange peu, dort peu et pense beaucoup : qualités rares en France. D'un mot qu'il dit, il en impose à notre petit peuple de ministres.

Il y a donc grande apparence qu'on va bientôt en-

1. Dans les ms. du commissaire de police Narbonne, à la bibliothèque de la ville de Versailles, volume intitulé : *Guerre de Bohême*, on trouve un *Journal du voyage fait par ordre du roi, par le sieur de Saint-Quentin, écuyer de la bouche, à Francfort, au sujet de l'élection de l'empereur.*

traver l'intelligence avec la Bavière et que nous aurons
la guerre. Quel malheureux pays que celui-ci!

M. H.... a été mandé à Versailles par B...., sur ce
que le cardinal s'affaiblissait de corps et d'esprit,
et on lui a écrit une seconde lettre, sur cela, que
j'ai vue.

— Je ne veux pas être loué, mais *approuvé* seulement : voilà l'aliment de mes succès, et, si je vivais tout de suite avec des gens dont je sentisse l'approbation continuelle, et pas autre chose, ni moins,
je ne sais pas jusqu'où j'irais. La louange me décon-
certe encore plus que le blâme : je peux me retrancher
dans quelque retour favorable contre le blâme, mais
la louange, je ne sais plus comment soutenir cela. En
un mot, pour bien faire, je veux m'ignorer; que je ne
m'aperçoive pas que je suis là seulement, mais qu'on
m'éclaire dans le chemin et qu'on me dise : Allez, vous
allez bien, allez sûrement!

— Ces jours derniers, M. le duc d'Orléans m'a
déclaré pour son chancelier à la place de mon frère,
qui a été remercié. Notre bonne intelligence entre
mon frère et moi a assez repoussé les traits de la
calomnie, qui voulait dire que je contribuais à son
expulsion. Il avait préparé les voies en ma faveur
et on ne m'aurait pas choisi sans ce que je lui suis. Je
n'ai rien su de ce choix que par lui, il me l'apprit à
Compiègne, comme je l'ai dit ci-dessus. Quand je vis
que c'était sur ses ruines que j'étais établi, je n'en
voulais pas. Il me dit que c'était là toute sa consolation et qu'un autre l'aurait à mon refus. Je me suis

laissé conduire par lui seul, et je lui ai bien gardé le secret.

A ma première entrevue avec Son Altesse, j'ai remarqué combien c'était un excellent homme. Tout mécontent du cardinal et si justement, il me dit que c'était à lui qu'il irait le premier, et qu'il fallait que je l'allasse voir. Comme il savait le froid où je vivais avec Son Éminence, il me dit qu'il ne fallait pas bouder ouvertement des gens en telle place et que cela faisait partie du respect qu'on devait au roi.

J'ai été reçu du cardinal d'abord avec un visage ouvert, puis, quand je lui eus dit ce qui m'amenait, il me fit des bras, des gestes et un jargon entre ses dents que je suis accoutumé à interpréter, et qui voulait dire qu'il fallait bien souffrir ce qu'on ne pouvait empêcher.

Le sieur Bachelier, ayant entendu qu'on faisait retomber quelque blâme sur moi en tout ceci, de ce que j'avais accepté une telle place sur les ruines de mon frère, a dit ouvertement à quantité de gens qu'il savait bien que la plus grande peine qu'on pût faire au roi était de douter de ma vertu, et de trop élever celle de...., etc.

Peu après, tout a retombé sur l'ambition qu'on reproche tant à mon frère; on a dit que c'était le cardinal qui lui avait dicté cette conduite; qu'il avait quitté et non été renvoyé, comme il disait, puisqu'on savait bien qu'il avait chagriné exprès et méprisé ouvertement M. le duc d'Orléans, en obtenant l'intendance de Paris sans en dire un mot à ce prince, quoique cela le détournât de son service, et qu'il ne suffisait pas sans doute aux vues du cardinal, pour élever

mon frère, qu'il fût séparé du service de M. le duc
d'Orléans, mais qu'il fallait aussi qu'il y fût brouillé
avec Son Altesse ; or il n'est pas bien de se commander ainsi un sentiment.

27 décembre. — Quelque malheur qui arrive, on dit
un bon mot, une pointe, aujourd'hui une platitude,
et voilà le peuple français qui rit de tout. Que notre
chère nation est aimable ! La rivière de Seine est dé-
bordée, Paris est inondé, les campagnes sont perdues :
sur cela on a dit que la rivière se porte mieux, qu'elle
est hors de son lit, qu'elle est hors de condition, car
elle est sur le pavé, qu'elle n'y est plus, car elle est
entrée chez le roi, au Louvre, qu'elle va avoir des
feuilles, car elle est en Sève, c'est-à-dire au village de
Sève[1], etc.; ce goût de platitude, de jouer sur le mot, a
extrêmement gagné la nation depuis quelque temps.
Un nommé du Parquet, gentilhomme de M. le duc
d'Orléans, y excelle et semble avoir donné le ton, ce
qui est un grand honneur. Cela tient lieu aujourd'hui
des chansons d'autrefois sur chaque événement. Dans
la jeunesse du feu roi on appelait cela des turlupi-
nades, et il en est beaucoup parlé dans Molière et
autres satires des mœurs du temps.

La démarche du roi de Prusse passe toute intelligence politique, envoyant cinquante mille hommes en
Silésie avec le manifeste qu'on voit dans les nouvelles :
on attendait qui lèverait le premier la crête. La Bavière osait à peine, étant si peu en force. On croyait

---

1. Sève ou Sèvres. La seconde forme a prévalu, mais la première était alors plus usitée.

que la Prusse agirait tout à fait par les influences de
l'Angleterre et de la Hollande, et concourrait vivement
à l'intégrité des pays héréditaires pour opposer puissance à puissance contre la maison de France. Voici
que c'est la Prusse qui marche la première, et avec
quelles forces!

Des politiques disent encore que cette invasion ne
tend qu'à s'assurer de Juliers et Berg, pour avoir une
monnaie d'échange qui lui assure mieux ces deux prétentions que toutes les paroles autrichiennes, et il a
raison; mais croira-t-on qu'il rende aisément cinquante
sols pour deux sols? La Silésie peut s'y comparer. Il a
de plus un pacte de famille pour avoir l'Ost-Frise, et
on dit qu'il est en marché avec la Suède pour Stral-
sund. Voilà donc une terrible puissance qui s'élève en
Allemagne. D'un autre côté, voici que la Russie, maintenant gouvernée par d'Ostermann, envoie au plus vite
un grand corps de troupes en Silésie au secours de
l'archiduchesse.

29 *décembre.* — Le cardinal perd la vue et son ouïe
devient de plus en plus dure. Avant-hier, il se mor-
fondit à la chapelle de Versailles, il ne dormit pas de
la nuit, et hier matin il était encore tout chétif, dit
un homme qui l'avait vu.

Le parti du cardinal de Tencin augmente de fureur
à la cour; les Noailles et mon frère y sont les grands
artistes. Et qu'y feront-ils? Ils ont le roi et le public
contre eux, surtout cette estime publique qui fait tant.
Car un ministre peut bien rester en place avec la mésestime publique, mais non y entrer ainsi.

Tout le monde dit des platitudes sur les affaires du

temps ; on dit que M. Orry va faire un beau bâtiment,
car chacun lui jette la pierre. L'autre jour, le roi allant
à la chasse par un très-mauvais temps on disait devant Sa Majesté : Eh ! qu'est-ce que le roi peut chasser
par ce temps-ci ? Il ne peut chasser que son contrôleur
général.

Il est certain que l'envie est passée au cardinal de
changer de contrôleur général, ce qui vient sans
doute principalement du refus net du roi d'admettre
le successeur que lui présentait Son Éminence. Le
retour du cardinal de Tencin en France est combattu par des volontés secrètes ; ses amis disent à
présent qu'il ne viendra qu'au mois d'août, et à Lyon
seulement, pour prendre possession de son Église,
puis s'en retourner subitement.

— M. Vanhoey, ambassadeur de Hollande, est
brouillé avec le cardinal et dit à ses amis qu'il reconnaît sa faute de s'y être fié, que c'est un fripon qui a
trompé les alliés d'un bout à l'autre. Cependant il se
voit compromis auprès de sa nation, et il est tombé
dans une excessive mélancolie.

On dit quantité de bons mots à la cour. Quand le
roi dit, sur la mort de l'empereur, que la France resterait sur le mont Pagnotte[1], Souvré[2] lui répondit .
« Sire, vous y serez mal logé, car vos ancêtres n'y ont
point bâti. »

---

1. Voy. p. 153.
2. Louis-François Le Tellier de Rébenac, marquis de Souvré.
« C'est un seigneur de beaucoup d'esprit et fort libre avec le roi, »
dit Barbier, *Journal*, t. III, p. 247.

30 *décembre*. — Barjac a dit avant-hier à un de ses
meilleurs amis, qui trouva le cardinal fort changé et
radotant, que rien n'était plus vrai, qu'il n'en pouvait plus et qu'il était à souhaiter qu'il se retirât
promptement, que Son Éminence y songeait bien
aussi, mais qu'elle craignait qu'en ce cas M. Chauvelin
ne rentrât en place, et qu'elle ne perdait point cet
objet de vue dont elle voyait tout le danger; mais
qu'elle avait un moyen sûr pour l'empêcher, ce à quoi
elle travaillait; que ce moyen était de faire incessamment mon frère contrôleur général, que cependant
cela n'était pas aisé. « Mais, dit l'ami, M. le cardinal
n'a qu'un mot à dire et ce sera chose faite, car il est
le maître. » Barjac a répondu : « Oh! oui! Son Éminence a plus de crédit que jamais, mais cependant
cette seconde opération n'avance point. »

Il est vrai que M. Orry est raccommodé, que le roi a
refusé net de changer le contrôleur général, et que
c'est Bachelier lui-même qui le soutient.

1741 [1].

2 *janvier*. — Les bruits ont été grands et vains que
mon frère serait nommé, le 1er de ce mois tout juste,
contrôleur général des finances.

Le cardinal de Tencin ne peut obtenir de venir à Paris,
sous prétexte qu'il faut qu'il aille prendre possession de
son église de Lyon : cela confirme de plus en plus ce
que m'a dit un de mes amis qui est dans la bouteille à

---

1. Le manuscrit ajoute : *et quelques autres articles omis des
années précédentes.*

l'encre, que cet indigne prélat serait rivé à Rome. On
n'a pu aller hier faire sa cour au roi pour si bonne
fête; les eaux n'étaient pas encore retirées et le pont
de Sèvres impraticable. On devait passer par Meudon,
et, comme il avait gelé subitement la nuit, jamais on
ne put monter la montagne de Meudon qui est très-
rude. J'y fus pris comme les autres.

Un confident du cardinal disait hier qu'un des plus
grands chagrins de Son Éminence, pendant son ministère, avait été ma nomination à la place de chancelier
de monseigneur le duc d'Orléans, place de considération et d'autorité et qui m'est échue visiblement malgré lui, moi qu'il avait cherché à ruiner de crédit et
de fortune, et à la place de mon frère, son favori déclaré, et pour lequel il se pique d'honneur de vouloir
une grande élévation.

Lézonnet, ancien chef du conseil du feu M. le Duc,
dit que ce prince penchait à l'amitié pour M. le duc
d'Orléans, et que cette réconciliation se fût faite aisément de façon à donner place à une véritable amitié,
sans les soins de mon frère qui n'y croyait pas son intérêt engagé. Qu'on est malheureux d'être si habile!

Je le dis toujours : qu'on me donne des bons cœurs
et des esprits droits, je mènerai le monde; mais toute
autre qualité étrangère, quelque spirituelle qu'elle soit,
replonge le monde dans le chaos.

3 janvier. — On ne sait pas de combien le roi influe aujourd'hui dans les décisions principales du gouvernement, et combien ce secret est entièrement gardé,
le tout ne se passant qu'entre Sa Majesté, Son Éminence et le secrétaire Bachelier; non que je veuille

dire par là que le roi combine et arrange les affaires
par sa propre tête; mais M. Chauvelin et quelques
autres que je sais lui envoient des mémoires sur chaque affaire principale, ce qui passe par Bachelier, et
le roi les lit et les étudie avec grande application, pour
faire ce qu'on appelle la barbe au cardinal, qui s'est
accoutumé à cette subordination forcée : aussi me disait-on l'autre jour à la cour qu'il leur rendait compte
de tout dans la dernière précision, et qu'il apportait
chez le roi plus de papiers qu'il n'en rapportait, mais,
comme je dis, le cardinal et le roi concourent également à cacher cette influence secrète, et jamais Sa Majesté n'a mieux joué l'indolence et la soumission totale
aux volontés du vieux cardinal qu'il trompe dans le
fond. Bachelier a raccommodé M. Chauvelin avec les
Bellisle, et on se servira de ceux-ci après le changement de gouvernement. De là est venue la nomination
de Bellisle seul à la diète de Francfort, d'où il brouillera l'Allemagne à sa tête, et par des influences qui ne
viendront assurément pas du cardinal.

La rupture de l'ambassade dont je m'étais chargé
fut encore au rang de pareilles affaires. Depuis longtemps, on faisait filer les difficultés, pour retarder mon
départ, mais enfin elles s'aplanirent, et on fut embarrassé. Il s'éleva un moment des difficultés entre le
cardinal et moi, et j'eus ordre de rompre l'affaire, si
cela se pouvait, et, de l'autre côté, on a donné dans
le panneau jusqu'au bout; ainsi *** a été content de
ma conduite par le succès. On était bien aise que je
me trouvasse ici, et non à Lisbonne, lors de la mort ou
de la retraite du cardinal. En dernier lieu, quand j'ai
été fait chancelier de monseigneur le duc d'Orléans,

*** m'a fait dire la chose du monde la plus attentive, pour ma personne, qui est que le roi pouvait mourir, et que je me trouvais si mal dans mes affaires, par les injustices du cardinal, que cette subsistance m'était nécessaire, mais que cela ne changeait rien à...., etc.

5 janvier. — M. le duc d'Orléans m'a dit que le mariage de M. le duc de Chartres était arrêté avec la princesse de Bavière, la seconde fille, et qu'en arrivant à Versailles de retour de Saint-Germain, cela serait probablement déclaré, le cardinal s'étant chargé de la faire demander au nom du roi, et l'affaire étant agréée de part et d'autre.

Cette affaire vient à propos pour le bien des affaires d'Allemagne, car cela paraît un trait de grande habileté. Nous nous lierons ainsi étroitement avec la Bavière, que nous devons soutenir pour l'élection à l'empire et pour le morcellement des pays héréditaires d'Autriche, et, d'un autre côté, les parties intéressées ne pourront rien nous reprocher, puisqu'on dira que c'est un mariage convenable qu'a lié M. le duc d'Orléans pour son fils et pour lequel le roi n'a fait que prêter son consentement.

M. le duc d'Orléans croit qu'après la mort du cardinal ce sera M. de Maurepas qui gouvernera l'État. Il dit que c'est à plaisir que les petits secrétaires d'État, bien unis ensemble, ont exclu les seigneurs du conseil d'État, et s'y appellent les uns aux autres ; que ceci ressemble aux marionnettes qui dansent ensemble ; une d'elles se lève et monte sur l'épaule des autres. Il dit que, depuis la disgrâce de M. Chauvelin, il voit les affaires conduites moins par M. le cardinal que par les maximes de M. Chauvelin, et que le cardinal et les petits ministres ont si peu de chose à eux, que, par certaines influences qu'on ne voit pas, à tout moment, les décisions et les maximes paraissent venir de Bourges ; sur quoi je me suis bien gardé de lui dire ma pensée sur la vérité de cette influence.

Enfin il ajoute, comme dévot, que si le roi lui proposait de le mettre à la tête des affaires, il n'accepterait pas ; que cela eût été bon du temps que le roi était de bonnes mœurs, mais qu'aujourd'hui il ne pourrait point gouverner sous les ordres d'un roi dont les amours attiraient sur le royaume la colère de Dieu visiblement.

7 janvier. — Je n'ai jamais vu de petite ville de province aussi tracassière que l'est le Palais-Royal. C'est aujourd'hui, et selon la politesse du siècle, un repaire de médisance, de calomnie, de redite, de mauvaises peintures et de détestables papiers.

L'Altesse Royale [1] y est comme une reine détrônée. Elle a perdu, après quelques années de son veuvage, toute autorité sur son fils. Elle en gémit, et elle en fait rage. Le fils est jaloux de conserver son indépendance, et la mère est alerte à rattraper sa domination. Elle a de l'esprit, et surtout beaucoup de l'esprit de femme : chacun doit s'en défier sur cet article ; je puis assurer qu'elle joint de la mauvaise foi dans cette pratique, malgré sa prétendue dévotion ; elle ment souvent au

1. Françoise-Marie de Bourbon, fille de Louis XIV et de Mme de Montespan, veuve du Régent. Comparez ce portrait avec celui que trace d'elle Saint-Simon, t. XII, p. 15, édit. Chéruel.

Saint-Esprit, et rend mauvais témoignage sur ceux qu'elle sait en mériter un bon. Elle entretient des haines et des mépris injustes; elle-même est irréconciliable dans ses aversions et dans toutes les passions qui noircissent le cœur, témoin sa rancune horrible contre Mme de Modène, sa fille.

Enfin on voit plus que jamais deux partis dans la noblesse qui habite le Palais-Royal: ceux et celles du fils; ceux et celles de la mère. On les distingue, on les montre du doigt; ils se déchirent, ils se desservent cruellement, et c'est cette auguste princesse qui entretient la division avec soin, tandis que le fils n'y emploie que du silence, mais se fait assez bien instruire de tout, et ne suit cette affaire que par des démarches assez fermes, en ne nommant aux places que des gens qui ne soient pas à sa mère. Voici la liste de quelques-uns.

A la mère était mon frère, et je suis très-certainement au fils. Sont encore pour elle : Mme de Clermont, Mme de Pons, Mme de Graville, M. Baille, M. de Montbrun, M. de Machault, M. et Mme de La Rivière. Mme de Lorge est bonne femme et on la compte pour rien.

Au fils sont les Conflans, Mme de Bourdeille, les Duguesclin, les Balleroy, etc.

Avec cela, la mère a grand besoin de se mêler de tout et des moindres bagatelles. Cela fait que du milieu de ses hauteurs elle descend pour vous prier d'une niaiserie; elle y met de l'art et de la souplesse.

13 *janvier*. — Le roi s'est mis subitement à travailler en tapisserie. Son dessein en a été si subit que

c'est un chef-d'œuvre de courtisan que de l'avoir satisfait sur cet article. On a recouru à M. de Gèvres,
dont cette occupation est le capital; le courrier qui
alla à Paris chercher ce qu'il fallait, métier, laines,
aiguilles, ne fut que deux heures un quart à aller et
venir. Voilà de quoi augmenter la faveur de M. de Gèvres; voilà encore plus de quoi faire triompher les
partisans du cardinal.

17 *janvier.* — Le roi et Mme de Mailly se sont
brouillés comme des enfants. On est beaucoup dans le
goût de la tapisserie à la cour; Mme de Mailly était si
absorbée par cette occupation qu'elle ne répondait
pas au roi qui lui parlait et l'interrogeait. Enfin, le
roi impatienté la menaça, puis tira un couteau et
coupa la tapisserie en quatre : querelle horrible, brouillerie, puis enfin il a fallu les raccommoder, et pour
cela est faite une partie extraordinaire et dont on parle
beaucoup. C'est que le roi va souper en ville, dit-on.
Eh bien! le grand mal à cela? Le roi a donc été souper chez Mme de Mailly, dans sa petite chambre. Elle a
emprunté un cuisinier et a donné un assez joli souper
à son amant. Il n'y avait que cinq ou six convives. En
même temps le cardinal a ici la f.... et la fièvre; mais
il secoue l'oreille, prend des élixirs, et il n'y paraît
plus.

M. Orry est pleinement raccommodé; il a dit de
nouveau au cardinal que la besogne était plus forte
que lui, qu'il s'était cru quelque capacité en intendance et lors de son début au ministère, mais que,
dans ce temps-ci, il avouait qu'il n'y entendait plus
rien et que tout le surpassait; et, sur toutes ses offres

de retraite, le cardinal l'a prié de rester. Des gens que
je sais bien se cassent le nez en tout ceci.

19 *janvier*. — L'Espagne trouble entièrement le
concert de tranquillité que méditait le cardinal, ou
plutôt qu'il pratiquait sans méditation. Jamais sa ter-
giversation éternelle n'avait été mieux placée. Il se
glorifiait toujours de vanter la France pour arbitre
universel de l'Europe. Il ne voyait pas que cet état
n'est pas durable et que, sitôt que l'on a prononcé, la
confiance et le respect cessent. Mais voici que l'Espagne se déclare tout haut pour aller conquérir l'Italie,
ou dù moins pour y prendre Parme et Toscane; Philippe V cède à sa femme sur tout dessein de guerre;
l'Espagne pose ce dilemme au cardinal : « Ou donnez-
nous passage par la France, et alors la France cesse
d'être neutre et prend couleur; ou, si vous nous le re-
fusez, nous bâclons notre paix avec l'Angleterre, et
nous lui cédons tout le commerce d'Amérique. » Quel
embarras! toutes les puissances viennent tourmenter
le vieux ministre, et bientôt il n'y pourra plus tenir.

Le roi fait des nœuds présentement avec les dames
de sa société. Il commence à se lasser de la tapisserie.
Il affiche certainement l'ennui de l'usurpation du cardinal qu'il tolère avec patience et vertu.

23 *janvier*. — M. le duc d'Orléans arrivant à Versailles a demandé au cardinal où en était l'affaire du
mariage de M. son fils avec la seconde fille de Bavière.
Il lui a été répondu que c'était une affaire faite et con-
sentie, mais que c'était le plus grand secret du monde,
et que cela ne devait se déclarer que dans deux mois,

à cause des affaires politiques générales. Sur cela,
M. le duc d'Orléans a repris l'idée de faire voyager
M. son fils. Il est résolu de l'envoyer faire un tour sur
les frontières des Flandres, de la mer à la Meuse; il
partira le lendemain des fêtes de la Pentecôte pour
être de retour à Compiègne.

Le duc de Boufflers, ami de la maison et qui y fait
beaucoup sa cour, exhortait depuis longtemps à ce
voyage; il n'y aura point de mal que les troupes et
les peuples conquis voient ce prince, et en reçoivent
des égards et des attentions. Il doit partir d'ici en
poste, et avoir quantité de chevaux de selle en arrivant à la frontière où tout son voyage se fera à cheval.
Il entrera aussi dans les villes de guerre, ce qui aura
bonne grâce, son train étant considérable, avec le gouverneur de la province qui l'accompagnera. Il tiendra
une grande table partout.

Mme de Mailly est fort enrhumée, cela rompt le
voyage de Choisy pour cette semaine. Le roi a une
dent œillère qui va partir, ce qui le défigurera pour le
rire et le parler. On vient de nommer M. de Sade pour
notre envoyé à Cologne, et le chevallier Desalleurs
pour ministre de France à Dresde. Ces deux petits
maîtres ont quelque esprit, mais peu de solide, et on
s'étonne toujours de telles nominations aux emplois
étrangers. Ceci marque toujours l'attention que nous
avons présentement aux affaires d'Allemagne, et que
nous ne sommes aucunement livrés aux intérêts de la
reine de Bohême, comme nous l'étions à ceux de
son père. Dans le moment présent, la France joue un
beau rôle; chacun recourt à elle comme au juge de
tous les différends, mais ce rôle ne dure pas suivant

les règles; il ressemble à celui de la Hollande dont
l'incertitude et la faiblesse sont pris pour politique;
au bout de quelque temps, il faut prendre couleur;
autrement cette finesse n'attire que mépris. La sagesse
consiste à s'abstenir de ce qu'on pourrait faire, mais,
quand l'inaction dure trop, elle est prise pour impuissance.

26 *janvier*. — M. de Bellisle a dit à un homme
de robe qui veut faire fortune : « Monsieur, avez-vous
de grands desseins? faites-vous ami de M. d'Argenson. — Sans doute, a répondu le candidat, de M. d'Argenson le cadet, l'intendant de Paris? — Non, a dit
M. de Bellisle, c'est de l'aîné : faites en sorte qu'il
vous veuille du bien. » Il a dit à un autre homme que
je sais et plus dans la confidence : « J'ai eu tout lieu
de me louer des honnêtetés de M. d'Argenson dans
les occasions, je suis de ses amis, mais j'ai mes ordres
pour ne l'être pas plus ouvertement. » L'interrogateur
lui disait : « Mais, avec toute sa bonne réputation, parlant de moi, le roi ne fait rien pour lui, car enfin ce
qui vient de lui arriver, c'est M. le duc d'Orléans qui
l'a fait, et le roi n'y a eu aucune part. » M. de Bellisle
a répondu : « Il sera dédommagé de reste : il y a plus
de deux ans que la place de contrôleur général lui est
assurée, et cela est au point qu'on ne la conserve à
M. Orry que pour lui, tant que le cardinal vivra, et au
risque même du danger de l'État. »

29 *janvier*. — L'insolence du cardinal augmente
avec la faiblesse de son esprit et l'abandon de ses
forces : il parle du roi avec mépris et affecte de dire

qu'il faut s'adresser à lui seul, que rien de ce qui va
au roi ne peut aller par là; que Sa Majesté ignore
même ce qui est décidé. L'autre jour, le roi dit que
M. de Maurepas restait la semaine à Versailles. On alla
à M. de Maurepas le lui dire et il répondit : « Bon ! le
roi n'en sait rien, car nous avons tous ordre de partir
demain pour Paris, et il n'y a que M. de Saint-Florentin qui reste ici. »

Le cardinal affecte encore d'aller passer des trois
ou quatre jours à Issy, pendant que le roi reste à Versailles à lanterner et à perdre son temps. On peut
juger de là de quelle opinion les courtisans et autres
sujets se préoccupent de plus en plus à l'égard de leur
maître, et ceux que j'ai connus le mieux prévenus se
rendent à la fin aux tristes apparences de toute l'inutilité du roi.

Le mariage de M. le duc de Chartres avec la seconde
princesse de Bavière est différé de quelques mois. En
attendant, on propose de le faire voyager en Flandre,
comme j'ai dit, et j'ai ordre d'y tout disposer. Ce
voyage n'est pas su du cardinal; et M. le duc d'Orléans a dit qu'il n'était pas besoin de lui en parler
que quand il faudrait des chevaux de poste. Cependant le cardinal va prendre un effroi horrible. Il
aura peur d'un premier prince du sang allant se montrer aux troupes sur la frontière avec un grand fracas,
recevant des respects, se montrant bel homme de
cheval et populaire. On croit que ce dessein pourra
améliorer l'affaire du mariage. On ne sait quel secret
le cardinal a dit sur cela à M. le duc d'Orléans qui ne
m'en a encore rien dit; mais il paraît que l'affaire du
mariage de ce prince avec Madame Henriette est re-

mise sur le tapis et devient possible, soit que nous laissions la Bavière à une négociation avec la cour de Vienne, soit que nous nous refroidissions avec l'Espagne, en lui refusant le passage de ses troupes par le Roussillon et le Languedoc.

M. le duc d'Orléans a prié le roi de permettre qu'il n'allât plus aux conseils de dépêches et de finances. Il m'en avait dit quelque chose dimanche dernier. Je lui répondis que sans doute cette diminution au travail d'un côté profiterait de l'autre à l'assiduité qu'il accorderait au conseil d'État. On ne sait cette démarche que par ce qu'a dit le roi mardi dernier. Comme ce conseil s'assemblait, on voulait laisser la place à Mgr le duc d'Orléans, à quoi Sa Majesté répondit que ce prince lui avait demandé à ne plus assister à ces deux conseils, et cela sans compter beaucoup de *lacunes* qu'il ferait au conseil d'État; et on a, dans le monde, interprété cette dernière partie du discours comme un abandon de la cour plus sérieux qu'il ne doit être entendu.

Le roi est d'une familiarité et d'une assiduité, chez Mme la comtesse de Toulouse, qui passe à l'excès. Il y va des deux et trois fois par jour. Il y soupe entre quatre et six. Personne n'y parle des affaires politiques. On croit que cela devient trop fort pour que le cardinal n'y mette bientôt son opposition. Il y sut, l'autre jour, des nouvelles de la flotte du marquis d'Antin, et que celui-ci était arrivé à la Martinique. Le roi ne manqua pas, le lendemain, à son tour, de débiter ces nouvelles et citer les lettres de Mme la comtesse. Il ajouta naturellement qu'il n'en savait rien encore par les lettres de M. de Maurepas, et que

celui-ci ne les avait pas encore reçues. Cependant elles
l'étaient depuis deux jours, et on n'en avait rendu
compte qu'au cardinal, qui avait absolument négligé
d'en parler au roi.

30 *janvier*. — Le roi a dit encore tout à l'heure
ceci de fort sérieux. Fontanieu, qui a le Garde-meuble
et qui est conseiller d'État, était venu à Versailles
pour le conseil. Le roi lui a dit : « Eh! que venez-
vous faire ici? Les ministres n'y sont pas. » Pour moi,
je crois que le roi se divertit à tout cela, qu'il veut
éprouver les bas courtisans des ministres et ceux qui
n'espèrent pas à lui, qu'il se complaît dans cette pusillanimité, cette obéissance sous le cardinal, qui, au
bout du compte, n'est le maître que parce que le
roi le veut bien, pour ne pas poignarder, dit-il, ce
vieux prêtre.

Le roi travaille toujours en tapisserie, et comme il
faut dire partout des platitudes, et sur tout, on lui a
dit à lui-même : « Sire, le feu roi n'entreprenait jamais
tout au plus que deux siéges à la fois, et vous en en-
treprenez quatre » (parlant de siéges de tapisserie).

M. le duc d'Orléans a beaucoup raisonné avec le
cardinal en particulier des affaires d'Allemagne. Le
prince a dit à B*** que, pour sûr, le cardinal n'avait
aucun plan fixe sur les affaires de l'empire, qu'il lui
avait dit d'en faire donner un par M. de Bellisle, mais
que cela serait inutile, parce que le cardinal n'en voulait adopter aucun, et que certainement ni lui ni
M. Amelot n'étaient capables de ces plans.

2 *février*. — Voici ce que j'ai appris d'un ami in-

time de Bachelier et qui passe sa vie avec lui. Le roi,
Bachelier et M. Chauvelin qui est à Bourges ont reconnu, il y a un an, que leur secret était trop
éventé, et il a convenu au roi de le cacher avec un
soin infini ; c'est par là que s'explique le nouvel abandon du roi au cardinal, son air de confiance, d'aveuglement et même d'ensorcellement ; et convenons que
le roi ayant résolu de le laisser mourir dans sa place
et ne voulant pas le chasser et le poignarder par là, il
valait autant faire la chose de bonne grâce, comme
on l'a fait.

Mais Sa Majesté a été encore plus loin : elle joue
depuis ce temps-là l'indifférence pour Bachelier et,
dans l'intérieur secret de son propre palais, Bachelier
ne voit son maître qu'en bonne fortune. Dans le cours
de la journée, il lui fait la conversation particulière et
l'on voit Bachelier se retirer chez lui dès que son service est fini. Cependant c'est tous les matins, dès que
le roi est éveillé, et le premier rideau tiré, que Bachelier a conversation plus ou moins longue avec le
maître.

On a fait plus, on a joué la brouillerie entre Bachelier et Lebel : car le cardinal disait que ces deux domestiques gouvernaient l'esprit du roi. Lebel est resté
passant des journées entières avec Sa Majesté à son
tour, et ainsi on a feint que le sieur Lebel avait voulu
se soustraire à l'autorité de Bachelier, qu'il avait voulu
voler de ses ailes, et on en a fait courir le bruit, mais
on convenait cependant qu'ils tendaient tous deux au
même but, qui était le rappel de M. Chauvelin ; mais
cette brouillerie a été simulée, et notre ami commun
m'a conté les pourparlers secrets et assidus entre Ba-

chelier et Lebel, et l'air d'empire et de supériorité
qu'on voit au premier sur le second, ses issues secrètes, et les ordres qu'il reçoit. Mme de Mailly est
elle-même dans la plus grande dissimulation à l'égard
de Bachelier : si celui-ci voulait, il ferait renvoyer et
la maîtresse et le petit Lebel.

M. de Bellisle a été nommé malgré lui plénipotentiaire à Francfort, et il prend ses instructions véritables
du sieur Bachelier qui a dirigé avec le roi le plan
d'Allemagne par des instructions secrètes venues de
Bourges.

J'ai dit que tout cela était très-bien et que j'expli-
quais ce plan du roi d'un bout à l'autre, excepté la
durée de l'emprisonnement de Pecquet, homme vertueux et qui avait si bien servi et dans de si grandes
choses, dont tout le crime était d'avoir été attaché à
M. Chauvelin ; qu'il était insupportable qu'un tel
homme restât cinq mois au cachot, et que c'était une
tyrannie horrible dans un pays chrétien. On m'a ob-
jecté que le roi ne pouvait de lui-même exciter à la
liberté sans paraître soufflé par les Chauvelinistes, ceci
étant chose de la compétence des ministres qu'on
abandonnait naturellement au cardinal, que de rétablir la subordination entre les maîtres et les vieux
commis; à quoi j'ai répondu en m'échauffant, ce qui,
je crois, portera son effet incessamment.

C'est le roi par lui-même qui a procuré au jeune
M. Joly de Fleury la survivance de la charge de son
père, de procureur général. Sa Majesté y était préparée
et l'exécuta comme elle l'avait résolu. Le cardinal ne
le voulait pas, et le chancelier, étant l'ennemi secret du
procureur général, avait une longue harangue de re-

montrance à débiter contre lui, lorsque, le cardinal ayant commencé à dire le premier mot de cette proposition, le roi lui coupa la parole et dit que cela était trop juste, avec de grands éloges du père et du fils, ce qui fit rengainer au chancelier tout ce qu'il avait à dire de mauvais.

5 *février*. — Comme nous étions bien embarrassés à donner ou à refuser passage aux troupes espagnoles qui vont de Catalogne en Italie, pour s'emparer de Toscane et Parme, le cardinal a donné des ordres très-secrets de les faire passer par pelotons par Roussillon et par Languedoc et Provence, ce qui s'exécute actuellement, ainsi que par mer avec des barques de trois voiles qui mènent ces hommes comme des recrues. Ainsi on aura un gros corps de troupes qui tout à coup se trouvera arrivé en Italie. De l'autre côté, le roi de Naples y avance ses troupes et a extorqué la permission au pape, et on ne doute pas de l'intelligence avec le roi de Sardaigne qui aura le Milanais.

10 *février*. — Tout est resté tranquille à l'ordinaire : Mme de Mailly malade avec des pertes de sang, puis blessée, dit-on, enrhumée, et fort changée, de sorte que le roi ne sort guère de Versailles. On prétend que M. de Mailly, son époux, refuse d'être duc, qu'il dit, avec bon sens et honneur, qu'il n'a que faire de tout cela, qu'il est bien, qu'il s'est ménagé 15 000 livres de rentes dont il vit, n'ayant point d'enfants, qu'il sache ; qu'il a quitté le service, et qu'ainsi il n'a point mérité d'être fait duc.

Poniatowski est retourné en Saxe, comme il était
venu ; il venait proposer ici une ligue entre la France,
le grand-duc ou la reine de Hongrie, Saxe et Russie,
par laquelle on aurait attaqué le roi de Prusse, on
aurait soutenu la pragmatique, on aurait fait élire
empereur le grand-duc, pour, après lui, élire roi des
Romains l'électeur de Saxe et alterner toujours l'empire dans les deux maisons. Par là aussi on rendait la
couronne de Pologne héréditaire chez l'électeur de
Saxe.

Il est certain que rien de tout cela ne nous convenait. Aussi le cardinal lui a-t-il fait beaucoup d'honneurs et d'honnêtetés et l'a éconduit. Il est retourné.

Cependant ceci met à découvert notre peu de franchise. Voilà donc comme nous soutenons la pragmatique tant jurée. Les cours autrichienne et protes-
tantes nous démasquent et se ligueront contre nous ;
le roi de Prusse va aux enfants perdus. Il est seul de
la bande et l'on prétend qu'il va être accablé, mais
cela n'est pas aisé, et d'un autre côté, la reine de
Hongrie va le gagner par des dons : mauvais exemple,
et chacun lui demandera des provinces.

Bavière a toujours ses grandes vues, et, sans liaisons
avec Prusse, agit de même ou agira dès que cela
sera possible. Ils vont au même but. Nous l'assiste-
rons sans doute de sommes en secret, comme d'un
million par mois. Il est sûr de trois électeurs. La
jalousie qui anime tous les princes est terrible entre
les deux sœurs et les deux beaux-frères, Saxe et Bavière, c'est de là que Saxe s'est donné corps et âme
à la reine de Hongrie, à cause que Bavière est coutre

elle. D'ailleurs Saxe est le protégé de Russie, et, par là, il entrait dans la ligue tyrannique de feu l'empereur avec la Russie.

Autre jalousie entre Prusse et Saxe. Prusse embarrasse les puissances maritimes, l'Angleterre et la Hollande. Il était le mignon de son oncle, le roi d'Angleterre. Il lui échappe; on ne sait qu'y faire. Par sa démarche, il favorise l'ambition de la maison de France.

De tout cela il résulte fermentation et lenteur dans le parti anti-bourboniste d'Europe. Le degré de chaleur n'y est plus pour tout sacrifier, comme à la grande alliance de 1701, puisque nous ajoutons à cela un grand air d'indifférence ou d'impartialité, et que nos discours favorables à la pragmatique, quoique n'étant soutenus d'aucun effet, ne suffisent pas pour animer absolument contre nous, au lieu que Louis XIV sembla, en 1700, ne chercher qu'à animer l'Europe contre l'Espagne.

L'Espagne va cependant s'emparer de ce qu'elle pourra en Italie, mais mollement, et selon son peu de finances. Sardaigne lui prête lentement la main. Cette mollesse, quelque résistance de la part des Autrichiens, des victoires à fleur de corde[1], notre connivence secrète, tout engage la partie sans scandale.

M. de Bellisle va faire merveille pour brouiller tout cela à Francfort; il régira les princes d'Allemagne à sa

---

1. « Au jeu de paume, *La balle a passé à fleur de corde,* Elle a légèrement effleuré la corde, en passant par-dessus, de sorte qu'il s'en est peu fallu que le coup ne fût perdu. » *Dictionnaire de l'Académie.*

fantaisie. Il est cause d'une promotion de sept maréchaux de France dont on parle comme faite.

13 *février*. — Le roi vient de nommer sept maréchaux de France qui, avec sept qu'il avait déjà tout grouillants, font quatorze. Le roi de la fête est M. de Bellisle, dont on présume de si grandes choses, quoiqu'il n'ait encore rien fait pour la guerre. Il n'a servi toute la guerre de 1701 que comme capitaine de dragons. Il eut un bon coup de fusil, au siége de Lille, tout à travers la poitrine; il obtint ensuite une commission de colonel réformé; pendant la régence, il fut en faveur. Il eut permission d'acheter la charge de mestre de camp général des dragons à force d'argent, ce qui donne rang de brigadier. Il alla, comme volontaire, à notre petite guerre d'Espagne, et attrapa quelque chose au talon, ensuite il commanda de beaux camps de paix. Il s'est montré homme de cour, homme de cabinet, et grand pourvoyeur; homme à vues justes et d'un grand travail. Il a un frère sensé et pesant; sans ce frère, il serait un fol; sans lui, son frère (le chevalier de Bellisle) serait un homme ordinaire. A notre guerre de 1733, il a commandé la petite armée de Moselle, et chacun a été charmé d'y être, d'autant qu'on y était bien pourvu de tout, et qu'on n'y voyait pas l'ennemi. Il prit Trarbach en le pétardant; il parut à Philisbourg à deux tranchées, et y hasarda l'attaque d'un ouvrage qui n'était pas mûr, mais ce qui réussit par bonheur. Enfin, commandant dans les évêchés, lieutenant général, cordon bleu, neveu de feu Mme de Lévy, la bonne amie du cardinal, nommé plénipotentiaire à Francfort, on vient de lui donner le bâton

de maréchal de France à l'âge de cinquante-quatre
ans.

Tels sont tous ses hauts faits de guerre. Dans un
temps où la bonne volonté est si rare dans la nation,
où l'on ne voit que la fin de l'ambition sans les moyens,
cet homme a été trouvé grand et peut l'être en effet ;
on le présume tel ; mais on ne récompense en lui que
le mérite sans service. Si ce pauvre M. Fouquet, son
aïeul maternel, pouvait savoir cela dans l'autre monde,
quelle joie, quelle surprise, lui qui fut si ambitieux et
si malheureux !

M. de Maillebois, même chose à dire pour feu son
père, M. Desmarets, qui n'était pas gentilhomme. Il se
trouve que, si Maillebois avait été homme d'esprit et
appliqué, il eût été mis dans la robe, et serait à présent intendant de province ; le voilà maréchal de
France ! MM. d'Avaray et de Guerchy se sont plaints
amèrement et avec raison.

14 *février*. — Je me suis toujours conduit avec
le plus de sagesse que j'ai pu, surtout dans les opérations principales de ma fortune ; cependant il est
arrivé que presque tout ce que j'ai fait a eu besoin
d'apologie.

Quand je me mariai, j'eus une longue thèse à soutenir avec ma maîtresse d'alors sur les motifs de mon
mariage.

Quand je me suis séparé d'avec ma femme, il m'a
fallu des défenseurs dans le monde.

Quand j'allai en intendance, tout le monde demanda
pourquoi, puisque j'étais déjà conseiller d'État.

Quand j'en revins, il fallut dire que c'est que j'étais

déjà ancien au conseil, que je dépensais beaucoup à Valenciennes et que je ne voyais pas jour à avoir sitôt l'intendance de Lille.

Quand je fus nommé ambassadeur en Portugal, autre plaidoirie pourquoi je prenais ce parti-là.

Quand il fut déclaré que je n'irais pas, grande apologie contre le cardinal de Fleury qui me chiffonnait par humeur.

Enfin, je viens d'avoir la place de chancelier de M. le duc d'Orléans, qu'avait mon frère et dont il s'était dégoûté; il s'est fait congédier à plaisir, ayant obtenu l'intendance de Paris ; c'est là où il m'a fallu une patience d'ange sur l'air que mon frère a donné à cela dans le monde, quoique ce fût lui qui me l'eût annoncé, qui m'eût conseillé de le prendre et qui m'eût conduit comme par la main.

Il faut du hasard pour ces circonstances, et de la réputation pour s'en tirer sans efforts.

[*Janvier* 1734.] — Un homme employé secrètement en Espagne, pendant la guerre qui a duré de 1733 à 1735, m'a appris et confié que l'Espagne donnait de gros subsides à la Bavière, pendant la durée de cette guerre. Ces subsides passaient par nos mains, et nous en donnions une fois autant, ce qui allait bien à cinq millions de notre monnaie, pour chacune desdites deux nations. Certes, c'était beaucoup gagner que d'acquérir l'inaction de cette puissance, et nous la tenions prête à marcher dès qu'il eût été question d'ouvrir le grand chapitre de l'Allemagne ; mais le cardinal ferma subitement ces grands projets par la paix infâme qu'il fit, où la Maison de France

rendit ce qu'elle avait occupé, et se parjura avec ses
alliés qu'elle abandonna.

19 *février* 1741. — L'Espagne continue ses entreprises sur la succession de l'empereur du côté de l'Italie.
La reine d'Espagne a des trésors considérables qu'elle
amasse depuis 1714. Elle a la plus grande part aux
galions, et a toujours pris à toutes mains dans les
finances. Elle ne comptait d'ouvrir ces trésors que
lors de la mort du roi son mari, et pour son établissement en Italie. Elle a fait d'un article une affaire de
dix-huit millions avec la feue reine douairière, dé-
cédée l'an passé à Guadalaxara. Le nonce exilé à
Bayonne se ménagea son amitié, et fut fait cardinal
en arrivant à Madrid, pour avoir ménagé le testament
de ladite reine douairière en faveur de la reine régnante. Ainsi la reine régnante a eu dix millions pour
un payement de deux cent mille écus.

Ces trésors vont s'ouvrir pour l'entreprise d'Italie,
dans la détresse où sont aujourd'hui les finances
d'Espagne.

Le bruit court que, depuis quatre jours, l'infant
D. Philippe avait disparu de Madrid, et que la cour ne
paraissait pas en peine. On croit qu'il est allé servir
volontaire dans l'armée du roi de Naples, son frère.
Il aura pu passer par la France en grand incognito,
et personne ne l'aura su. Madame infante a écrit depuis peu à Madame Henriette qu'elle avait bien du
chagrin depuis la mort de l'empereur, qu'elle voyait
son époux disposé à aller bientôt à la guerre.

Ainsi, l'Espagne va rétablir trois infants dans des
souverainetés dont deux seront en Italie. Cette divi-

sion sera le prétexte pour moins inquiéter le tiers parti, dira-t-on ; mais on voit bien que cela conduit à réunir tout dans la maison de France et par la suite sur une même tête.

On attend à tous moments des nouvelles d'Amérique. On est en peine de l'arrivée de l'amiral anglais et de ce qu'il aura fait à l'égard de notre flotte. Depuis longtemps, on n'a point de nouvelles du marquis d'Antin.

Il paraît deux nouveaux manifestes de Bavière, pour établir ses droits sur la succession autrichienne. Certainement c'est le jeu, à présent, de notre ministère de soutenir cette puissance, avec qui nous sommes si bien depuis longtemps. Nous devons leur fournir des subsides ; mais l'avarice du cardinal est grandement à craindre en cette occasion.

Le roi de Prusse n'a point abandonné la partie, comme on l'a dit. Il retourne de Berlin au siége de Neiss qu'il n'a point levé, comme on l'avait prétendu. Tout se remet en train de ce côté-là ; mais voilà toujours un parti bien fort, le grand-duc de Toscane, Saxe et Russie. Qu'opposerons-nous à ces forces réunies, sous un si faible ministère ?

20 *février*. — On a chargé M.... de donner avis à M. de Breteuil que le cardinal s'était plaint qu'il y avait un concert de fraude entre les quatre secrétaires d'État pour le tromper et l'amener à leur point, en sorte que ce que l'un lui disait le matin, l'autre le lui disait le soir, et que ces quatre personnages bien liés ensemble allaient tout conduire après la mort du cardinal, se soutenant intégralement ensemble ; ce qui ne

donnerait accès à aucun autre d'entrer au ministère lorsque cet évènement arrivera.

Or, cette imputation, faite à M. de Breteuil en particulier, le met également mal du côté du cardinal et du côté du parti de M. Chauvelin, de sorte qu'il pourrait arriver que l'exemple tomberait sur lui. Sa conduite devrait être tout autre, et certes il devrait se préserver davantage des embûches du Maurepas qui domine dans ce ministère et ne sait pas trop ce qu'il fait, si ce n'est qu'il prétend dominer et qu'il change de parti à tout instant.

On attribue à m... f....¹ ces nouvelles intrigues des secrétaires d'État, ou plutôt contre eux ; il fait promener incessamment l'esprit du cardinal d'un mécontentement à l'autre contre les gens dont il veut les places. Voilà le contrôleur général raccommodé, il prétend à une place de secrétaire d'État ; il anime l'Éminence contre tous les autres, d'abord contre M. Amelot, dont il démontre l'insuffisance, et enfin contre M. de Breteuil qu'il croit lui avoir arraché cette place l'année passée. Certes il voudrait bien la lui enlever à son tour : vengeance, ambition, adresse, triomphe.

On prétend que le roi devient tous les jours de plus en plus un automate ; il lui arriva l'autre jour, en déclarant les maréchaux de France qu'il venait de faire, d'en oublier deux, il ne s'en souvenait que de cinq ; il chercha les deux autres noms et ne les trouva pas dans sa mémoire, et étant descendu chez Mme la

---

1. Mon frère.

comtesse de Toulouse, il tomba encore dans le même oubli[1].

— Nous avons pleine intelligence avec le roi de Prusse; M. de Beauvau, qui arrive de Berlin, en a parlé ainsi à quelques amis, et, si cela est, c'est une grande habileté du cardinal. La cour de Vienne est très-mécontente de nous, et M. de Lichtenstein est parti très-animé contre la France.

On a dit une plaisanterie excellente sur la promotion des maréchaux de France, c'est une excuse du cardinal prétendue; il dit, aux reproches qu'on lui fit : « Mais quoi ! j'ai fait la dernière promotion de chevaliers de l'ordre pour le militaire; il était bien juste que je fisse cette promotion-ci de maréchaux de France pour la cour. »

21 *février*. — M. de Breteuil est convenu avec moi qu'il cherchait à bien vivre avec ses confrères, mais qu'il ne les voyait que par décence, et ne traitait point des grandes affaires avec eux ; qu'il ne se concertait précisément que pour les affaires du courant; qu'il voyait bien les intrigues de certaines gens, dans leur fureur de parvenir, comme de M. de La Grandville et m[on] f[rère]; qu'on poussait à présent M. Amelot et qu'il avait l'oreille basse, que M. le cardinal s'en plaignait hautement; que, pour lui, il allait son chemin entre deux eaux, et ne cherchait qu'à plaire au roi sans déplaire au cardinal.

1. Ce n'était peut-être pas un oubli. Voy., à cette date, les *Mé-moires du duc de Luynes*, publiés par MM. L. Dussieux et E. Soulié. Paris, 1860.

Le roi affecte de plus en plus de se montrer indifférent sur les affaires du gouvernement, et tombe même
dans des quiproquo affectés et que j'ai bien de la
peine à faire regarder comme affectation et profon-
deur.

Le cardinal se soutient dans le travail du monde le
plus épineux et le plus pénible : c'est un miracle que
la force et la santé de ce vieillard.

M. de Breteuil m'a dit, en général, qu'il travaillait
aux préparatifs de la guerre sourdement.

M. le duc d'Orléans m'a parlé du dessein qu'il a de
se faire prêtre. « Pour moine, m'a-t-il dit, je ne le
serai jamais. » J'ai combattu un dessein si bizarre par
les raisons les plus fortes, dont je viens de faire un
mémoire particulier pour l'occasion[1]. Je lui ai dit que
peut-être le cardinal y souscrirait-il par malignité, mais
jamais le roi ; il m'a dit que le cardinal et le roi étaient
la même chose ; je lui ai soutenu que le roi avait une
âme et pensait par lui-même. A tout cela, Son Altesse
répond : « Je ne dis pas quand cela sera, mais il faut
bien que ce soit tôt ou tard. »

4 mars. — Tout est dans un calme profond : on
cherche à se tromper, et c'est tout. M. de Bellisle assure
ses amis qu'il ne va en Allemagne que pour y porter
la paix et la conciliation ; qu'au reste il n'est pas dans
le secret, qu'il n'a point de plan, ou que du moins il
n'en est point le dépositaire ; le cardinal dit à peu
près la même chose sur les affaires d'Allemagne, et il
est vrai qu'il en joue d'autant mieux ce rôle de débon-

1. Voy. l'Appendice I, à la fin du volume.

naireté qu'il n'a aucun plan, si ce n'est celui de ne
point tenir ses promesses.

On assure que la paix va se faire entre l'Espagne et
l'Angleterre. C'est une grande question de savoir si,
cette paix étant faite, l'Angleterre agira puissamment
pour la pragmatique; cela dépend de la force du
parti du roi en Angleterre, ou de celui de la nation.
L'intérêt de la nation est de faire une bonne paix
avec l'Espagne et à l'avantage de son commerce;
notre intérêt est d'empêcher les avantages du commerce anglais. L'intérêt du parti du roi en Angleterre
est de se rendre redoutable en Allemagne par l'inter-
vention des Anglais. La nation anglaise n'y a d'intérêt
qu'autant qu'il faut nuire au trop de puissance de la
Maison de France; mais l'Italie est bien loin de l'Angleterre, et ordinairement l'Angleterre s'en est peu embarrassée, témoin nos conquêtes de 1734. Du reste,
l'Angleterre ne servira jamais tant à la pragmatique
qu'en occupant autant qu'elle fait la Maison de France
par la guerre d'Amérique et interceptant les galions.
On sait que nous nous entendons en tout ceci avec le
roi d'Angleterre, Walpole et son parti; changerons-
nous de conduite en cette occasion pour plaire à l'Espagne? Car l'Espagne s'entend au contraire avec la
nation anglaise pour lui procurer une paix avantageuse, et, par là, obtenir liberté de se jeter sur
l'Italie.

Le cardinal se porte mieux que jamais, et *fruitur
diis iratis*. Il a fait un carême avec la force d'un jeune
cordelier; ses esprits ralentis n'en ont pas moins de
force pour duper les nations étrangères; il fait plus par
lui-même que jamais, et décide tout, en se moquant

de ces petits secrétaires d'État qu'il dit plus faibles de jour en jour.

Il y a quelque temps, comme on apprenait au cardinal que le blé avait baissé de prix dans les provinces, il entra en fureur en mettant les poings sur les rognons : « Eh bien ! dit-il, voilà donc tous ces habiles gens qui disaient qu'il n'y avait point de blé dans le royaume et qui m'en ont fait acheter en pays étrangers à si gros prix ! »

7 mars. — Un des meilleurs amis de M. de Bellisle m'a fait entendre, sans y penser, le système particulier qui domine ledit sieur de Bellisle dans la négociation d'Allemagne : c'est qu'il y a nécessité de prévenir le trop de puissance de l'empereur qui va s'élire ; que nous ne sommes pas là dedans pour élever seulement notre puissance et diminuer les autres en les excitant, mais que nous avons tout à craindre si nous ne parons pas les coups, et qu'ainsi il faut y guerroyer, y dépenser.

Voilà l'illusion de l'ambitieux de Bellisle et la fureur d'entrer en lice qui capte le cardinal : dépenses, guerres, jalousie de nos voisins.

Un habile homme, tel que M. Chauvelin, se serait replié à laisser tout faire aux prétendants à la succession autrichienne ; moins il y eût travaillé, plus les autres se fussent piqués les uns contre les autres sans se défier de la France ; mais toute persuasion contraire environne le cardinal : il est entouré de ces insinuations de Bellisle. M. de Maurepas veut la guerre par mer, le petit Amelot lui obéit en tout et a l'esprit faux, M. de Breteuil a intérêt à la guerre.

Sur ce que j'ai dit à M. de Breteuil, qu'il n'avait plus que dix à douze jours pour donner ordre à l'augmentation des troupes, il m'a dit qu'il prenait la mesure, et qu'il croyait déterminer le cardinal dans peu.

Il est déjà décidé que M. le duc de Chartres ferait sa première campagne comme volontaire. Le dedans du royaume est dans un état affreux; en tirer encore trente millions de plus par an pour une guerre, fait trembler tout rentier pour ce qu'il a sur le roi, et tout Français pour ses propres biens.

Le roi n'a pas voulu aller dimanche au sermon; il a feint un rhume; le lendemain il rompit la chasse sous prétexte de ce prétendu rhume qui ne se trouve rien aujourd'hui mardi.

12 *mars.* — J'ai vu ce soir le cardinal sortir de chez le roi, il avait l'air d'un jeune fou, d'un petit évaporé, il portait au vent, ses cheveux en désordre s'écartaient, il riait à l'assemblée; mais il rapetisse de jour à autre, et, de la belle taille de cinq pieds sept pouces qu'il avait, il n'a pas aujourd'hui celle de cinq pieds trois pouces; de plus, il s'arque par les jambes comme un cheval usé; il est cagneux, et fléchit surtout extrêmement les genoux en marchant; il trotte, il coule en fendant la presse; il donne des coups de tête et s'applaudit de tout. Il est surprenant ce qu'il fait de besogne à sa façon, c'est-à-dire ce qu'il y passe de temps dans la journée, sans rien décider, ni entreprendre qui dérive d'un plan ni de principes certains.

La tête tourne à M. Amelot dans le courant des affaires étrangères : *impar oneri*, il se perd à en entendre continuellement parler au cardinal, à être chargé

de mille choses à la fois et à n'en pouvoir exécuter
aucune avec intelligence; à la fin la présence d'esprit
manque, l'esprit s'use et devient plus stérile que jamais.

On parle de nommer l'évêque de Langres coadju-
teur à l'archevêché de Paris; on dit que M. l'archévê-
que de Paris a déjà prêté son consentement et que cela
se traite en cour de Rome. Si cela est, voilà les affaires
de l'Église et du parlement à la veille d'être plus
brouillées que jamais par rapport au prétendu jansénisme; l'évêque de Langres (Montmorin), est persé-
cuteur de bonne foi, croyant qu'il est nécessaire au
salut de rompre toute communication avec les appe-
lants de la bulle : il en a donné des preuves impor-
tantes à Langres en recherchant sur ces sentiments
des laïques mourants, et même des artisans.

19 *mars*. — Je parlais ce matin à M. le duc d'Orléans d'un marquis de Crécy qui a été dans sa maison :
il m'a dit (ce prince pieux) : « J'ai à cet homme-là une
obligation particulière. — Et de quoi, monseigneur ?
— C'est, dit-il, de m'avoir fait perdre mon p....age. »
Je lui ai répondu : « Monseigneur, dans la cour des
princes d'honnêtes gens se mêlent de ce métier-là.
— Je vous dis cela, m'a-t-il dit, pour vous marquer
que ce n'est qu'un vieux pécheur, un vieux débauché.
— Au moins, lui ai-je dit, monseigneur, était-elle
jolie? — Monsieur, m'a-t-il dit en se renfrognant,
qu'avez-vous encore dans votre portefeuille? Passons
à d'autres choses. »

3 *avril*. — Le comte de Cassio, envoyé extraordinaire du duc de Modène, vient d'arriver à Paris, et

d'ici il passe à Madrid pour la même commission que je vais dire. Il a d'abord eu audience de M. le cardinal, puis il avait ordre de me voir pour me communiquer sa mission et la faire savoir à la maison d'Orléans; il m'a montré les lettres qu'il a à rendre à S. A. S. Mme la duchesse d'Orléans et celles qu'il a pour M. le duc d'Orléans.

Le duc de Modène a, dit-il, l'âme toute guerrière : il a conduit ses finances, depuis la mort de son père, de façon qu'il s'est rendu état militaire, il a deux places fortes et cinq à huit mille hommes de troupes, il vient de lever un régiment suisse ; il a bien de quoi entretenir ces troupes, mais il n'aurait pas de quoi les mettre en mouvement pendant une guerre, s'il en survenait en Italie, comme il y a apparence depuis le décès de l'empereur; il offre de se faire acheter par la France ou par l'Espagne (et peut-être par la reine de Hongrie); en un mot, il prend le bon parti, il veut profiter de la conjoncture présente et avoir part à la défroque de la maison d'Autriche, il se pique d'en mépriser les représentants, il s'indigne de ce que le grand-duc vient de mettre garnison dans la principauté de Massa-Carrara, dont son prince héréditaire va épouser l'héritière.

Il dit que ses vues seraient d'obtenir avec Massa-Carrara, par ce mariage, Guastalla et la Mirandole, au moyen de quoi, il irait du Pô à la mer; il y a encore un petit recoin de la Toscane où est, je crois, Filetra[1], qui lui conviendrait.

---

1. *Sic* dans le manuscrit. Mais il est probable qu'il faut lire Filetta. Il y a en Toscane plusieurs localités de ce nom.

Ce comte de Cassio, l'homme le plus de confiance du grand-duc, va promener ses propositions de Paris à Madrid, et a passé par Turin, où il a déjà été bien reçu, dit-il. Il a eu audience du cardinal de Fleury qui ne l'a mis ni dehors, ni dedans, à son ordinaire.

Ces princes italiens sont grands gascons et leurs troupes lâches.

Il m'a encore ajouté un petit secret de famille, qui est, qu'au cas où Mme de Modène, voyant la guerre venir en Italie, voulût se retirer ailleurs, comme en France, quoiqu'ils fissent fort bon ménage, il ne le souffrirait pas, et qu'il fallait en prévenir sa famille.

[*Janvier* 1739.] — Un homme qui a été dans la confidence du cardinal m'a conté une grande défection, vilenie et manque de parole de Son Éminence. Il s'agissait de la pragmatique qui défend en Espagne les dorures et galons; la reine d'Espagne fit passer cette loi qui fait grand tort au commerce de France, quand nous lui renvoyâmes son infante, en 1724. Depuis cela, étant question de la lever, on offrit huit cent mille livres en cinquante mille pistoles à quelqu'un de crédit qui l'obtiendrait. La nourrice de la reine d'Espagne s'en chargea, le cardinal traita cela seul par Périchon, prévôt des marchands de Lyon : lettre de Son Éminence à ce magistrat pour l'y autoriser. Enfin cela passe, la nourrice envoya un homme à Périchon pour recevoir la somme, Périchon avait écrit pour l'offrir; en conséquence, il renvoie l'homme à Paris, on va sommer de cela P. qui en avait porté parole; il va à M. Orry, contrôleur général, par qui la négociation avait passé, celui-ci va au cardinal, et il est conclu

entre eux que, dès qu'on a son affaire, on ne tiendra
point sa parole et on ne donnera point une si grosse
somme.

Le pauvre ambassadeur de la nourrice de la reine
d'Espagne retourné à Madrid les mains vides, on le
crut un indigne fripon; il eut beau en jurer la négative, on le mit au cachot où il a été huit mois, sans
que le cardinal songeât à l'assister, à le disculper ou
à le dédommager.

7 avril. — Le comte de Cassio, dans sa conversation avec le cardinal, a ramassé toutes les preuves
de notre intelligence avec l'Espagne; ce qu'il avait dit
au cardinal, il se l'est entendu redire ensuite par M. de
Campo-Florido, ambassadeur d'Espagne, et cela mot
pour mot, à qui son Éminence l'avait fidèlement rapporté; le cardinal lui a beaucoup loué cet ambassadeur, et a parlé avec injure de M. de La Mina.

Il est persuadé encore, par les discours de M. de
Campo-Florido et du cardinal, qu'il y a résolution
formée de procurer une couronne à l'infant don Philippe; il m'assure que rien n'est plus certain.

Je lui dis : « Mais, monsieur, qu'allez-vous faire
en Espagne, quels services acceptera-t-on de vous,
est-ce le jeu à votre maître de vous livrer aux trois
branches de France pour être ensuite absorbé, et surtout pour qu'on vous enlève la Mirandole? sur quoi ce
prince de la Mirandole, qui n'est plus qu'un seigneur
espagnol, a déjà cédé ses droits à l'infant D. Philippe. Non, monsieur, ai-je ajouté, votre maître a
d'autres desseins, il est Autrichien dans le cœur, et
plus encore par la nécessité de sa situation, il veut

pénétrer par vous quels desseins nous pouvons avoir
à nous et à l'Espagne, et servir la reine de Hongrie de
toutes ses petites forces, il a été mécontent de la
France, et a marqué, il y a deux ans, sa grande passion pour l'empereur, en allant servir pour lui contre
le Turc; vous affectez le mécontentement du grand-
duc sur les garnisons mises dans la principauté de
Massa; mais c'est peut-être à votre prière. »

Je crois, en effet, l'avoir pénétré, et, par le zèle qu'il
affecte pour nous, il croit entrer dans nos secrets et se
réserver une porte de derrière pour être bien avec
nous, si la chance tournait pour nous en Italie. Tout
autre système est extravagant. Qui est-ce qui serait
en Italie pour l'envahissement universel qu'y médite
la reine de Hongrie? A la bonne heure, que les Allemands en fussent chassés; mais il faudrait que les
Français et les Espagnols le fussent aussi, autrement
ce fâcheux remède des faibles Allemands y est devenu
nécessaire, surtout pour les princes faibles.

9 *avril*. — Voilà nos ministres en désarroi. Le cardinal n'a plus que la tête; il faut qu'on le porte pour
monter en carrosse.

M. de Breteuil a une jambe gorgée plus que jamais;
l'autre jour, un jeune cornette de cavalerie, lui parlant sur son escalier, tomba, roula et lui froissa la
jambe, son talon alla donner dans sa mauvaise jambe
où cela a fait trois trous.

M. Orry, ramassant ses pincettes auprès du feu,
s'est donné un tour de reins tel qu'il ne peut plus se
relever depuis cela, et est resté courbé en deux; on ne
peut lui remettre ses reins; on dit que cela n'arrive

qu'à des gens malsains et usés, et que cela est très-
dangereux; le voilà pour le présent hors de combat
et sans pouvoir travailler aux affaires.

12 *avril*.— Son Éminence prend jalousie des dames
qui ont la faveur du maître; elle s'irrite et parle des discours qu'elles tiennent au roi sur son compte et sur les
affaires. L'autre jour, M. d'Ayen venant demander
au cardinal diverses choses sur le fait des voyages du
roi, Son Éminence lui répondit, non en riant, mais
fort sérieusement : « Eh! monsieur, vous avez des
amies qui le savent bien mieux que moi, » parlant de
Mme de Vintimille.

Il est vrai que le voyage de Compiègne, retardé au
mois d'août, est arrangé tout juste pour après les
couches de Mme de Vintimille; ce voyage doit durer
trois mois, et on a déclaré qu'il n'y aurait point de
Fontainebleau cette année. Voilà le peu à quoi tiennent de grands mouvements, et, de tout cet arrangement, le cardinal n'a rien su, *ne verbum quidem*.

M. de Vintimille a tenu ce discours sur la grossesse
de sa femme : « Je ne sais qui a pu faire cet enfant,
ce n'est certainement pas moi; c'est ou le roi, ou le
duc d'Ayen, ou Forcalquier, ou mon laquais Saint-
Jean qui l'a prise pour mon c.... »

Mme de Mailly a eu quelques petites jalousies sur sa
sœur : on a cru que le roi l'avait greluchonnée. Quelle
greluchonne! L'autre jour, elle soutint qu'elle était
encore moins sèche et plus blanche que sa sœur, le roi
lui dit brusquement : «Ne pariez pas, vous perdriez. »

19 *avril*. — M. le duc d'Orléans m'a dit qu'ayant

eu conversation avec M. de Maurepas, il ne lui avait
pas caché que nous étions tellement liés avec l'Espagne que nous permettrions bien aux troupes espagnoles
de passer par le Roussillon et le Languedoc pour gagner l'Italie. « Alors, lui ai-je dit, vous allez revoir la
grande alliance contre la maison de France ; la reine
de Hongrie ne demandera pas mieux que de nous
harceler jusqu'à ce point-là pour nous mettre dans
cette prise de couleur. — Aussi, m'a-t-il répondu,
je suis fort aise d'être à Sainte-Geneviève, pendant ce
temps-là, » et il y retourne la semaine prochaine.

La rareté d'argent devient extrême dans les provinces : bientôt Paris, cette grosse tête où toute force
avait passé pour laisser les provinces dénuées, bientôt,
dis-je, elle va maigrir elle-même, et le crédit des financiers va se trouver à rien ; déjà je les entends qui sai-
gnent du nez pour divers payements.

Le ciel ne veut pas pleuvoir, nous courons le risque de toute la stérilité que produit une année fort
èche.

Il semble que toute l'Allemagne et les puissances
maritimes s'ameutent contre nous présentement : la
ligue augmente de toutes parts, le roi de Pologne
nous a échappé, il y a eu une révolution en Russie, où
le parti allemand, représenté par Ostermann, l'a emporté ; le roi de Prusse a été battu par les Autrichiens
et a levé le siége de Neiss[1].

---

1. La levée momentanée du siége de Neiss et le désavantage
qu'avaient eu les Prussiens au commencement de la journée de
Molwitz (10 avril) expliquent ces bruits, qui transformaient en
échecs les succès du roi de Prusse.

25 *avril.* — M. le cardinal a dit à M. le duc d'Orléans que, si l'électeur de Bavière était élu empereur, il ne devait pas se flatter d'avoir sa fille pour M. le duc de Chartres, et qu'il était d'avis qu'il épousât la princesse de Sulzbach : sur quoi, conseil tenu, nous sommes d'avis de le différer encore, et les voix semblent s'ouvrir pour lui faire épouser Madame.

M. le duc d'Orléans était résolu de remettre l'ordre de Saint-Lazare au roi, ce qui l'importune, dit-il; mais il ne voulait pas davantage remettre cette grande maîtrise à M. le duc de Chartres; on vient cependant de lui faire entendre que ce serait dégrader sa maison; il est résolu à faire réformer cet ordre sur sa propre tête, ôter le maigre du mercredi, changer la condition de faire la guerre aux infidèles en celle de servir le roi, faire revenir quelques biens à l'ordre pour y servir d'appât, et le purger de tous les poilous qui y sont en faisant faire de bonnes preuves de noblesse; en un mot, en faire comme une succursale à l'ordre du Saint-Esprit.

Ce préalable remet l'affaire à d'autres temps.

— M. le duc d'Orléans a dit de moi : « Mon chancelier est trop vif, trop chaud, il voudrait chasser tout le monde dans ma maison, tous ceux qu'il trouve infidèles ou peu zélés. » Non que je ne pense comme lui et que je ne revienne à son avis, mais j'y vais par des voies plus douces et plus lentes, comme par exemple pour Vernier, procureur; j'ai mené cela à bonne fin, mais par des voies plus lentes qu'il ne voulait.

Ce prince croit avoir mis de la prudence à cette affaire, et je me flatte de l'avoir seul conduit par mes

conseils et actions; il a trouvé l'affaire faite quand il
y a pensé le moins.

28 *avril.* — Le bruit augmente à la cour qu'il y a
eu grande prise entre le roi et le cardinal sur les
affaires d'Allemagne, et le cardinal s'est plaint à plusieurs personnes qu'il y a des gens qui parlent au roi
de ses affaires, que le roi se défie de sa prudence,
et se fie à d'autres, qu'il le voit depuis longtemps,
et que Sa Majesté a beau jouer l'air de confiance
et l'abstention des affaires, qu'il n'en est pas la
dupe.

Or, avec son grand âge, ce nouveau dégoût qu'il
essuie, la sciatique qui le ronge, et l'extrême difficulté
des affaires, je ne puis croire qu'il obtienne encore
une prétendue Journée des dupes pour chasser l'un et
s'établir sur la ruine de l'autre. Il a assez obtenu de
sacrifices; le pauvre Pecquet en est un assez tyrannique; peut-être a-t-on sacrifié ledit Pecquet plutôt encore au secret du Chauvelin qu'à l'inimitié du petit
Amelot pour lui, car Pecquet était imprudent par les
mouvements de sa bile : il s'était répandu mal à propos
en aigreurs contre le ministère, et on a craint à Bourges
qu'il n'en dit encore davantage; peut-être M. Chauvelin a-t-il été bien aise de le trouver détruit et hors
de son emploi quand il arriverait aux affaires.

Le cardinal a pris médecine depuis peu; ce jour-là,
il eut deux faiblesses, son dévoiement recommençait,
il a une sciatique qui le tient en deux.

Enfin, on parle beaucoup qu'il y a quelque chose
en l'air à la cour, comme serait sa retraite prochaine,
à quoi il forcera le roi, et que Sa Majesté désire enfin,

même au prix de le remplacer d'abord par M. Chauvelin et un autre encore qu'il n'aime pas.

Le jour qu'on apprit le combat de quatre vaisseaux français contre six anglais près de la Martinique[1], le roi apprit cette nouvelle à ceux qui étaient à Choisy. Mme de Mailly, avec une étourderie affectée, dit que nous nous laisserions donc ainsi donner cent coups de bâton sans nous revancher. On se leva de table, on répéta cent fois cette plainte, on cria tout haut, le roi présent à tout cela, qui ne disait mot.

5 *mai*. — Quelques-uns de ceux qui se mêlent de donner des conseils secrets sur les affaires d'Allemagne avisent le roi, et, par d'autres souterrains, on avise aussi un peu le cardinal qu'il y a quelque danger que la Prusse ne devienne trop puissante; car, dit-on, ayant la Silésie et Brandebourg avec ses États sur le Rhin, surtout Wesel et la haute Gueldre, voilà un puissant prince protestant; il tiendra la Hollande en bride, il y fera le roi, il en arrivera de grands malheurs par sa volonté; peut-être la subjuguera-t-il, au moins fera-t-il fleurir plus que jamais le parti protestant d'Allemagne, qui s'en allait tombant, et nous le trouverons toujours en opposition à nos intérêts.

Certes, les progrès du roi de Prusse doivent embarrasser la Hollande et l'Angleterre : on aime moins en-

---

1. Sur ce combat, que les Anglais présentèrent comme le résultat d'une méprise et qui donna lieu à des rapports contradictoires dans leurs journaux et dans la *Gazette*, voy. le *Journal de Barbier*, t. III, p. 272.

core l'agrandissement des gens de sa sorte, comme entre protestants, que celui des hétérogènes, et je ne doute pas que les grands armements de Hollande et d'Angleterre ne regardent plutôt les desseins de Prusse que les nôtres, peut-être pour l'abaisser d'un côté et l'élever de l'autre : car ce serait bien leur intérêt d'élever ce prince de leur communion à l'empire : le parti protestant fleurirait en Allemagne, et il se mêle toujours quelque intérêt de conscience et de principes innés, ou de préjugés d'éducation dans ce que font les hommes.

On nous dit donc que nous devons prévenir cet agrandissement ultérieur de la Prusse; je réponds qu'il faut laisser aller, que l'on commence par former une figure avant de lui faire les ongles ou la barbe, que ces ressorts doivent se mouvoir tout seuls, et qu'après cela on les réprimera toujours bien.

Enfin, on croit que la Bavière va se mettre en mouvement, et, si cela est, nous lui fournissons des subsides, et notre intelligence est aussi sûre qu'elle est mystérieuse. Il est temps que la Bavière agisse pour protéger le roi de Prusse qui paraît être accablé bientôt par le grand nombre.

La Russie a changé encore de ministère, parce que Munich était trop prussien et trop peu autrichien; il avait même, dit-on, reçu de grosses sommes du roi de Prusse; Ostermann a repris la place de confiance et est tout autrichien; mais voilà qu'on lui décoche la Suède. J'ai vu depuis peu un mémoire donné par le comte de Tessin pour démontrer la nécessité qu'il y a d'abaisser la Russie; voilà qu'on lui va lâcher les Tartares, les Turcs, et peut-être Thamas Koulikan; ce-

pendant il marche, dit-on, six mille Russes en faveur
de la reine de Hongrie.

6 *mai*. — Je ne puis vaquer à aucune besogne,
qu'au bout de fort peu de temps le cœur ne se mette de
la partie, soit pour, soit contre, soit pour les affaires,
soit pour les hommes ; je m'affectionne ou je m'indigne : peut-être est-ce un défaut, et je le reconnais
pour tel dans les occasions où le premier mouvement
m'ôte le sang-froid ; mais, quant à l'affection, ordinairement cela me donne joie et succès à ce que je fais ;
cela peut plaire à ceux qui servent avec moi, me les
attacher davantage et surtout à leur besogne.

— Le roi est allé à Choisy, et laisse à Marly son
monde invité à tenir compagnie à la reine. Pendant ce
temps-là, M. le cardinal va passer ses petites vacances
à Versailles, ce qui a paru assez extraordinaire à tout
le monde, et fait dire qu'il y va faire des assemblées
de ministres et y traiter d'affaires extrêmement im-
portantes. On assure que déjà il est sorti de ces délibérations la permission aux troupes espagnoles de
passer par la France pour aller en Italie, que la reine
d'Espagne nous a menacés hautement de s'accommoder avec l'Angleterre, au prix de tous les priviléges
imaginables de commerce, et, comme nous venons
de savoir l'agression des Anglais contre nos vaisseaux
en Amérique, il nous intéressait que cette cause commune ne fût pas trahie par l'Espagne.

Ainsi nous allons avoir l'attaque générale de l'Italie,
dès que ces troupes espagnoles sont assurées de leur
passage par la France ; elles le sont aussi de leur passage

par les États du roi de Sardaigne, de quoi je n'ai jamais
douté, dès qu'on serait au pied du mur. Cette belle
partie de l'Europe sera bientôt enlevée aux successeurs
de la maison d'Autriche. Et qu'y pourront faire les
Anglais et Hollandais dès que le grand-duc sera sans
armée et sans puissance d'y en établir une? Il n'y aura
plus de borne à l'Espagne et à la Sardaigne que leurs
désirs, ils partageront entre eux les États du grand-
duc, et on ne doute pas que le roi de Sardaigne ne
fasse bien sa partie cette fois-ci, c'est-à-dire ne convienne d'avoir la Lombardie à lui tout entière ; voilà à
quoi servira l'opposition des Anglais à la flotte de
l'amiral Haddock dans la Méditerranée : à faire mieux
les affaires du roi de Sardaigne, dont l'Espagne aura
plus de besoin, pour passer par ses États, qu'elle n'eût
eu sans cela, ne pouvant passer par la mer librement;
nous lui ferons aussi la loi davantage. Il est vrai que
par là l'Angleterre stipule mieux pour le tiers parti
dont est le roi de Sardaigne.

L'Espagne, quoique manquant d'argent par l'interception des galions, va trouver des ressources en Italie
par un bon pillage, comme le roi de Prusse trouve de
bonnes ressources et fait une bonne affaire en s'em-
parant de la Silésie, pays abondant et riche.

Que les troupes espagnoles soient une fois parve-
nues en Lombardie et en Toscane, elles y trouveront
de quoi faire la guerre aux dépens des ennemis qu'elles
attaquent. S'il ne s'agit que du passage, nous le leur
donnons. Les courriers trottent coup sur coup de
Naples à Turin, et on regarde cela comme le signal
de la prochaine attaque.

Au bout du compte, je demande ce qu'on nous fera

dans ces circonstances, quand même nous n'attaque-
rions pas autrement, quand même nous n'armerions
pas davantage, en nous excusant sur la misère de nos
provinces ; quelles puissances s'armeront si vivement
pour nous attaquer? L'Angleterre et la Hollande n'y
mettront que des demi-forces, et seront obligées d'y
employer beaucoup en marine du côté d'Amérique ;
les Anglais ne sortiront pas de leur île, ils ne pousse-
ront en Allemagne à l'assistance du grand-duc que les
troupes danoises, hessoises, hanovriennes, et autres
troupes stipendiées et auxiliaires. Ces gens-là attaque-
ront-ils nos frontières de Flandre ou d'Allemagne?

Considérez que voilà le fort de la guerre porté au
milieu de l'Allemagne par l'attaque vive et heureuse
du roi de Prusse en Silésie. Les dernières nouvelles
sont qu'il a fait prisonnier un corps de troupes de
sept mille hommes que le comte de Neuperg avait
abandonné à l'écart, et qu'il a fait pendre quatre
cents paysans armés qu'il avait trouvés avec elles.

Cette position ressemble bien peu à celle de la
grande alliance, où nous ne portâmes cette guerre en
Allemagne que par notre jonction avec la Bavière,
dont les forces étaient peu de chose en comparaison
de celles de Prusse ; et voilà que la Bavière va se déclarer, n'attendant plus que l'entier affaiblissement de
la reine de Hongrie que voici arrivé.

M. le duc d'Orléans ne doute pas que notre conduite dans cette guerre ne doive être attribuée aux
conseils secrets que le roi reçoit de M. Chauvelin par
le canal du sieur Bachelier, car l'autre jour que je lui
disais que le cardinal s'affaiblissait tous les jours, il me
répondit : *Je regarde cela comme la plus petite perte*

que nous puissions faire aujourd'hui, et même comme le plus petit évenement. Le sens de cela se rapportait à ce qu'il m'avait dit quelque temps auparavant, qu'il voyait que, depuis que M. Chauvelin était disgracié, son esprit présidait au conseil et aux affaires comme auparavant.

11 *mai.* — On assure que l'accommodement de la Prusse et de la cour de Vienne est absolument fini, que les conditions en sont misérables, qu'on lui cède seulement deux duchés en Silésie, avec promesse de juger incessamment en sa faveur le pétitoire de la succession cententieuse de Berg et Juliers; ce serait bien peu de choses pour tant de succès, des mesures si bien prises, tant de provisions d'hommes et d'argent, tandis que son ennemi n'a rien de tout cela et est dans une misère inouïe.

La Maison d'Autriche a raison de dire que la Providence la soutient, et que, quand elle est le plus menacée de sa chute, il arrive tout à coup un revers qui la rend plus haute que jamais; tel il arriva à la paix que nous lui accordâmes, en 1735, par où nous la rendîmes plus puissante en Italie qu'elle n'eût dû jamais se le promettre; car, qu'on ne se le cache pas, ceci sera suivi dans peu d'une attaque où la ligue des ennemis de notre Maison de France chassera à peu de frais D. Carlos de Naples et de Sicile; voici venir une nouvelle maison d'Autriche plus puissante que l'autre, et qui aura montré en ceci quelle est sa force et les liens qui lui attachent le reste de l'Europe. Le courrier qui devait apporter le traité entre la Prusse et Vienne devait arriver avant-hier; j'en aurai des nouvelles plus certaines demain vendredi; c'est par M. Chambrier, ministre de Prusse, que je sais cela.

Le grand-duc sera élu empereur de cette affaire-ci. Au lieu de cela, nous faisions élire Bavière empereur, si nous eussions accepté le traité. Notre ligue proposée était de six puissances : France, Espagne, Naples, Prusse, Bavière et Saxe. Le roi de Prusse y stipulait que l'Espagne n'attaquerait pas encore l'Italie, mais l'Espagne pouvait faire un traité particulier avec le roi de Sardaigne pour attaquer l'Italie.

Qu'on ne compare pas ceci avec notre situation quand la grande alliance nous accabla en 1704, car alors l'Espagne était un corps mort qu'il nous fallut soutenir de tous côtés; le roi de Sardaigne était trop incertain dans notre alliance ainsi que ce petit roi de Portugal; nous ne pouvions qu'ôter à ces deux puissances et ne leur rien donner qu'à nos dépens et sur nous, puisque l'Espagne voulait tout garder, au lieu qu'aujourd'hui nous avons tout à donner à la Sardaigne aux dépens du grand-duc, ainsi nous nous l'attachions bien. Il est vrai que l'on ne saurait comment colorer honnêtement cette déclaration que nous ferions subitement contre la reine de Hongrie, dont nous avons garanti la situation et la pragmatique; toute couleur même nous y manque. Voilà ce que c'est que de travailler sans plans, comme fait le cardinal de Fleury; il fallait prévoir cela dès la paix de 1735, ou rechercher l'occasion de rupture depuis, de quoi on a eu de si beaux prétextes. On espère encore que le roi déclarera sa volonté net au cardinal, et que le dernier mot n'est pas dit sur une telle trahison à nos intérêts. Bachelier lui rend compte de tout ce qu'on pense sur cela à Bourges, et on ne perd pas son temps.

Le cardinal est resté à Versailles hier, et n'est pas revenu à Marly où on l'attendait; il a dit qu'il avait beaucoup à travailler : il a toujours la fureur de dicter quelques petites épîtres à ses secrétaires, moyennant quoi il croit tout faire; il radote pleinement sur les opérations d'esprit aussi bien que sur les sentiments; sa haine se réveille parfois et tout retombe.

— On m'a rapporté qu'il était l'autre jour de fort mauvaise humeur, qu'il y avait quelqu'un chez lui qui disait du bien de moi, faisant semblant d'ignorer son aigreur injuste, et que, tout d'un coup, il fit une sortie sur ma personne, où il n'oublia pas ma prétendue invasion de la place dans la maison d'Orléans sur mon frère, et finit ainsi : « Enfin, pour tout dire, c'est le digne ami de Voltaire, et Voltaire son digne ami. » Quelqu'un qui voulait entrer alors pour affaires fut conseillé par Duparc de remettre à une autre fois, car le cardinal était tout en mouvement et en grande colère.

14 mai. — Chaque fois qu'il survient vacance d'un guidon de gendarmerie ou d'une charge dans les mousquetaires, il arrive un sujet de spéculation sur le crédit du cardinal. Mon frère a mis son fils[1] dans le

---

1. Marc-René, marquis de Voyer, fils aîné du comte d'Argenson, né le 20 septembre 1722, en 1742 cornette des chevaulégers d'Anjou, mestre de camp de Berry-cavalerie l'année suivante, puis lieutenant général, mort le 18 septembre 1752.

service, il est mousquetaire depuis deux ans, il comptait de lui obtenir un prompt avancement, il est véritablement le favori du cardinal et tout au niveau du sieur Mendez; il s'y donne des peines épouvantables; quand il parle de sa place d'inspection de librairie, il dit : « c'est une place à qui j'ai grande obligation. » Il entend par là la liaison où elle l'a mis avec le cardinal ; il regarde son intendance de Paris comme une grande fortune, et il ne voit pas qu'il a plus perdu à la place du Palais-Royal que cela lui a fait quitter, qu'il n'a gagné par cette intendance. Il est à la tête du parti le plus nombreux des intrigants, le plus trompé et le plus détesté par Sa Majesté : c'est le parti des évêques constitutionnaires, perfides et ambitieux, qui soutiennent qu'il y a une guerre de religion pour persécuter et obtenir des grâces; il est l'âme de l'ambition et des intrigues dévotes des Noailles, de celle des princes bâtards, du scélératisme de Mademoiselle et des ridicules de la maréchale d'Estrées. Tout ce parti croit avoir pour lui Mme de Mailly qui les trompe par ordre du roi, comme fait le roi lui-même.

Il paraît qu'il y a quelque résolution secrète, dans le conseil mystérieux du roi, de ne rien faire de plus pour mon frère à la demande du cardinal, et qu'on attend peut-être à d'autres temps pour le jeter pour son fils dans une autre dépendance, car le singulier est que le cardinal s'avance de lui promettre ce qui est ensuite refusé. La cornette des mousquetaires qui vaqua l'été dernier par l'ambassade de M. de Castellane lui fut d'abord donnée en agrément par le cardinal, puis refusée sous prétexte du haut prix, et donnée deux mois après à un autre. Il a vaqué en-

suite un guidon de gendarmerie par la mort de M. Le
Veneur, et enfin un autre cornette des mousquetaires par la mort du petit Danejan qui s'est cassé la
cuisse en menant une calèche. A toutes places mon
frère reçoit des compliments, parce que le cardinal les
lui assure presque, puis, au travail avec le roi de M. de
Breteuil (qui sous main est ennemi de mon frère et le
dessert) ces places se trouvent données à un autre, la
règle et la justice étant véritablement en opposition à
cette grâce, puisqu'il y a toujours quantité d'autres
sujets qui ont de l'âge, des grades et des services
pour y être préférés. La dernière place a été donnée à
un M. de La Chaise, parent du cardinal, ce qui fait
encore dire davantage que le cardinal trompe mon
frère, son favori. Et, effectivement, cela fait un effet
fort singulier ; on met sur le compte du cardinal une
noirceur dont il n'y a de cause que son impuissance,
quand le roi veut exercer ses petites malices méditées.

17 *mai*. — Il est arrivé coup sur coup des courriers
de Silésie, de la part du roi de Prusse et du maréchal
de Bellisle ; il s'est tenu sur cela plusieurs conseils à
Marly, et on assure que nous touchons à de grandes
choses, comme à la déclaration de guerre : tout s'y
prépare en France quoique avec mystère. Le fâcheux
est que nous aurons peu de prétextes pour entrer dans
cette ligue dont je parlais l'autre jour contre la reine
de Hongrie : quel mal nous a fait cette héritière d'Autriche, depuis que nous avons si bien garanti à l'empereur sa succession ?

Je présume donc que les courriers portent de quoi
guérir de la crainte qu'on avait l'autre jour du total

accommodement de Prusse et de Vienne, que, par là, M. de Bellisle a plein succès, que ses voyages aux autres cours d'Allemagne n'ont servi que de prétextes pour parvenir à son séjour à l'armée de Prusse où il y a de grandes conférences avec le monarque ; et de tout cela il résultera une prochaine ligue de France, Bavière et Prusse, à quoi il faut ajouter la Suède pour les intérêts de qui nous agissons vivement en occupant la Moscovie, qui secourra la reine de Hongrie. De leur côté, l'Espagne et Naples avancent rudement à la conquête universelle de l'Italie, et on ne doute pas que le roi de Sardaigne ne soit de la partie : ce sera une triple ligue dont nous ne nous mêlerons que par nos bonnes prières.

On a fait courir des bruits, depuis deux jours, que l'on était mécontent de M. de Breteuil, qu'on le congédiait et que m[on] f[rère] allait avoir sa place, bruits qu'on sème avec affectation de temps en temps pour relever certains partis.

— Jamais le roi n'a tant dépensé en ambassadeurs et ministres ; toutes les cours étrangères en sont pleines ; il n'y a que Munich seul d'excepté par une grosse affectation.

On dit le voyage de Compiègne, qui devait durer trois mois, rompu en partie, et que celui de Fontainebleau doit avoir lieu. Les plus grandes choses aujourd'hui tiennent à de très-petites : cela vient de ce que la grossesse de Mme de Vintimille s'est, dit-on, évanouie sans qu'on sache comment. Il y a encore une autre raison, c'est que le roi est piqué du désir de voir un rut de cerf, qu'il manqua l'année passée avec les dames qu'il y menait ; mais voici une raison moins ridicule et qui tient à la politique : on prévoit la guerre pour l'année prochaine ; alors point de Compiègne, et ainsi on veut ménager cette année les cerfs de Fontainebleau.

M. le duc d'Orléans m'a dit qu'il avait eu une conversation avec M. le cardinal sur le mariage de son fils, que le cardinal lui avait dit que, si l'électeur de Bavière était élu empereur, comme il y avait apparence, il ne fallait pas compter qu'il donnât sa fille à M. le duc de Chartres. M. le duc d'Orléans a répondu qu'il n'était pas glorieux et qu'il en voulait bien s'il n'était pas empereur ; que sur cela il y avait apparence qu'on voulait le faire tomber à la nièce de l'électeur, à la fille de feu son frère ; que le cardinal lui avait proposé outre cela la princesse de Sulzbach et qu'il avait chargé M. de Balleroy de s'en faire informer, ce qu'il attendait. J'ai appris à M. le duc d'Orléans que Mme la princesse de Conti retirait sa fille du couvent pour la montrer à la cour ; il en a ri et a dit : nous verrons si la poudre sera bonne, et si elle plaira à mon fils autant qu'on croit ; je compte bien qu'il aimera sa femme, mais je ne veux pas qu'elle le conduise et qu'elle le conduise mal ; elle est belle comme le jour, tant mieux ! mais ses entours, madame sa mère et M. d'Aiguillon me font peur et me découragent ; je sais que ma mère est toute entière pour ce mariage.

Il est vrai que Mme la princesse de Conti ne médite que ce mariage et y emploie toute son industrie : elle a cru que, tenant sa fille au couvent, cela plairait plus à M. le duc d'Orléans, par la raison des désordres de sa mère qu'il appréhendait tant ; mais à présent qu'elle

croit que M. le duc de Chartres a voix en chapitre et
que les sens ont de l'empire sur lui, elle veut que sa
fille lui donne dans la vue. Les Bailleroy ont grand'peur
de cette aventure qui les perdrait dans la maison, si
la jeune princesse prenait de l'empire, car on sait
qu'ils s'y sont opposés formellement.

19 *mai*. — Davia, receveur des tailles de Paris, vient
de faire banqueroute, on l'a dit, de onze cent mille
livres. Il emporte peu aux receveurs généraux, étant
plutôt en avance avec eux qu'en reste et en débet, mais
beaucoup aux particuliers, ayant mis ses billets sur la
place. L'argent se resserre extrêmement, le crédit des
financiers s'altérant et s'usant, on sait que le trésor
royal ne va plus que par les emprunts des financiers;
toutes leurs recettes portant à faux dans les provinces
où l'argent est devenu d'une rareté extrême, la misère et la disette sans exemple.

20 *mai*. — Le temps s'est mis au beau depuis trois
jours, après une sécheresse avec gelée qu'on disait
avoir tout perdu; enfin il a plu et il pleut, ou il fait des
rosées assidûment, ce qui raccommode tout à la campagne et rend nos espérances magnifiques : voilà
sainte Geneviève en grand crédit. On a bien conduit
la dévotion, les oracles autrefois ne l'étaient pas
mieux; le vent était changé depuis deux jours et revenu au sud-est, on a bien vite découvert la châsse et
jamais succès n'a été plus sensible; on crie miracle,
on a raison, car nous jouissons de l'effet, qu'importe
la cause?

Certes, la providence de Dieu, que j'observe sérieusement et pour laquelle j'ai une foi de matière, influe sur le bonheur des hommes selon leurs mérites et leur décerne assez de peines et de récompenses dès ce monde-ci ; elle les touche dans l'avenir par le traitement qu'elle fait à leur race ; nous autres Français ne méritons pas d'être punis et accablés si grièvement, nous sommes un peuple choisi qui cultivons la raison et les progrès de la véritable philosophie, nous sommes doux et bienfaisants, sans rancune et miséricordieux ; mais nous sommes légers, fols et paresseux, nous croyons ce que le commun dit, et les maximes triviales sont longtemps à être vaincues chez nous. Nous avons besoin que la Providence diminue nos forces pour abaisser notre orgueil et notre légèreté entreprenante, voilà ce qui nous arrive par les fléaux de l'année dernière.

Nous allons donc faire la guerre contre la pragmatique que nous avions garantie, et voici pourquoi. Tout le monde a crié lors de la mort de l'empereur, qu'il fallait rompre ce colosse de grandeur autrichienne. A la bonne heure, si c'est pour avancer le bonheur du monde, pour ôter à l'Allemagne une puissance inquiète et tyrannique qui minait tout pour s'arroger tout, qui fomentait l'inquiétude des autres, comme l'agrandissement de Russie ou le changement du gouvernement de Pologne pour en profiter : et qu'on ne se trompe pas, quand nous parviendrions à cet objet de détruire la grandeur autrichienne impériale, il n'en sera pas autre chose que d'avoir procuré du bonheur et de l'égalité à l'Allemagne, et notre Maison de France n'en sera pas plus grande pour cela, car alors ces peuples bien gouvernés chacun en droit soi, de gran-

des puissances d'Allemagne s'étendant encore davantage de cette affaire-ci, telles que Saxe, Prusse et
Bavière, nous deviendront les barrières bien plus in-
surmontables à notre ambition que n'ont été jamais
les empereurs d'Autriche.

Mais nos desseins sont bien plus coupables : je ne
sais pas comment se passera l'affaire d'Italie ; le mieux
serait que nous laissions faire Espagne et Naples et que
nous ne nous en mêlions point ou peu, même pour
avoir des desseins louables. Nous devrions favoriser
le roi de Sardaigne au préjudice de notre Maison, nous
devrions travailler à son agrandissement, ainsi qu'à
celui des républiques de Venise, de Gênes, duc de Modène, etc. Nous donnons passage aux troupes espagnoles par France ; ce sera mettre la main à cette
œuvre ; voilà ce qui nous attirera précisément l'orage
universel, comme en 1701. Autrement, nous ne se-
rions que les vengeurs généraux du repos public trou-
blé par nos démarches en Allemagne.

Mais le grand raisonnement que l'on fait en France
est de dire que, si le grand-duc devenait empereur
avec toutes les forces que lui promet la pragmatique, il nous attaquerait le lendemain et nous ac-
cablerait. C'est ainsi que depuis longtemps notre
ambition française se déguise en précaution ; les chefs
en ont imposé au sot peuple. Non, nous n'avons
rien à craindre, surtout depuis que nous sommes
liés avec l'Espagne, ni même auparavant, toute
l'Europe ferait avec nous ce qu'on appelle la prière
du bon soldat ; à quelque degré de puissance que
fût devenue ou que devînt la nouvelle maison d'Autriche, elle n'ira point nous demander l'Alsace ou

le pays messin; nous nous ferons rendre justice, surtout quand nous le prendrons sur le ton que nous
pouvons, et quand nous serons toujours prêts à armer
pour nous obtenir justice ; mais non en élevant des prétentions injustes, comme fit Louis XIV après la paix
de Nimègue. Enfin, qu'on calcule ce qu'une nouvelle
guerre d'ambition ou d'inquiétude nous causerait de
désastres au dedans, on trouvera que jamais l'empereur ne nous ferait autant de mal que ceci va nous
en faire, si nous allons jusqu'à une guerre d'ambition.

M. de Bellisle à écrit à Hogguer une lettre de six
pages en réponse de divers mémoires qu'il a reçus de
lui sur les affaires du nord : il le prie de lui envoyer
toutes ses idées et l'assure qu'il en fera usage. Hogguer
est le grand ami du sieur Bachelier, et je n'ai jamais
douté que M. de Bellisle ne se fût retourné et ne tînt
beaucoup plus au côté chauveliniste et au petit conseil secret de Sa Majesté qu'à ce vieux et imbécile cardinal. M. de Bellisle veut la guerre, veut commander,
veut la gloire, et non la modération et le lâche repos
qui voudrait laisser tout aller honteusement comme
ferait la république de Venise.

On vient de donner au duc de Gesvres 20 000 livres
de pension et 100 000 livres d'argent comptant pour
le dédommager du jeu de l'hôtel de Gesvres qu'il a
mis bas en même temps que celui de M. de Carignan.
On pouvait y mettre meilleure grâce et donner plus tôt
ce dédommagement.

On vient de déclarer l'augmentation des troupes de
dix hommes par compagnie d'infanterie; celle de la
cavalerie et des dragons va paraître.

Je proposais hier à M. le duc d'Orléans de faire

graver un coin de son profil pour l'Académie de Ville-
franche; il me l'accorda avec peine et il me donna des
motifs d'une modestie attendrissante; il me dit : « Eh !
que suis-je pour cela? Je ne fais rien, je n'ai rien fait;
cela serait bon pour mon fils s'il venait à commander
les armées et à gagner des batailles. »

22 *mai*. — M. le duc de Chartres a eu cette conversation avec le cardinal en partant de Marly et lui
disant adieu pour partir pour Flandre : ce jeune
prince lui a dit en ces termes : « Monsieur, j'ai à vous
remercier des soins que vous vous êtes donnés depuis
peu pour me marier. » Le cardinal d'abord a rougi, a
été étonné de ce que le prince entrait en telle matière; il lui a dit : « Oui, Monseigneur, j'ai pensé
que, dans la circonstance présente des affaires, il y
avait de la difficulté à s'allier si ouvertement avec la
Bavière. Mais, dit-il, il y a une autre princesse en Allemagne, il y a trois princesses de Sulzbach dont la
seconde est assez bien, est bonne et est fort vive. —
M. le duc de Chartres : « Monsieur, il y a un autre
établissement ici qui ferait tous mes vœux et tous mes
désirs. » Le cardinal a rougi, a été embarrassé, a bal-
butié et a été six minutes sans répondre, enfin il a dit :
« Monseigneur, de quoi voulez-vous parler? » M. le
duc de Chartres lui a répondu spirituellement et avec
hauteur : « Monsieur, ne me pas répondre, c'est m'entendre. » Le cardinal a cru devoir répliquer : « Mais,
Monseigneur, j'en ai parlé à M. le duc d'Orléans, et le
roi lui a parlé. » Sur cela M. le duc de Chartres lui a
dit : « Monsieur, je pars jeudi pour Flandre. »

M. le duc de Chartres ayant déjà fait plusieurs po-

litesses au sieur Ba[chelier] dans des occasions, l'a
trouvé à l'écart à Marly et lui a dit : « Je sais, monsieur, que vous cherchez à me rendre service dans
toutes les occasions, je vous prie de continuer. »
Ba[chelier] est entré en matière, ce qui ne lui est pas
ordinaire, et lui a dit : « Monseigneur, je serais trop
heureux d'y pouvoir réussir, » et s'est enfui.

On assure que le comte de Gramont, aujourd'hui
duc de Gramont, ne vient d'être fait colonel des gardes françaises que malgré le cardinal, et que le roi l'a
voulu absolument. Le cardinal ne pouvait le souffrir
depuis longtemps : il est l'homme des Noailles qu'ils
mettent en avant, ainsi que Mme la comtesse de Toulouse, à tous propos.

26 *mai*. — Le sieur Bachelier a dit que le plus grand
obstacle au mariage de M. le duc de Chartres avec
Madame était M. son père, et que l'on serait trop heureux si M. le duc d'Orléans se faisait prêtre, comme il
en avait tant d'envie ; que ce n'était rien que sa dévotion et sa retraite, mais qu'il était d'un attachement
aux Noailles qui rendait leur parti si fier et si incommode en apparence ; que ce parti des Noailles déplaisait
au roi, qu'il en avait toute la mésestime possible, qu'il
n'était composé que de scélérats, que Mme la comtesse
de Toulouse était au moins aussi méchante que Mademoiselle, que le duc d'Ayen[1] était un monstre et le
comte de Noailles, son frère, un assemblage de tous

1. Louis de Noailles, fils aîné du maréchal Adrien-Maurice, et
qui devint lui-même maréchal de France, fut connu dans sa jeunesse sous le nom de duc d'Ayen et fort avant dans l'intimité du
roi.

vices[1]. Il a dit cela dans un moment où le roi lui avait
paru échapper par quelques soupers avec le duc d'Ayen.
Enfin il ajoutait qu'il voyait de telles choses qu'il quitterait la cour, s'il n'était aussi assuré du caractère du
roi qu'il l'est aujourd'hui; que le roi est du caractère du monde le plus profondément habile en dissimulation, qu'il s'est accoutumé à faire honnêteté à
ceux pour qui il a le plus de mépris et d'aversion,
qu'il a du talent pour les affaires plus qu'homme de
son royaume, mais que le parti des Noailles et le cardinal cherchent également à l'en éloigner; que le roi
a naturellement une tendresse de père pour M. le duc
de Chartres dont le caractère lui plaît, naturel et bon
et aimant les mêmes choses que lui, que ce prince lui
fait la cour avec la hauteur et la soumission qui lui
convient; qu'à son retour de Flandre, étant en état
de parler de tout, de troupes, de places, et de guerres, il faut qu'il soit des soupers du roi, du moins
de quelques retours de chasse où d'abord il n'y aura
point de dames; qu'il prévoit bien l'obstacle qu'y
mettra M. le duc d'Orléans, mais qu'il faut le vaincre
absolument pour parvenir à son but. Il a beaucoup
loué l'éducation que lui a donnée et lui donne M. de
Balleroy; qu'il est non-seulement un bon gouverneur,
mais un grand homme; qu'il a bien prévu, depuis la
mort de M. le Duc, que M. le duc de Chartres serait à
la cour le seul prince capable d'y figurer et d'y soutenir le bien et le bon contre tous ces petits vilains
bâtards qui y dominaient.

1. Philippe de Noailles, second fils du maréchal Adrien-Maurice.

Son A. R. Mme la duchesse d'Orléans est tellement
entêtée de ce même parti des Noailles et des bâtards
qu'elle blâme tout ce que fait son petit-fils. A son dernier souper avec lui, elle a bu à sa santé ainsi : « A la
santé du voyageur ! » et non du voyage qu'elle blâme
et dont elle n'avait pas encore dit un seul mot.

30 *mai*. — Le bien et la gloire de nos affaires, pour
la destruction de la Maison d'Autriche, voulaient un
ministre sans plans et sans forces : justement le cardinal de Fleury a été cet homme tel qu'on pouvait
l'imaginer ; par là on ne nous a point craint et les nations d'Allemagne se sont livrées à leur envie et ambition respective, comme je l'ai déjà dit. Cependant, si le
roi de Prusse avait été battu à Molwitz, au lieu qu'il
en est sorti vainqueur, l'Autriche triomphait plus que
jamais. Néanmoins encore je vois en flottant toujours
d'incertitude et d'effroi que voici les troupes saxonnes
et moscovites qui marchent ainsi que les hanovriennes,
danoises et hessoises stipendiées. Les Hollandais s'a-
vancent aussi avec 25 000 hommes. Tout cela dirige
son attaque contre le seul roi de Prusse, il sera soutenu par Bavière, Cologne et Munster qui n'attendent
que cette irruption pour se déclarer.

Nous armons aussi : on disait que ce n'était que jeu
de mine et pour faire reculer les autres ; mais la partie
devenant sérieuse, l'accélération de notre armement
devient également sérieuse. Les capitaines ont ordre
de presser leurs recrues, sous peine d'être cassés, et on
fait des levées de toutes parts. Nous passerons donc le
Rhin pour soutenir la Prusse et la Bavière. Dans quels
abîmes nous jette cette dépense, dans un temps où la

récolte est douteuse et où l'argent est d'une rareté in-
exprimable dans les provinces, et au point que le crédit des financiers commence à s'ébranler ! La Suède
s'avancera en même temps contre la Russie pour la
tenir en échec ; en même temps l'Espagne a permission de faire passer ses troupes par la France et par la
Savoie, pour aller attaquer l'Italie, ce qui démontrera
notre hostilité contre la Maison d'Autriche. Naples, ou
plutôt l'Espagne, sous son nom, fait passer quantité
de troupes en Toscane sous prétexte de ravitailler les
garnisons *di presidii ;* leurs munitions passent le long
des côtes d'Italie dans des galères et se moquent par
là de l'inspection de l'amiral Haddock.

C'est ainsi que la guerre devient universelle : on dirait du temps où les barbares se jetèrent sur l'empire
romain et le firent tomber en débris.

Il est vrai que notre partie est bien faite, il est vrai
encore que les autres nations sont dans un grand épuisement ; mais je soutiens que le nôtre est le plus grand
de tous, quoique nous n'en ayons pas eu les mêmes
raisons apparentes ; nous allons à une dépopulation
totale ; notre dedans ne gagne rien par les richesses
intérieures et peu sur le dehors ; nous avons moins
de commerce que nos voisins et nous n'avons point
de mines.

Un homme de la cour peignait, l'autre jour, à un
provincial, la situation de notre cour : « Il faut savoir,
disait-il, qu'il y a juste deux partis à la cour, celui des
Noailles et celui des Chauvelin. Le premier a en vue
de faire succéder le cardinal de Tencin au cardinal de
Fleury : il est composé de Mme la comtesse de Toulouse, des Noailles, des évêques constitutionnaires,

des bâtards et des dévots. Le second est le plus favori et a des ressorts à la fois plus solides et plus sûrs. Ce parti a la grande part aux principales délibérations du conseil; il a pour lui la maîtresse et les favoris, quoique Mme de Mailly fréquente les Noailles, Mademoiselle et Mme la comtesse de Toulouse : elle suit en cela les ordres de son amant, qui joue également cette comédie.

Jusqu'à quand verrons-nous les hypocrites tenir un si grand parti à la cour? J'espère que celui des Noailles deviendra à la fin le dernier. Qui dit hypocrite, dit scélérat : Mme la comtesse de Toulouse affecte la dévotion, et est m..... déclarée du roi; Mademoiselle est capable de tous les crimes; le duc d'Ayen travaille à faire perdre la religion au roi, dans de petits soupers de quatre à cinq personnes, où l'on fait de mauvaises dissertations sur tout ce qu'il faudrait respecter.

M. le duc d'Orléans se livre chaque jour davantage à son goût de dévotion monacale : il passe sa vie à Sainte-Geneviève, il y tombe dans les plus petites pratiques de dévotion, il va faire le catéchisme aux enfants avec les prêtres de Saint-Étienne, il suit les moindres processions, il travaille continuellement sur la critique de l'Écriture sainte. Sa sœur, Mme de Chelles, a tout le caractère monacal, toute la trigauderie et la petite intrigue des cloîtres. Mme la duchesse d'Orléans, sa mère, est tout entière aux droits des bâtards et par là des Noailles.

4 juin. — Voici un terrible événement et qui n'est que trop confirmé de toutes parts : Carthagène en

Amérique est pris par les Anglais[1], ou du moins il y a
quatre forts de pris; il ne reste que la citadelle où le
commandant s'est réfugié, mais qui protége encore la
ville qui est jusqu'ici préservée du pillage. Il y a apparence que les Espagnols ont retiré avant dans les terres
tout ce qu'ils ont pu de leurs richesses; les Anglais ont
brûlé dans le port six galions ou pris, et ont pris six
vaisseaux de guerre. Quelle nation insuffisante à sa
propre défense, et qui voudrait conquérir le monde!
Elle tente actuellement l'invasion d'Italie, et ces petits
insulaires anglais lui enlèvent ses anciens et riches
domaines. Ils crient actuellement contre nous; ils
disent que c'est notre secours qui leur a attiré soixante-
dix vaisseaux anglais, au lieu de trente qu'ils avaient
sur les bras; qu'il fallait ou ne pas envoyer la flotte de
M. d'Antin, ou ne la pas rappeler, comme nous avons
fait. M. de Campo-Florido s'en plaint ainsi à tout le
monde.

Cependant l'alarme est excessive, les actions de
notre compagnie des Indes déchoient à vue d'œil:
elles étaient hier à 1600. Lyon a trente millions dans
le commerce de Cadix, et la France y a plus de soixante
millions; on est menacé de banqueroute de tous côtés.
Tout concourt à la fois à nous mettre près de nos
pièces, quoique les fruits de la terre promettent assez
depuis quelque temps, avec le plus beau temps du

1. Cette nouvelle était fausse : voy. ci-après, p. 332. L'amiral
Vernon, après la prise du fort de Boca-Chica, à l'entrée du port,
s'était trop pressé d'annoncer la prise de la place elle-même, si
bien qu'on assure qu'une médaille fut frappée à Londres pour cé-
lébrer ce prétendu succès. Voy. Mahon, *History of England*,
t. III, p. 65.

monde; mais l'argent devient d'une rareté extrême;
il n'y a que le crédit des financiers qui soutienne le
trésor royal; ils mettent leurs billets sur la place et
bientôt ils ne trouveront plus rien : déjà l'argent est
à 1/2 pour 100 par mois, c'est-à-dire 6 pour 100
par an, ce qui est ainsi augmenté de 4 à 6 depuis
trois mois. Les recouvrements n'avancent point, et les
droits de consommation sont diminués d'une bonne
moitié. Encore, des banqueroutes considérables, par
la perte des Indes occidentales, vont faire l'effet qu'on
peut juger sur tout cela.

On a voulu lier ce crédit avec la grâce que vient
d'obtenir le cardinal qui a acheté la charge de premier
gentilhomme de la chambre pour son neveu le duc
de Fleury, en le préférant à la Maison de La Trémouille
et à M. le duc d'Orléans et la Maison de Condé, qui
demandaient, comme parents proches, de laisser cette
charge dans la maison. On l'aurait fait exercer, ou par
M. le prince de Talmont, qui, quoique dévot, s'en serait
bien acquitté, ou par M. de Luxembourg pour qui tout
le monde s'employait. Le cardinal a fait jouer cent
ressorts pour y parvenir : il a dit et fait dire à nos
ministres que tout était perdu si on ne donnait pas
cette charge à son neveu; que les étrangers, ni les
financiers ne voulaient plus se fier à lui; qu'ils le re-
gardaient comme décrédité, depuis qu'on savait que
le roi avait donné le régiment des gardes et les gou-
vernements au duc de Gramont malgré lui; il a même
mis le marché à la main au roi et a offert sa retraite.
Que ne l'a-t-il pris au mot ! Chacun s'est piqué de ne
pas aller faire de compliments au duc de Fleury sur
cette nouvelle faveur; tout ce qui appartient à la Mai-

son d'Orléans, de Condé, de La Trémouille, de Bouillon et de Montmorency a affecté de s'en abstenir, et cela compose tous les gens de distinction. Le cardinal a écrit à Mme de La Trémouille la plus ridicule lettre du monde; il l'assure que c'est malgré lui que le roi s'est avisé de lui faire cette faveur.

5 *juin*. — M. de Fresnes, fils de M. le chancelier, s'est fait de belles affaires avec Mme de Mailly : il a été vivement contre elle dans son procès pour obtenir les reprises de sa mère contre la succession du marquis de Nesle son père; elle a juré de le barrer sur tout; c'est un homme d'une vaste et plate ambition.

— Voici enfin la vraie cause de la retraite de M. le duc d'Orléans, et de ce qu'il ne paraît plus à la cour ni aux conseils, auxquels il a dit adieu tout à fait. Il faut d'abord poser qu'il aime la retraite, l'étude, la plus profonde critique orientale, et qu'il a toutes les inclinations monacales; mais il y a autre chose : il aurait de l'ambition pour sa Maison, et même celle de gouverner. Voici le fait qui m'est revenu par un de ses confidents : il dit au roi cet hiver : « Sire, je voudrais avoir quelquefois des conversations avec Votre Majesté, j'aurais des choses sûres et secrètes à lui dire. » A cela le roi lui a répondu sec : « Non, monsieur. » Il a été outré, comme de raison, et alla sur-le-champ renfermer son chagrin à Sainte-Geneviève; il a dit cela à ses confesseurs, l'abbé de Sainte-Geneviève et le général de l'Oratoire, qui lui ont conseillé de s'abstenir de la cour, comme il fait.

La source de tout ceci est que M. le duc d'Orléans

a un grand air d'être du parti des Noailles qui, au
fond, déplaît beaucoup au roi, quoiqu'il les voie
continuellement par politique. Tout son cœur, son
estime et ses sentiments sont pour Bachelier, M. Chauvelin et son parti secret. Ainsi, Sa Majesté a cru que
M. le duc d'Orléans voulait être auprès de lui un
nouvel et importun organe des Noailles et de tous
les hypocrites qui poussent le cardinal de Tencin au
ministère ; et, sur cela, il l'a éconduit et a refusé
cette nouvelle carrière de dissimulation. Il a cru
encore qu'il voulait le prêcher sur sa maîtresse.
M. le duc d'Orléans, en contant cela, a dit : « Ce bon
garçon », en parlant du roi : il n'en parle point autrement.

10 *juin*. — M. le duc d'Orléans parlait dernièrement avec moi de quantité de traits de la vie de
M. son père, régent de France, et de son caractère. Il
le donne pour avoir été très-indiscret, parlant de tout
avec imprudence ; y ajoutant, cependant, que certaines
choses capitales qu'il avait résolu de ne pas dire, il
savait les taire constamment. Il m'en donna pour
exemple le mariage qu'il se proposait pour lui, qui
était l'infante, au cas que le roi vînt à manquer, au
moyen de quoi il courait les risques de le perdre sans
postérité et ne le mariait pas. M. le duc d'Orléans sut
ce secret par un autre endroit, et M. le régent en convint seulement avec lui, quand il le lui dit. Par ce
trait de politique, le régent courait les risques que je
dis ; mais aussi il embarrassait l'Espagne au cas que
le roi vînt à mourir, car la Maison d'Orléans s'em-
parant alors du trône de France, l'infante en deve-

nait reine, et du moins cela calmait les fureurs de la
reine.

Le roi avait donné parole à Mme de Mailly et autres
dames de sa société, de donner la place de premier gentilhomme de la chambre, en *custodi nos*, à M. de
Luxembourg, jusqu'à ce que le petit de La Trémouille fût en âge de l'exercer.

Le cardinal lui fit demander cette charge avec une
ardeur et même une hauteur insupportable ; l'Éminence avait cru cela un coup de partie, après avoir
perdu celle du commandement du régiment des gardes. Il lui fit dire qu'il n'avait plus qu'à se retirer, dès
qu'on savait dans le monde que Sa Majesté dispo-
sait sans lui et malgré lui des grandes charges de la
cour.

Le roi resta jusqu'à trois heures du matin chez
Mme de Mailly comme un furieux ; enfin, à trois heures,
Mme de Mailly lui dit : « Sire, vous êtes dans un état
trop violent ; eh bien ! nous vous rendons votre parole, faites ce que vous voudrez pour votre cardinal » ;
et, sur cela, le roi, avant de se coucher, écrivit la lettre
au cardinal, qu'il remit le matin au duc de Fleury, en
présence de tout ce qui était à son lever, pour déclarer
qu'il lui donnait la charge.

M. le duc d'Orléans m'a dit que Palerne, son trésorier, était un étourdi ; qu'il l'avait autrefois embarqué dans une mauvaise affaire qui n'était sue que de
lui, de mon frère et dudit Palerne ; que celui-ci avait
prétendu que M. le régent avait des millions déposés
à la banque de Gênes, qu'on nomme, je crois, la banque de Saint-Georges, et qu'ils s'y étaient cassé le nez,
ce qui était une tentative ridicule.

15 *juin.* — Le roi de Prusse a fait déclarer ici qu'il ne pouvait prendre aucun arrangement certain avec la France, tant qu'elle serait gouvernée par le cardinal de Fleury, avec qui il n'y avait aucunes mesures certaines à prendre, ni aucunes résolutions courageuses. Tout demeurant là, Bavière, ni Espagne n'osent se déclarer, à cause de nos incertitudes et tergiversa· tions.

La Prusse ayant commencé la première la guerre qui attaque la pragmatique, est devenue l'arbitre de l'Europe : c'est elle qui fait la loi, c'est elle qui a causé l'augmentation de notre infanterie; elle déclara qu'elle allait faire son accommodement avec la reine de Hongrie dans trois jours, si nous n'armions pas.

On a eu nouvelle que M. de Saint-Séverin, notre ambassadeur à Stockholm, est à l'extrémité, et on le croit mort à présent. Le comte de Tessin, qui joue un grand rôle ici, parce qu'il est à la tête du parti du roi en Suède, reste encore en France, quoique sa femme ait pris congé; il dit toujours qu'il s'en ira, et reste. Le comte de Tessin a demandé qu'on nommât un autre ambassadeur qui se tînt tout prêt à succéder à M. de Saint-Séverin. Le cardinal et M. Amelot lui ont dit franchement qu'ils ne savaient où en prendre, et que personne ne se présentait pour les ambassades; enfin le comte de Tessin en a la nomination, et je sais quelqu'un à qui il a offert cette ambassade, qui y serait propre pour quelques articles, mais qui manquerait trop pour d'autres.

21 *juin.* — Le pauvre cardinal s'enferme et pleure tout seul; il a obtenu très-sottement qu'on fît officier

des mousquetaires un sien bâtard, nommé Lachaise ;
chacun le fuit, personne n'a pu le recevoir dans sa
compagnie. On a fait une chanson sur cela, et sur ses
autres prétendus bâtards et neveux, comme Fontanieu,
Muy, etc. ; elle finit par ce refrain : *la chaise à caca*[1] ;
on la lui a envoyée à lui-même.

23 *juin.*— Le cardinal a eu une faiblesse, avant-hier,
en travaillant. Il survint du monde dans le moment, il
se réveilla, fit effort, se leva, eut une sueur froide,
dit qu'il faisait chaud ; l'assistance de flatteurs s'écria
qu'on étouffait, quoiqu'il fît froid ce jour-là ; on
ouvrit une fenêtre, il y alla, il s'essuya, Barjac fit retirer le monde. Bouillac s'y trouva, fut enfermé avec
Son Éminence une demi-heure, et le fit revenir avec du
vinaigre des quatre voleurs.

24 *juin.* — Le tort de la soif de l'or est de dépeupler le
monde, de plonger dans la fainéantise ceux qui y restent ; c'est une chimère que d'avoir de tout sans rien
faire, et surtout d'assouvir ses passions à coup sûr. La
découverte des Indes a réalisé cette chimère. Philippe II, roi d'Espagne, se crut un dieu maître des fou-
dres ; le ciel l'en a puni par la chute de ses desseins,
par le dépeuplement et l'affaiblissement réel de sa monarchie. Le même malheur se répand nécessairement
sur toutes les nations qui veulent participer au commerce des Indes occidentales : voyez quelle est la situation du Portugal, qui retire un or si clair de ses

1. Nous n'avons pas trouvé cette chanson dans le *Recueil de
Maurepas*.

mines de Saint-Paul; quels combats ces Indes nous
causent depuis le commencement du siècle et ce qu'il
renouvelle aujourd'hui. Non, ce n'est pas là le commerce, je l'ai répété cent fois : nous ne voyons les intérêts du commerce que par les yeux suborneurs de
quelques richards qui veulent s'enrichir encore. Oublions les Indes, oublions ce malheureux or, ne le
regardons que comme des cédules mortes des marchandises et des denrées utiles; nous en aurons toujours assez pour nos échanges; ne cherchons point à
avoir quelque chose pour rien ou pour peu de chose :
Dieu le défend. Voilà cependant où l'on met toute
l'essence du commerce; on a vu dans des temps les
Hollandais faire de ces grands profits; l'impatience
française s'en accommode, mais cela ne peut durer
longtemps; les profits ordinaires de commerce sont
plus pied à pied, et c'est à quoi il faut tourner les
peuples. Voilà cependant ce qui fait tant se soucier
de l'Espagne; sans les beaux yeux de sa cassette, on
ne la regarderait que comme une puissance fort indifférente à la France qui ne peut lui nuire, ni lui
servir.

Voilà ce que je dis l'autre jour, sur la guerre présente, à un homme qui peut beaucoup aujourd'hui
dans les délibérations.

— M. le duc d'Orléans a d'abord été gouverné par
sa mère, il a peu à peu reconnu quelle femme c'était:
haute, ambitieuse, déraisonnable, se préférant à tout,
mettant toujours ses droits au-dessus de ceux de la
Maison, abaissant même ceux de son fils pour élever
les siens. Par exemple, elle ne songeait qu'à déprimer

les droits de sa bru, pendant que celle-ci vivait, pour
mettre une grande différence entre les prérogatives de
première princesse du sang et celles de Fille de France.
Jamais M. le régent n'avait pu vivre avec elle, quelque
envie qu'il en eût souvent. Rien ne s'est plus ressem-
blé que cette princesse et Marie de Médicis : aussi les
mêmes malheurs l'eussent-ils attendu sur le trône, si
elle eût régné, et, dans sa sphère, elle se trouve privée
de toute autorité dans la Maison : ce qui lui en restait
se perd tous les jours. Elle a de l'esprit et du goût,
elle aime l'ordre, mais avec dépense et sans économie,
ses passions sont l'ardeur secrète et la vengeance; elle
est injuste et opiniâtre; elle ne fait du bien que pour
étaler son pouvoir; personne ne voit plus clair qu'elle
dans une conversation; elle ne parle qu'à dessein, la
moindre syllabe a un objet; elle démêle et lit dans les
autres; tous ces dons ne sont qu'un manége de femme,
et cette élévation ne conduit qu'à de mauvais succès,
quand les passions contraires à la société en sont
l'âme; ainsi l'a permis la Providence divine. Elle tient
tout de sa mère, Mme de Montespan, à quoi elle a
joint quelque esprit d'ordre et des travers d'injustice
et de dureté qu'avait Louis XIV. Ne remarquez-vous
pas qu'il y a toujours dans les bâtards une élévation
mal placée? Ils portent plus loin les prérogatives de leur
rang que ce rang ne le permet, quel que soit celui où
l'affectation paternelle peut les élever, comme sont les
financiers et les parvenus qui, occupés de leur nouveau rang, craignent toujours qu'on ne leur manque,
au lieu que les anciens nobles y sont accoutumés et
en sont même ennuyés jusqu'à le laisser perdre.

M. le duc d'Orléans respecte sa mère par religion

et par piété naturelle ; mais il ne lui passe pas la moindre chose sur son autorité dans sa maison, et est devenu insensiblement plus ferme qu'un roc sur tout cela. Ç'a été un chef-d'œuvre que de déposséder mon frère de sa place et de m'y installer, quoique par l'entremise de mon frère. Pour moi, comme je l'ai dit ci-dessus, depuis que je suis dans cette place, l'autorité de Son Altesse Royale est encore diminuée, car elle ne m'honore d'aucun de ses ordres, quoiqu'elle ne me boude pas ouvertement : tout cela est très-pitoyable.

Mme de Chelles en use à peu près de même à mon égard, et je n'y vais que pour les devoirs essentiels. Cette princesse a de l'esprit, mais l'a tout en petit : elle est *moine* des pieds à la tête ; elle a l'intrigue des moines, le même respect pour les puissances terrestres, la même ambition de leur plaire et d'y être en quelque relation : intrigues basses, vues passionnées pour la superstition et non pour l'essentiel de la religion, fausseté, défaut de sentiment et de générosité.

— M. de Breteuil, voulant obtenir, mardi dernier, une grâce qui intéresse la maison d'Orléans et à laquelle il voyait bien que le cardinal serait opposé, a pris si bien son temps, pendant le travail avec le roi auquel le cardinal est toujours présent, qu'il a parlé de plusieurs affaires ennuyeuses tout de suite, et de celle dont il s'agit quand il a vu que le bonhomme s'assoupissait.

25 *juin*. — Je regarde que la Providence arrange le tout pour le mieux, à mesure que notre nation, notre Maison de Bourbon devient supérieure à ses émules

par la destruction de la Maison d'Autriche. Il s'élève
et va s'élever des membres de cette puissance dis-
persée, des forces particulières, inexpugnables chacune
en leur particulier, telles seront Prusse, Saxe, Bavière
et que sais-je quelle autre encore? Ces puissances particulières, quand elles étaient jointes sous une grande
puissance, étaient à peine considérées, ou comme le
sont notre Berry, notre Picardie; mais venant à
être bien gouvernées, chacune en droit soi, cela forme
des États de Sardaigne, des Hollande, des Angleterre,
qui tiennent la balance en respect; elles opèrent peu
à la vérité, s'il s'agissait de nous offenser et de nous
conquérir; mais elles sont des barrières insurmon-
tables à notre ambition. Nous ne les envions pas; si
nous les attaquions, elles nous attireraient un orage
que nous redoutons d'avance; nous ne voulons que
des ennemis dignes de nous. C'est par cette voie seule
que le monde arrivera enfin à la paix, et non par opposer une grande puissance à une autre. Deux lions
se querelleront, mais un lion ne dira mot à une armée de chats qui pourraient le détruire.

— Ceux qui arrivent de la cour disent que le roi
est fort triste et que le cardinal l'est encore davantage. Quand il donne à dîner, il a banni un certain
badinage qui remontait encore sa vieille tête. Il ne
voit point d'issue à sa place; il voit clairement, ou
que son ennemi lui succédera, ou qu'il doit supporter
des travaux difficiles et dont tout le déshonneur lui
reste chaque jour; on est à la veille de lui voir enfin
prendre le parti de l'abandon. Hier, jour de sa naissance, étant entré dans sa quatre-vingt-neuvième an-

née, il a fait la fanfaronnade de dire la messe à la chapelle.

Le roi vient de déclarer ses voyages, savoir : 3 août pour la Muette, afin d'être le 6 à Compiègne, d'où il reviendra à Versailles le 3 novembre; du 23 novembre au 27 décembre à Fontainebleau. On croit que c'est pour dépayser le cardinal et le mettre dans l'impossibilité, vu son âge, d'aller à telle fête.

27 *juin.* — M. le duc d'Orléans est très-susceptible de tous les petits vices contraires à la société : sa naissance et un fond de noblesse et de hauteur qu'il tient des Bourbons l'en éloignent; sa naissance par sa mère, et même la petitesse d'esprit que suppose la dévotion, les lui donnent. La religion n'est jamais hypocrisie chez les princes, mais elle est toujours petitesse; il est sous main très-envieux de son fils, et ce qui lui marquera un attachement particulier lui déplaira sur cela, surtout dans un officier qui doit être à lui seul. Il a raison, il faut opter pour la véritable dépendance. Mon frère ne s'est perdu auprès de lui que pour être trop à sa mère.

28 *juin.* — Le cardinal est toujours ulcéré contre le roi, et le roi ulcéré contre le cardinal. Depuis que la place de colonel des gardes a été donnée au comte de Gramont, que le cardinal détestait, il s'en prend aux Noailles et à Mme la comtesse de Toulouse; il lui veut à présent plus de mal que ci-devant à Mademoiselle. Ainsi il les déteste, en parle à tout le monde, et jusqu'au sieur Bachelier, avec qui il a pleuré amèrement, disant que le roi l'a déshonoré.

Mme de Mailly commence à bouder Mme la comtesse de Toulouse, dont le crédit baisse à vue d'œil.

29 *juin*. — Le sieur de ***, neveu d'un de mes anciens amis, est parti ce matin avec grand mystère et par ordre de la cour; il n'a dit au monde qu'à son oncle sa mission, quoiqu'il n'ait pas dit quel en était l'objet; il a ajouté : « Je serais perdu si l'on savait ce mystère; mais ceci peut me mener à ce qu'il y a de plus grand. » Voilà de quoi exercer l'imagination.

On dit aussi que M. Amelot songe à la retraite. Que veut dire ce bruit? C'est que le cardinal de Tencin commencerait par donner les affaires étrangères à mon frère, et les finances à quelque autre sienne créature, pour gagner deux parties à la fois.

Plus je songe à la longue détention de M. Pecquet, moins je conçois que la seule inimitié du cardinal y ait part; il faut que le côté de M. Chauvelin y ait la sienne, et que peut-ce être, sinon quelque secret dont il était dépositaire et qu'il ait divulgué avec danger? Il est haut, fier et brusque; on veut des gens plus souples et on a raison. On le détiendra sans doute à Vincennes tant que ce secret sera dangereux.

3 *juillet*. — Enfin le cardinal a pris une véritable affection pour M. Bachelier, ou plutôt a paru la prendre. Comme rien au monde ne hait tant les Noailles que celui-ci, leur haine mutuelle les a unis intimement, le cardinal finissant ses jours par la haine des Noailles, depuis que le comte de Gramont a été fait colonel des gardes malgré lui. Son Éminence ne peut revenir de ce trait-là; il y trouve toute perfidie de la

part de ceux de son parti et un triomphe contre lui-
même trop éclatant. Il ouvre continuellement son
cœur audit Bachelier, il pleure avec lui, il se dit trahi
de tous côtés. Voilà l'espoir des antichauvelinistes
furieux : ils espèrent encore de détacher M. Bachelier
de M. Chauvelin ; le cardinal sans doute se l'est mis
dans la tête, et c'est peut-être là une ruse de vieux
singe.

Sur cela, j'ai reçu de grands conseils par M. de V....
à savoir, que je me perdais à plaisir, que je sacrifiais
la plus belle fortune du monde en espérance et en apparence, que Bachelier m'estimait beaucoup, mais
que je me rendais odieux par mon attachement au
Chauvelin, que certainement l'union du cardinal et de
Bachelier allait à sacrifier plus que jamais M. Chauvelin
et à l'éloigner de tous, même à le mettre dans un cul
de basse-fosse (raisonnement fort équitable); au lieu
que, si je voulais abjurer le chauvelinisme, ne me point
donner pour son ami, ce qui me rend odieux, dit-on,
Bachelier me pourrait raccommoder avec le cardinal,
m'y mettre très-bien et me placer promptement; mais
qu'au contraire on me savait dans une étroite union
avec M. de Breteuil pour le retour du Chauvelin, que
j'avais eu des conférences longues et secrètes avec lui
chez Mme de Curzay[1] (*nota* : où je n'ai jamais été), et
M. de Marville a ordre de nous épier tous deux.

---

1. Fille du commissaire de la marine Blondot, née en 1690,
morte en 1753. On l'avait longtemps appelée : *la belle Mme de
Curzay*, et l'on nommait parmi ses amants le banquier Hogguer
dont il est si souvent question dans ces mémoires. Voy. la note
que lui a consacrée M. de La Villegille, dans son édition du *Journal
de Barbier*, t. III, p. 434.

Voilà donc *ratio ultima* de ces pauvres antichauvelinistes : ils seront toujours persuadés de deux choses : 1° que le cardinal vivra éternellement; 2° qu'il est le centre de tout pouvoir; ils croient que ce vieux singe va gagner le Bachelier à lui et le gouverner à son gré, et moi j'applique à ceci un vers de Rousseau, où un jésuite et un mandarin croient chacun s'être converti. Le jésuite dit :

> De ce Chinois j'ai fait un prosélyte.

Et le Chinois :

> J'ai converti cet honnête jésuite.

Le grand sujet des conférences de M. le cardinal et de Bachelier roule à présent sur la méthode pour écraser les Noailles et Mme la comtesse de Toulouse qui est hypocrite et m.... Jusques à ce trait du comte de Gramont, la dernière résolution du cardinal était de proposer le maréchal de Noailles pour premier ministre en se retirant. Sur cela, on m'a conseillé de faire présentement ma cour au cardinal qui me recevra bien, dit-on, et auprès de qui M. Bachelier me rappelle en l'estime où j'étais ci-devant; c'est sur cela que les sots que j'ai dit me conseillent si bien d'abjurer M. Chauvelin.

M. Amelot, véritablement, ne peut plus tenir dans le ministère où il a été placé malgré lui : il n'y est aucunement propre et s'y montre chaque jour plus insuffisant; le cardinal le démonte de plus en plus, il lui fait recommencer la même lettre dix fois et la trouve encore mal, et, au milieu du travail le plus à suivre, Son Éminence prend son manteau et dit qu'il a affaire

chez la reine ou ailleurs. Les bruits qui courent de la
retraite dudit Amelot ont quelque fondement, et il ne
peut rester longtemps en place, surtout dans le mouvement inouï où sont les affaires actuellement; sa
santé y succombe entièrement; il devait se faire aider,
mais nul que lui, dit-on, ne peut faire les lettres,
parce que le cardinal y est sévère et fantasque, c'est
pour cela qu'il a commencé par le détacher de MM. Du
Theil et Pecquet; il n'a presque qu'un commis qui
écrit sous sa dictée; ce commis était secrétaire de feu
Mme de Monaco : jugez de quel poids est cet aide.

On prétend que M. de Villeneuve, dont on attend
l'arrivée avec impatience, pourra bien prendre avec
le cardinal et être proposé par lui successeur de
M. Amelot; mais j'ai déjà dit combien ces propositions étaient inutiles, et que le roi n'en prenait plus de
sa main pour le ministère, ayant son plan futur bien
déterminé.

On vient de recevoir des nouvelles admirables d'A-
mérique : les Anglais ont reçu un grand échec devant
Carthagène, ils ont eu une partie de leur armée as-
sommée dans une sortie. Cependant ces insulaires font
rage et se donnent pour arbitres de l'Europe; ils vont
faire passer une armée d'Angleterre en Flandre. Nos
troupes sont toutes prêtes, et, à l'instant que les Anglais
auront passé la mer, nous faisons entrer nos troupes
dans les Pays-Bas; toutes les dispositions sont faites,
on vient d'adjuger les vivres aux Pâris.

On fait toujours courir des bruits de l'accommodement du roi de Prusse avec la reine de Hongrie; je
n'en crois rien : il joue tout cela, il attaque peu; mais
il dit à tous ceux qui lui parlent d'affaires qu'il ne

peut rien traiter de solide avec la France, tant que le faible et incertain cardinal présidera à nos affaires.

Il est certain que le cardinal de Tencin doit revenir en septembre prendre possession de son église de Lyon, et ses amis veulent que de là il gagne Paris, et qu'on le recevra à Compiègne, sur quoi on fonde de grandes espérances chez les anticalvinistes[1]. C'est sans doute sur cela que son parti lui a dépéché un courrier intelligent, comme j'ai dit, pour lui exposer la situation présente du cardinal et combien il avait besoin de quelque rencontre heureuse pour avancer son retour.

Le roi prend plaisir à donner le change à m[on] f[rère] et à lui donner des ridicules sur les choses d'ambition où on le voit si actif. Celui-ci préside continuellement à des assemblées qui se tiennent chez la Tencin, où l'on doit voir certainement les choses plutôt en mal qu'en bien et comme elles sont.

5 juillet. — Voici la guerre déclarée : nous envoyons 25 000 hommes d'infanterie en Bavière, au moyen de quoi l'électeur déclare enfin son irruption sur Bohême, Haute-Autriche, Tyrol, etc. Les officiers sont nommés, MM. Pâris ont les vivres ; mais on ne sait encore où nos magasins sont disposés. Comment diront nos manifestes à présent, après notre garantie de la pragmatique et notre si grande fraternité avec la Maison d'Autriche ? Quelle malhabileté dans le gouvernement de s'être ainsi engagé pour se dégager si prestement !

6 juillet. — M. le duc d'Orléans m'a parlé depuis

---

1. Probablement : *antichauvelinistes.*

deux jours avec plus de justesse et d'élévation que jamais : il m'a montré en tout de la sagesse et de la
force; cependant voici que deux personnes à lui m'ont
donné des avis d'accès de folie qui me mettent moi-
même au désespoir; je les attribue à sa grande retraite de Sainte-Geneviève, et, pour peu que l'humeur
de goutte vienne à se promener chez lui, cela lui
porte à la tête; à quoi il faut ajouter que la privation
de femmes produit cet effet chez les jeunes gens trop
religieux, de tempérament ardent et de famille paillarde. Gauthier, l'un de ses valets de chambre, me fait
dire que, s'il continue à vouloir se retirer du monde,
surtout quand il mariera M. le duc de Chartres, je ne
m'y oppose pas; qu'il est à craindre qu'il ne donne
bientôt des marques de folie dans le monde, et qu'enfin
il est persuadé que dans deux ans il courra les champs.

L'abbé Omelane, précepteur de M. le duc de Chartres, lui a été donné par le curé de Saint-Paul; il m'a
dit qu'il y a trois jours, M. le duc d'Orléans l'a mandé
à Sainte-Geneviève et qu'il lui a dit qu'il avait quitté
le curé de Saint-Paul, qu'il ne le voyait plus, qu'il
l'avait trompé. « Eh! en quoi? lui a dit l'abbé
Omelane. — En deux choses, lui a-t-il dit; il m'a
voulu faire épouser Mme d'Alincourt. — Eh! comment cela? a dit l'abbé. — Voici comment, dit le
prince. Il me chargea de dire à Mme d'Alincourt
quelque chose d'une espèce qui ne pouvait lui être
dite que par son directeur ou par son mari, or
je ne pouvais pas être son directeur, puisque je ne
suis pas prêtre (quoique je voulusse bien l'être) : il
voulait donc que je fusse son mari. Autre bien plus
grande tromperie, a-t-il continué : il m'a fait ac-

croire que Mme d'Alincourt et Mme de Gontaut
étaient mortes, et je sais bien qu'elles ne le sont
pas. » A cela l'abbé Omelane s'est élevé et a crié :
« Ah! monseigneur, qu'est-ce que vous dites? quittez
vite votre retraite! que je suis malheureux! etc. » Il
s'est radouci et l'a cru nécessaire : il a parlé de la no-
toriété publique, il a promis des extraits mortuaires ;
nota que ces deux dames sont très-mortes et enterrées,
l'une il y a trois ans, l'autre il y a un an.

Cela prouve qu'il a besoin de quitter la retraite,
que la tête lui tourne à Sainte-Geneviève; mais cela
prouve de plus qu'il aurait besoin de femmes, qu'il
avait un fond d'amour pour ces deux dames que la
religion captivait contre la nature et le penchant, et
c'est à cela que s'attaquent les premières folies. A
cette raison ajoutez que la Maison de Bourbon est naturellement paillarde. M. de Balleroy m'a dit qu'en
pareilles circonstances, ou à peu près, il l'avait entendu
soutenir à Mme la duchesse de Villars qu'il l'avait vue
la veille à une église où elle n'avait seulement pas
été, et que de plus il avait fait d'un bout à l'autre
toute une conversation avec elle, ce qu'il croyait de
bonne foi. M. de Balleroy dit qu'il a tremblé quand il
a entendu parler de l'extrémité où était le duc de
Villars, de crainte que le duc d'Orléans n'épousât sa
veuve. Depuis la mort de Mme de Gontaut, c'est pour
Mme de Villars qu'est son goût dominant. Cette
Mme de Villars a toute la légèreté et l'habileté possibles pour conduire une tête folle et elle obéit aveuglément aux conseils de sa sœur d'Armagnac, qui est
une femme à projets suivis autant qu'il y en ait dans le
monde. M. le duc d'Orléans a avoué à M. de B....

qu'il aurait pu épouser Mme d'Alincourt[1]. « Pourquoi ?
lui a-t-on demandé. — C'est, dit-il, parce que tout
le monde le voulait. » Au fond il y avait et il y a, dans
tout cela, un désir de femmes que la dévotion captive,
mais n'éteint pas. Il se prêtait à ce vouloir; l'intrigue
des Noailles poussait un si étrange projet; ils avaient
l'exemple de M. le comte de Toulouse qui les sédui-
sait, lui ayant fait épouser une Noailles : ils allaient au
premier prince du sang dans ce projet. Mme d'Alincourt n'était pas Noailles, mais en était nièce, étant
nièce de la maréchale de Gramont; c'est cet empêtre-
ment de Noailles qu'on ne saurait trop éteindre
chez M. le duc d'Orléans, pour le bien de sa Maison.

Il subsiste une bonne tracasserie entre Mme la Duchesse mère et M. le comte de Charolais, son fils, depuis la mort de Mme la Duchesse la jeune : elle veut
forcer M. le comte de Charolais à se faire admettre
dans la tutelle de M. le prince de Condé ; on fait une
assemblée de parents et chacun envoie son vœu sépa-
rément. M. le duc d'Orléans m'a consulté sur le sien,
et je l'ai confirmé dans le dessein où il était d'opiner
pour M. le comte de Charolais, ce qu'il a fait avec
éloge. Il pense bien de M. de Charolais, il ne blâme
que la vie qu'il mène avec une femme qu'il a enlevée
à son mari; je l'ai comparé au caractère du Grand
Condé qui avait besoin d'une forte occupation comme
la guerre, et qui, hors de cela, était fougueux et tramait contre l'État. M. le duc d'Orléans a dit qu'il n'y

---

1. Probablement Marie-Joséphine de Boufflers, mariée en 1720
au marquis d'Alincourt, second fils du duc de Villeroy. Voy. les
Mémoires du duc de Luynes, t. II, p. 259.

avait pas moyen de confier les intérêts de l'État à un fou.

M. le duc d'Orléans a quitté le conseil; il a dit au cardinal, pour le redire au roi, qu'il ne comptait plus d'y aller, mais qu'il irait le plus souvent qu'il pourrait à la cour. Ses sujets de plainte ont été qu'il voyait qu'on se cachait de lui pour faire passer au conseil les choses pernicieuses, et que ce qui l'avait déterminé était le dernier conseil de Versailles; il m'a confié que le dessein de M. de Maurepas était d'attaquer la Jamaïque et de nous approprier cette conquête, quand nous avons envoyé la flotte du marquis d'Antin, en août 1740, et que lui, duc d'Orléans, était d'avis au contraire que l'on n'envoyât une flotte que pour la défensive et pour préserver les Espagnols des conquêtes des Anglais, entreprise que nous eussions mieux soutenue jusqu'à présent que la première, qui ayant été trouvée impossible, le cardinal a fait revenir notre flotte par avarice, ne voulant pas soutenir davantage cette dépense.

9 *juillet.* — Enfin on a eu pour dernière nouvelle celle que les Anglais avaient levé le siége de Carthagène, en Amérique, après la perte des trois quarts de leur flotte, ce qui ruine cette monarchie détestée de tout le monde[1].

Le parti que nous prenons d'envoyer 25 000 hommes en Bavière va faire déclarer la guerre générale, et rien ne résistera plus au dessein de démembrer

---

1. On trouve dans les *Mémoires d'État*, t. III, p. 177 : *Réflexions sur la levée du siége de Carthagène par les Anglais.*

l'empire d'Allemagne. On ne doute pas de notre projet de procurer l'empire à l'électeur de Bavière. Dès que j'ai eu annoncé cette nouvelle à Mgr le duc d'Orléans, il m'a dit: «J'y envoie mon fils,» et il m'a répété ce refrain à tout moment, « quand même, dit-il, on n'y ferait marcher que 2000 hommes. »

— M. le duc d'Orléans dit à ceux qui ont part à sa confiance : « Ma maison était ci-devant un enfer pour moi; elle est aujourd'hui un paradis depuis le changement que j'y ai fait, et que j'y ai mis un homme (parlant de moi), qui n'est brouillé avec personne et qui est ami de ceux qui le méritent; surtout, sa liaison avec M. de Balleroy fait aller de suite toutes les affaires entre mon fils et moi : il fait plus qu'il ne dit, il se donne entièrement à mes affaires, il les mènera bien et avec économie, elles vont aller de mieux en mieux, il arrangera les fiefs négligés, de quoi il me reviendra beaucoup de revenu. » Il a fait un parallèle de mon frère avec moi, parlant à l.... O....[1] qui me l'a dit; il a dit que mon frère était plus propre à mener une intrigue et moi un projet; il lui a attribué davantage les agréments de la société, et à moi ceux du travail de suite et des affaires: à lui le goût des sciences curieuses, et à moi celui de la politique et de l'administration; enfin il a dit que j'étais l'homme qu'il lui fallait, et qu'il était bien fâché de ne m'avoir pas connu plus tôt, que ses affaires seraient beaucoup meilleures. M. le duc d'Orléans a ajouté que mon frère avait mille intrigues pour se faire recommander et vanter à lui,

1. Peut-être : l'abbé Omegane.

et que moi, je me recommandais moi-même par ma conduite. Il a ajouté qu'il prétendait, dans la suite, m'accorder la confiance la plus étendue qu'il eût encore accordée à personne.

13 *juillet.* — Le maréchal de Bellisle joue un des plus grands rôles qu'un homme de mérite ait encore joué, sans avoir rendu jusqu'ici d'autres services à l'État que quelques démarches multipliées, soins, détails et vie laborieuse. Ce n'est point un esprit supérieur ni trop abondant en idées, ni homme d'imagination aucunement; c'est un esprit juste, précis, grave et qui exprime nettement et avec force; mais le capital de ses succès vient de ce que toute sa maison est une machine bien montée. Son frère, avec du sens, de la sagesse et de l'activité, lui est entièrement subordonné et dévoué: il le soulage de tout détail. Il a avec lui un M. du Plessis qu'il a pris dans son régiment de dragons, le reconnaissant pour homme d'esprit et de détail et fort attaché à lui; il fait grand usage de ces seconds, de sorte que, n'ayant à songer ni à agendas, ni à sa maison, ni à correspondance, il porte tous ses soins au grand des affaires et il avance beaucoup.

Et dans quel temps s'avise-t-on ainsi de travailler et d'avoir du mérite? Dans un temps où personne n'en a. Voilà ce qui fait et fera un grand homme de M. de Bellisle. On peut dire qu'il sauve l'État dans le présent ministère, où le roi laisse tout faire au cardinal, qui ne veut ni ne peut rien faire de grand; cependant c'est beaucoup qu'il ait bien voulu donner sa confiance à un homme aussi entreprenant que M. de Bel-

lisle; mais cela vient du même principe que quand il
la donna à M. Chauvelin en débutant au ministère.
Un homme de mérite qui veut se replier, se radoucir
et se façonner à un si médiocre supérieur que le vieux
cardinal peut venir à le seconder et à le gouverner.
Qu'on ne dise donc point que l'on cherche un adjoint
pour le cardinal, que ce sera le cardinal de Tencin ou
le maréchal de Noailles; en voilà un tout trouvé qui
est M. de Bellisle. Sans titre, il gouverne tout : il en a
la tête et conduit toutes les affaires d'Allemagne, il
vient de négocier dans toutes les cours d'Allemagne;
c'est lui qui a porté à l'augmentation de l'infanterie
quand le roi de Prusse a déclaré que, sans cela, il allait
faire la paix avec la reine de Hongrie. Enfin, c'est lui
qui vient de déterminer à faire marcher nos 25 000 hommes en Bavière, et le tout est conduit avec grand secret.

Il n'est pas douteux qu'il s'est retourné et raccommodé avec M. Chauvelin; le sceau de son raccommo-
dement a été son intimité avec le sieur Bachelier, où
il est d'une extrême confidence depuis deux à trois
ans. Hogguer lui a donné quantité de mémoires bien
pensés, bien fondés en bonne instruction et que j'ai
vus, sur les affaires du Nord et d'Allemagne[1].

M. de Bellisle arriva à Paris dimanche matin; il alla
le lendemain à Versailles et le roi revint exprès pour
lui. Il y a eu hier un grand conseil où M. le duc d'Orléans a été invité d'aller, quoiqu'il n'aille plus guère
au conseil. M. Amelot vint chez lui avant-hier deux

---

1. *Mémoires politiques par M. le baron Hogguer, à l'occasion de
la mort de l'empereur Charles VI*, 1741-1742, dans le tome III des
Mémoires d'État, p. 119 et suiv.

fois dans la journée pour lui établir, sans doute, l'état
de la question. M. de Bellisle a travaillé depuis cela
des journées entières avec le cardinal et M. de Breteuil, mais peu avec M. Amelot, qui n'est tout au plus
que le scribe de tout cela ; après cela il s'en retourne
tout droit à Metz, sans passer par Paris.

14 juillet. — L'arrivée de M. de Bellisle à Versailles
a été un triomphe : il a eu l'affectation de ne passer
par chez lui à Paris, ni en allant ni en revenant, il a
changé de chevaux au Pont-Tournant. Autre plus
grande singularité : il n'a parlé au cardinal qu'un
quart d'heure tout au plus, et fut enfermé trois heures
avec M. de Breteuil, et avec les autres ministres des
journées entières, ce qui marque que le cardinal ne
se mêle plus des affaires de guerre que très-peu, et
que le parti est bien pris de la déclarer et de la faire,
qu'on en renvoie les détails aux sous-ministres ; et c'est
M. de Bellisle qui dicte tout cela : il conduit entièrement le ministère. Les bruits de Paris sont qu'il va
être premier ministre ; mais on peut dire qu'il l'est,
de fait, pour les affaires d'Allemagne, et il était bon
d'avoir un homme tel que lui, de mérite, d'activité et
de hardiesse, surtout dans un temps dénué de tous
hommes, comme celui-ci.

Mgr le duc d'Orléans avait été convoqué pour le
conseil de mercredi 12 juillet ; M. Amelot était venu l'y
inviter et l'entretenir des affaires dont il s'agit. Ce qui
nous a surpris, c'est que, mercredi, comme il dînait,
l'huissier vint l'avertir que le conseil était prêt à commencer. Son Altesse Sérénissime dînait, il répondit
tout haut : « Monsieur, le roi m'a dispensé d'y aller. » Il

est apparent qu'il avait déjà donné son avis sur les
affaires militaires, et que sa dévotion le détourne
d'opiner pour la guerre, qu'il craint de répondre de
tout le sang qui se va répandre.

Les actions tombent à vue d'œil; on parle de faire
donner à chaque actionnaire mille livres par action.
Dans le manque de crédit du roi, le système est d'emprunter à ceux qui sont embarqués, comme aux
gens d'affaires, aux rentiers, actionnaires, gens en
charge, etc.

15 *juillet.*— Je vois bien peu de gens avoir des principes fixes sur ce qui produit les événements : on ne
voit que devant soi, comme les chevaux qui ont deux
pièces de cuir à côté de leurs yeux ; à chaque événement, on change de système, ou plutôt on ne s'en fait
aucun, et on se laisse aller aux bruits populaires qui
jugent de ces causes comme nous jugeons de celles
des vents. Un de mes amis qui a de l'esprit, et quantité d'autres gens qui passent pour des plus connais-
seurs en intrigues de cour, sans s'en mêler eux-mêmes,
me fatiguent ainsi par leurs variations sur MM. Chauvelin, Bachelier, Bellisle et Breteuil ; les actions de
ces messieurs haussent et baissent selon qu'il plaît
aux forgeurs de nouvelles, à quelques apparences et
aux amis des intéressés, qui appuient ces bruits qu'ils
souhaitent.

Voici les bruits d'aujourd'hui et où donnent des
gens de quelque esprit. On prétend que M. Bachelier
est dégoûté de M. Chauvelin, qu'il abandonne M. de
Breteuil, que M. de Bellisle est devenu le maître de
tout, que M. de Breteuil le craint, qu'il a outragé le

cardinal par des airs cavaliers avec lui, que bientôt il sera déplacé pour lui substituer Séchelles, que M. de Bellisle demande Séchelles à sa place. Certainement il le demande, et pourra l'avoir pour l'intendance de l'armée qu'on envoie en Bavière ; mais on croit que cela ira là tout au plus. Les bruits sont encore que M. de Bellisle va être premier ministre et qu'il exclut M. Chauvelin de tout. Lafare et Bissy[1], neveu de M. Chauvelin, sont le nœud du rapatriage. Le cardinal a eu bien de la peine à agréer Lafare pour servir en Allemagne, mais enfin il y est nommé et s'y prépare.

Si le Bellisle voulait se trop élever, on le rabaisserait ; il faudra toujours un homme de robe à la tête des affaires du cabinet, et ce sera M. Chauvelin uniquement : il ne peut y en avoir d'autre.

Il arrive présentement que le cardinal lui-même n'est pas dans le secret des affaires ; il dit à ses amis qu'il n'y aura pas de guerre ; on le trompe et on le fraude sur tous les ordres qu'il donne ; il se plaint de M. Amelot, parce qu'il donne des ordres tout contraires à ce qui s'exécute. Il est persuadé que l'armée qui va en Allemagne n'est que pour soutenir l'élection de l'électeur de Bavière à la dignité d'empereur, et non : c'est pour l'envahissement que Bavière fera sur les États d'Autriche. Le roi de Prusse a dit partout qu'il ne se fierait aucunement à la France, tant qu'elle serait gouvernée par le cardinal ; c'est en quoi on lui obéit, aussi bien qu'à l'électeur de Bavière.

---

1. Philippe-Charles, marquis de Lafare, qui devint maréchal de France en 1746. Anne-Louis de Thiard, marquis de Bissy, maréchal de camp en 1744. Voy. t. II, p. 201, 229.

17 *juillet*. —Tous les jours le cardinal est éconduit davantage hors des affaires; voici que Mme de Vintimille obsède le roi, tandis que sa sœur Mailly n'est qu'un oison. Le cardinal est résolu de chasser Mme de Vintimille, et ne peut y parvenir; elle l'attaque de front; la question est de savoir si ses amours avec le duc d'Ayen sont sincères et les lient d'intérêt. Elle empêche le cardinal de voir le roi plus d'un quart d'heure par semaine; pour cela, elle le tient à Choisy et il ne va qu'un jour plein à Versailles. Son Éminence compte prendre sa revanche à Compiègne, y tenant le roi trois mois de suite; il veut la pousser, mais il n'y parviendra pas.

Les vrais favoris, Bachelier, M. Chauvelin et Mme de Mailly, se font un jeu de toutes ces marionnettes: la faveur de Mademoiselle n'a abouti qu'à honte, celle de la comtesse de Toulouse tire à sa fin; cependant elle y sacrifie sa santé : les médecins ordonnaient qu'elle allât aux eaux; mais elle n'a garde de quitter la cour dans ce temps-ci.

Le cardinal de Tencin a pénétré jusque dans la Maison d'Orléans par Mme de Chelles, toute janséniste qu'elle est ou qu'elle se croit : elle a depuis travaillé pour le faire goûter comme futur premier ministre.

J'ai été, depuis peu, chargé de faire passer au sieur B.... ce qui suit : que M. le duc de Chartres étant revenu de son voyage de Flandre avec approbation de tout le monde, il lui convient de voir le roi avec plus d'assiduité; que Sa Majesté est maîtresse de le prier à souper à Compiègne, à un retour de chasse, mais que M. de Balleroy ne le peut quitter, quoi qu'en ait dit le

cardinal contre lui pour qu'il ne mangeât pas avec le
roi, puisqu'il a mangé avec le Dauphin; — que ces soupers étant arrivés deux ou trois fois à Compiègne, il
s'en pourra faire ensuite à Choisy, où le roi choisira
son monde et soutiendra les propos où ils doivent
être; — que l'on représentera que la conduite de Mgr le
duc d'Orléans ne doit pas influer sur son fils; que
Mgr le duc d'Orléans, à la vérité, est dévot, fâcheux sur
les amours du roi, et ami en apparence des Noailles;
que cependant il regarde le maréchal de Noailles pour
un fou comme il est; mais qu'il a un penchant pour
la duchesse de Villars qu'il aime, quoiqu'il dise que
ce soit une folle; mais qu'il peut bien solliciter des
choses qu'il ne ferait pas, ce qui s'entend des démarches indiscrètes qu'il pourrait faire pour les Noailles;
— que M. Ba.... ayant dit depuis peu : « Ce prince
serait bon pour être notre gendre, » Sa Majesté n'a qu'à
lui donner sa fille, comme il semble y en avoir espérance aujourd'hui, on peut compter qu'à l'instant
Mgr le duc d'Orléans ne demande qu'à se retirer et
qu'il cessera d'être le père du gendre du roi, c'est-à-
dire qu'il se conduira uniquement par ses conseils et
que son père n'y influera en rien; — que, dans la circonstance présente, les affaires du dehors le permet-
tent et le veulent, que l'Europe se défiant de notre
guerre en Allemagne, sera rassurée en voyant qu'on
conserve le traité d'Utrecht; qu'on veut observer les
renonciations en adoptant pour ainsi dire la branche
d'Orléans et ne se réunissant pas davantage à l'Espagne, s'en éloignant au contraire; — qu'il est à propos
encore de faire ce mariage avant que M. le Dauphin
devienne plus grand, et par conséquent plus mutin,

à quoi il a du penchant, et qu'il pourrait trouver
mauvais, en adolescence, que M. le duc de Chartres
lui parût substitué en devenant son beau-frère.

18 *juillet.*—M. T.... m'a dit hier à Versailles : « Monsieur, il est beaucoup question de vous présentement;
M. Orry trouve tout impossible pour la guerre, il dit
qu'il n'a plus d'argent et qu'il lui est impossible d'en
trouver; sur cela, M. de Bellisle, qui conduit toute
l'affaire, dit qu'il faut un autre contrôleur général, il
vous prône beaucoup, il vous demande vivement et
je ne sais ce qui en arrivera bientôt. »
Sans un changement de ministère, on ne sait où ira
tout cela : le cardinal est plus jaloux que jamais de
gouverner; il restreint toute l'entreprise d'Allemagne
avec une lésine qui fera aboutir à rien. Il en ira de
cela comme de l'affaire de Dantzig, où l'on finit par
envoyer trois bataillons : voilà ce qui fait que M. de
Bellisle reste plus longtemps à Versailles qu'il n'avait
dit; on ne détermine rien.
On a dit à M. le duc de Chartres qu'il n'irait point
avec les polissons en Bavière, mais qu'un prince du
sang devait aller à l'armée *dorée* : donc il y aura une
armée dorée, c'est-à-dire en Flandre, où sera la Maison du roi.
Tout était hier en combustion à Versailles pour demander à servir et pour savoir son sort; cela ne se
saura que jeudi, après le départ du roi.
Dans ses moments de réflexions sensées, le cardinal
doit se dire qu'il s'est trompé sur M. de Bellisle, qu'il
s'est livré au plus grand des boute-feux politiques qui
mène la bande et qui s'entend avec les autres. Sur

cela, l'abbé Couturier a dit au cardinal qu'il devait se
retirer, que l'on se moquait de lui et qu'il gâtait tout.
Le cardinal s'est fâché et a fait deux voyages à Vaucresson, sans vouloir aller à Issy.

20 *juillet.* — Quantité de receveurs généraux ont
fait banqueroute depuis quelques jours, ne pouvant
fournir à leurs engagements et leurs billets se discré-
ditant sur la place : Mouffle, les sieurs de Saint-Rémy,
et d'autres, qui ont manqué ou vont le faire. Mauvais
présages pour la levée de boucliers qu'on commence !
Cela donne beau jeu au cardinal et à M. Orry pour
retarder la guerre; mais, comme elle est résolue,
cela ne fera que précipiter la disgrâce de M. Orry. En
effet, les choses ne peuvent rester longtemps sur le
pied où elles sont.

22 *juillet.* — Voici quatre armées nommées à la
fois pour diviser l'Allemagne en quatre puissances et
l'Italie en autant ; ce nombre de quatre plaît donc.
Certainement, il n'y aura de guerre sérieuse qu'en
Flandre, car il ne peut y avoir d'ennemis que là ;
ailleurs, on ira droit devant soi comme à un voyage.

En Italie, nous allons garantir, attester, comme de
bons notaires certificateurs, que l'Espagne tiendra sa
parole au roi de Sardaigne pour lui céder le Milanais et la meilleure partie des dépouilles de l'empereur en Italie ; nous y avons d'autant plus beau jeu
que nous sommes les maîtres du chemin d'Espagne
en Italie, les Anglais fermant celui de la mer. Nous
ne laisserons passer par le Languedoc que ce que
nous voudrons pour la conquête d'Italie, et, si nous

faisions bien, nous laisserions tout conquérir aux autres et nous ne souffririons pas que l'Espagne s'augmentât d'aucune terre, pour établir un équilibre durable en Italie. Cela nous est bien facile en fermant le chemin du Languedoc ; certes, don Carlos même serait accablé s'il voulait courir sur la dépouille de l'empereur, malgré une ligue qui peut éclore subitement en Italie ; le roi de Sardaigne seul peut dépouiller la succession d'Autriche, si on le laisse faire ; à lui se joindront les Vénitiens, les Génois, Modène et quelques troupes bavaroises ; sur quoi 10 000 Français survenants pourront suffire à régler tout ce partage. Mais que dira l'Espagne, m'objectera-t-on, si nous l'empêchons de passer ses troupes pour la conquête d'Italie ? certes, elle se fâchera, et ce n'est pas d'aujourd'hui que nous y sommes habitués ; elle criera ; mais nous allons la soutenir par mer, nous allons envoyer trente vaisseaux en Amérique pour achever d'altérer la puissance anglaise, pour convoyer les galions qu'on attend journellement, nous allons déclarer absolument la guerre à l'Angleterre ; nos armateurs de Dunkerque et de Saint-Malo vont les désoler et les réduire à la dernière misère, voilà de quoi consoler l'Espagne de n'être qu'amusée en Italie.

Par nos conventions avec le roi de Sardaigne, nous pourrons tirer de lui la Savoie qui nous arrondirait. Loin d'ici tout projet de former en Italie une quatrième couronne en faveur de don Philippe, gendre du roi, projet creux et détestable pour toute l'Europe ! Certes, don Carlos sera si faible en comparaison de nous, du roi de Sardaigne et des autres associés au dépouillement de l'empereur en Italie, que nous pourrons toujours le réduire au sort que nous voudrons, qui sera de se contenter de Naples et de Sicile. Peut-être pourrons-nous lui donner encore la Corse en donnant un autre échange à Gênes. Depuis longtemps je désire cet équilibre italique pour bannir désormais toute guerre en Italie.

Nous dirons que nous n'allons pas pour conquérir, ni pour augmenter les possessions de France et des couronnes d'Espagne et de Naples d'aucune nouvelle terre, mais seulement pour présider à un partage auquel les différentes puissances d'Allemagne et d'Italie nous invitent, comme Prusse, Bavière, Saxe et, en Italie, Sardaigne, Venise, etc. Nous ajouterons que presque tous ces princes négocient avec nous, depuis la mort de l'empereur, pour les aider à ce partage, suivant les différents droits qui leur compètent dans la succession autrichienne, que tous ces droits sont nés avant les trois pragmatiques, et que nous n'avons pu faire cesser le droit d'autrui par notre garantie de la pragmatique; d'ailleurs que la reine de Hongrie paraît si faible et si mal servie qu'il y aurait folie de la vouloir soutenir aujourd'hui, puisque le seul roi de Prusse l'a déjà réduite à l'impossibilité de résister en Silésie.

Nous déclarerons que nous ne voulons que le bien de l'empire et de l'Italie, que nos armées ne marchent que pour empêcher l'oppression des faibles par les plus forts et pour empêcher l'exercice des droits injustes; que, plusieurs de ces princes, comme Bavière et Sardaigne, étant nos proches parents et alliés, nous allons pour garder leur pays d'insulte, tandis qu'ils feront valoir leurs droits par la force, de quoi nous ne nous mêlerons pas autrement, ne voulant rien pour nous ni pour notre Maison.

Telle est à peu près l'idée du manifeste que nous pouvons publier, et avec sincérité. On objectera sans doute notre garantie si particulière de la pragmatique, à quoi je prévois ci-dessus toutes les réponses que nous pouvons faire. Nous inviterons la Hollande et l'Angleterre à tenir la même conduite que nous. Notre vue secrète pourra être d'avoir de cette affaire-ci Savoie et Luxembourg, comme épices et salaire de notre présidence au partage d'Allemagne et d'Italie.

Dans cette guerre, nous n'avons à craindre d'ennemis au monde que les deux puissances maritimes, les Anglais et les Hollandais. On peut craindre qu'ils ne laissent pas dépouiller la Maison d'Autriche sans vouloir avoir leur part à la dépouille. Ils peuvent opérer une puissante diversion contre la France, en nous attaquant par la Flandre depuis Dunkerque jusqu'à Maubeuge, car, de Maubeuge à la Meuse, c'est un pays sans subsistance; ils peuvent porter promptement 60 000 hommes de ce côté-là avec les 10 000 Anglais qui vont passer la mer, 30 000 Hollandais et leurs troupes achetées de Danemark, Hesse et Hanovre; ils peuvent s'établir à Dunkerque, boucher la Manche et nous faire reculer derrière l'Aa, prenant Gravelines pour notre frontière; il ne faut pas leur laisser faire cet établissement, il faut aller en avant et former des siéges chez eux.

Cependant, dans toute cette combinaison d'affaires, il est douteux si les Anglais et Hollandais iront *totis viribus* comme à la grande alliance. On peut leur donner des affaires chez eux; la Hollande ne marchera

point sans l'Angleterre, ce n'est même que celle-ci qui
fait marcher celle-là ; la guerre d'Espagne en Amérique
ruine l'Angleterre ; nous allons couper son commerce
par nos armateurs et nos flottes, et, éteignant son crédit d'argent, elle souffrirait encore davantage de son
manque de matelots dont il vient de se faire une si
grande consommation à la malheureuse expédition de
Carthagène. On peut enfin lui lâcher le Prétendant.
J'ai parlé des tentations qu'aura le Hanovre de s'agrandir des dépouilles autrichiennes, à l'exemple de la
Prusse et de la Bavière.

Enfin croit-on que ces deux puissances maritimes
puissent entreprendre de soutenir à elles seules le
poids de la guerre, comme en 1702 où l'espèce était
bien différente, la France étant seule contre tous et
ayant à soutenir l'Espagne, au lieu que les deux puissances maritimes auront encore à soutenir la pauvre
reine de Hongrie en lui fournissant des subsides?

Voilà ce que j'augure de la guerre qui commence,
dont je remarque que c'est un grand point à une puissance si grande que la France de ne postuler rien pour
soi-même.

23 *juillet.* — Le cardinal s'est retranché derrière
M. Orry, le seul des ministres qui lui soit fidèle aujour-
d'hui ; par lui, il multiplie les difficultés pour la
guerre ; mais le roi a répondu qu'absolument il fallait
y trouver de l'argent. Orry joue à se perdre et à finir
promptement son ministère avant la mort du cardinal ; il multiplie les difficultés de finance, il travaille
même à perdre le crédit des financiers : il a retranché
des fonds qu'on prêtait aux payeurs des rentes sur la

ville pour parachever leurs payements aux rentiers, ce qui les ayant retardés, on a commencé à crier que les rentes sur la ville allaient se mal payer ; il a défendu à Péchevin, caissier de la compagnie des Indes, de plus escompter les billets des financiers, ce qui les a décrédités subitement ; il fait courir le bruit que Castanier va faire une banqueroute de quatre millions, et cela parce qu'il est ami de M. Chauvelin ; chacun se rue sur les billets exigibles des gens d'affaires, on fomente secrètement leurs banqueroutes, il s'en déclare de nouvelles chaque jour. Mon frère contribue sous main à ce discrédit, ne doutant pas que le ministère des finances ne le regarde par la faveur du cardinal ; ses travaux d'intrigue se multiplient avec fureur, il passe les nuits chez Mme de Tencin.

M. de Bellisle crie que, sous M. Orry, les finances ne suffiront jamais aux entreprises militaires et politiques, il propose *** comme le seul qui convienne à ce ministère, et il diffère chaque jour son départ sous de telles circonstances qui sont l'âme du projet. Voilà où les choses en sont ; le départ de M. de Bellisle achèvera de changer la face du ministère.

On dit dans Paris que M. de Bercy prépare déjà son portefeuille : il compte d'être directeur des finances en ce changement, et il ne vise plus à la première place dont son humeur bizarre l'éloigne selon lui-même. Ce bruit prouve encore que le changement des finances est une des premières conditions du traité.

24 *juillet.* — J'ai eu à peu près cette conversation hier avec Mgr le duc d'Orléans : « Au milieu de toutes les pratiques et des méditations de votre dévotion,

Monseigneur, comment n'êtes-vous pas touché des
malheurs dont le royaume et toute l'Europe sont
menacés par le risque de ne tenir qu'à la seule vie de
Mgr le Dauphin? Les aventures de l'extinction des
deux branches de la Maison d'Autriche, depuis le commencement de ce siècle, ne font-elles pas trembler,
s'il venait à en arriver autant à la branche de France?
Le seul moyen est de faire de M. le duc de Chartres
un duc d'Anjou, de le montrer à l'Europe hautement
comme substitué à la race de Louis XV; autrement le
royaume sera déchiré. J'ai beaucoup fréquenté les
étrangers, lui ai-je dit, pendant deux ans, où j'étais
destiné à l'ambassade de Portugal et où j'en faisais
même les fonctions à Paris; pendant ce temps-là, je
puis vous assurer que leur vœu est que M. le duc de
Chartres épouse Madame.

« Mais, comme ce n'est rien que de se proposer
une fin sans des moyens proportionnés, il faut examiner quels sont ceux que nous avons pour y parvenir. Pourquoi la cour d'Espagne, de si loin, captive-
t-elle celle de France pour s'y opposer, tandis que la
Maison d'Orléans, qui est sur les lieux, y échoue?
C'est que nous ne nous y prenons pas bien. La con-
currence et l'inimitié de M. le Duc vous desservait
beaucoup: vous n'avez jamais tant gagné en un jour
qu'à sa mort. Depuis cela, vous et M. le duc de
Chartres êtes les seuls princes du sang de la cour; tous les
favoris veulent et voudront s'attacher à vous, c'est-à-
dire à M. votre fils, puisque vous ne voulez pas jouer
ce rôle. M. le duc de Chartres plaît au roi par sa do-
cilité et par son caractère bon, doux et franc, aussi
bien que par les mêmes inclinations. Il faut s'attacher

au gros de l'arbre, à tous les entours du roi, à ceux qui ont véritablement sa confiance. Si le cardinal n'était pas si vieux, ni si décrédité, il faudrait s'y attacher et suivre ses entours. Il faut que M. le duc de Chartres fasse sa cour au roi par tous moyens, et aucun des rayons qui mènent à cet objet ne me paraît à négliger. Ces coups de politique, comme celui dont il s'agit, se mènent autant et plus par affection particulière que par méditations et principes politiques. »

Il m'a dit que le cardinal était porté pour l'Espagne, et que, si M. le Dauphin venait à manquer, certainement il voudrait rappeler en France la branche d'Espagne, ce qui nous mettrait cependant toute l'Europe à dos; que cependant l'Espagne, favorisée en cela par la cour de France qui y aurait préparé les voies, l'Espagne optant pour la couronne de France, les Espagnols retenant quelqu'un de ses cadets, il arriverait cependant que la Maison d'Orléans aurait ses partisans, et qu'ainsi le royaume se diviserait en deux parts, accident que les étrangers, si envieux de notre grandeur, favoriseraient autant qu'ils pourraient.

Ce discours me donne lieu plus que jamais à le prêcher pour accélérer ce dessein du mariage avec Madame, pour y aller par tous les moyens humains, pour se donner au parti et au ministre qui le favorisera, et pour s'éloigner de ceux qui y sont contraires.

J'ai su, par un confident secret de M. le duc d'Orléans, qu'il s'était fort plaint, dans le temps, des Noailles et surtout du maréchal de Noailles, comme ayant beaucoup conseillé et favorisé le mariage de Madame aînée avec l'infant D. Philippe, le maréchal étant au fond du cœur fort attaché à l'Espagne.

On ne devrait jamais perdre de vue cette maxime de conduite de France avec Espagne : être ami de cette couronne, mais la tenir toujours dans la subordination où doit être un cadet avec un aîné, qu'elle ne nous forçât jamais la main sur rien, ni en rien, même dans les occasions où nous avons besoin d'elle, comme dans les tarifs, priviléges et exercice de commerce. On ne voit à notre cour les intérêts du commerce que par l'organe de gros riches qui voudraient s'enrichir davantage: ce ne sont point les droits de ceux-là qui sont à suivre, ce sont ceux de la multitude qui produisent les grands retours de profit au capital de l'État; et, avec tout ce que nous conseille notre commerce d'Espagne, je ne voudrais jamais qu'il nous subordonnât en rien aux volontés de cette puissance, ni surtout que cela nous fît dissimuler le dessein de faire succéder la branche d'Orléans à la branche régnante, seul moyen de conserver la paix interne et externe; mais le cardinal, par sa pusillanimité naturelle, penche toujours à cette basse complaisance qui vient de la crainte et qui tend à l'intérêt sordide.

26 *juillet.* — M. de Bellisle a effrayé tous les ministres; chacun a craint d'être déplacé par lui, surtout le contrôleur général; on a voulu aussi inspirer quelque terreur à M. de Breteuil, à cause qu'on employait M. de Séchelles à l'armée de M. de Bellisle, en Bavière; mais cela ne lui donnera pas plus de réputation qu'il n'en a, sur le fait de pourvoir à une armée, et il lui manquera toujours l'élévation, les vues nécessaires pour conduire la noblesse avec justice et charité, et

tout ce qui fait l'apanage du ministre de la guerre, que
M. de Breteuil a plus que lui.

Enfin, M. de Bellisle est parti hier pour Francfort;
on croit que, dès le mois prochain, l'électeur de Bavière va être couronné empereur et que tout y est
préparé; j'en doute, car alors il faudra encore l'aider à être assez puissant pour soutenir sa dignité,
dit-on; ainsi ce sera un père qui commencera par
manger ses enfants.

Il y aura une armée en Flandre, mais elle s'assem-
blera plus tard. Celle de la Meuse, qui s'assemble, est
destinée à aller jusqu'au fond du pays de Liége, pour se
joindre, dans un besoin, au camp de quarante mille
hommes qu'a le roi de Prusse vers Magdebourg, et
couper le chemin de l'armée de Hanovre qui irait
pour secourir la reine de Hongrie et accabler l'électeur de Bavière.

27 juillet. — On croit que le roi pourra bien aller à la
guerre en Flandre, si les puissances maritimes s'ameutent et nous présentent une armée digne du courage
français; on travaille sourdement à de très-grands
équipages qui ne peuvent être que pour le roi. On dit
que le roi a demandé l'autre jour à son grand cuisinier, à Choisy : « Pajot, as-tu du cœur? Iras-tu bien à
la guerre? » que celui-ci a répondu qu'il ne craindrait rien pour lui, mais seulement pour Sa Majesté,
et qu'il lui ferait d'aussi bons ragoûts à l'armée qu'à
Choisy.

Si le roi va à la guerre, on demande qu'est-ce
que deviendra le cardinal; il se tiendra sans doute
dans une place voisine.

M. de Bellisle a eu plus de peine à Versailles, dit-il,
qu'il n'en aura eu dans toute l'Allemagne et à la tête
des armées : il s'est tenu des conseils longs et multipliés pour la moindre opération de la guerre et du
système d'Allemagne qu'on entreprend. Il joue le
brouillé avec son frère, que M. Bachelier ne peut souffrir, et c'est M. Chauvelin qui le lui a suggéré : effectivement l'aîné Bellisle est un homme franc, et le chevalier de Bellisle, plus fougueux et plus implacable,
lui souffle la perfidie et l'intrigue ; cependant le cadet
est dans la confidence de toutes les affaires politiques
de son frère.

29 *juillet.* — Le roi a brusquement déclaré, avant-
hier, à son souper à Choisy, qu'il n'irait point à
Compiègne, et tous les ordres ont été contremandés
subitement, résolution qui couvre mystères et irrésolution même. On croit que ce sont Mmes de Vintimille et de Mailly qui ont voulu ce triomphe, pour
continuer à tenir le roi à Choisy tranquille et à l'abri
du cardinal.

Cependant, mardi et mercredi derniers, le cardinal
croyait avoir eu un travail avec le roi des plus com-
plets ; il sortit radieux, il lui avait dit que la guerre
qu'on entreprenait ne devait pas être si fort dans le
grand que l'avait projeté M. de Bellisle, vrai prêcheur
de croisades ; que l'on n'avait pas un sol, que les
financiers ne savaient où donner de la tête, et que
c'était folie d'entreprendre des affaires extraordinaires.
Il crut avoir convaincu le roi qui, dans le fond, s'en
moquait ; il voulut aussi lui persuader de rompre le
voyage de Compiègne, de peur d'être pris par quel-

que parti[1], mais il y échoua, lorsque ces dames les comtesses le lui ont persuadé en son souper. Ceci fait grand tort à quantité de gens qui avaient fait de gros approvisionnements pour le séjour de Compiègne, d'autant plus que le roi avait promis d'y séjourner trois mois cette année.

— Voici comme M. Vanhoey, ambassadeur de Hollande, prend notre armement et la marche de notre armée, je le sais par un de ses amis particuliers pour qui il n'a rien de caché : il prétend avoir déterminé les États-Généraux à garder la neutralité avec nous dans cette affaire. Il y avait chez lui un gros parti contre lui, surtout de la noblesse et des militaires : ils voulaient le faire rappeler; il a contremandé sa livrée hautement, et cependant il s'est fait continuer dans son emploi par d'autres amis plus persuasifs qu'il a eus; il a fait persuader à l'assemblée combien on pouvait se fier au cardinal, quel avantage la Hollande allait tirer de notre guerre avec l'Angleterre qui veut absolument s'énerver et se ruiner, et au contraire, quel dommage ç'allait être pour la Hollande que d'entreprendre une grande guerre contre la France ; quelle ruine par l'augmentation de ses dettes et qu'ils couraient risque de perdre leur barrière des Pays-Bas. Ainsi on regarde la neutralité de Hollande comme assurée.

1. Il y avait des exemples de partis ennemis qui s'étaient avancés jusqu'aux portes de la capitale. En 1707, M. de Béringhen, premier écuyer du roi, avait été enlevé sur le chemin de Versailles, entre Sèvres et Passy, par un parti hollandais qui l'avait pris pour le Dauphin.

Nous ne sommes pas loin de déclarer la guerre à l'Angleterre, qui affecte d'insulter de plus en plus nos vaisseaux : cette nation va être détruite et réduite à un état misérable, tout son crédit tombera, faute de matelots; on compte qu'il y a perte de plus de vingt mille hommes à sa malheureuse expédition de Carthagène.

Notre projet actuel, par nos deux armées, n'est, dit-on, que d'aller soutenir la libre élection de Bavière pour empereur, où nous sommes assurés de la pluralité des voix. En cela, nous ne contre-viendrons point à la pragmatique. Après cela, Bavière n'est pas, dit-on, assez fort pour soutenir cette dignité; nous lui laisserons valoir ses droits, il obtiendra par ses armes Tyrol, Trentin, Carinthie, Carniole, et autres pays méridionaux, ce qui fermera la porte de l'Italie ; nous ne nous mêlerons point de cette conquête, nous dirons seulement que, par notre garantie de la pragmatique, nous n'avons pu ôter les droits anciens et acquis.

Nous tâcherons de réduire le roi de Prusse à ses justes prétentions sur les bailliages de la Silésie déjà conquis, et nous lui ferons rendre le reste. Saxe se contentera de notre garantie de la couronne de la Pologne comme il la possède.

Notre armée ne marche en Allemagne que pour soutenir la liberté d'élection, les traités de Passaw et d'Osnabrug pour les catholiques et les protestants. On voudrait que le roi se portât à Strasbourg pour faire paroli[1] à ce plat roi d'Angleterre qui tient à Ha-

---

1. Tenir tête, terme tiré du jeu de Pharaon.

novre cour plénière pour régler les affaires d'Allemagne.

L'affaire d'Italie est remise à l'année prochaine ; on y laissera l'Espagne et la Sardaigne conquérir ce qu'ils voudront, et nous serons spectateurs ; nous demeurerons seulement garants de la Toscane, ce qui deviendra moins dangereux entre les mains de la reine de Hongrie qui n'aura plus la dignité impériale, l'électeur de Bavière ayant l'empire, entrée en Italie, mais nulle terre dans ce continent.

Ce même adorateur du cardinal prétend que tout ceci a été disposé avec une prévoyance et une économie dignes du plus grand ministère, que nous avions cent quarante mille sacs de blé en réserve en Alsace, dont personne ne se doutait et qui servent à tous nos magasins pour la marche de notre armée en Bavière ; que toute l'augmentation est payée et qu'on a les fonds prêts pour le reste de cette campagne.

30 *juillet.* — La déclaration de guerre contre l'Anterre va paraître, et on attaquera en même temps. M. le bailli de Givry a reçu cette nouvelle par laquelle il lui est ordonné de disposer toutes choses au rétablissement du port de Dunkerque et de permettre aux armateurs de courir sur les Anglais dans la Manche.

Le roi parla à son souper, il y a quelques jours, devant grand monde, à M. de Court, qui va commander notre escadre à Toulon, et lui fit des questions sur la quantité et le nombre des vaisseaux et des caissons, et, tout de suite, après avoir rêvé un moment, il compta celle de l'amiral Haddock et son escadre, à quoi voilà jointe celle de l'amiral Norris, sortie depuis d'Angleterre. On regarde ce discours comme une imprudence qui décèle ces secrets; pour moi, je sais que le roi est trop sûr de son secret pour n'y avoir pas donné à demi essor entre les dents, afin que cela fût su insensiblement. Tous politiques savent que la menace doit faire souvent autant et plus d'effet que les coups mêmes, quand on croit cette menace réelle.

Notre escadre est de treize gros vaisseaux, nous nous joindrons, à Cadix, à celle d'Espagne qui est de douze, total vingt-cinq. Celle des Anglais est de treize pour Haddock; celle de Norris, qui y est jointe à présent, de quinze, total vingt-huit. On a toujours dit comme une maxime certaine que deux vaisseaux français étaient sûrs de battre trois vaisseaux anglais; mais ici nous voilà avec des Espagnols, dont la marine n'a pas encore été bien éprouvée vis-à-vis de celle d'Angleterre. Celle-ci, à la vérité, est de plus en plus mal équipée en matelots et soldats, mais leur artillerie est mieux servie que la nôtre.

Tout à la fois, on lâchera à l'Angleterre nos armateurs de Saint-Malo et de Dunkerque qui désoleront ces insulaires, et, d'un autre côté, si l'armée hanovrienne marche au secours de la reine de Hongrie, la nôtre, avec le camp de Magdebourg des Prussiens, a ordre de lui couper le chemin et de l'attaquer. Ainsi on prend les Anglais de tous côtés, et on marche à la destruction totale de l'Angleterre et de son crédit.

M. Vanhoey, ambassadeur de Hollande, assure ici la neutralité de son pays, mais, si je peux croire qu'elle subsistera quelque temps jusqu'à l'attaque et les premiers échecs des Anglais, je ne dois pas douter que cette nation ne vienne bientôt au secours de l'autre,

et que le plus grand nombre des suffrages n'y en-
traîne, et par jalousie et par sûreté.

31 *juillet*. — M. le duc d'Orléans a été hier à Issy et
a eu longue conversation avec le cardinal : il ne dit
pas d'abord pourquoi ; on ne le sait que peu à peu ; il
assure que Son Éminence est en parfaite santé ; cependant il est vrai qu'il a eu grande indigestion, avec
fièvre. J'ai lieu de craindre qu'il ne fût question de
quelque mariage de Bavière pour M. le duc de Chartres, d'autant plus qu'on en parle affirmativement
dans le public et surtout dans certaines compagnies
bien instruites. Mgr le duc d'Orléans craint si fort
les péchés mortels que son fils pourrait commettre
avec quelque fille, ou tout seul, qu'il y sacrifiera tous
les intérêts de sa maison. Cela vient à tous moments
le poindre contre ce que je lui dis pour le rassurer ; il
me dit, à diverses fois, que le rang de M. le duc de
Chartres serait bien embarrassant s'il avait épousé
Madame ; que les princes du sang ne lui passeraient pas
la moindre chose ; que le cardinal s'y opposerait toujours par toute autre raison que par celle que j'allé-
guais, qui était la crainte de déplaire à l'Espagne pour
les attraits de son commerce ; mais parce qu'il était
imbu des principes du feu roi, qui ne fit partir Philippe V pour l'Espagne qu'avec l'intention perpétuelle
que sa race vînt remplacer la ligne de Mgr le duc de
Bourgogne si elle venait à manquer, et que tous les
traités de renonciation ne fussent regardés que comme
des traités extorqués et forcés ; qu'ainsi M. le Dauphin
manquant, ou sa race, il avait dessein que ce fût la
ligne d'Espagne absolument qui vînt le remplacer ; que

la preuve de cela est que l'on n'avait jamais reparlé
des renonciations depuis le traité d'Utrecht dans
les autres traités avec Espagne, comme celui de Sé-
ville, etc.; qu'ainsi il ne souffrirait jamais le mariage
de Madame avec M. le Dauphin.

Je lui ai réfuté amplement tous ces arguments, et
ma conclusion est toujours qu'il faut laisser mourir le
cardinal, sur quoi il y a si peu à attendre; mais je
crains qu'il n'ait pas de foi à la brièveté de cette
attente. Déjà il s'ennuie de sa résidence à Sainte-Geneviève, parce que l'on y est janséniste, et je sais qu'il
cherche à demeurer dans quelque autre moinerie. Il
travaille à un livre contre le dogme janséniste; il y
travaille sous la révision de l'abbé Couturier, ce qui
est comme le cardinal lui-même. Cet ouvrage est fort
avancé. On ne manquera pas de faire imprimer ce
livre, qu'on dit n'être pas mal composé; cela sera réfuté par le parti, on s'échauffera, et voilà que le pauvre M. le duc d'Orléans perdra les trois quarts des suffrages publics que lui avaient attirés sa piété et sa générosité.

Il a été décidé que les princes du sang ne serviraient
pas à l'armée cette année et qu'on ne ferait aucun
siége; s'ils y servent, on réglera leurs équipages; le
cardinal a dit qu'ils montreraient le premier exemple de modestie dans leur train; mais cela sera par
écrit, et non imprimé comme le règlement qui a été
fait par ordonnance.

4 août. — J'ai fait donner avis, ne voulant pas paraître encore moi-même, à M. le duc d'Orléans, que
ces maudits prêtres le trompaient et allaient le faire

tomber dans un panneau grossier. On lui a lâché
l'abbé Couturier, ce général de l'Oratoire et autres
sulpiciens ; on lui a dit, qu'un prince pieux, religieux
et savant en théologie comme lui devait compte au
public de sa doctrine sur les affaires du temps ; qu'il
était soupçonné de jansénisme parce qu'il demeurait à
Sainte-Geneviève; que Mme de Chelles était janséniste
déclarée ; qu'il avait été à confesse longtemps au
curé de Saint-Paul. En un mot, tout cela l'a entêté
de constitution et l'a rendu zélé pour la bulle, c'est-à-
dire pour le dogme seulement ; mais bientôt on passe
de là au goût de persécution, par zèle. On l'a pris encore par l'amour-propre, on l'a porté à composer un
grand ouvrage sur les premières propositions; il est à
plus de la moitié, il le corrige avec l'abbé de Houte-
ville[1] ; on prétend le faire imprimer, en lui disant que
cela est fort beau. Ces gens-là enrageaient de voir ce
prince bien avec le public. C'est une ruse du cardinal
de Fleury, qui ne cherche que le décri et l'abaissement
des princes du sang. C'est par une manœuvre semblable qu'il a déjà perdu le cardinal de Noailles, son
bienfaiteur.

Mgr le duc d'Orléans tirait, du moins, ce parti de sa
retraite et de sa charité généreuse, qu'il était chéri de
tout le bas peuple de Paris et des provinces; mais, s'il
se déclare constitutionnaire outré, il s'attirera à dos,
avec excès, les quatre cinquièmes de Paris qui se sont
rangés du côté du jansénisme.

Tel fut l'archevêque de Cambrai, Fénelon, qui était

---

1. Ancien secrétaire du cardinal Dubois, membre de l'Académie
française, auteur de la *Religion prouvée par les faits.*

aimé et plaint de tout le monde dans son exil, lequel
n'avait été causé que pour s'être opposé à la déclaration du mariage du roi avec la duchesse de Maintenon,
et pour sa noble soumission à la condamnation de son
prétendu quiétisme. Ennuyé dans son exil, persuadé
que la condamnation de Quesnel était juste, il écrivit
avec zèle pour le molinisme, et de là il fut déshonoré
dans le public, il n'eut plus d'amis, il fut méprisé de
tout le monde comme un vil esclave de Rome, et qui
cherchait à se raccrocher à la cour par là.

Voilà ce que j'ai fait représenter à Mgr le duc d'Or-
·léans par un ecclésiastique en qui il a confiance, et
qu'il a écouté sur une remontrance vive et zélée ; il promit d'y faire ses réflexions, il ralentit déjà son travail.
Je compte bientôt de paraître moi-même sur la scène.

5 *août*. — Tous les jours de nouvelles banqueroutes ;
c'est la mode, surtout parmi les receveurs généraux des
finances ; il vient d'en manquer un des plus forts ; on
ne veut plus de leurs billets ; cela fait presque manquer
d'argent le trésor royal. Certainement il y a à cela
grande faute au ministère de la finance ; surtout d'a-
voir laissé les choses venir à ce point : on traite le
royaume comme un pays à contribution, on semble
jouer de son reste.

On croit que le roi ira à Strasbourg pour y être plus
à portée de donner la loi à l'Allemagne. M. de Bellisle, étant à Francfort, aura une armée à ses ordres en
Bavière et la commandera comme il voudra. Le roi
vient de déclarer qu'il n'irait point cette année à Fontainebleau ; on fait de grands équipages secrètement,
on réserve les princes du sang pour quelque service.

Le roi a déclaré que le comte de Neuperg marchait au roi de Prusse; on attend à tout moment la nouvelle d'une bataille en Silésie.

6 *août.* — La faveur de Mme la comtesse de Toulouse chagrine en même temps et Bachelier et le cardinal, quoique au fond cette faveur soit subordonnée à la raison, quand on sait la faire entendre au roi. Il est certain qu'il faut quelque société aux rois, et surtout société de femmes; voilà que Sa Majesté a pris l'habitude de descendre des quatre à cinq fois par jour chez Mme la comtesse de Toulouse qui a l'appartement de Mme de Montespan : elle a été jusqu'à présent véritablement la m.........: Mme de Mailly est à portée de cet appartement, la bonne princesse se prête avec délices aux jouissances du roi, prête son lit, son canapé, son fauteuil. Cependant elle est dévote et sans rouge, elle passe des deux heures à l'église à lire avec une petite bougie dans un confessionnal. Le cardinal est furieux contre elle, depuis que le comte de Gramont a été placé malgré lui; sa fureur l'a uni avec Bachelier, qui travaille contre elle. Elle est présentement à la tête du parti Noailles; ce parti ressemble à l'hydre qui se régénère, il fait face de tous côtés et présente toujours une nouvelle tête, selon qu'il convient à ses intérêts : tantôt c'est un libertin, tantôt un chasseur, un dévot, une m........., et il trouve tout cela dans sa famille. Mais ces goûts du roi, comme je le dis, sont subordonnés à la raison et aux affaires; quoique Sa Majesté ait quelques peines à se défaire de ses habitudes, il y parvient tout à coup et se détache net quand il le faut.

Tous ces partis de cour ont toujours en vue de placer et de déplacer un principal ministre, c'est là le fond de leurs travaux. Le parti dévot des Noailles et des Rohan a pour objet de placer M. le cardinal de Tencin et d'éloigner le retour de M. Chauvelin. Je suis persuadé que les femmes y avancent peu ; elles lâchent bien quelques mots qui portent peu de coup, et en font grande vantise dans leur tripot.

Cependant Bachelier, qui y va de bonne foi, qui ne voit pas si clair que M. Chauvelin, s'alarme de la durée et de l'intimité de la faveur de Mme la comtesse de Toulouse ; il croit tout perdre, ses avis ne sont pas suivis : sur cela il dit que le cardinal a manqué le coup pour l'éloigner et l'exiler. Il a vu passer la faveur de Mademoiselle, parce qu'elle donnait à prendre sur elle par son indécence, ses mœurs, ses fureurs; mais celle-ci est décente en tout, fait la dévote, se conduit bien et est commode par son logement, quand le roi va à Versailles. Il dit encore que le fond du tempérament du roi le porte à la dévotion et que, s'il a jamais quatre accès de fièvre, il y tombera complétement, enverra promener sa maîtresse et gardera ses amies. Ce bonhomme, violent dans ses passions de haine comme d'amitié, jette feu et flamme contre cette dame; je crains qu'il ne s'aveugle et qu'il n'agisse mal.

Le maréchal de Maillebois est devenu ennemi de Bachelier, s'étant retourné du côté de Mme la comtesse de Toulouse. Il est l'antagoniste du maréchal de Bellisle, il produit pour les finances M. de Bercy, son beau-frère, et celui-ci prépare son portefeuille : cela

forme une union avec Breteuil qui est jaloux de Séchelles, Séchelles est poussé par Bellisle pour le ministère de la guerre ; Maillebois et Bercy soutiendraient
Breteuil que Bellisle attaque ; ainsi Breteuil pousse le
Bercy au ministère, mais Bercy est un fou et un
homme d'humeur ; on le vante aujourd'hui pour avoir
toutes les ressources de M. Desmarets dans la circonstance pressante où nous sommes.

8 *août*. — M. Orry a envoyé chercher deux intendants que je sais, pour leur dire de préparer toutes
choses pour le dixième dès le premier octobre prochain : il a ajouté qu'il voulait un autre directeur pour
la généralité de Soissons et de ***. L'autre fois qu'on
avait imposé le dixième, en 1733, cet impôt avait été
mis avec trop de douceur, dit-il ; l'abonnement des
Maisons d'Orléans et de Condé avait été à trop bon
marché ; enfin il prétendait en tirer davantage qu'en
1733 ; on en avait besoin pour la grande guerre que
le roi entreprenait, puisque les gros secours qu'il en-
voyait à ses amis en Allemagne allaient nous attirer la
guerre de la part des puissances maritimes.

Rien n'est plus vrai que le royaume est intérieure-
ment plus pauvre qu'en 1709, quand M. Desmarets
imposa le dixième ; ce ministre sensé se garda bien de
l'imposer à toute rigueur dans un temps désastreux,
il n'en voulut que le semblant avec quelque réalité :
il se contenta de tirer dix millions de ce qui en aurait
valu trente à un malhabile homme, il effraya les ennemis de la France qui y virent de grandes ressources,
et il n'acheva pas la ruine des particuliers comme on
va faire.

9 août. — Le roi arrive à Versailles, le voilà pour jusqu'à la fin de l'année sans en sortir, sans même Choisy, ni la Muette; les vapeurs lui vont prendre, à ce que m'a dit hier un confident. On admire sa constance pour un ministère qui le maltraite si fort.

Voilà deux nouvelles banqueroutes, Castagnier et Villette, gendre du trésorier général des guerres; l'Allemand de Betz allait en faire autant; on l'a étayé de 200 000 livres à propos. Tous les gens d'affaire vont manquer ainsi tout de suite, on ne sait plus où on en est, le ministère des finances ne se peut soutenir longtemps tel qu'il est.

On a trouvé moyen de diminuer le crédit de Mme la comtesse de Toulouse en donnant un autre logement à Mme Mailly proche les entre-sols du roi; le maréchal de Coigny a été lui offrir celui de Mme de Matignon : par là on n'aura plus besoin de l'appartement de Mme la comtesse, si sainte et si dévote, pour servir de théâtre aux scènes amoureuses.

11 août. — Grande aventure à la cour : Mme de Vintimille tombée malade à Choisy, la fièvre seulement; le roi est venu passer deux jours à Versailles; il y reçoit quatre courriers par jour de la sœur de sa maîtresse : il est retourné à Choisy le jeudi au soir et y passe trois jours, malgré ses promesses au cardinal. Voilà les voyages de Choisy qui vont aller leur train. Il ne ferait pas cela pour la reine.

M. Orry a une sciatique qui le scie; il fait diète et prend une douche épouvantable; ses commis disent qu'il va prendre les eaux du mont Dore en Auvergne; il est décrédité de tous côtés, tout fait banqueroute,

tout manque, il n'y peut tenir. La caisse militaire
manque aux troupes qui passent le Rhin, on ne sait
plus comment faire, on crie : Crédit, crédit ! M. Orry
va se retirer, il en postule la grâce. On parle de divers
arrangements bizarres pour le remplacer, comme de
nommer M. Trudaine directeur des finances pour le
suppléer en son absence.

— Ici j'ai commencé à changer la forme de ce journal pour ressembler plus au journal de l'Estoile :

1° Je ne numéroterai plus les jours ;

2° La marge de mon papier sera moins grande ;

3° Je mettrai le jour au haut, en titre ;

4° Je mettrai toujours le titre des matières en
marge, et, s'il me venait à écrire quelque chose
d'oublié ou de peu antérieur, je le mettrais à *Remar-*
ques en lisant[1].

12 *août*. — Mlle de Clermont[2], princesse du sang,
surintendante de la maison de la reine, mourut hier
à huit heures, sans sacrements. Les médecins la dirent
hors d'affaire ; elle se para, elle fit des cocardes pour
ses amis qui vont à la guerre, ses règles s'arrêtèrent,
elle tourna à la mort. Le cardinal veut retrancher sa
charge, ce qui épargnera cent mille livres à l'État.

On m'écrit de la seconde colonne, qui passe le
Rhin, que la caisse militaire est presque à sec et

1. Voy. *Introduction*, p. xi et xviii.
2. Marie-Anne de Bourbon, née le 16 octobre 1697, quatrième
fille de Louis de Bourbon, IIIᵉ du nom, et de Louise-Françoise
de Bourbon.

qu'on songe à se récupérer quand on sera en Allemagne, sur pays ami ou ennemi.

13 *août*. — Mme de Vintimille est à l'extrémité à
Choisy, où le roi n'abandonne pas un moment Mme de
Mailly, sa sœur, qui est au désespoir de perdre une
si bonne sœur. Selon les autres, c'est une des plus
méchantes femmes qu'on ait encore vues, et, pour se
perfectionner, elle avait pris le duc d'Ayen pour
amant. On ignorait à quoi ces liaisons auraient conduit le ministère qui suivra celui du cardinal; c'était là
une des grandes ressources de la gent Noailles. Ce
parti est d'autant plus incommode qu'il fournit toutes
sortes d'espèces de gens : voulez-vous des libertins,
des libertines, des m........., des athées, des dévots ?
Il y a de tout dans la boutique, surtout des gens d'esprit et d'imagination : ce parti en fourmille.

Mme de Vintimille avait un crédit marqué, elle
était l'esprit de sa sœur Mailly, comme celle-ci était
le corps de sa sœur, faisant les bonnes fonctions de
favorite du roi très-chrétien. La grossesse de Mme de
Vintimille était certainement toute en fraude de son
époux, qui ne l'approche pas depuis les premiers jours
de son mariage : on l'avait dit grosse, puis qu'elle ne
l'était plus, et enfin on croit son enfant mort dans
son corps; sa fièvre a redoublé, elle ressent le
mal de tête et la pesanteur dans les reins qui sont
les marques de cet accident, impardonnable pour
la vie.

18 *août*. — Il y a des temps où le plus grand calme
règne dans toutes affaires du dedans et du dehors;

j'ai vu cent fois que cela annonce alors les événements
les plus considérables de l'humanité (qui en eux-
mêmes ne sont pas grand'chose). On ne parle de rien
au monde présentement et depuis quelques semaines,
ni des affaires du dehors, ni de celles de la cour et du
dedans du royaume. Il est cependant certain que tout
se prépare pour que nos armées entrent en Allemagne,
et pour déclarer la guerre à l'Angleterre : on flatte le
roi des entreprises du règne le plus glorieux. Sa Majesté a impatience de parvenir à ce moment, elle s'en
voit pressée, pour ainsi dire, par la faim ; on lui défend les voyages hors de Versailles, à cause de la dépense ; elle ne laisse pas de retourner à Choisy des
jours rompus, au lieu qu'avant cette semonce du cardinal, ces voyages étaient devenus périodiques. Le roi
y est actuellement, les femmes et les faveurs l'y dé-
tiennent et ne le laissent pas aller par semaine au cardinal plus de quelques demi-heures.

On apprend les plus belles choses d'Angleterre pour
le moment où nous anéantirions le commerce et la
puissance de cette nation, plus notre rivale et plus
notre ennemie que celle d'Autriche : le roi d'Angleterre est totalement désobéi par les lords régents ; ils
refusent de faire passer la mer aux troupes anglaises ;
toute la nation déclare qu'elle marchera tant qu'on
voudra du côté d'Amérique, mais qu'elle n'a que faire
des affaires d'Allemagne ni d'Italie : chamaillis sur
cela, fermentation très-grande. Le roi d'Angleterre est
en Allemagne, faisant le fanfaron, puis méprisé de tout
le monde aujourd'hui. Quel beau moment pour déclarer la guerre à cette nation, pour lui lâcher nos
armateurs et rétablir Dunkerque ! Qu'attend-on pour

cela? Le rétablissement de Dunkerque nous restera, quelque chose qu'il arrive depuis; nos liens et nos traités sont rompus sur cela avec cette nation insultante.

J'ai eu une triste conversation avec un triste homme, qui est le marquis de Clermont, premier écuyer de Mgr le duc d'Orléans, touchant ce prince; il m'a parlé de son humeur extraordinaire en tout; il dit qu'il a vu les souterrains qui le portaient à la dévotion, qu'il avait bien prédit qu'il en abuserait, qu'il irait trop loin, mais que les gens qui voulaient le gouverner favorisaient ce goût, pernicieux dès qu'il est outré. Il parlait de Mme de Gontaut et de quantité d'autres dames dévotes, qui croient s'être emparées de lui par cette voie; cependant je ne vois pas que leur empire en soit monté à un certain degré aujourd'hui, ni qu'il ait beaucoup servi les Noailles par tant d'intrigues; on est seulement parvenu à le rendre nul, inutile au monde et à tout bien; je ne vois plus quel prêtre capable le gouverne aujourd'hui, en un mot, il ne reste plus de ce projet que les mauvais effets, et les causes en sont cessées dans le but qu'on se proposait.

Dès sa jeunesse, dit M. de Clermont, il voyait ce prince outré en tout; il voulait tâter de toutes les filles et braver la v.....; il voulait se mettre à la tête des hussards et faire une guerre de carabin; il voulait chasser comme un loup: puis, s'étant donné à la dévotion, il a voulu prendre le rôle d'un père de l'Église et d'un anachorète. De tout cela, il résulte qu'il est fou et qu'il est très-difficile de le rendre sage; le pire de la situation est qu'il a pris le roi dans une aversion

insupportable et qu'il ne veut pas en entendre parler ;
il l'évite autant qu'il lui est possible.

21 *août*. — Le roi a toutes les attentions, et plus,
pour Mme de Vintimille, que si elle était sa maîtresse
déclarée. On croit que sa santé est meilleure et qu'elle
se tirera d'un état de grossesse dont elle a cru elle-
même qu'elle mourrait. On n'a cependant pas encore
senti son enfant remuer, mais la fièvre est diminuée.
Le roi est encore retourné la voir à Choisy ; enfin elle
arrive mardi en triomphe à Versailles dans une litière,
avec quantité d'escortes. Sa grossesse est un pro-
blème ; quant à la publicité et l'aveu d'icelle dans la
famille de son mari, M. et Mme du Luc n'en parlent
point et la désavouent par là ; son mari est totalement
séparé de fait d'avec elle, il y a fort longtemps qu'il
ne l'a vue ; il y a quatre mois qu'il n'a vu le roi.
Mme de Vintimille prend aussi la chose avec hauteur,
et ne veut pas entendre parler de cette famille où elle
est entrée ; l'archevêque de Paris lui a envoyé une
layette magnifique, elle l'a refusée avec dédain. Quiconque lui veut parler de cette famille est disgracié
pour toujours. On assure qu'elle a beaucoup d'esprit,
de l'étendue d'esprit, mais de la dureté, de la méchanceté et de l'aigreur[1]. Elle a pris, dit-on, ascendant sur l'esprit du roi et elle inspire jalousie à sa

---

1. Si l'on en croit le duc de Luynes, le roi lui reprochait assez
brutalement les défauts de son caractère : un jour qu'elle se plaignait d'être malade, il lui dit : « Il faudrait vous couper la tête et
vous mettre du sang d'agneau, car vous êtes aigre et méchante. »
Mémoires, t. III, p. 458.

sœur; on croit qu'il y a antipathie entre elles. Je
crois le roi trop doux et ayant trop peu de penchant
au libertinage pour être tombé dans une infidélité de
cette espèce, pour avoir passé de la sœur à la sœur
avec aussi peu d'attraits de plaisirs; mais si leurs corps
peuvent être exempts de jalousie, les esprits peuvent
être justement jaloux, car la supériorité de Mme de
Vintimille, comme on la dépeint, doit éclipser la pauvre Mailly, qui n'est qu'une bonne femme à cœur
tendre et à propos communs. La fortune de Mme de
Vintimille est l'ouvrage du roi, il peut se complaire
dans son ouvrage, et c'est là, sans doute, un de ses
grands attraits pour lui. Ce qui lui répugne, c'est une
réputation de méchanceté qui va en augmentation de
mérite, quand on s'y plaît; de la méchanceté de
langue on passe à celle d'esprit, et de l'esprit au cœur.
Un roi ne devrait aimer que de bonnes gens.

M. le duc d'Orléans songe de plus en plus à se faire
prêtre; tout son objet, croit-il, est le salut, est de
devenir un grand saint, mais il ne sait pas lui-même
combien il entre d'amour-propre dans son projet : il
veut enseigner, et pour cela, il veut être évêque et
prêtre ; il se croit le talent, singulier pour un prince,
de savoir à fond la théologie, de l'avoir puisée dans
l'Écriture sainte et dans les Pères; il écrit bien, avec
bonne dialectique et esprit; il veut donc mettre ce
talent à tout le profit où il peut le mettre.

Nos colonnes passent le Rhin[1], et voyagent en Alle-

___

1. Le 17 août, une armée de 40 000 hommes avait passé le
Rhin au fort Louis, aux ordres du maréchal de Bellisle, mais com-
mandée, en son absence, par des lieutenants généraux subordonnés

magne avec une grande tranquillité de la part du corps germanique qui applaudit à notre arrivée, ce qui montre combien le parti autrichien est peu soutenu.

Le contrôleur général est plus approuvé que jamais du cardinal : Son Éminence assure qu'elle n'en a jamais été si satisfaite, que, si sa santé le réclamait, il n'avait qu'à aller aux eaux, et que les expéditions n'en iraient pas moins bien.

Sur cela, M. Orry prépare la levée du dixième pour le 1er octobre prochain, et ne fait que menacer le royaume d'une ruine assurée ; sa lettre circulaire aux intendants n'est qu'un tissu de duretés inouïes, ce sera une espèce de taxe d'aisés ; on présumera ce que vous avez et devez avoir de revenus ; on vous l'estimera, et vous en payerez le revenu ; on ne cherche que les gens les plus durs pour les placer directeurs du dixième dans les provinces ; on prétend tirer 50 millions de ce dixième, tandis que le dernier dixième de 1734 et 35 n'a été qu'à 30 millions.

On n'accordera point ou peu de gratifications sur les tailles cette année pour 1742, c'est-à-dire que la taille ira à 4 ou 5 millions de plus que les années précédentes ; on imposera de plus pour l'ustensile[1], puisque nous avons la guerre. Comment feront les provinces ? On n'y comprend rien, en vérité. Tout sera ruine, épuisement, banqueroute, misère.

à l'électeur de Bavière. Peu de jours après, un second corps de 44 000 hommes, sous les ordres du maréchal Maillebois, passait la Meuse et se portait sur Osnabrug, à portée de tomber sur le Hanovre au moindre mouvement que ferait le roi d'Angleterre.

1. L'*ustensile* était la taxe qui remplaçait les prestations en nature dues pour le logement des troupes en temps de guerre.

Mlle de Sens[1], princesse du sang, est dans les terres
de M. de Langeron, son amant, en Berry, où elle fait
ses couches; elle a été saignée plusieurs fois, et on
dit qu'elle se meurt.

22 *août*. — M. de Wassenaër[2] tient les plus mauvais discours de nous au milieu de Paris. Quand on
lui dit que c'était le 15 août que les troupes françaises
passaient le Rhin, il dit : « C'est donc pour manquer
impunément à leur parole que les Français se sont
mis sous la protection de la Vierge? »

24 *août*. — La demoiselle de *** mourut avant-
hier à midi vis-à-vis les fenêtres d'une maison où je
vais souvent à Chaillot. Fille de condition, bien faite,
née sensible et trop haute, elle fut maîtresse de son
bien de bonne heure; elle s'entêta de M*** qui en
abusa; on ne m'a pas dit quel obstacle s'opposa
d'abord à leur mariage; pour lui, aussi malhonnête
homme qu'il y en ait jamais eu, il joua l'amoureux
plus que jamais, quand il eut conçu du dégoût pour
elle; mais son avidité pour le bien de cette pauvre
créature augmenta considérablement. Trompée par
la feinte tendresse de son amant, elle tomba dans une
confiance aveugle dont il s'est servi pour lui enlever
tout son bien. Elle le mena dans ses terres, il parut y
arranger ses affaires avec succès, il afferma, il répara,
il transigea sur des procès; la pauvre créature signait

1. Elisabeth-Alexandrine de Bourbon-Condé, née le 15 septembre 1705.
2. Envoyé de Hollande.

tout ce qu'il lui présentait, sans vouloir absolument y rien regarder; enfin il lui a fait signer la vente de ses terres et en a touché le prix pour lui; un beau matin elle s'est trouvée dépouillée de tout ce qu'elle avait, et ce scélérat a passé en Angleterre *ubi fruitur diis iratis.* Il y mène une vie opulente; mais la justice divine, qui a créé le monde et qui le tient en ordre, pourra-t-elle le laisser heureux longtemps? Il a pensé lui faire grande grâce en lui laissant, sur tous ses biens, 100 livres de rente. C'est tout ce qu'elle avait qu'une rente si modique, et encore la pauvre créature chérissait-elle ce revenu et le ménageait comme venant de son amant; elle le pleurait sans cesse et pleurait ses malheurs au point qu'elle en avait presque perdu la vue : cela lui ôtait un des moyens de subsistance qu'a une pauvre fille : elle peut coudre et filer.

J'ai dit qu'elle était d'une hauteur infinie, et cela allait à l'excès, puisque cela est cause de sa mort : elle ne voulait recevoir de personne aucune assistance, pas un écu, pas une pièce de gibier; elle recevait à dîner dans les maisons de sa connaissance; mais, passé cela, elle ne recevait rien. Elle s'était brouillée avec ses parents à cause de son entêtement pour son traître d'amant, elle ne les voyait pas; dès que l'on voulait ou qu'on parlait de la secourir, elle tombait dans une espèce de frénésie. Avec cela, elle avait de la religion, et, étant peu théologienne, elle a décidé qu'elle pouvait se laisser mourir quand elle n'aurait plus à manger chez elle. Sa robe unique était devenue si mauvaise qu'elle ne pouvait plus aller dîner chez ses amis sans honte; elle avait à Chaillot une petite chambre haute sans meubles, c'était encore un petit tour cha-

ritable qu'on lui avait joué : on lui faisait accroire que
le loyer n'en était que de dix livres par an, et ses amis
payaient le surplus au propriétaire. Le pain est devenu cher, elle n'a presque plus mangé; elle allait
acheter de la recoupe de pain qu'on donne aux din-
dons; elle en prenait un quarteron et le faisait bouillir;
elle n'a brûlé que douze fagots pendant tout l'hiver.
Quand elle a manqué absolument d'argent, elle a
fermé sa porte avec des planches, et elle a été six jours
sans qu'on entendît parler d'elle; elle s'est laissée dé-
faillir, elle s'est couchée au milieu de sa chambre sur
un matelas, buvant de l'eau de temps en temps; elle
a attaché son chien et son chat à sa ceinture, avec de
l'eau à portée d'eux; ils étaient plus secs que des allu-
mettes; elle ne voulait pas qu'ils courussent pour
apprendre l'extrémité où elle était. Enfin on s'est
douté de quelque chose dans la maison, y ayant longtemps qu'on ne l'avait vue; on a enfoncé la porte, on
l'a trouvée expirant, on lui a donné des choses spi-
ritueuses et des cuillerées de bouillon, on l'a remise
sur son lit; il n'y a pas eu moyen de la sauver, son
estomac était rétréci. Elle est revenue à elle, et tout
ce qu'elle a dit, c'est : « Y a-t-il à manger pour mon
chat et pour mon chien? » On l'a assistée des sacrements de l'Église qu'elle a bien reçus, et elle a encore
vécu vingt-quatre heures par les soins qu'on en a pris.
— Histoire tragique et attendrissante!

26 *août.* — La veille de la Saint-Louis, il y a eu
sur la Seine un très-beau feu d'artifice qu'ont donné
les artificiers. Je note cela comme une découverte de
ce que l'on peut tirer de la badauderie de Paris, et

jusqu'où s'étendent l'avantage et l'excellence de ce que les hommes font à frais communs. Jusqu'ici les feux sur l'eau avaient été regardés comme les plus grands objets de dépenses dans les plus grandes occasions, comme à la naissance de l'héritier présomptif, voici trouvé que cela ne coûte rien et que les entrepreneurs y gagnent, moyennant qu'ils louent les chaises et les échafauds, comme la comédie et l'opéra.

Une pareille découverte peut aller bien plus loin et nous procurer des spectacles magnifiques. M. Colbert donna ainsi un très-beau carrousel en l'annonçant de loin et en attirant à Paris quantité d'étrangers et de provinciaux; les fermiers généraux lui donnèrent de quoi payer le carrousel et avec profit.

Je viens de voir les patentes du roi à l'électeur de Bavière pour commander notre armée. Cette pièce n'est pas tournée avec adresse : on y dit que c'est pour attaquer nos communs ennemis; or il attaque la haute Autriche dans la reine de Hongrie : donc parmi nos communs ennemis est la misérable reine de Hongrie.

La Suède vient de déclarer authentiquement la guerre à la Russie[1].

27 août. — Il s'est répandu un bruit dans le peuple que Madame, épouse de l'infant D. Philippe, était morte en couche, que le cardinal seul savait cette nouvelle et devait l'apprendre au roi aujourd'hui, le lui ayant caché à cause de sa fête, quoique la célébrité n'en soit pas bien grande en ce pays-ci.

1. 4 août.

Mme de Vintimille est toujours entre la vie et la mort; du moins sa santé sert toujours de prétexte aux fréquents voyages du roi à Choisy, malgré les espérances du cardinal de tenir enfin le roi, pour l'importuner à son aise et de suite, à Versailles.

28 *août*. — Voici, pour le coup, le roi de retour à Versailles pour longtemps, Mme de Vintimille y étant revenue en litière. Le roi lui a donné, à Choisy, les marques de la plus grande amitié; elle a fait enrager la Faculté, ne voulant rien prendre de tout ce qui lui était ordonné; le roi s'est mis à genoux devant son lit pour l'engager à se guérir. Les deux partis vont également travailler à la détruire, aussi bien que le crédit de Mme la comtesse de Toulouse; on prétend que Mme de Mailly le souhaite aussi, cette bonne sœur lui faisant jalousie et la faisant enrager par son humeur et son esprit trop emporté. En ce cas, on compte de donner pour société au roi et à Mme de Mailly Mlle de La Roche-sur-Yon, qui est une bonne princesse, faite comme il faut pour être commode.

On est sûr à présent que le roi de Prusse ne s'accommodera pas avec la cour de Vienne, et qu'il tient bon dans le système de dépouiller entièrement la succession d'Autriche : ainsi notre parti n'aura bientôt sur cela d'autres bornes que celles de ses désirs.

29 *août*. — J'ai vu ce misérable contrôleur général; on assure que sa sciatique vient d'un virus qu'il a tout au travers les os, et l'on craint à tout moment que la gangrène ne se mette à son derrière où il a des hémorrhoïdes considérables. Il ne peut ni monter, ni des-

cendre; il est assis sur des piles de carreaux, et ne
porte que sur un côté du corps; son visage n'est pas
absolument mauvais, il souffre plus le soir. On lui a
suggéré ce discours : que son honneur ne voulait pas
qu'il quittât le timon et la nef de l'État dans ses plus
grands dangers; qu'aujourd'hui, où l'on commençait
la guerre, l'on avait besoin d'un ministre expérimenté
et courageux. Voilà donc jusqu'où l'on a tourné la
tête de ce pauvre homme. C'est le cardinal qui lui
suggère cette constance. Son Éminence sent sa faiblesse, et combien elle serait peu maîtresse de nommer un autre contrôleur général à sa place.

C'est par sincérité et par hauteur que Son Éminence
ne fait nul accueil à ***, qu'elle sait bien qui succéde-
rait certainement à M. Orry.

J'ai vu hier à la cour des spectateurs plus ou moins
éclairés, qui se prennent toujours aux apparences si
grandes de ce qu'ils voient : ils croient le roi fort
changé, et, n'écoutant plus ces amis secrets, le conseil du futur ministère, on le croit livré aux femmes
de sa société, Mmes de Toulouse et Vintimille, et par
là les Noailles. On croit le cardinal de Tencin assuré
du premier ministère et que Bachelier n'est plus aucunement écouté. Je sais à quel point cette comédie
est bien jouée, qui donne lieu à cette fausse opinion.

M. de Breteuil se plaint de ce qu'on lui fait ses fonds
très ric-à-ric, et il prévoit que ce sera encore au pire
dans quelque temps.

La maladie continuelle et augmentant du contro-
leur général, la rareté des fonds, les banqueroutes,
que de sujets de presser au lieu de retarder le changement du ministère des finances!

2 *septembre*. — Toutes négociations entre le roi de
Prusse et la cour de Vienne sont rompues; on n'y
tentera plus rien. Le comte de Neuperg a évacué la
Silésie pour se retirer en Bohême et s'opposer aux
progrès des Bavarois : voilà donc les États de la reine
de Hongrie au premier occupant; chacun des prétendants n'aura plus, pour ces envahissements, d'autres
bornes que ses désirs, et cette pauvre reine dépouillée
n'aura plus de forces que sa faiblesse; elle fera pitié à
ses ennemis, qui enfin voudront lui conserver un certain état pour être en équilibre avec les autres.

Au milieu de tous ces succès contre notre rivale, je
crains des retours sur nous. Qui me dira que le roi
de Prusse, rassasié des succès tant du côté d'Allemagne
que du côté du Rhin, n'ira pas un beau matin se retourner contre nous? Je sais, et je l'ai vu dans quelques-unes de ses lettres à un ami, qu'il trouve la Maison de France beaucoup trop puissante. Croit-on
donc qu'il veuille pousser bien loin les moyens de
l'agrandir davantage? Non, il est capable de tourner
un beau matin ses armes et ses richesses contre nous;
après avoir achevé de conquérir ce qui lui convient en
Allemagne, il s'accordera avec Hollande et Angleterre
pour ce qu'il lui convient de s'augmenter sur le Rhin :
il aura toujours la même jalousie contre la maison de
Bavière, contre la succession du Palatin. Alors il fera
une ligue avec les deux puissances maritimes, et tour-
nera ses armes contre nous et Bavière. Il y a longtemps que j'ai entendu dire qu'il était dangereux de
rendre la Prusse si puissante : le prétexte du protestantisme servira à unir cette fatale ligue, et alors
nous voilà dans toutes les horreurs de la grande

alliance. On nous trouvera affaiblis d'argent, comme
nous le sommes au dedans du royaume, dénués de
toutes forces de plus en plus, ainsi que la maison de
Bavière, qui fait de grands efforts pour cette affaire-ci.
Ces Prussiens sont des traîtres naturellement; notre
défense de ceci doit être de laisser tous ces Allemands
s'entre-battre et s'entr'arracher les morceaux qu'ils
voudront à cette curée.

Nos finances vont de pire en pire : tout crédit des
financiers est perdu; les billets des meilleurs, comme
de Montmartel, perdent 12 et 15 pour 100 sur la
place. Tous ces gens-là ne vivaient que des emprunts
qu'ils faisaient par leurs dits billets qu'ils mettaient
sur la place et qui étaient ci-devant bientôt enlevés;
aujourd'hui on n'en veut plus pour rien; les actions
de la compagnie des Indes n'ont aucun prix, personne n'en demande; tout l'argent s'est concentré par
méfiance, toutes les nippes se vendent pour rien;
chacun a aidé son ami pour le départ pour l'armée.
Je demande comment le trésor royal peut se soutenir avec cette disette d'argent, qui est-ce qui y portera si on s'attend au réel des impositions, quel temps
il faut, et voyons combien les provinces sont épuisées.

On a perdu de vue l'idée de changer l'appartement
de Mme de Mailly, et de la placer auprès du petit appartement du roi, pour ôter le crédit de Mme la comtesse de Toulouse, dont l'appartement prête sa commodité au roi. Au lieu de cela, on agrandit le sien
en déplaçant l'abbé de Pomponne, et on lui fait un
beau salon; on a pratiqué une issue secrète par le
grand escalier qui est toujours fermé, et la favorite va
par là coucher toutes les nuits avec son maître.

3 *septembre.* — Le discrédit des financiers a augmenté encore; tous ces gens d'affaires ne vivaient qu'avec leur crédit et par leur crédit; avec un billet ils paraient l'échéance d'un autre. Qu'on s'attende à bien d'autres banqueroutes, il s'en déclare chaque jour. Gueffier, receveur général du Poitou, vient de vendre sa charge à l'amiable en apparence, mais par ordre du ministre. M. Orry publie, sur cela, qu'il a encore quatre ou cinq mauvais sujets à se défaire parmi les receveurs généraux, et qu'il veut les faire quitter. Mauvais discours à un homme qui devrait absolument les soutenir, puisque par là tout le crédit du roi est à bas.

Il est certain que le trésor royal est à la veille de manquer : d'abord retardation de payements, puis manquement total, car on ne peut avec le roi, et sur le ton où les choses sont montées, attendre la recette du réel pour payer réellement; il faut toujours quelque avance des traitants, receveurs généraux et receveurs des tailles. Dans la conduite du trésor royal, comme elle se dirige entre le contrôleur général et Boulogne, on sait préférer les parties les plus criardes et négliger ce qui tire le moins à conséquence; je ne doute pas que l'on ne mette d'abord les troupes, surtout celles qui sont en campagne ; ensuite la dépense de la personne du roi, les gens de la cour, puis les rentes sur la ville, dont le non payement ruinerait tant de pauvres familles et ferait révolter tout Paris ; mais je trouve que tout est pressant, le retardement fait souffrir tout le monde, et plus le temps donne occasion à ces disgrâces du trésor royal, plus, *a fortiori*, les affaires des particuliers succombent-elles par la moindre perte et le moindre retardement. On en

est déjà à ces préférences de payement, et le ministère
voit chaque jour approcher la fin de ses ressources,
quoiqu'avec deux grandes armées sur les bras, marchant en pays étrangers, où elles payent tout comme
des capucins qui auraient de l'argent, et cette dépense
si grande se fait cependant pour jusqu'en janvier prochain, sans avoir encore fait aucune affaire extraordinaire, sinon l'emprunt des huit millions de l'hôtel
de ville de Paris.

M. de Breteuil me tint l'autre jour un discours qui
répondait bien à sa pensée, sans y prendre garde : il me
contait que M. Voysin avait été réduit, dans de certains temps, à régler le prêt du soldat de dessus son
bureau, et il s'agitait en racontant de telles extrémités,
preuve qu'il s'y trouvait lui-même.

C'est Bachelier qui a déterminé le roi à faire revenir
de Choisy Mmes les comtesses de Mailly et de Vintimille ; elles ne s'y attendaient pas. Le roi avait commencé à dire audit Bachelier qu'elles y resteraient
encore un mois, quand il lui démontra, par l'autorité
de la raison et de la persuasion, qu'il fallait ce prompt
retour : et, en arrivant à Choisy, le roi le déclara à ces
dames et elles revinrent. Je sais que Bachelier le voit
plus que jamais et commence à avoir part à la plus intime confiance : il a dit que le cardinal commençait à
revenir sur le compte de M. Chauvelin, qu'il admirait
sa sagesse dans son exil, et qu'il disait que c'étaient
ses plus grands ennemis qui le lui avaient fait quitter.

Ce qui détermine le plus le cardinal à pardonner au
Chauvelin et à son parti, c'est la passion de ressenti-
ment et de mépris où il est tombé contre tout le parti
Noailles depuis qu'il a reconnu que ce parti le jouait

à l'égard du comte de Gramont. Ayant les yeux ouverts sur ce qui les regarde, il en découvre chaque jour de nouveaux dangers pour lui et pour l'État.

4 septembre. — Le roi a donné à Mme la comtesse de Toulouse la maison de Luciennes qu'avait Mlle de Clermont, et lui a retiré Buc [1] ; et, sur cela, on dit que le crédit de Mme la comtesse augmente au lieu de diminuer, comme on en avait tant d'envie, tant du côté du cardinal que de Bachelier. La voilà donc m......... plus complète qu'elle n'était : cet assortiment manquait ; c'est l'entrepôt quand le roi est à Marly, comme elle l'est à Versailles. Le roi va faire plusieurs voyages à Rambouillet ; les actions et le crédit de cette auguste dame paraissent donc bien aller au lieu d'être traversés. Il est vrai qu'il faut des amusements à un prince d'ailleurs désœuvré en fait d'affaires et qui ne paraît pas, jusques ici, les aimer. Il y a encore à dire qu'il n'est pas impossible que, Mme la comtesse de Toulouse ayant une fort belle tournure, Sa Majesté n'ait voulu en tâter quelquefois : la m......... est encore fraîche.

Hier au soir le roi, revenant du salut au milieu de vingt-cinq personnes, laissa aller sa mémoire à répéter tout ce que le cardinal lui avait dit de nouvelles la veille, et parla beaucoup à tort et à travers, au grand scandale de ceux qui l'aiment et qui voudraient qu'il mît, dans ses discours, plus de réflexion et moins de babil. Il dit donc que le combat de M. de Caylus contre quatre vaisseaux anglais [2] s'était fort bien passé

---

1. Château dans le village de ce nom, aux portes de Versailles.
2. Les détails de ce combat se trouvent dans la *Gazette* de 1741,

de notre part, que les Anglais n'étaient pas braves sur
mer, que les Hollandais l'étaient davantage. Il dit que
le roi de Prusse et le comte de Neuperg étaient en
présence, que le roi de Prusse aurait bien dû nous
attendre, mais qu'il avait voulu aller vertement et par
lui-même à cette affaire-ci, parce qu'on avait mal
parlé de sa hardiesse, plutôt que de sa valeur, à l'affaire de Molwitz.

A ce discours il y a insulte indécente à nos ennemis,
indiscrétion sur nos vues secrètes et médisance de
notre meilleur ami.

5 *septembre*. — Mme de Vintimille, la sœur bien-
aimée de la sultane favorite, est enfin accouchée avec
succès, quoiqu'on craignît tant pour sa santé : elle a
donné un garçon à sa famille, et, à l'instant, Mgr l'archevêque de Paris, son oncle, est venu le bénir. M. le
marquis du Luc, son beau-père, en a fait autant,
quoique ci-devant ils ne parlassent point de cette grossesse dans la famille des du Luc, et que M. de Vintimille, son époux, ait dit partout qu'il n'avait pas la
moindre part à cet enfant. C'est un des moindres
maux qu'on puisse faire dans la société que de donner
des enfants à ceux qui n'en ont point et qui ont du
bien à leur laisser, car ce n'est faire tort qu'aux
collatéraux qui, naturellement, ne devraient point
être appelés aux successions par la loi[1]. C'est bien

---

p. 426. Voy. aussi les *Mémoires du duc de Luynes*, t. III, p. 472,
et la réponse bien française du duc de Caylus au commandant
anglais.

1. D'Argenson a développé fort au long, dans ses *Pensées sur*

assez que les enfants y soient appelés ; mais il n'en
est pas de même quand on suscite des enfants dans
une famille où il y en a déjà beaucoup ; le tort que
vous faites aux frères et sœurs mériterait réparation.
Voilà donc M. de Vintimille père malgré lui. C'est
La Peyronie qui a fait les fonctions d'accoucheur ; le
roi va voir l'accouchée quatre à cinq fois par jour [1] ;
on l'a logée dans l'appartement du cardinal de Rohan,
ce qui donne un ridicule à ce grand aumônier de
France.

Voilà le roi au moins pour six semaines à Versailles, à soigner ladite dame en couches. Pendant ce
temps-là, cependant, il y aura quelques voyages à
Rambouillet, ce qui chagrine également le cardinal et
Bachelier, comme tout ce qui va à l'augmentation du
crédit de Mme la comtesse de Toulouse. Aussi croit-on,
de cette affaire-là, qu'il pourra bien y avoir un voyage
de Fontainebleau de six semaines, à partir vers le
15 octobre.

On ne doute pas, à présent, de notre traité avec la
Prusse et la Bavière pour dépouiller à frais communs la
reine de Hongrie, et pour revêtir l'électeur de Bavière
de la dignité impériale, quoiqu'il fût tout à souhaiter
qu'il n'y eût plus que des rois en Allemagne. Cette dernière promesse, faite sans doute à l'électeur de Bavière,

---

la réformation de l'État, la théorie qu'il indique ici en passant,
sur la succession en ligne collatérale. Cette théorie est celle que
les saint-simoniens ont renouvelée de nos jours.

1. On trouve dans les *Mémoires du duc de Luynes*, t. III, p. 470,
sur les soins que le roi prodigua alors à la mère et à l'enfant, des
détails curieux et qui sont bien de nature à confirmer certains
soupçons.

pourra s'annuler par l'obstacle qu'y mettra le roi de
Prusse, lequel, voyant qu'il ne peut être empereur et
que Bavière augmente en possessions, s'opposera à
ce que cette maison, déjà puissante, devienne encore
trop forte par la dignité dont il s'agit ; ainsi son suffrage relèvera nos promesses indiscrètes. J'ajouterai a
cela que la reine de Hongrie elle-même, voyant que
son époux ne peut être empereur, sera charmée qu'un
autre ne le soit pas : ainsi s'abolira cette dignité incommode qui s'était perpétuée depuis Charlemagne,
et qui tyrannisait également par ses droits l'Allemagne
et l'Italie, qui offusquait la grandeur de notre monarchie, quoiqu'elle fût sortie de nous et qu'elle eût
été inventée pour décorer l'empire des lys.

L'impôt du dixième est avancé et aura lieu pour le
1ᵉʳ octobre au lieu du 1ᵉʳ janvier prochain ; le parlement a ordonné des remontrances sur la déclaration
qui l'impose, ce qui ne roule que sur des bagatelles
qui se raccommoderont par une lettre écrite au premier président.

10 *septembre*. — Mme de Vintimille mourut hier
à sept heures du matin, étant heureusement accouchée
depuis huit jours. Il lui a pris la maladie qu'on nomme
milliaire en Piémont, qui y est commune, et dont la
reine de Sardaigne est morte il y a deux mois. On
connaissait peu cette maladie en France ; la dénomi-
nation en vient de ce qu'il vient sur la peau une quantité innombrable de boutons gros comme des grains
de millet, cela prend plutôt aux femmes en couches
qu'à d'autres. On peut dire que c'est une méchante
bête de moins, et surtout une puante bête.

On ne doute pas présentement du voyage de Fontainebleau; à juger de l'affliction du roi par les soins qu'il s'est donnés pendant sa maladie, il doit en devenir inconsolable : on a attribué ces soins extraordinaires à amour et à une infidélité condamnable d'une sœur à l'autre; mais que le monde est méchant! la seule amitié tout au plus de Sa Majesté à la défunte a produit ces soins; pour moi, je crois qu'ils ne sont venus que de son amour pour sa maîtresse, Mme de Mailly; c'étaient les deux sœurs les plus unies qu'on ait jamais vues, et le roi sentait quelles seraient la douleur et la fureur de sa maîtresse si elle la perdait; mais quand on connaîtra les personnages, quelle apparence que ces deux sœurs fussent restées si unies, pour peu qu'il y eût eu un soupçon d'enlèvement d'un cœur si illustre et si précieux? Mme de Vintimille avait de si grandes obligations à sa sœur, ces obligations si continuées, elle était si laide, si puante, elle avait sensiblement deux ou trois affaires connues, notre maître est si fidèle à l'amitié, si homme d'habitude, etc. : pour peu qu'on réfléchisse, on n'en croira rien; mais on veut croire tout ce qui est mal.

Sa grossesse et son accouchement étaient une chose scandaleuse, son mari et une partie de sa famille l'avaient totalement désavoué; son mari n'avait habité avec elle que les premiers jours de son mariage et avait dit ensuite que c'était un diable dans le corps d'un bouc; il lui donnait d'amitié le joli nom de mon petit bouc. Cependant, elle était devenue grosse des œuvres de M. de Forcalquier ou du duc d'Ayen; dès qu'elle fut accouchée d'un garçon et qu'il fut question de le baptiser, le curé de Versailles avertit le roi qu'il

y avait une opposition ou protestation de la part de
M. de Vintimille, qui l'avait fait signifier audit curé,
déclarant qu'il apprenait que son épouse était prétendue grosse, qu'il désavouait toute présentation du
prétendu enfant comme son fils. Mais le roi voulut
qu'il fût présenté au baptême comme fils de M. de
Vintimille, et ce par son ordre exprès. Cependant
l'archevêque de Paris et le marquis du Luc, oncle
et père de M. de Vintimille, vinrent, en bons politiques, voir sur-le-champ l'accouchée et reconnaître
le poupon.

Mme de Mailly n'a jamais été donnée au roi pour
maîtresse, par les bons politiques qui se sont mêlés
de ses affaires, que comme femme sans conséquence,
d'humeur douce et non entreprenante; sa sœur l'avait
emportée trop loin : c'était elle, sans doute, qui l'avait
liée avec Mademoiselle, avec la maréchale d'Estrées,
et, en dernier lieu, avec Mme la comtesse de Toulouse,
ce qui donne tant de tablature au petit conseil secret
du roi. Elle avait l'esprit fort, dur et étendu, elle était
emportée et entreprenante; quoiqu'elle restât dans ses
engagements pour le parti de M. Chauvelin, elle donnait bien de l'ouvrage à ce parti et suivait mal ses instructions; elle s'était déclarée hautement contre le
cardinal et l'attaquait trop de front.

Chacun donc se réjouira de cette perte, mais ce
sera le parti de M. Chauvelin et de Bachelier qui y
trouveront plus de satisfaction. Le parti Noailles y perd
tout, puisque le duc d'Ayen avait fondé son crédit par
là, et qu'il avançait d'un côté les affaires de sa maison, tandis que Mme la comtesse de Toulouse, dans
la même cause, entrait dans la confiance du roi.

Le voyage du cardinal de Tencin à Lyon, et de là à la cour, devait être dans ce mois de septembre : on n'en parle plus, il est rompu, ce qui prouve le crédit du parti de M. Chauvelin contre celui des Noailles qui produit et pousse le Tencin au premier ministère.

Mgr le duc d'Orléans n'a point de plan fixe pour sa retraite ; il l'a plus en vue que jamais, et même l'ordre de prêtrise ; il espère au mariage de son fils avec Madame, et il le retarde à présent volontiers ; il attend la mort du cardinal pour tout ce qui intéresse le bien de sa Maison ; cependant, par générosité évangélique, il se soumet à voir le cardinal et à lui parler de sa dévotion sous les ombres du mystère. Dans ces circonstances, M. du Guesclin se meurt de la poitrine et va laisser vacante la place de premier gentilhomme de la Chambre. Dans tous ses arrangements, M. le duc d'Orléans a en vue de former la Maison de son fils en formant la sienne ; cependant il ne destine pas cette place à M. de Balleroy, gouverneur de M. le duc de Chartres, et qui a toute la confiance et l'amitié de ce jeune prince ; il croit devoir la donner, alors qu'elle vaquera avant sa retraite, à M. de Graville, et la place de capitaine de ses gardes à M. de Balleroy, en attendant qu'il se soit défait du marquis de Clermont dont il est mécontent dans la charge de premier écuyer, disant que c'est un vieux beau, un vieil agréable et voilà tout ; mais cela vient des mécontentements que lui en a inspirés mon frère, qui voulait faire la charge de tout le monde par des contrôleurs qu'il plaçait à chaque emploi.

Il arriverait de là deux choses également fâcheuses à M. de Balleroy, tenu d'entrer dans la charge de

premier écuyer sur les ruines de M. de Clermont,
homme de grande qualité, et comme en le faisant
chasser ; l'autre, de se trouver le second dans la Maison de M. le duc de Chartres, quand la Maison du
père aura passé au fils, sa charge de gouverneur lui
donnant ce droit de devenir premier gentilhomme de
la Chambre quand on forme sa Maison. A cela Mgr le
duc d'Orléans répond que l'on fera ce qu'on voudra
de cette Maison quand il l'aura remise à son fils ; que,
quand il le mariera, soit à Madame, soit à une princesse étrangère, il remettra son fils, ses biens et sa
Maison entre les mains du roi, Mme la duchesse d'Orléans *brochant sur le tout*, dit-il, pour en faire tout ce
qu'on voudra ; mais qu'enfin il ne veut pas faire crier
toute sa Maison pour préférer M. de Balleroy à M. de
Graville. D'un autre côté, M. le duc de Chartres a
pris une véritable aversion pour M. de Graville, pour
avoir manqué de le voir pendant sa petite vérole, et
il ne peut le souffrir, de sorte que M. de Graville n'y
pourrait tenir un quart d'heure ; ainsi, c'est encore
préparer une expulsion honteuse que de faire cet arrangement.

Mgr le duc d'Orléans devient chaque jour plus
misanthrope, et les tracasseries lui augmentent encore
cette humeur : il veut se retirer et vivre avec sa pension
de premier prince du sang, et il dit qu'il en aura encore de reste pour faire des charités.

11 septembre. — Le roi a été dans une affliction
épouvantable de la mort de Mme de Vintimille : il
sanglotait, il étouffait ; le cardinal n'a osé lui parler,
et enfin est venu le prêcher sur les faiblesses humaines :

il a été assez mal reçu; il est venu un courrier, il n'a osé que lui en écrire deux mots. Enfin, n'y pouvant plus tenir, Sa Majesté est partie avant-hier au soir, à onze heures, avec Mme de Mailly, le duc d'Ayen et le duc de Villeroy, et est allé coucher à Saint-Léger [1]. Cette amitié, dit-on, ressemble trop à l'amour; cependant Mme de Mailly prenait cela en bonne part; elle a une douleur plus sourde. On ne sait quand le roi reviendra à Versailles.

Des financiers, intéressés dans plusieurs sous-fermes, m'ont conté dans quel état inouï était de jour en jour davantage le commerce de l'argent et le crédit; au lieu de la confiance nécessaire aux prêts, on voit régner la plus grande défiance dont on n'ait encore vu d'exemples en France. Les plus aisés, les plus riches, les plus en réputation d'exactitude ne trouvent pas 2000 l. à emprunter sur la place; on ne veut renouveler aucuns billets de financier, chacun veut être payé à l'échéance. Avant la fin du mois, il y aura encore une douzaine de banqueroutes; les compagnies des fermiers généraux manqueront à la fois, ayant fait des billets de compagnie. Chez les fermiers généraux, on soutient ceux qui ont manqué à l'échéance de leurs billets; mais enfin les compagnies manqueront ainsi que les particuliers. Cependant, sur le ton où les choses sont montées, le trésor royal ne peut se soutenir que par du crédit, les dépenses du roi ne peuvent se faire par la recette effective, comme l'on fait dans celles de Mgr le duc d'Orléans, où je ne fais d'état de distribution que de ce qui a été reçu effective-

_____

1. Près de Rambouillet.

ment, et sans aucun crédit ni avances. Voilà le dixième imposé, en 1733; quand on l'imposa, les receveurs généraux avancèrent d'abord le premier quartier pour les dépenses de la guerre; voici qu'on l'impose pour le premier octobre; on ne pourra compter que sur la recette effective qui n'arrivera pas de plus de neuf mois d'ici, et encore avec des exactions épouvantables que promet la Déclaration. Son préambule est singulier : on y prend pour cause de cet impôt la misère même où est tombé le royaume, et la nécessité où a été le roi, dit-on, de la secourir : cette misère qui n'est pas encore passée, il s'en faut bien, est donc une cause de nouvel impôt pour l'augmenter encore davantage. Quelle logique! Cependant les payements au trésor royal vont se faire de plus en plus mal, les rentes sur la ville vont être retardées.

Les bruits et les mauvaises manœuvres recommencent sur le blé; Mme de Fulvy vient de faire une affaire de 60 000 l. pour la permission de verser des blés d'une province dans une autre.

Le roi ordonna le matin, peu après la mort de Mme de Vintimille, qu'on moulât son visage en cire (quelque laid qu'il fût). Comme elle avait passé dans une convulsion, elle était restée la bouche ouverte et le menton pendant; on fut à deux personnes fortes pour lui tenir le menton, afin que l'on prît son empreinte.

Quelque chose qu'on en dise, je ne puis voir dans tout ceci que la part prise par le roi à l'affliction de sa maîtresse pour la perte d'une sœur qu'elle aimait. Dans ce maudit siècle, on tourne toutes les vertus en vices, comme les vices en vertus; la sensibilité et le bon cœur font donner au roi un caractère détestable qu'il ne mérite pas ; ce dernier trait dont je parle marque une douleur de femme. Mme de Mailly a cru se consoler de sa sœur en voulant toujours avoir son effigie devant elle pour la consoler, et c'est de cela que le roi est pénétré, mais non d'un amour incestueux qui marquerait toujours une grande sensibilité de cœur. Le roi a le meilleur cœur du monde.

J'ai bien entendu, ce matin, un autre système, à un politique triste et fâcheux : il prétend que Mme de Mailly était conseillée en tout par le ministre exilé à Bourges ; que cette dame étant brésne[1], et ne pouvant avoir d'enfants du roi, lui avait livré sa sœur pour en avoir de lui, afin de se l'attacher par cette progéniture royale, comme Sara donna Agar à Abraham. Quelle folie !

Le même homme dit savoir bien que M. Chauvelin et Bachelier avaient arrangé cet amour du roi pour Mme de Mailly par conseil tenu exactement sur les affaires du gouvernement ; qu'un mot que dit le cardinal en fut cause : qu'il lui dit une fois en travaillant qu'il quitterait le ministère *à la première maîtresse* qu'aurait le roi, et que, sur cela, pour régner plus promptement après ce premier ministre auquel il était adjoint, il avait regardé comme un coup de parti de donner une maîtresse au roi.

13 *septembre*. — Le peuple et le monde grossier accusent toujours la douleur du roi de provenir d'un

---

1. Pour *bréhaigne*, stérile.

amour coupable et incestueux pour Mme de Vintimille, sœur de sa maîtresse; la bonne compagnie
commence à penser autrement, et j'y suis apôtre autant que je peux. Je soutiens que ceci est la marque
du meilleur cœur qui fut jamais; le roi pleure amèrement la douleur de sa maîtresse; pour elle, elle est
comme anéantie, car elle a aussi un très-bon cœur.
Le roi et elle sont enfermés à Saint-Léger, pleurant toujours et ne se quittant pas; il n'y a que quatre ou cinq
personnes qui y soient admises. Sa Majesté a cependant commencé à chasser hier avec le petit équipage
du prince Charles.

Il y a présentement Mlle de Noailles que Mme la
comtesse de Toulouse a toujours avec elle et qu'elle
prétend livrer au roi; mais cela ne prend pas, et on
en sera pour la honte.

Quand le roi fut si fort plongé dans la douleur, il
resta dans son lit samedi jusqu'à quatre heures; le
cardinal entra et ne fut qu'un moment; le roi ne put
lui parler, il étouffait et sanglotait; la reine voulut
entrer, et on lui refusa la porte. Le roi se leva enfin à
quatre heures et descendit chez Mme la comtesse de
Toulouse, d'où il partit à cinq heures, sans gardes et
sans flambeaux, pour aller à Saint-Léger.

15 *septembre.* — L'affliction de notre monarque est
toujours la même, et il est enfermé avec Mme de
Mailly à Saint-Léger à la consoler avec toute la bonté
possible; on commence à pénétrer le vrai, qui est
qu'il n'est affligé que de la douleur de sa maîtresse,
et elle, de son côté, pousse un peu trop loin ce qu'elle
exige ou ce qu'elle permet au roi sur cela. On a cru

qu'il viendrait hier tenir son conseil d'État à Versailles, je ne sais encore ce qui en a été.

Nos affaires d'Allemagne sont merveilleuses, nous en sommes les véritables arbitres : on croit que toutes les voix concourent à présent à élire l'électeur de Bavière pour empereur; on est assuré de celle de Mayence qui va convoquer la diète électorale, et voici que M. Poniatowski est arrivé à Paris, sans doute pour assurer de la même chose de la part de l'électeur de Saxe. Il n'y aurait au-dessus de cela que d'abolir cette tyrannique dignité d'empereur; mais on aura un si faible empereur dans l'électeur de Bavière qu'il ne nuira en rien; en cela aussi nous nous montrons maîtres de l'Allemagne, nous y faisons un empereur à notre gré et nous élevons magnifiquement notre ancienne amie qui a souffert persécution pour nous.

16 *septembre*. — J'ai vu hier le roi qui était arrivé de Saint-Léger : il est bien, a bon visage, mais les yeux un peu rouges. Il s'est présenté à la cour dès qu'il a fallu pour le conseil; il est vrai qu'il regarde présentement les grandes choses qui s'y traitent comme son propre ouvrage, puisqu'il a forcé la main au cardinal sur toute l'entreprise, à l'instigation de M. de Bellisle, par l'entremise de Bachelier.

Les affaires d'Allemagne vont à merveille, le système se déploie à mesure, nos armées avancent et tout se donne à nous; l'électeur de Mayence a convoqué le collége électoral pour le mois prochain. Dès que nous faisons un empereur, il vaut mieux que ce soit notre ami M. de Bavière : ce sera lui; tout lui donne sa voix; le roi de Prusse l'a fait assurer de la sienne.

Nous lui ferons conquérir la Bohême et la haute Autriche. Que l'on craigne cependant de lui laisser trop
conquérir, en sorte qu'il ne devienne presque aussi
puissant que la maison d'Autriche.

La pacification d'Allemagne ne va donc plus consister qu'à dépouiller jusqu'à un certain point la succession d'Autriche et lui laisser ce qu'il faut pour vivre,
sur quoi le système de M. de Bellisle est tout prêt :
Saxe aura quelque chose, Prusse gardera la succession
palatine, et alors voilà tout fini [1].

Après cela, on attaquera le chapitre de l'Italie, sur
lequel on amuse depuis longtemps la reine d'Espagne; on donnera passage à ses troupes par la France,
on prendra de l'Italie ce qu'on voudra, et, certes, on
lui rendra son Parmesan qu'elle pleure si fort; peut-
être la laissera-t-on s'accommoder avec les héritiers
de Mantoue. Pour le Mantouan, on donnera au roi de
Sardaigne le Vigevano et jusqu'au Tessin, et le reste au
grand-duc.

Nous continuerons à faire de tous côtés la guerre
à l'Angleterre, sans la lui déclarer. Nos troupes de
l'armée de Meuse vont de Dusseldorf à Munster,
et de Munster à Hanovre; nous entrerons dans les
États de ce roi ridicule et nous y prendrons nos
subsistances, comme nous les allons prendre dans la
Bohême; bientôt nous leur lâcherons nos armateurs,
et ainsi nous contraindrons cette puissance maritime

---

1. Les *Mémoires d'État* renferment, à la date du 25 septembre 1741, des *Réflexions sur la nécessité de déterminer, avec une
juste et sage proportion, le partage des biens autrichiens entre les
princes d'Allemagne qui ont droit d'y prétendre.*

et la Hollande à passer enfin avec Espagne un accord équitable pour la sûreté du commerce d'Amérique; heureux si c'était celui de la cession de la
Jamaïque!

Mais, dira-t-on, voilà toutes nos vieilles troupes au
dehors du royaume : si quelque heureux étourdi allait
battre pleinement l'une de nos armées de Bohême ou
de Westphalie, que nous resterait-il? Le royaume
serait sans défense. Si quelques-unes de nos provinces venaient à se soulever, avec quelles forces
rétablirait-on l'autorité? Je réponds que nos milices
se battraient comme de petits diables et nous gardons
encore de vieilles troupes dans le royaume, et cette
défaite est impossible? par qui? la reine de Hongrie
est dénuée de tout secours, ses domaines lui sont in-
terceptés de tous côtés.

La France règne de toutes parts au dehors; tout va
bien par mer et par terre, et, du nord au sud, la
Suède a arrêté à propos la puissance moscovite; mais
tournez les yeux sur le dedans du royaume : quelle
ruine! quelle misère! quelle inhumanité! Les choses
sont même poussées au point que toute rigueur est impossible. J'en raisonnais hier avec un des meilleurs
amis du contrôleur général qui me dit, de lui-même,
que toute opération était manquée; il n'a jamais su faire
que des arrangements économiques, bonne recette,
bonne dépense, comme dans un compte judiciaire, et
le tout fondé sur la rigueur des exactions fiscales. Il
n'a rien prévu, rien préparé. Dès la mort de l'empereur, il devait prévoir la dépense que nous aurions à
faire pendant l'été et les années suivantes, et cette
dépense est grande pour des troupes qui marchent en

payant tout dans un pays étranger ; rien n'est plus cher. Avec cela nous avons des armements de mer qui épuisent encore nos finances.

Dans le temps où nous sommes, dans l'état où sont réduites nos provinces, il était nécessaire de réduire les impôts. Au lieu de cela, les voilà augmentés comme il suit :

On donnait gratification sur les tailles de huit millions, on n'en donnera qu'un : augmenté de. . . . .   7 millions

Ustensile. . . . . 10 millions

Le dixième. . . . . 30 millions

Total. . . .   47 millions

et, avec les anciens débets de la taille qu'on va exiger à toute rigueur, comment croit-on les pouvoir lever, avec quelque rigueur qu'on s'y prenne ?

Mme de Vintimille était la meilleure amie du roi, elle avait de l'esprit, l'amusait, remplissait les intervalles et le vide de la conversation de Mme de Mailly, elle se piquait d'un grand attachement pour le roi, elle lui définissait tous les caractères, et rapportait tout au roi, voilà la cause des larmes du monarque. Mlle de Montcavrel[1], dernière sœur de Mme de Mailly,

1. On ne devinerait guère que d'Argenson signale ici la première apparition, à la cour, de celle qui devint plus tard la fameuse duchesse de Châteauroux, Marie-Anne de Mailly-Nesle, née au mois d'octobre 1717, mariée, le 14 juin 1734, à Jean-Louis, marquis de la Tournelle, mort le 23 novembre 1740. Montcavrel était un marquisat dont le titre s'ajoutait à celui de Nesle. Il semblerait que Mme de la Tournelle le porta dans les premiers temps de son veuvage, quoique nous n'en trouvions pas ailleurs la mention.

vient d'arriver à la cour : on prétend l'admettre dans la société ; mais ce n'est qu'une babillarde.

Mme de Vintimille se piquait, dit-on, de devenir une seconde Mme de Maintenon, une amie solide et qui eût donné au roi des conseils uniquement pour son bien. On assure qu'elle devait pousser à un ministère nouveau, tout autre que celui de M. Chauvelin ou du cardinal de Tencin : elle aurait proposé M. de Bellisle pour les affaires étrangères et mon frère pour les finances ; on ajoute qu'elle avait trouvé moyen d'attirer à elle et de faire servir à ses projets Mme la comtesse ; mais je n'en crois rien.

On se pique de prôner les Noailles et de leur donner un grand crédit apparent, depuis la mort de Mme de Vintimille. On manda d'abord le maréchal de Noailles à Saint-Léger, pour travailler aux intérêts de Mme de Mailly, en vue de la mort du petit du Luc, et il travailla deux heures avec le roi. Ses fils et Mlle de Noailles ne quittent pas le roi ; le crédit de Mme la comtesse de Toulouse paraît accru, et tout cela n'est que jeu.

M. le duc d'Orléans a des mouvements d'impatience pour marier son fils, à cause que cela arrête sa retraite ; il dit que M. de Balleroy et moi le tenons le bec dans l'eau, qu'il ne lui importe pas à qui son fils se marie, à Mlle de Conti ou à Mlle de Matignon, pourvu que ce soit une demoiselle et qu'il se marie. Cependant il se lie avec le cardinal, et il est à craindre qu'il ne bâcle quelque mariage d'Allemagne dont le roi sera bien fâché ; mais il ne saura peut-être comment résister. Enfin nous ferons l'impossible pour que ce prince ne se marie pas que Madame ne soit mariée à quelque

autre prince ; mais alors il se mariera dès le lendemain.

19 *septembre*. — J'ai eu hier une longue conversation avec M. Bachelier, premier valet de chambre,
dont j'ai déduit le crédit ailleurs, et la confiance particulière de son maître. Il s'agissait du mariage de M. le
duc de Chartres. Nous avons revu des lettres de Bavière, par où on presse de faire parler M. le cardinal
pour demander la seconde princesse de Bavière pour
ce prince ; il s'agissait d'avoir son avis (c'est-à-dire
celui du roi) pour prolonger cette négociation. Bachelier est d'avis que l'on prenne sur soi pour gagner
encore deux mois, si cela se peut ; au reste, le difficile
est que l'on est quasi pris au mot sur cette affaire,
ayant été nouée sur le peu d'espérance que l'on avait
alors d'obtenir Madame de France. Bachelier a donc
opiné à gagner quelques mois, après quoi, dit-il, l'on
saura la véritable volonté du roi, ses idées étant fort
cachées : voici le difficile.

Le cardinal, qui craint beaucoup ce mariage de Madame avec M. le duc de Chartres, croit pouvoir embarquer le roi à la donner au prince électoral de
Bavière ; et, de l'autre côté, l'intérêt de Bavière est que
son fils épouse la seconde archiduchesse, pour conso-
lider ses droits et les envahissements qu'il va faire. Il
est, dit le cardinal, de l'intérêt de la France, en faisant
Bavière empereur, d'empêcher qu'il ne s'agrandisse
trop ; et le seul moyen est de lui enlever le mariage de
l'archiduchesse qui pourrait le rendre héritier de
toute la maison d'Autriche, et, au lieu de cela, de faire
épouser cette seconde archiduchesse au prince Charles

de Lorraine, par où nous tenons la maison de Lorraine, en favorisant ce mariage. Le moyen donc est, dit-
on, de donner Madame au prince électoral de Bavière :
par là nous contenons celui-ci, nous rivons ses droits,
nous le tenons en dépendance, en le faisant gendre
du roi; et, par le même pouvoir dont la France l'aura
fait empereur, nous ferons aussi couronner son fils
roi des Romains, dès l'année prochaine.

Tout ceci est à critiquer, non que je blâme la dépendance et la modération où l'on veut tenir la maison de Bavière en y plaçant la couronne impériale;
mais je trouve, au contraire, que c'est accroître sa
grandeur que de songer déjà à y perpétuer la même
dignité impériale, ôtant par là l'essence du droit d'é-
lection. J'aimerais bien mieux qu'on fît épouser au
prince électoral la princesse de Sulzbach, et qu'on ne
prît point de nouveaux engagements avec lui.

Bachelier dit que le cardinal prendra le roi par
l'amour-propre; que l'ayant conduit à ce point de
gloire où il est, il l'a engagé dans un tourbillon dont
les effets passeront par-dessus les propres inclinations
du roi, qui iraient à garder dans sa cour sa fille qu'il
aime fort.

Au reste, j'ai reconnu dans cette conversation que
le sieur Bachelier est aujourd'hui plus sur la réserve
que jamais, et que le roi et M. Chauvelin, qui l'inspire
en tout, ont cru devoir s'armer de cette réserve dans
cette circonstance-ci. A tout ce qu'il m'a dit, je ne lui
ai répondu que par des louanges du roi et par ma
forte croyance que le roi se mêlait plus de ses propres
affaires qu'il ne le disait; qu'il attribuait tout au cardinal pour le soutenir tant qu'il vivrait, mais que je

savais bien à qui en était l'honneur; que j'étais ferme croyant, etc. Il est convenu avec moi que le roi avait fort travaillé à Saint-Léger, qu'il avait écrit lui-même des dépêches de quatre pages sur celles que lui écrivait le cardinal par des courriers, lui faisant part de toute la négociation d'Allemagne.

Je mets au rang des mystères affectés ce qu'il m'a dit de feu Mme de Vintimille, qu'elle aurait gouverné l'esprit du roi, qu'elle se serait mêlée de donner des ministres, qu'elle aurait joué, en un mot, le rôle de Mme de Maintenon, que le roi était plus engoué que jamais de son cardinal. Je lui ai demandé comment on pourrait attribuer à une tête si faible et si vieille, les grandes choses qui se faisaient aujourd'hui, il répond que c'est l'étoile, que c'est là ce qui lui a fait trouver des hommes qui suggèrent aujourd'hui : ces grandes choses, etc. Avec de telles réponses, je n'ai eu qu'à lui rire au nez, et j'ai remis à un autre temps la suite de la confiance qu'il me doit.

25 *octobre.* — M. Orry, contrôleur général, est de plus en plus mal, mais sa charge est bien plus malade que lui : on ne reçoit rien dans les caisses, et tout crédit est éteint à un excès inouï. On se flatte qu'il reviendra, et on se trompe ; le discrédit et le manque d'argent augmenteront encore ; il y a longtemps que je l'ai démontré. Tout ceci vient d'avoir diminué les monnaies après qu'elles avaient été hautes les huit années de la régence : la dette des débiteurs s'est trouvée doublée, où, pour dire vrai, elle a passé comme de cinq à sept, puisque le marc d'argent de 70 livres a baissé à 50 livres. Ainsi, il a fallu en métal sept

pour payer ce qu'on n'avait dû que sur le pied de
cinq.

L'illusion a continué, on a payé sur le même pied ;
les peuples surtout ont doublé ainsi leur tribut à la
cour ; on n'a pas su ce qu'on faisait et on a continué à
se tromper ; chacun s'est épuisé ; Paris a continué
d'être accru de tout l'argent du royaume tiré sur un
pied plus fort, jusqu'à ce qu'enfin les provinces n'ont
plus rien rendu, la misère s'y est mise, moins par
manque de denrées que par celui d'argent, car on n'a
jamais su ce qu'on payait en payant plus que ce qu'on
devait. Enfin, ce même Paris a été épuisé par la dernière
famine, le roi tirant plus qu'il ne pouvait tirer et augmentant les impôts ; puis les deux armées d'Allemagne
emportant beaucoup d'argent hors du royaume, on
a eu bientôt épuisé ces trésors de Paris qui ne pou-
vaient plus se remplir par nos sources absolument
taries.

Je puis dire que tout doit manquer d'argent, après
ce que je vois arriver au trésor de Mgr le duc d'Orléans. Ce prince a pour deux millions trois cent mille
livres des plus beaux biens qu'il y ait au monde, pour
un million par an des plus beaux bois, du canal qui
est en droits au comptant, et pensions qui se payent
par préférence, etc. ; cependant voici que nous sommes à sec depuis deux mois, et qu'on ne fait point
d'états de distribution. Le trésor royal est beaucoup
plus à sec que le nôtre : bientôt des parties essentielles vont manquer ; cela ira de là aux rentes sur la
ville et à la paye des troupes.

Cependant voilà presque toutes nos vieilles troupes
hors du royaume et plus loin qu'elles n'ont été depuis

Charlemagne ; si, par quelque coup fourré, elles allaient être battues, comment reviendraient-elles dans le royaume? et je demande, en attendant, s'il arrivait des soulèvements dans le royaume, qui est-ce qui les apaiserait, avec quelles forces y résisterait-on? ferait-on revenir des milices pour cela, et y seraient-elles propres? Cependant il commence à y en avoir, il y en avait à Romorantin pour les passages du blé quand j'y ai passé, et j'y ai vu l'intendant d'Orléans bien embarrassé. La maréchaussée n'y suffisait pas. Nous dîmes sur cela, dans une espèce de conseil que nous tînmes chez lui à Orléans, que les exactions pour tirer le dixième et la taille pourraient cet hiver occasionner des soulèvements; qu'il ne faudrait qu'assommer un receveur ou piller une caisse pour donner lieu à un soulèvement qui deviendrait peut-être général, et qu'on n'avait aucunes troupes pour les réduire.

Mgr le duc d'Orléans croit que, dès que l'électeur de Bavière sera élu empereur, à l'instant nous allons retirer nos troupes d'Allemagne. Je croirai bien que nous retirerons l'armée d'Autriche, mais non celle de Hanovre, qui est nécessaire pour parer à la mauvaise volonté d'Angleterre et de Hollande, qui voudraient toujours faire revivre la puissance autrichienne pour opposer à celle de France. Nous pourrons laisser la fusée à démêler aux quatre puissances d'Allemagne, dont la reine de Hongrie est certes la plus faible.

J'ai vu des mémoires par où on établit, avec beaucoup de force et de justesse, qu'il ne faut absolument rien laisser à cette belle reine en Allemagne et qu'elle doit être réduite à Hongrie, Transylvanie, Esclavonie et Croatie. On veut donner le reste à l'électeur de

Bavière, futur empereur; savoir : toute l'Autriche supérieure et inférieure, Styrie, Carniole, Carinthie et
Tyrol, avec la Bohême, dont on veut cependant démembrer quatre cercles septentrionaux sur quatorze
cercles qui composent la Bohême, afin de donner à
l'électeur de Saxe à qui cela servira de passage pour
aller de Saxe en Moravie et en haute Silésie qu'on lui
attribue par le partage. A l'électeur de Brandebourg
on donne toute la basse Silésie qu'il a conquise, et
qui est bien le meilleur de la Silésie.

Mme la comtesse de Toulouse est diminuée de faveur. Bachelier est parvenu peu à peu à ce point que
ces dames ne songent plus à gouverner ou à changer
le ministère. En effet, quel est le besoin d'une dame
commode, quand le galant a son affaire bien réglée, et
qu'il n'y a ni débauche, ni humeur volage? On a
besoin simplement d'une société tant à l'extérieur
que pour l'intérieur : voilà ce qui a fait la faveur de
Mademoiselle, de Mme la maréchale d'Estrées, et, en
dernier lieu, de Mme la comtesse de Toulouse; mais
dès que ces dames ont voulu prendre un certain essor,
leur durée a été courte. La maréchale d'Estrées s'est
retirée à la campagne pour du temps; Mme la comtesse
de Toulouse est restée à Saint-Léger; pendant son absence, le roi a soupé dans son appartement en partie
carrée, ce qui marque qu'il y avait plus de convenance pour l'appartement que pour la personne; Mademoiselle a été admise de nouveau aux parties de la
Muette, enfin on a pratiqué pour Mme de Mailly un
joli petit appartement proche les cabinets du roi, et
là, cette dame se tient tout le jour dès qu'elle est ha-
billée; il y a un petit cuisinier qui lui fait à dîner et à

souper ; peu de gens y sont admis : les deux frères Noailles, M. de Meuse et M. du Bordage.

Tous soupers des cabinets sont désormais rompus, ce qui est une épargne. C'était Mme de Vintimille qui en avait dégoûté le roi, lui prouvant que Lazare lui prenait son vin de Champagne ; ainsi le roi ne fait plus de liste de soupers, mais il dit à l'oreille de ceux qu'il veut : « Vous souperez avec moi. »

On va travailler à un bel appartement pour Mme de Mailly, appartement vraiment digne de la maîtresse déclarée d'un monarque ; on supprime le grand escalier des ambassadeurs, et on va en faire un autre un peu avant la chapelle. Au moyen de cet ancien escalier, on augmente, je ne sais comment, l'appartement de la maîtresse.

Mme de Mailly va à présent très-souvent en calèche tête à tête avec le roi.

On prétend que le roi pourra tourner à la dévotion : Mme de Mailly va tous les matins entendre la messe sur la tombe de sa pauvre sœur, Mme de Vintimille. Le roi, donnant dernièrement l'aumône, fit dire au pauvre à qui il la donnait : « Qu'il demande à Dieu ses miséricordes pour moi, j'en ai grand besoin. » On craint que tout ceci ne tourne bientôt à dire son bréviaire avec Mme de Mailly.

Mgr le duc d'Orléans s'est réveillé tout à coup sur le mariage de son fils, et a voulu songer à ce qu'il se fît de quelque façon que ce fût et à qui que ce fût ; car, amoureux de la retraite comme il est, il n'imagine de bonheur qu'à se défaire de ses biens et de sa maison en faveur de M. le duc de Chartres, et, pour cela, le préalable est de le marier. De temps en temps, il nous

fait de ces incartades subites. Il est donc allé à Issy : il
a d'abord demandé Madame; le cardinal a répondu
qu'elle était destinée au prince électoral de Bavière.
Il a proposé ensuite la seconde princesse 'de Bavière;
le cardinal a répondu que l'électeur allait être élu empereur et que le duc de Chartres n'épouserait pas la
fille de l'empereur.

M. le duc d'Orléans, revenu chez lui, a été bien en
colère; il a envoyé chercher l'abbé Omelane, précepteur de M. le duc de Chartres, et lui a confié sa peine;
il a voulu qu'il allât en Allemagne chercher une princesse pour son fils, examiner leurs figures et leur caractère, et voir laquelle conviendrait; il voulait qu'il
partît dès le lendemain. Cependant, cette conversation rendue à M. de Balleroy, il a représenté à M. le
duc d'Orléans qu'il avait des lettres du comte de Bavière, par où les dispositions du futur empereur étaient
tout autres qu'on ne croyait, puisque le comte de Bavière
ne lui aurait pas mandé cela sans ordre de son frère.
On a fait retourner Mgr le duc d'Orléans au cardinal
qui a dit qu'il n'y avait qu'à parler, et que, dès qu'on
était sûr d'être bien reçu, il donnerait toutes les lettres
qu'il faudrait soit de lui, soit du roi pour former cette
demande. On a répondu qu'il ne la fallait que du
cardinal seul, suivant l'instruction du comte de Bavière. Mais la partie a été remise après l'élection de
l'électeur de Bavière pour empereur, ce qui sera incessamment. Par là on gagne du temps, comme le demande M. Bachelier.

M. de Balleroy a aussi jugé à propos que M. le duc
de Chartres eût une conversation avec le cardinal, où
la même chose s'est traitée. Le cardinal a fini par dire :

« Eh bien! vous vous fixez donc à la deuxième princesse de Bavière? Voilà qui est bon pour après l'élection de l'empereur; » et on en est demeuré là : sur quoi
j'ai fait rendre compte du total sur-le-champ à M. Bachelier, pour que le roi le sût promptement.

On a remarqué que, dans cette conversation qui fut
longue, le cardinal parla à M. le duc de Chartres avec
un respect et un sérieux qu'il n'aurait pas eu pour
Mgr le duc d'Orléans lui-même. On a cherché la cause
de cette affectation, et on ne doute pas que Son Éminence ne prévoie le rôle que jouera ce jeune prince.
On s'attend encore à quelque hoquet de lui, quand il
verra le prince sur le point d'être gendre de l'empereur. Certes cet appui étranger est tout d'un autre
danger que s'il devenait gendre du roi, à quoi toutes
raisons concourraient à la fois.

28 *octobre*.— Le roi d'Angleterre retourne, aujour-
d'hui ou demain, de Hanovre à Londres. On croit qu'il
va essuyer des reproches horribles de son parlement :
qu'on lui avait donné carte blanche. On dira que l'Angleterre payait cher les troupes danoises et hessoises,
qu'il avait passé en Allemagne pour y jouer le plus
beau rôle, y régler la destinée de l'Europe, y soutenir
la reine de Hongrie dans l'intégrité de la pragmatique;
que cependant il en revient, comment? cette pauvre
reine étant dépouillée de tout, Bavière presque couronné empereur, la France ayant envoyé ses armées
aux deux bouts de l'Allemagne, la France guidant
tout, arbitre de tout, et enfin lui, roi d'Angleterre,
ayant demandé la neutralité pour son pays de Hanovre et promis son suffrage à l'électeur de Bavière.

Pendant ce temps-là la nation a pris de l'humeur sur
les mauvais succès d'Amérique, et s'en prend volontiers à la cour, disant que l'amiral Vernon, leur héros
chéri, a été envié et desservi par le ministre, comme
disent toujours les généraux malheureux ou inha-
biles.

Mais qu'est-ce que dira le roi d'Angleterre? Il leur
reprochera leur défiance de lui, de n'avoir pas voulu
faire passer la mer et lui envoyer les troupes anglaises,
comme il avait été promis ; que cette marque de défiance a découragé les Hollandais, et qu'ainsi personne
n'a osé prendre un parti vigoureux pour la reine de
Hongrie, tandis que la France, profitant de cette inaction, a fomenté chez les principaux électeurs le dessein de se soustraire au joug impérial et de se revêtir,
sous divers prétextes, de la succession impériale;
qu'enfin se trouvant, lui, presque accablé dans ses
États par les troupes aguerries de France et de Prusse,
et les troupes mercenaires qu'il soudoyait n'étant pas
capables de tenir la campagne, il avait mieux aimé
traiter de la neutralité pour son pays, et suivre le
torrent pour l'élection d'un empereur à qui l'Allemagne accorde d'avance tous les suffrages.

Après cela, la rage pourra saisir cette nation qui a
une si vieille et si renouvelée fureur contre nous ; il
n'est pas impossible qu'elle ne recommence ses ligues
contre notre Maison. On ne sait qui les Anglais haïs-
sent le plus de nos deux branches, ou de l'Espagne, à
cause de ses succès et des mauvais traitements qu'elle
en reçoit en Amérique, ou de la France, à cause du
grand rôle qu'elle joue en Europe. Et à quel point cette
rage doit s'accroître, quand elle voit que nous deve-

nons plus grands de ses fureurs ! On avait élevé contre
nous une rivale de grandeur, qu'on prétendait toujours
pouvoir opposer à la Maison de France ; voilà ce colosse rival brisé en cent pièces : ces princes d'Allemagne, qui s'étaient jadis ligués contre nous avec les puissances maritimes, se sont laissé aller aux appas d'un
accroissement personnel, et travaillent tous sur la dépouille autrichienne.

On croit que le chapitre d'Espagne va enfin s'ouvrir ;
on se passe du roi de Sardaigne en transportant l'infanterie espagnole par mer en Italie, sous l'escorte
d'une escadre française. On dit que le roi de Sardaigne
faisait trop le renchéri ; mais son suffrage et son concours ne sont pas perdus pour cela : il reviendra à
nous comme l'électeur de Saxe est venu, sur le tard,
et aura eu quelque chose : *tarde venientibus ossa*.

29 *octobre*. — On est si injuste qu'on blâme le roi
d'être pensif, quand il voit les affaires du dedans du
royaume dans une telle pénurie. On le blâme encore
d'être économe, quand tout lui prêche l'économie sur
les plus petites choses. Avant-hier il se mit à table
chez Mme de Mailly, où il n'y avait qu'elle de femme,
le duc de Gramont, M. de Meuse et le comte de
Noailles : le roi se sentait encore de son dîner, il ne
mangea qu'un morceau, but un coup et dit qu'il ne
mangerait pas davantage. Après cela, il tomba dans une
mélancolie noire qui ressemblait à des vapeurs, et jamais on ne put l'en faire sortir, quelque gaieté qu'on
apportât. Pour moi, je sais qu'il a de reste de quoi
penser : l'état où est le royaume et l'impossibilité
d'en sortir sous le ministère du cardinal, le vœu fait

de garder le cardinal jusqu'à sa mort, voilà de quoi
réfléchir.

Quand le roi s'arrangea pour donner à Mme de
Mailly un petit appartement où elle se tient tout le
jour avec sa petite société, et, pour elle, un petit cuisinier qui lui fait un petit dîner et un petit souper, le
roi demanda à chacun de ces articles combien cela
coûterait : autre critique ; mais on lui prêche chaque
jour l'économie et il se la prêche à lui-même.

Enfin on conte que M. de Nesle, père de Mme de
Mailly, a perdu son procès par lequel il demandait que
ses créanciers augmentassent sa pension alimentaire
de vingt-quatre mille livres à quarante mille livres,
attendu qu'une partie de ses dettes étaient déjà payées,
et il a été jugé qu'il n'y avait pas trop de sa vie
pour rester réduit à vingt-quatre mille livres, et, du
surplus, payer ses créanciers, qui perdraient tout à
sa mort. Le roi a été consterné de ce jugement et
n'a cessé de s'en chagriner. Pourquoi, dit-on, prend-il
si fort les choses à cœur? que ne remédie-t-il au
plus tôt par quinze mille livres de pension à ce déficit
de M. de Nesle, à un sujet de chagrin si aisé à réparer pour un roi? On induit de là qu'il a de la petitesse dans l'esprit et peu de moyens, qu'il est porté à
la tristesse, à la mélancolie et aux vapeurs. Le monde
ignore les effets du bon cœur et du bon caractère, de
l'esprit d'honnête homme attaché à ses résolutions et
à ses paroles : le roi veut que le cardinal gouverne
jusqu'à sa fin, et ne saurait prendre sur lui un don tel
que devrait être celui qu'il s'agit de faire à M. de Nesle,
et sur lequel Son Éminence lui ferait sans doute une
mine chagrine.

On assure que le cardinal, uni avec Bachelier et par conséquent avec le parti de M. Chauvelin (qu'il préfère aujourd'hui à celui de Noailles), on assure, dis-je, que cette ligue va opérer l'exclusion de ce qu'il reste encore d'air de favoris auprès du roi, comme les deux frères Noailles, Mme la comtesse de Toulouse, etc. Toutes ces faveurs déclinent et l'on va les écarter de plus en plus.

30 *octobre*. — Hier, les musiciens de la cour vinrent représenter à M. Orry que, n'étant pas payés, ils mouraient de faim; qu'ils étaient de pauvres diables qui n'avaient que cela pour vivre, à Versailles surtout, où les vivres étaient si chers. M. Orry leur a répondu : « Vraiment, messieurs, le roi a bien d'autres musiciens en Allemagne. » Digne réponse d'un contrôleur général !

1er *novembre*. — Bachelier, commençant son quartier, a paru avoir du dessous dans la faveur du roi; pendant huit jours, on a joué le froid du mieux qu'on a pu, et, depuis cela, on s'est lassé de cette comédie. Je lui ai fait dire que, malgré sa disgrâce, je n'estimais pas moins sa vertu, que je la publierais et que je tairais sa faveur. S'il était quelque chose de ce refroidissement, je demande pourquoi le cardinal se serait adressé à lui, pourquoi cette union intime, ou plutôt cette ligue d'un premier ministre comme le cardinal avec un valet de chambre disgracié, pour perdre les Noailles. C'est que le cardinal a bien senti la nécessité de se lier avec lui pour perdre la faveur des Noailles et de Mme la comtesse de Toulouse, que Son Éminence sentait beaucoup plus dangereuse pour l'État que toute autre faveur, et, pour cela, il a mis son ressentiment sous ses pieds, pour s'unir avec un homme qu'il a donc cru assez fort pour le servir.

Bachelier et son crédule ami ont assuré qu'ils travaillaient de concert à placer M. de Bercy au contrôle général des finances. Enfin, on joue la comédie du mieux qu'on peut; mais, comme les comédiens sont d'honnêtes gens, tels que le roi et son valet favori, ils retombent au bout de peu de temps dans la sincérité dont ne se départissent pas les honnêtes gens.

Certainement toutes ces comédies, tous ces jeux de la part d'un grand prince forment des nœuds très-difficiles à démêler pour le courtisan homme d'intrigues : la prétendue habileté s'y blouse, tandis que la simplicité s'y sauve. Nous verrons l'image de cela un jour, quand l'Antechrist viendra sur la terre : il dira qu'il est le vrai Christ, il faudra deviner d'un autre côté. En vérité, le cardinal de Tencin a ici bien l'air de l'Antechrist.

2 *novembre*. — L'insomnie du cardinal continue. Barjac dit qu'il ne sait plus que faire de son maître; cependant hier matin, jour de la Toussaint, il avait l'air apprêté, la barbe faite, et se présenta ainsi au lever du roi, de l'air du monde le plus radieux. Au fond, se ménageant beaucoup sur le manger, il va à Issy passer deux jours, et n'y aura pas pris, dit-on, deux gobelets des eaux de Wals, qui lui sont si salutaires, qu'il reviendra d'abord à l'âge de quinze ans.

On a avis que l'escadre de M. de Court a effectivement tourné du côté de Barcelone, et qu'on y a embarqué à force les troupes espagnoles pour être

transportées en Italie. M. de Court va les escorter,
jointe à lui la flotte de l'amiral espagnol qui est à Cadix et qui va se rendre à Barcelone, moyennant quoi
nous sommes plus forts que l'amiral Haddock, et nous
nous passons du roi de Sardaigne pour l'expédition
d'Italie.

7 *novembre*. — Je viens de recevoir compte d'une
conversation d'un des meilleurs amis de M. Bachelier,
par où il a été soutenu d'un bout à l'autre qu'il n'a-
vait plus de crédit, qu'il n'en avait aucun, que personne n'en avait : et, sur cela, le diable a été dit de la
personne de Sa Majesté, qu'il était paresseux, qu'il se
plongeait de plus en plus dans sa paresse, qu'il se
livrait aux Noailles, que Mme la comtesse de Toulouse
avait plus de crédit que jamais, qu'avant-hier encore
elle fut enfermée deux heures avec le roi tête à tête,
que personne n'était sûr de sa place et d'y rester deux
jours, ni lui, ni même M. le cardinal, et qu'ils se le
disaient souvent ; que, pour lui, il était riche et à son
aise, et qu'il était préparé à tout événement. C'est sur
cela que je fais ce dilemme : ou Bachelier nous joue
ou il est joué, et je ne me trompe pas.

M. le cardinal a donné la plus jolie définition de
M. le duc d'Orléans : il a dit qu'il saisissait les vérités
comme les enfants prenaient les papillons, les ailes
avec deux doigts, puis les laissaient s'envoler de même.

M. le duc d'Orléans a de fréquentes conversations
avec ce fou de maréchal de Noailles, qui lui donne des
plans et des idées sur tout ce qui se passe ; cela réjouit
notre tête vive, et, chemin faisant, on voit bien quelques traces de ses insinuations dont je suis au déses-

poir : par exemple, il y a grande apparence qu'il a
quitté le conseil parce qu'il prévoit que M. Chauvelin
y rentrera, et c'est moi qui le lui ai assuré le plus; au
fond Son Altesse Sérénissime connaît toute la futilité
du maréchal.

8 *novembre*. — C'est de bonne foi que Bachelier
déplore la situation présente du roi, et il se joint avec
le cardinal pour penser à l'unisson et pleurer sur son
état : personne dans le royaume, dit-il, ne mène une
vie plus triste et plus ennuyeuse. Il faut voir ce cercle,
dit-il, et il le vit l'autre jour : il y vit l'ennui et Mor-
phée régnant partout; heureusement n'y resta-t-il pas
longtemps.

Ce cercle, cette société à laquelle voilà notre monarque réduit, ce semble, pour toujours, est composé de :

1° Mme la comtesse de Toulouse, qui est des
soupers tant qu'elle veut, tant et aussi peu qu'elle
veut;

2° Mme de Mailly, ennuyée et ennuyeuse;

3° Le duc d'Ayen et le comte de Noailles, qui ont
plus de jargon que d'esprit, le duc de Gramont et le
petit Meuse.

Il n'y aura plus de dignité, plus d'ordre à la cour.
La nécessité de l'épargne en ce temps-ci, que Sa Majesté sent de reste, est un nouveau prétexte pour se
renfermer dans d'obscurs plaisirs. Cependant, ajoute
Bachelier, Sa Majesté a du talent, et c'est le plus grand
dommage du monde : parfois le roi se retire dans
son cabinet après dîner et après souper, c'est pour
répondre à quelque lettre à deux colonnes de Son

Éminence. Il voit souvent ses dépêches, il en coûte moins au roi qu'à personne d'écrire beaucoup et bien.

Le roi est extrêmement piqué contre M. le duc d'Orléans de ce qu'il a quitté le conseil, et il a défendu positivement aux huissiers de plus jamais l'avertir du conseil. Ce prince fait de pareilles choses sans consulter personne, et, après cela, il a été piqué de ce qu'étant allé depuis peu à Versailles, aucun des ministres et presque personne n'est venu le voir à Versailles, et de ce qu'on l'a laissé seul. Le maréchal de Noailles lui a persuadé cette haute sottise, comme pour se plaindre de ce qu'il n'y avait plus au conseil que ces poilous de ministres, et de ce qu'on n'y admettait plus de seigneurs. Il est vrai que, depuis cette aventure-là pour le conseil, il est singulier que le premier conseil du royaume, auquel devrait être appelé ce qu'il y a de plus grand, n'est plus composé aujourd'hui que de gens presque sans noblesse, puisque, le roi excepté, c'est M. Philippeaux de Maurepas qui est l'homme de plus de naissance après Sa Majesté.

9 *novembre*. — M. le duc de Richelieu (qui est devenu à présent un des favoris du roi et qui est des petits soupers chez Mme de Mailly), dit que Sa Majesté est plongée dans une tristesse continuelle. Il dit des biens infinis du caractère de Sa Majesté ; il me disait tout à l'heure que c'était le plus grand dommage du monde qu'un si bon caractère eût été gâté par l'éducation, qu'il avait bien de l'esprit, qu'il était doux et que c'était grand dommage qu'on lui eût dit de se défier de tout le monde ; qu'enfin il ne lui man-

quait que de paraître sensible et qu'il l'avait paru à l'occasion de la mort de Mme de Vintimille.

Le roi de Prusse a fait déclarer par son ministre à la Haye que, bien loin de faire la paix particulière avec la reine de Hongrie, il regardait ces bruits, que semaient les ministres de cette reine, comme injurieux à sa gloire et qu'il ne ferait jamais qu'une paix générale.

10 *novembre*. — On avait dit que la faveur de Mme la comtesse de Toulouse diminuait; on lui donnait pour amants, outre le bailli de Froulay, ambassadeur de Malte, l'abbé de Salaberry, qu'elle a pris pour chef de son conseil : mais, maintenant, on dit que cette faveur augmente, au lieu de diminuer comme on avait dit : ce sont des conversations de deux heures enfermée avec Sa Majesté qu'elle a de suite et souvent; elle a, dit-on, pris absolument le rôle de Mme de Vintimille, de suppléer à ce que l'humeur et le peu d'esprit de Mme de Mailly laisse de vide dans sa société. Peut-être, se voyant appelée à la haute faveur et à la véritable confiance du roi, peut-être, dis-je, pensera-t-elle plus hautement que pour une demi-faveur; peut-être ira-t-elle à conseiller au roi de prendre de bons ministres et de n'en pas choisir de détestables, comme le parti Noailles le propose.

Mademoiselle a voulu reprendre le rôle de m......., mais cela lui a mal réussi : elle est allée souper à la Muette, méprisée de tout le monde, personne ne lui parlant plus, le roi et la maîtresse chuchottant contre elle en la regardant.

11 *novembre*. Tout le monde dit notre position
très-mauvaise en Allemagne; que l'armée de Neuperg
va augmenter et est redoutable en cavalerie, tandis que la nôtre y est très-affaiblie. On tire six mille
hommes de l'armée de Hanovre et six mille hommes
de l'armée d'Alsace, pour fortifier l'électeur de Bavière. On craint : voilà que toutes les troupes d'Italie vont par le Tyrol se fortifier dans cette province
ou s'emparer de la Bavière, et ainsi nous mettre entre deux feux. Si, pendant ce temps-là, la Russie
était en force et craignait assez peu la Suède pour
pouvoir secourir la reine de Hongrie, la balance
ne commencerait-elle pas à flotter? Mais le plus sérieux, peut-être, va être la jonction à cette reine de
l'Angleterre et de la Hollande. Je ne doute pas que
le parlement d'Angleterre ne s'y détermine promptement, à la vue du grand succès et du grand rôle
que va jouer la France. Je le dis toujours, une diversion en Flandre serait un furieux coup dans les
circonstances présentes.

Notre ministère est sans tête et sans plan; il a eu
besoin de recourir aux idées de M. de Bellisle, que je
ne crois pas une trop bonne tête, et on en a jugé
ainsi par tout ce qui lui est arrivé : il a plus d'idées
que de jugement, et plus de feu que de forces. Voilà
cependant de quoi ruiner la France de fond en comble. Je ris de pitié quand j'entends ces grands politiques et ces grands guerriers écouter à peine l'objection qu'on leur fait sur l'état de nos finances et vous
répondre : « Oh! pour de l'argent, il faut en trouver;
dans un royaume comme celui-ci, doit-on manquer
d'argent? ceci n'est qu'une affaire de deux ou trois

cents millions; il n'y a qu'à faire sortir l'argent,
à taxer les fermiers-généraux qui sont si riches, » etc.
Tous ces discours sont bien faibles, car enfin les
choses sont au point qu'avec toute l'envie possible
d'avoir de l'argent, on ne peut y réussir.

On parle d'une loterie de cinquante millions dont
les gros lots seraient en rentes viagères, et on créerait
pour cela huit millions de ces rentes; la misère ferait
que chacun voudrait y avoir part et espérance.

On travaille avec lenteur à l'imposition du dixième;
on en sent toute l'impossibilité, surtout dans les pays
d'élection, et avec les rigueurs sur lesquelles M. Orry
se portait à son arrangement.

On ne parle que de l'extrême économie du roi
prise sur sa bouche et à l'occasion de ses amours. Il
est décidé que, pour tout cet hiver, Sa Majesté dînera
deux fois en public, et soupera une fois en public,
et le reste consistera en des dîners ou soupers chez
Mme de Mailly, c'est-à-dire avec un petit cuisinier
qui lui fait un petit ordinaire; il n'y aura jamais que
trois plats sur sa table, et avec la petite société bornée
dont j'ai parlé.

— Quand on réfléchit sur l'état du royaume et
sur l'affreuse situation où nous nous sommes mis, on
trouve que nous nous faisons beaucoup plus de mal
qu'à nos ennemis. Tout ceci vient clairement du mauvais ministère qui gouverne depuis la disgrâce de
M. Chauvelin; chacun a tiré la couverture à soi;
M. de Maurepas a placé un petit secrétaire d'État des
affaires étrangères de sa main et bien à lui, par lequel il a conduit les choses, non finement, à propos,

mais grossièrement et brusquement, à avoir une grosse
marine, c'est-à-dire dix-sept millions à disposer par an,
à quoi va présentement notre marine.

Pour ce faire, il a fallu exciter l'Espagne à nourrir
au lieu de finir la querelle avec l'Angleterre, puis lui
promettre secours, s'allier avec elle, contracter précipitamment le mariage de la fille aînée du roi avec
l'infant D. Philippe, et de là tous nos maux, toutes
nos dépenses et notre ruine. Il n'y avait qu'à me laisser aller en Portugal sous les premiers auspices où
je partais, c'est-à-dire en grand froid avec la cour de
Madrid : notre commerce et notre alliance y réussis-
saient, ce qui nous donnait la meilleure part à trente-
trois millions par an qui sortent de ce royaume pour
le besoin de choses qu'ils n'ont pas. Il n'y avait qu'à
donner la fille aînée du roi à M. le duc de Chartres,
comme à l'héritier de la couronne après M. le dauphin, rang et droit sur lequel on ne devait pas bar-
guigner un moment, pour que l'Espagne elle-même
sût à quoi s'en tenir, et que l'Europe cessât ses grandes défiances de nous-mêmes sur la succession future.
Il fallait donc pacifier la querelle entre l'Espagne et
l'Angleterre, pacification qui était même déjà assurée
par le traité du Prado. Notre marine se serait rétablie
de reste, et petit à petit, par les fruits de notre économie et le succès de notre commerce. La mort de
l'empereur nous eût trouvés en paix et en état de
figurer dans un plan bien concerté par le poids de
notre grande puissance et par des dépenses bien fon-
dées. Au lieu de cela, un ministère imbécile a laissé
tout aller sans conseils, sans plans, sans fermeté.
Avenant donc la mort de l'empereur, on a écouté

les projets magnifiques du comte de Bellisle, qui, par
là, s'est fait maréchal de France, et, comme le pauvre et imbécile cardinal n'a rien dans lui-même, ni
dans le ministère, capable de plans et de principes
solides, il a cédé devant Sa Majesté à ces plans de
M. de Bellisle, arrachés, extorqués, refusés et enfin
accordés, mais trop tard, mais avec des circonstances qui vont nous ruiner.

Nous ne tenons plus aujourd'hui qu'au premier
échec ou à la première diversion que les puissances
maritimes vont faire contre nous.

Cependant, la Maison de Bavière, qui voit que nous
pourrons retirer nos troupes à l'instant que l'empereur
aura été élu, retarde peut-être elle-même l'élection,
quelque intéressée qu'elle y fût; mais notre secours
lui est meilleur encore.

Quelle différence de notre conduite à l'habileté
du roi de Prusse! mais qu'un cardinal de Richelieu
se serait bien moqué de cet habile Harpagon. Il a
commencé le premier son attaque, pour ensuite n'a-
voir plus rien à faire qu'à se faire acheter par les autres, comme il fait aujourd'hui; nous lui payons subsides, et il a par devers lui une conquête bien confirmée
qui lui vaut quinze à seize millions de revenu. Il n'a
fait la guerre qu'avec un secours qui le dédomma-
geait de toute sa dépense extraordinaire; ce secours
était des subsides et contributions qu'il a tirées tout d'a-
bord de la Silésie, comme pays ennemi, dès qu'il l'a
attaquée.

14 *novembre*. Le cardinal se porte mieux que jamais : à sa mine blême a succédé tout le brillant de

la santé; on s'accoutume à lui souhaiter une longue vie; les plus sensés reviennent à le croire sorcier, par son âge décrépit sans décrépitude. Les actions de la Compagnie des Indes haussent et baissent suivant sa santé bonne ou mauvaise; l'argent même commence à se retrouver à emprunter sur la place; les financiers conviennent qu'il n'y a que les provinces qui soient mal, mais que le crédit commence à se remettre à Paris. Cependant, ceux qui l'approchent de plus près pour le travail disent qu'il n'y a presque plus de tête chez lui, que toutes les décisions sont lentes et misérables, et que, par ce défaut, les affaires se perdent, que tous les coups sont frappés lentement et hors de propos; nos flottes partent trop tard, notre armée a été assemblée trop tard, et ainsi du reste.

Dans le public, on parle donc avec quelque affection du cardinal; mais on ne parle du roi qu'avec mépris, on le met au-dessous des rois fainéants, qui du moins se laissaient opprimer par des guerriers célèbres, tandis que celui-ci ne l'est que par son vieux précepteur.

L'embarquement des Espagnols est fait avec quatorze mille hommes, y compris la cavalerie; il y a même ici quelques bâtiments obligés de relâcher sur les côtes de France.

Mais, les Espagnols débarqués en Italie, il faut voir ce que deviendra le roi de Sardaigne: il peut être le premier qui se déclare pour la reine de Hongrie, comme le roi de Prusse s'est déclaré le premier contre elle, et ces premiers marchands font de grands profits dans les ligues. La situation où est cette princesse, qui évacue absolument l'Italie, prouve qu'il la croit plus

en état de lui abandonner beaucoup en Italie que le
roi d'Espagne qui va s'y croire le plus fort, et qui se
croyait tel dès notre première guerre d'Italie de 1733;
aussi l'Espagne voulait-elle alors abandonner peu à la
Sardaigne : du souvenir de ses refus et de notre défection, il a sans doute résulté un autre plan de conduite à la cour de Turin.

La reine de Hongrie envoie toutes ses forces se
réfugier en Tyrol : de là, le roi de Sardaigne lui donne
la main pour secourir l'Italie et l'Allemagne. Il s'agira
donc, de notre part, que la France et l'Espagne serrent
assez le Piémont pour l'empêcher de troubler la conquête des États autrichiens d'Italie. D'un autre côté,
on dit qu'il peut s'opérer une furieuse diversion contre nous, ce qui nous engage dans une dépense longue et continuelle : ce serait une ligue formée d'Angleterre, Hollande et Sardaigne, à quoi se joindrait
la Russie qui, bien assurée de n'avoir point de guerre
contre la Turquie, est en état de soutenir la défensive
contre la Suède, et d'envoyer un gros secours pour la
reine de Hongrie; les puissances maritimes nous atta-
queraient en Flandre, et le roi de Sardaigne nous obli-
gerait à avoir une grosse armée en Provence et en
Dauphiné contre lui.

Cependant, on est venu à rétablir un peu les opi-
nions sur le fait du crédit public et de la confiance :
on voit se ralentir les opérations du dixième; on
retarde l'assemblée du clergé pour demander l'abonnement du dixième; on dit qu'on a assez dans les
coffres pour continuer la campagne des deux armées;
enfin, par ces discours qu'on a persuadés au public,
on commence à retrouver quelque argent par crédit,

et Dieu veuille que l'on continue la guerre tout à fait
par des emprunts et non par des impôts que le royaume
ne peut plus porter !

L'escadre de M. de Court est, à ce qu'on croit, tournée du côté de Gibraltar ; le *Torres* arrive avec quelques portions des galions ; nous nous joindrons aux
Espagnols et nous serons en force pour faire entrer
cet argent à Cadix. Notre escadre de Brest n'a pas encore eu ordre de sortir.

17 *novembre*. M. de Bellisle cherche l'occasion et
le prétexte de venir faire un tour à Paris, pour conclure de nouveaux arrangements avec le ministère, ou
plutôt lui dicter ses ordres. Il devait aller se mettre
à la tête de l'armée dès que la diète serait commen-
cée ; elle l'est, on l'attend avec impatience à l'armée,
il n'y règne aucune subordination ; mais il aime mieux
conduire en chef de Francfort cette grande négociation et venir régner à Paris : il feint d'être malade
et ses amis publient qu'il a la fièvre tierce.

21 *novembre*. Le roi tourne à la dévotion depuis
la mort de Mme de Vintimille. Dans la petite société où il a confiné sa vie, on parle de spiritua-
lité et de dévotion. Le roi dit quelquefois à M. de
Meuse : « A l'âge que vous avez, tout près de soixante
ans, vous pouvez être surpris par la mort. » On y
parle de lectures spirituelles. Sa Majesté imagine d'arriver à vivre avec Mme de Mailly comme M. le Duc
vivait, disait-on, avec Mme d'Egmont, comme avec une
amie, sans presque d'habitation charnelle, si ce n'est
par accident, de quoi on se confesse bien vite. Il est

vrai que M. le Duc était avancé en âge par comparaison à Sa Majesté, et un mauvais corps : ainsi ce projet
de continence pourra n'avoir pas de longues suites.

De tout cela, on voit un grand point : le roi est sensible, il a un cœur qui lui parle (combien peu de ses
sujets en ont aujourd'hui!) Il est sensible à l'attachement sincère qu'il reconnaît qu'on a pour lui, il aime
les bons cœurs ; il est peut-être né pour faire les délices du monde. On prétend qu'il a l'esprit tourné
aux petites choses : Mme de Vintimille avait beaucoup
gagné sur lui en lui faisant des décomptes de ses soupers aux cabinets ; mais il faut considérer qu'il n'a encore pris que les petites choses dans son district, et
voir s'il suivra le goût du petit dans les grandes choses, comme ce bon M. le duc d'Orléans à qui je ne
vois d'autre penchant.

Je dis tout ceci d'après un homme qui est, depuis
quelque temps, dans la plus grande familiarité du roi.
Une de ses grandes maximes, qui s'est le plus tournée
chez lui en nature, c'est de séparer les districts de confiance : il ne fera point son ami de son ministre, ni son
ministre de son ami ; il ne se confiera point des finances
au ministre des étrangers, *neque vicissim*. On prétend
mal à propos que ceci marque l'infériorité, et je soutiens que rien ne marque plus de supériorité d'esprit.

M. le duc d'Orléans est perdu sans ressource dans
l'esprit et dans le cœur du roi, depuis qu'il a quitté le
conseil d'État. On voit clairement que ce n'est que
par les mauvais conseils des Noailles et par belle pique
contre la personne du roi qui ne veut pas écouter ses
conseils. Cela vient de ce que le monarque crut que c'é-
tait un sermon qu'il lui voulait faire sur sa maîtresse.

J'eus l'honneur de dire l'autre jour à Son Altesse
Sérénissime que sa grande dévotion faisait cet effet-ci :
qu'il était l'ennemi de ses amis et l'ami de ses ennemis, ce qui venait à propos d'un refus fort extraordinaire qu'il faisait à un de ses meilleurs amis.

23 *novembre*. — J'ai vu hier les deux ministres de
la reine de Hongrie, MM. de Stainville et Wassenaer[1] :
ils disent qu'une bataille va décider de l'affaire où ils
sont, qu'ils sont résolus à la livrer et à hasarder le
tout pour le tout. Le grand-duc s'est allé mettre à
la tête de l'armée; le comte de Neuperg arrive à
force du côté de Bohême, toutes nos troupes bavaroises, françaises, prussiennes et saxonnes s'achemi-
nent de tous côtés, le rendez-vous général est à Prague.
Ce nom est déjà célèbre pour les batailles favorables à
la Maison d'Autriche. Certes ce n'est que le désespoir
qui peut évertuer Neuperg, peu homme de guerre, et le
grand-duc qui l'est encore moins, pour résister et pour
attaquer avec succès une armée qui est au double de la
sienne. De son côté, notre M. de Bellisle est parti de
Francfort pour aller se mettre à la tête de notre armée, et nous allons donc voir si la grande spéculation a
passé subitement à la pratique, et si son habileté dans
l'action est égale à sa haute réputation si bien récom-
pensée d'avance. ✓

24 *novembre*. — Ce pauvre grand-duc, réflexions
faites, a renoncé à son parti désespéré et est retourné

---

1. C'est par erreur que nous avons fait de ce dernier, p. 372,
un plénipotentiaire hollandais.

sur ses pas : il n'ira plus à l'armée, ses équipages partis
en reviennent. Il trouve que le comte de Neuperg n'est
pas assez fort pour soutenir le choc de tant d'agres-
seurs, il fuit, et va se borner à la simple conservation
de Vienne. Voilà la conduite ordinaire du grand-duc,
et qui l'a si bien déshonoré en Allemagne qu'il y passe
pour le plus grand misérable du monde.

M. de Bellisle est allé à son armée par la Saxe, il
se rend à Dresde d'où il partira avec l'avant-garde des
troupes saxonnes.

L'argent devient plus rare, depuis que la santé du
cardinal empire.

On travaille à Francfort aux capitulations du futur
empereur; on gagne du temps, afin que la conquête
de la Bohême et de la Moravie soit accomplie avant
d'élire l'électeur de Bavière pour empereur.

25 novembre. — M. de Bellisle est à la tête des
troupes saxonnes, il est généralissime; le roi de Pologne lui a envoyé une épée de diamants.

La Bohême va être conquise, et la Moravie, avant
l'élection de l'électeur de Bavière pour empereur.
L'armée du comte de Neuperg est fondue; on ne sait
ce qu'il est devenu.

En Italie, les Espagnols ont quarante mille hommes : l'infant don Philippe part pour s'y rendre et
passe par le Languedoc; M. de Richelieu part pour le
recevoir. Toutes les apparences sont que le roi de
Sardaigne finira son rôle par se joindre avec de grandes forces, pour avoir part à la conquête, comme a
fait l'électeur de Saxe.

Grands éloges plus que jamais à M. de Bellisle.

26 *novembre*. — M. le duc d'Orléans m'a dit hier qu'il n'y avait que déux choses qui lui avaient fait quitter le conseil : 1° parce que le roi lui avait refusé sa fille pour son fils après la lui avoir fait espérer ; 2° à cause de l'expédition du marquis d'Antin en Amérique, dont on avait vu assez le mauvais succès, à laquelle il avait toujours été fort opposé, et pour laquelle on avait, avec affectation, pris le temps d'un voyage qu'il avait fait de Compiègne à Paris.

Un ministre étranger me disait hier que l'on perdrait en France, par la mort du cardinal, un attrait de douceur et de modération qui avait rendu à la France plus qu'on ne croyait ; qu'au milieu des plus grandes entreprises de la France le cardinal avait eu toujours des propositions pacifiques et présenté un masque pacifique et modéré qui nous avait valu plus que deux armées, et cela est vrai.

10 *décembre*. — L'armée des trois puissances, France, Bavière et Saxe, a pris Prague par escalade [1] ; tout s'y est passé avec une honnêteté surprenante après que l'assaut a réussi : on a pris le gouverneur dans son lit ; les dames revenaient d'un grand bal, on les cajolait en cavaliers galants ; mais le droit de marque s'opposait au droit de guerre. Nous n'avons pas perdu un seul Français ; les Saxons y ont perdu six hommes. L'électeur de Bavière a dépêché ici M. de Tavannes [2], colonel dans son armée, lequel a été con-

---

1. Le 26 novembre.

2. Louis-Henri de Saulx, marquis de Tavannes-Mirebel, né en 1705. Sa vie fut un roman. Il enleva, le 25 mai 1732, sa cousine Ferdinande, marquise de Brun, qui l'aimait, dit-on, et

damné en France à perdre la tête pour avoir séduit
et épousé la demoiselle de Brun, quoique du consentement de celle-ci. Il a dit que M. de Bellisle était
à présent à la tête de l'armée, qu'il n'avait pas été
si mal qu'on dit, que tout son mal n'était qu'un rhuma-
tisme et surtout un terrible épuisement, car travaillant
beaucoup il est obligé pour sa santé de manger peu
à cause de son ancienne blessure à la poitrine.

Le grand-duc s'est mis à la tête de l'armée hon-
groise et a changé de général : au lieu du comte de
Neuperg qu'on dit devenu fou, il a pris le comte de
Kœnigseck qui fit une si belle retraite d'Italie, à notre
dernière campagne.

12 décembre. — Le maréchal de Bellisle est allé
à Prague; mais sa santé se trouve si mauvaise, par un
grand épuisement, qu'il ne peut se soutenir sur ses
jambes; il trouve qu'il ne peut commander l'armée, il se réduit à la négociation de Francfort, quoique l'amour-propre et sa réputation voulussent qu'il
y préférât la gloire militaire, et, sur cela, on envoie
le maréchal de Broglie commander l'armée : c'est là

lui était promise dès l'enfance. Néanmoins, sur la plainte du père,
il fut condamné, par arrêt du parlement de Dijon du 10 février
1738, à être décapité, fut exécuté par effigie, et, après avoir servi
en Hongrie contre les Turcs, s'attacha à l'électeur de Bavière, qui
devint empereur sous le nom de Charles VII et l'éleva aux plus
hauts grades civils et militaires. A la mort de l'Empereur, le marquis de Tavannes rentra en France et obtint des lettres de grâce,
le 6 août 1746. Mais, à la suite d'une entrevue avec sa cousine,
qui ne fut pas telle qu'il l'espérait, il mourut de chagrin, le 13 février 1743. (Notes manuscrites de Bertin Du Rocheret.)

un trait de disgrâce, dit-on, ou du meilleur citoyen qui fut jamais. Ce qui lui a donné le plus de peine a été toutes les sottises de nos lieutenants généraux ; il lui a fallu écrire lettres sur lettres pour les redresser, et, par-dessus cela, la négociation vive avec les princes d'Allemagne.

Si nous n'avions pas pris Prague par escalade, nous étions tout au plus mal, et nous allions être écrasés.

Le roi s'est jeté plus que jamais dans la dissimulation et on n'y comprend plus rien, il se prête à tous les partis. On a tant su dans le monde que son valet de chambre Bachelier avait la plus grande part à sa confiance que tout le monde y a voulu aller ; sur cela, tout lui passe par les mains, les prétentions des Chauvelin, des Bellisle et des Tencin, et on ne sait plus où il vise et où il penche. Mme la comtesse de Toulouse est toute pour Bellisle, mais ses partisans et ceux de M. Chauvelin sont si peu dans la confidence qu'ils croient leurs chefs antipathiques quand ils sont réunis. Mme la comtesse de Toulouse est presque brouillée avec ses neveux Noailles qui ne se fient plus en elle, vu qu'elle est aveuglément aux impressions du Bellisle.

14 *décembre.* — On m'assure que le roi a changé de maîtresse, que rien n'est plus sûr et que c'est le plus grand mystère du monde. On ajoute que, de cette affaire-ci, Mme la comtesse de Toulouse va être cassée aux gages, ce qui exclut l'idée que ce fût Mme la duchesse d'Antin, comme on avait tant dit ; cependant elle est des meilleures de la cour, et il serait bien de faire revivre le nom de Montespan dans la maîtresse du roi ; ce serait un trait de plus de ressemblance avec Louis XIV.

Un homme qui conjecture bien croit que c'est la jeune Mme d'Andelot, isolée, allant et venant à la cour comme elle veut, ne tenant à rien, et d'une petite tête propre à être agréée pour cette place par nos ministres. Voilà passé en loi constitutive de l'État, que le gouverneur et précepteur du Dauphin, le premier médecin du roi, son confesseur et sa maîtresse doivent être doués de peu d'esprit.

Il est certain que le roi s'est repris d'un grand goût pour M. Bachelier : il est enfermé avec lui des trois et quatre heures par jour. Bachelier a travaillé aussi avec M. Poniatowski, à plusieurs séances, touchant les affaires d'Allemagne; il lui a défendu de voir le maréchal de Noailles qui avait tant d'envie de fourrer le nez dans tout cela.

Si la pauvre Mme de Mailly est chassée, elle n'a que ce que mérite sa médiocrité de caractère : c'est un véritable oison; elle n'a pas su conserver ses premiers protecteurs; Mme de Vintimille, sa sœur, la gouvernait absolument; elle tirait hautement contre Bachelier et M. Chauvelin, elle disait au roi : « Eh bien ! sire, allez-vous dire cela encore à votre valet de chambre? » etc. Il est arrivé des horreurs à son cadavre, peu avant de l'enterrer; le peuple de Versailles était transporté de joie, il disait que c'était une vilaine bête, qu'elle empêchait le roi de séjourner à Versailles, qu'elle avait enlevé le roi à sa sœur, qu'encore la Mailly était une bonne femme. On la transporta morte, avec un simple linceul sur le corps, du château à l'hôtel de Villeroy, et là ses domestiques la laissèrent et allèrent boire, comme cela arrive souvent; le peuple monta et s'en saisit : on lui jeta dès pétards sur le

corps, on fit toutes sortes d'indignes traitements à son
vilain corps, ce qui marque peu de respect pour le
roi et de la barbarie.

16 *décembre.* — Voici que le roi de Sardaigne se jette
sur le Milanais avec vingt-deux mille hommes et il s'en
réserve encore davantage pour soutenir un choc. Selon
que je l'entends dire à divers ministres bien instruits,
ceci est une ligue de princes italiens pour acquérir
leur liberté et pour empêcher l'Espagne ou la Maison de France d'acquérir davantage; et, peut-être, les
Anglais, qu'on accuse d'avoir fait une paix secrète avec
les Espagnols, peut-être, dis-je, n'ont-ils laissé passer
les Espagnols en Italie que par malice, pour les exposer davantage, car se trouvant pour ainsi dire dans
un pays perdu et le secours leur devenant difficile par
mer, quand les Anglais enverront de certaines forces
en Méditerranée, ils peuvent être accablés en Italie
et chassés, trop heureux de revenir chez eux par la
France.

Si les Anglais étaient bien conseillés, ils diraient
comme Annibal : *On ne vaincra les Romains que dans
Rome;* ils se contenteraient, du côté d'Amérique, de
fermer hermétiquement les mers et d'empêcher seulement tout retour des galions. Ils ramasseraient toutes leurs forces maritimes en Italie, pour y empêcher
tout secours de Barcelone et Toscane; ils nous enga-
geraient de plus en plus à la neutralité à laquelle
nous sommes portés de reste; ils secourraient et
ameuteraient la ligue des princes italiens, ils la secourraient d'argent, s'il était nécessaire; ils essaye-
raient de secourir le parti de cette pauvre reine de

Hongrie, qui n'est pas soutenable avec le mari qu'elle
a, et depuis qu'il n'a pas su aller se mettre d'abord à
la tête de son armée et attaquer lui-même le roi de
Prusse qui l'offensait si hautement. A la place des
Anglais, j'achèverais d'accabler l'Espagne, en lui lâ-
chant le roi de Portugal, qui se résoudra à tout aisément par force, et tandis que voilà l'Espagne privée
d'une partie de ses troupes qui sont en Italie, et
qu'elle l'est et le serait encore davantage de ses revenus.

Il y a longtemps que j'imaginais cette ligue d'Italie
pour assurer la liberté du monde, pour établir un
équilibre en Italie, comme nous l'établissons aujour-
d'hui en Allemagne. Pour cela, que faisons-nous ?
Nous facilitons aux Germains de recouvrer ce qui
est à eux, et de briser un colosse de grandeur qui
avait enchaîné leur liberté. Eh bien! faisons-en autant en Italie. Voici le roi de Sardaigne à la tête
des Italiens qui n'ont osé jusqu'ici se montrer que de
cœur, de peur d'être accablés; mais, le courage italien
s'étant conservé en Piémont, ils vont retrouver le leur
sous les étendards du roi de Sardaigne, et bientôt la
discipline et le courage se retrouveront dans leur armée, par le ressort de la liberté à recouvrer. Cette
ligue sera de Sardaigne, Venise, Modène et Gênes, le
Pape; à quoi les Anglais joindront les secours que j'ai
dit. Entre ces alliés se partageront les États de la Maison
d'Autriche.

Mais que fera, dit-on, la France à tout cela? Laissez
faire, c'est tout ce que je demande, ne point déplaire
à l'Espagne, autant qu'on pourra, mais ne point chercher à lui plaire comme on a cherché si bassement,

pour, après cela, la trahir indignement. Que nous fait en effet cet agrandissement d'Espagne, et qu'il faille, selon la reine régnante, qu'autant qu'elle a d'enfants, on en fasse autant de têtes couronnées? Quelle sottise! Que don Carlos garde les Deux-Siciles, je le veux bien; mais, pour les autres États à conquérir, il nous est plus avantageux qu'ils se partagent entre les Italiens, comme nous laissons partager l'Allemagne entre les Allemands.

18 *décembre.* — L'armée de la reine de Hongrie devient à rien, faute d'argent : au départ du dernier courrier, il y avait jusqu'à cinq mille déserteurs de son armée arrivés à Prague; ils sont maigres, nus et sans chaussures; ils disent qu'on ne leur paye ni prêt ni pain. Ce que l'Angleterre fournit de subside à cette reine désolée suffit à peine pour sa cour.

L'électeur de Bavière a été couronné roi de Bohême; ainsi sa voix de Bohême va être comptée à la diète d'élection, et rien ne manquera plus à la régularité de l'élection qu'on croit qui se fera le 7.

On dit que nous mécontentons en même temps les Suédois et le roi de Prusse par notre intime alliance avec le roi de Pologne, électeur de Saxe; que celui-ci n'y a voulu entrer qu'en nous proposant une alliance et une longue garantie avec la Russie. Ce qui le fait conjecturer, ce sont les trois voyages de Poniatowski en France; on sait que sa première proposition fut sur ce pied-là, qu'il fut refusé, et qu'il est revenu, et, ayant réussi dans notre alliance, cet article a pu y passer.

26 *décembre*. — Il est grand bruit de ressources de
finances, de créer de nouveau des présidents en charge
au grand conseil, ce qui serait une affaire de trois millions nets. Mais un meilleur article, selon mon système, c'est une refonte de monnaies, avec décri des
anciennes pièces et augmentation pour les nouvelles.
Plût à Dieu qu'on y fût déjà! et, pour le coup, ce serait
bien le cas de dire : A quelque chose malheur est bon.
Il y a longtemps que j'ai fait la découverte que tous les
maux du dedans venaient de la malheureuse inquiétude et de la fausse science qui poussèrent, après la
mort du régent, à diminuer les monnaies; depuis cela,
les débiteurs se sont trouvés insolvables, et les contribuables accablés. Les besoins extrêmes d'argent qu'on
va avoir pour nos armées porteront le ministère, toujours stupide sur les vues générales et droites depuis
M. Colbert, à faire cette augmentation si désirable;
mais il aura la malheureuse intention de les baisser
dès qu'il pourra; voilà où j'espère que de plus habiles
gens l'arrêteront alors, et, en attendant, il cherchera
dans cette opération des emprunts faciles et des recouvrements aisés; il les trouvera avec un gros bénéfice de refonte.

Nous entreprenons de grandes dépenses pour les
affaires d'Allemagne, et bientôt pour celles d'Italie; on
demande ce qui nous en reviendra; on répond que
c'est beaucoup d'avoir brisé notre rivale en pièces;
mais le plus grand de tous les points est d'écarter les
guerres. Soyons sages de ce côté.

Au nord, nous ne nous mêlerons des affaires qu'autant que nous voudrons; le contre-coup en est médiocre sur nous. Une tyrannie dangereuse comme

celle de Russie était à abaisser : elle devait soutenir la
tyrannie d'Autriche ; mais, dans les circonstances présentes [1], nous avons trouvé moyen de la faire taire avec
habileté ; après cela il deviendra peut-être indifférent
de l'abaisser davantage, et tout se réduira à protéger
la Suède.

Notre conduite avec l'Espagne devrait consister à
ne la craindre, ni la braver ; mais on fait tout le contraire depuis la mort de Louis XIV : on l'a insultée et
on la craint. On allègue l'intérêt de notre commerce ; notre ministère ne voit en cela que par les
yeux de gros richards qui voudraient l'être encore
davantage, et accabler les petits marchands ; mais
laissons faire : l'Espagne et les Indes ont besoin de
nos manufactures, elles en prendront beaucoup si
nous les travaillons bien ; laissons faire, et sans nous
embarrasser d'Espagne, déclarons que la branche
d'Orléans doit toujours succéder à la couronne, refusant à l'Espagne d'entrer dans ses querelles déraisonnables, et surtout dans ses conquêtes italiques.
Quelle faute n'avons-nous pas faite de commencer à

1. En novembre précédent, venait d'avoir lieu la révolution qui
avait placé Élisabeth sur le trône. De concert avec le Français
Lestocq, chirurgien de cette princesse, notre ambassadeur La
Chétardie, qui passait pour son amant, y avait fortement contribué,
ainsi qu'à l'expulsion du général Ostermann, représentant du
parti allemand. Voy. *La cour de Russie il y a vingt ans, extrait
des dépêches des ambassadeurs anglais et français*, Berlin, 1858,
in-8, p. 84 et suiv. Le ministre d'Angleterre, jaloux de l'influence de son collègue, écrivait à sa cour, le 15 décembre :
« L'ambassadeur de France continue à être premier ministre : on
lui fait beaucoup la cour, les janissaires et lui se font de grandes
embrassades. »

y établir D. Carlos! nous allons redoubler la faute en formant un nouvel État pour D. Philippe. Plût à Dieu que nous n'eussions travaillé que pour laisser l'Italie aux Italiens, en excluant et Français et Espagnols et Allemands! Bornons l'Espagne à l'Espagne, et jamais nous ne lui aurons rendu meilleur service.

A l'égard de l'Angleterre, je dirai que nous devons tirer des circonstances présentes deux grands avantages, sinon nous sommes trop malhabiles : 1° La reconstruction des fortifications et du port de Dunkerque; 2° l'établissement du Prétendant en France. En voici le procédé :

Finissons les affaires d'Allemagne et d'Italie, retirons nos troupes, les choses étant en un train bon et solide pour finir.

Alors imitons ce que fit Henri IV après la réduction de Paris et l'extinction de la Ligue : il déclara sur-le-champ la guerre à l'Espagne; il lui dit, à peine reposé des guerres civiles : « Vous m'avez traversé en tout, vous m'avez insulté, j'ai dissimulé; mais à présent je dois me venger. » Il savait dans quel état faible était l'Espagne, et que Philippe II était sur le déclin de ses jours et de ses forces; il en profita et fit une paix glorieuse.

Nous savons de même combien l'Angleterre est épuisée de matelots, car, pour l'argent, elle en a plus que jamais : elle fait tout le commerce de l'Amérique espagnole; mais que fera-t-elle sans hommes et sans matelots?

Dans cette guerre, où personne n'entrera, nous empêcherons aisément l'Espagne de faire sa paix particulière : elle ne demande jamais mieux que de guer-

royer avec nous, et a besoin de bonnes conditions en
Amérique, ce que nous seuls pouvons lui procurer. Je
veux que les Hollandais y entrent; tout cela ne fera
jamais qu'une guerre maritime; que nous fera-t-on?
on bombardera quelques-uns de nos ports, nous irons
par escadres; nos armateurs et ceux d'Espagne les
désoleront avec nos cinq cents lieues de côtes; tout
cela finira par une paix que l'Angleterre sera trop heureuse d'obtenir de nous.

Mais, comme la guerre dégage d'abord de tout engagement avec nos ennemis, nous commencerons par
rétablir Dunkerque et par faire venir le Prétendant en
France, et jamais nous ne poserons les armes qu'à
charge de ne plus déranger ces deux conditions.

Le rétablissement de Dunkerque tient perpétuellement l'Angleterre en respect de nous, soit en paix,
soit en guerre, et est d'un grand avantage pour notre
commerce de Flandre. Posséder le Prétendant à Saint-
Germain nous coûtera peu, puisqu'il a de tous côtés
des pensions suffisantes pour vivre, et le pis aller serait de lui donner 300 000 livres de subsides, comme
nous donnions ci-devant au roi Stanislas. Cela lui ôte
cette exclusion éternelle qu'il se trouve avoir de remonter à jamais sur le trône d'Angleterre, étant obligé
aujourd'hui de loger à Rome, le centre du papisme.
En France, nous le tenons tout prêt à passer en Angleterre au premier appel des peuples, nous nous affec-
tionnons la moitié de l'Angleterre et nous faisons
trembler l'autre.

Et pourquoi n'aurions-nous pas le dessein effectif
de faire remonter quelque jour ces pauvres Stuarts
sur leur trône, soit dans l'intérêt de notre religion

catholique qui va s'uniformiser en Allemagne, et
qui peut se rétablir peu à peu en Angleterre, quand
les rois profiteront de l'exemple de Jacques II, et
n'iront à ce dessein que peu à peu et adroitement ;
soit pour le bien des Anglais mêmes, qui seraient mieux
gouvernés par un prince de leur nation et qui n'aurait pas des États ailleurs, comme ces vilains Hanovriens ?

Qu'on cesse de mettre notre gloire dans la perte et
le dommage des autres nations ; qu'on se persuade
que nous serons plus heureux quand nos voisins le
seront davantage.

FIN DU TROISIÈME VOLUME.

APPENDICE[1].

Février 1741.

Réflexions sur le dessein que pourrait avoir Mgr le duc d'Orléans de prendre l'ordre de prêtrise, présentées à lui-même[2].

1° Par un des plus grands malheurs, le royaume pourrait perdre Louis XV et Mgr le Dauphin. La branche d'Orléans a des droits incontestables au trône en cas d'extinction des descendants de Louis XV; mais on sait la contrariété qu'y apporteraient la branche d'Espagne et ses partisans. Si, ce cas arrivant, Mgr le duc d'Orléans se trouvait engagé dans les ordres, ce serait une raison de plus contre ses droits : on ne pourrait transmettre, de son vivant, à Mgr son fils un droit qui serait dévolu au père; la nation répugnerait à accepter pour son chef un prince qui, par état, ne pourrait combattre à la tête des armées, et qui ne pourrait se remarier, si Mgr son fils venait à mourir. On n'a point encore vu de prêtre roi en France; on a vu en Portugal un cardinal roi, le dernier de sa branche après la perte de don Sébastien; son règne donna lieu aux troubles et aux factions, et, par là, Philippe II, roi d'Espagne, envahit aisément le Portugal après la mort du cardinal.

2° La nation craindrait, dans l'administration du royaume, les

---

1. Voy. p. 277.
2. « Je remis ce mémoire à M. le duc d'Orléans qui le lut et sur qui il a fait quelque impression, » *Note du marquis d'Argenson. Mémoires d'État*, t. III, p. 237.

suites d'un culte trop zélé et trop rigoureux, trop de faveurs pour les gens d'Église, des dépenses excessives en fondations, et enfin que la chaleur de quelque parti, en fait de dogme, ne prévalût dans l'esprit du prince. Le sacerdoce et l'empire sont destinés par Dieu même à être distincts et séparés; les princes du sang n'ont un si haut rang en France que comme pouvant devenir nos maîtres; ainsi leur état, leurs qualités et leurs devoirs participent en tout à ceux de la royauté; un caractère qui ne convient pas à un roi ne convient pas davantage à un prince du sang.

3° La même répugnance aurait lieu pour la régence comme pour la couronne : si le roi venait à mourir avant la majorité ou avant l'âge de raison de Mgr le Dauphin, la reine se trouvant étrangère et très-faible pour les affaires, ce serait sur Mgr le duc d'Orléans que tomberait le principal poids des affaires, en qualité de lieutenant général du royaume, et par droit de naissance et par celui de la raison, qui doit passer avant tous les autres.

4° Mais, ne parlant plus du droit de naissance, les qualités du prince l'invitent à se mêler de l'administration du royaume, quand le roi le permet et le désire; la voix de Dieu l'y invite comme celle des hommes : les dons du ciel doivent-ils être rendus inutiles? Qui est-ce qui est le plus propre à gouverner qu'un esprit bon et juste, laborieux et infatigable au travail, avec des forces de tête pour le soutenir longtemps, si ce prince voulait bien entretenir sa santé par quelques exercices à pied et à cheval et des conversations libres après ses repas? Il y faut ajouter l'esprit déjà orné de tout ce qui est propre au gouvernement, aimant naturellement les sciences et les arts, d'un cœur humain, content du bonheur d'autrui et chagrin des malheurs publics et particuliers; la sagesse humaine et les vertus morales sont solides quand elles sont soutenues par la religion qui ne lui demande (peut-être) aujourd'hui que de modérer le zèle qu'elle inspire.

5° Son Altesse Sérénissime embrassant l'état dont il est question, sera plus environnée que jamais de personnes ecclésiastiques : l'hypocrisie est voisine de la dévotion et difficile à démêler; un prince doué de bonté et en garde contre la médisance et les jugements téméraires en est plus facile à tromper dans ses choix. Par un abus épouvantable et aussi ancien que le christianisme, les ministres de l'Église, favorisés à la cour et dépositaires de richesses, sont trop

souvent tombés dans les vices d'avarice, d'ambition, d'intrigue
et d'autres désordres bien plus dangereux que ceux des personnes laïques.

6° Enfin que Mgr considère les intérêts de la famille et les devoirs de père en cette occasion : Mgr le duc de Chartres n'a que
quinze ans et est d'une force de santé au-dessus de son âge,
d'un cœur constant et attaché à ses premières connaissances. Avec
ces dispositions, l'amour et les passions peuvent l'égarer : quel autre frein ont les grands, dans leur jeunesse, que leurs pères et mères,
qui les suivent et vivent dans la même sphère qu'eux, pour connaître la source de leurs désordres et les arrêter?

7° Les couronnes sont héréditaires. Sans remonter à la source
d'un si beau droit pour ceux qui y sont appelés, on présume aisément que son plus grand effet est d'éteindre les cabales, et de
prévenir les guerres dans le monde. De quelle importance est
donc ce remède? est-il permis de le négliger en tout ou en partie?
De là dérive le premier devoir des princes de Maison souveraine,
c'est celui de *soutenir leur Maison* par des mariages.

Les deux branches d'Autriche viennent de s'éteindre ; on y
avait négligé de marier les cadets; on y fait des cardinaux et de
riches bénéficiers ; la débauche a fait mourir sans postérité les
derniers mâles de la branche d'Espagne. Que de guerres ont suivi
et suivront ces événements !

Quand la Maison de Valois a-t-elle paru mieux fondée qu'à son
dernier degré ? Henri II a eu quatre garçons, dont trois mariés
quand ils ont monté sur le trône, et tous quatre ont vécu âge
d'homme.

Appliquons à la maison de France ce que nous avons dit de
celle d'Autriche.

En Espagne, l'aîné de Philippe V a été marié à une femme
stérile ; on envoie les cadets fonder pour ainsi dire de nouvelles
colonies de souverains en Italie, et, s'il arrive que les femmes soient
stériles, il s'ensuivra des guerres pour la désunion ou la réunion
de leurs successions. On a fait cardinal et archevêque de Tolède
l'un d'eux.

En France, il ne reste que quatre enfants, et nul mariage, actuellement subsistant, ne promet l'augmentation de la maison
royale. Mgr le duc de Chartres est le plus près de cet état ; mais

que d'événements peuvent retarder ou faire manquer sa postérité!
D'ailleurs, le droit d'exclure la branche d'Espagne pour succéder
à la couronne lui convient autant qu'il répugne à la Maison de
Condé; la descendance de Louis XIII favorise ce droit pour la
maison d'Orléans, et semble en éloigner la Maison de Condé, dont
les derniers ancêtres rois de France sont morts il y a cinq cents
ans, tandis que la branche d'Espagne vient de Louis XIV.

TABLE DES MATIÈRES.

PARIS. — IMPRIMERIE DE CH. LAHURE ET Cie
Rues de Fleurus, 9, et de l'Ouest, 21

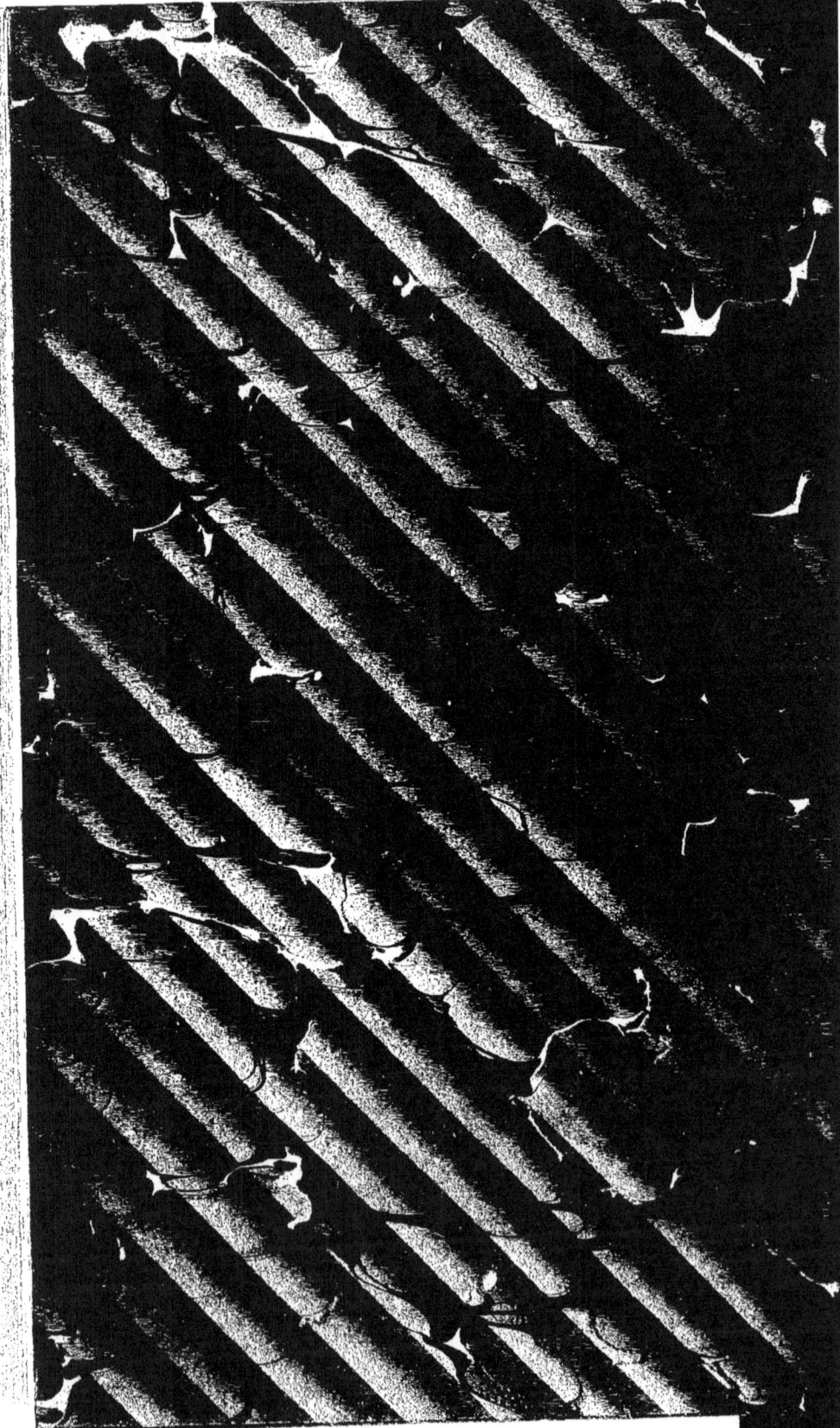

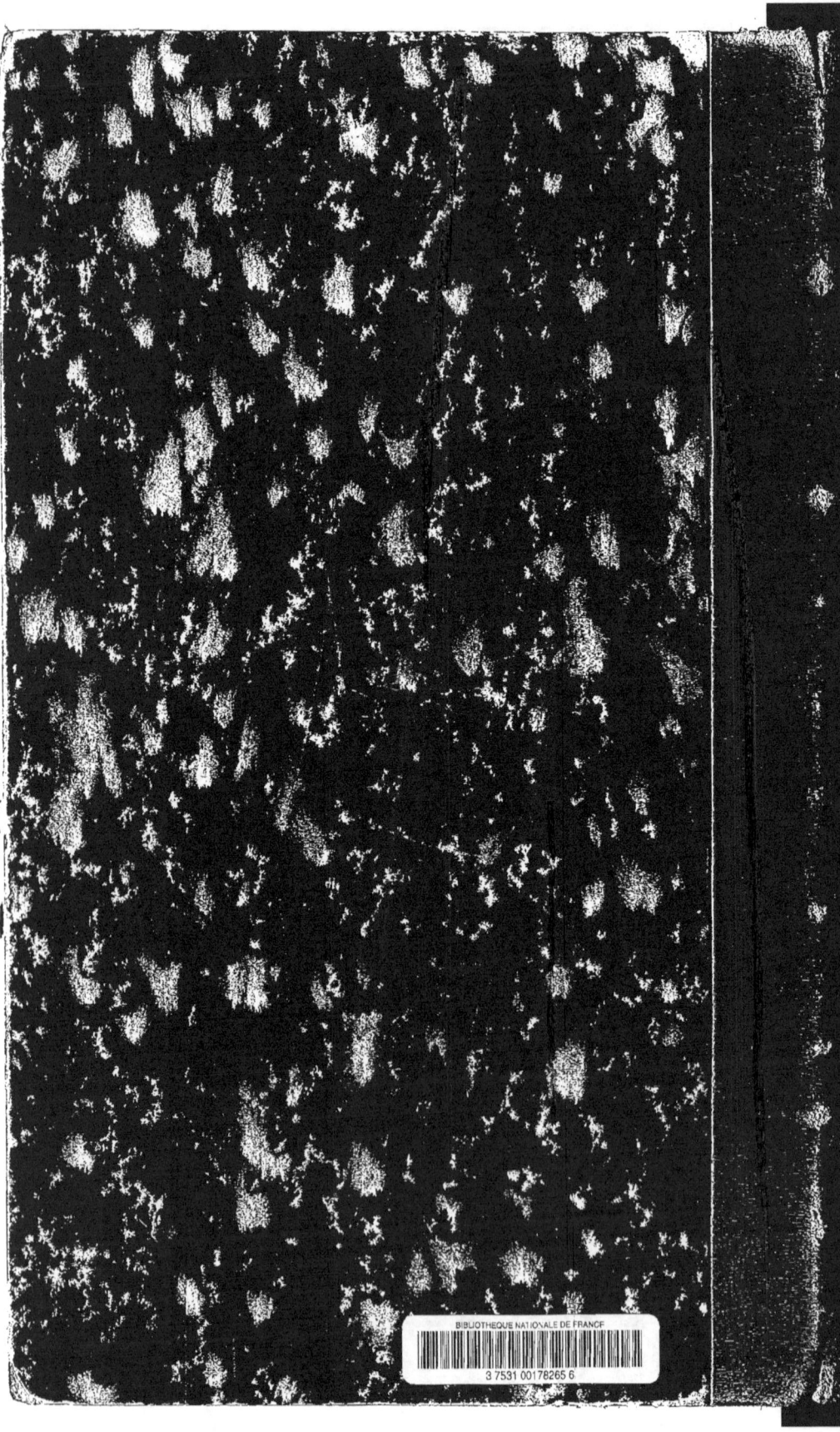

www.ingramcontent.com/pod-product-compliance
Lightning Source LLC
Chambersburg PA
CBHW061034030726
47504CB00002B/376